KB250472

땡
잡은 여
자

땡잡은 여자

초판 1쇄 찍은 날 § 2003년 10월 27일
초판 1쇄 펴낸 날 § 2003년 11월 7일

지은이 § 임미성
펴낸이 § 서경석

편집장 § 문혜영
편집책임 § 이종민
마케팅 § 정필 · 강양원 · 이선구 · 김규진 · 홍현경

펴낸곳 § 도서출판 청어람
등록번호 § 제1081-1-89호
등록일자 § 1999. 5. 31
어람번호 § 제5-0003호

주소 § 경기도 부천시 원미구 심곡1동 350-1 남성B/D 3F (우) 420-011
전화 § 032-656-4452 팩스 § 032-656-4453
http://www.chungeoram.com
E-mail § eoram99@chollian.net

ⓒ 임미성, 2003

값 9,000원

ISBN 89-5505-862-4 04810

hungeoram romance novel

땅 잡은 여자

| 임미성 지음 |

도서출판
청어람

Prologue

화창한 가을날 오후, 동네 노인정 앞의 너른 마당에서는 바둑 내기가 한창이었다. 은행나무 아래에 준비된 평상 위에 머리가 희끗희끗한 두 노인이 골똘히 생각에 잠겨 있었다. 그리고 그 옆에 교복을 입은 여학생 하나가 젊은 남자를 재촉하고 있었다. 남자는 그녀를 본 체 만 제 계속 바둑판만 뚫어져라 쳐다보았다. 급기야 그녀의 입에서 날카로운 목소리가 터져 나왔다.

"형부, 어서요!"

그녀는 계속해서 남자의 팔을 잡고 끌어당겼다.

"막내처제, 잠깐만! 요거 한 수만 보고 가자, 응?"

다급한 그녀의 목소리와는 달리 사태의 심각성을 전혀 모르는 남자, 세환은 계속 눈앞에 놓인 바둑판에 미련을 버리지 못했다. 근래 그의 즐거움 중 하나가 노인정에서 벌어지는 내기 바둑에 훈수를 두는 것이다. 바둑이라는 건 그저 '도끼 자루나 썩히는 신선 노름'으로 생각했는데 늦게 배운 도둑질에 날 새는 줄 모르게 되었다. 틈만 나면 노인정으로 쫓아와 노인들 틈에 끼어 바둑판을 쳐다보는 게 하루 일과가 되고 말았다. 오늘도 점심을 먹자마자 이리로 달려온 그였다. 이제 몇 수 남지 않았다. 아니, 어쩌면 이번 수가 마지막 수일 수도 있다.

"형부!"

여학생의 비명 같은 부름이 채 끝나기도 전에 바둑판이 요란한 소리를 내며 바닥에 엎어졌다. 여기저기에 하얗고 까만 바둑돌들이 흩어졌다. 그녀가 급기야 바둑판을 엎어버리고 만 것이다.

노인들은 이미 벌어진 황당한 상황에 서로의 얼굴을 멍하니 바라보기만 했다. 그러나 세환은 달랐다. 얼굴까지 벌겋게 달아오른 채 자신이 내기 바둑을 두기라도 한 것처럼, 자신의 바둑 경기를 방해받기도 한 것처럼 고함을 지르며 그녀의 이름을 불러댔다.

"으아, 야! 다인, 진다인!"

그러나 그녀 다인은 아무렇지 않게 혀끝을 차며 되려 목소리를 높였다.

"지금 때가 어느 때인데…… 형부! 언니가 다 죽어간다구욧!"

그제야 세환이 다인의 얼굴을 빤히 쳐다보았다. 귀신이라도 본 듯 그는 멍한 표정으로 물었다.

"언니가 죽어가?"

다인은 여전히 혀끝만 찰 뿐 대꾸를 하지 않았다. 노인들에게 꾸벅 인사를 한 후, 입구 쪽으로 세환의 팔을 잡아끌었다. 입구에 거의 다다르자 그녀가 짜증스럽다는 듯이 말을 툭 뱉었다.

"도대체 몇 번을 말해야 알아들어요? 벌써 그 나이에 가는귀라도 먹었어요?"

"처제, 농담이 심하네."

여전히 세환은 사태 파악이 안 되고 있었다.

"으아! 내가 미쳐. 잠자코 따라오기나 해요, 지금 농담할 상황이 아니니깐."

다인이 언니라고 말할 수 있는 사람은 바로 위인 다혜와 다솜 두 사람이었다. 그러나 다혜가 아프다고 해서 이렇게 난리를 칠 리는 없다. 그렇다면 바로 세환 자신의 마누라인 다솜을 말하는 게 분명했다. 점심을 먹고 집을 나설 때까지만 해도 별 일이 없었던 걸로 기억하는 세환이었다. 다녀오라고 진한 입맞춤까지 나눴는데 갑자기 죽어간다고 하니 말이 될 리가 없었다. 그렇지만 아무리 사춘기의 민감한 나이라고 해도 그런 걸로 농담을 할 다인이 아니지 않는가!

언제 와 있었는지, 노인정 입구에 모범택시가 서 있었다.

세환이 채 묻기도 전에 다인이 문을 열고 택시 안으로 그를 밀어 넣었다. 그녀는 여전히 어리둥절해하는 세환의 얼굴에 대고 냅따 소리를 질렀다.

"우리 언니한테 무슨 일 생기면 형부 제 손에 죽을 줄 아세 욧!"

다인이 택시 문이 부서져라 힘차게 닫자 택시 운전사가 기다렸다는 듯이 차를 출발시켰다.

세환은 여전히 멍한 눈으로 뒤로 돌아 점점 멀어지는 다인의 모습을 바라보았다. 그녀의 말투가 너무 거칠었다. 순하고, 착한, 말 잘 듣는, 자신이 아는 막내처제의 모습이 아니었다.

"역시 사춘기 탓인가……?"

한참을 그렇게 뒤돌아보고 있던 세환은 운전사의 말에 겨우 정신을 차렸다.

"손님, 부인이 출산을 하시나 봅니다. 허허, 좋으시겠습니다."

"출산이요?"

금시초문이다. 아무런 징후도 없었는데 갑자기 웬 출산이란 말인가!

"남자 손님이 산부인과에 갈 일이 뭐가 있겠습니까?"

되려 묻고 있는 운전사의 말에 세환은 다급히 날짜를 열심히 꼽았다. 아직 한 달이나 남아 있었다. 그제야 일이 어떻게 돌아가는지 깨달은 그는 새파랗게 질려 고래고래 고함을 질러대기 시작했다.

"이봐요, 얼른 최대한 빨리! 따블로 줄 테니깐 최대한 빨리!"

그 시각, 산부인과 병동의 간호사들은 부른 배가 다른 산모의 두 배는 되어 보이는 다솜의 울부짖음에 정신이 없었다.

"어, 엄마!!"

"부인, 천천히 숨 내쉬고 숨 들이쉬고. 네네, 잘하고 계시네요. 천천히!"

다솜의 목소리로 병동 전체가 쩌렁쩌렁 울리고 있었다.

"……기, 김, 김세환! 어, 엄마! 나 죽어!"

병원 침대 위에서 버둥대는 다솜을 말리느라 두 명의 간호사가 어쩔 줄 몰라 했다. 간혹 의사가 기웃거리며 다솜의 상태를 체크했지만 아직 때가 아니라는 듯 고개를 가로젓기만 했다. 그러기를 벌써 서너 차례.

"환자 가족은?"

"곧 도착한다고 연락이 왔습니다, 선생님."

의사가 벽에 걸린 시계를 물끄러미 바라보았다.

"그렇군, 아직 때가 안 된 듯하니 좀 더 기다려도 상관없겠지."

"선생님, 수술 준비를 하는 게……."

간호사의 제의에 의사가 한숨을 푹 내쉬었다.

"죽어도 정상 분만을 하겠다고 하니 고집도 저런 고집은 없을 거야. 하긴 산모도 건강하고 태아들 상태도 건강하니 정상 분만을 한다고 해도 그다지 위험하진 않을 것 같군. 환자 가족이 오면 바로 내게 알리도록."

지시를 내린 의사가 병실에서 나가려고 막 몸을 돌리는 순간, 남자 하나가 헐레벌떡 뛰어들어 왔다. 세환이었다.

"헉, 헉! 제 마누라는……?"

숨이 턱에까지 차 말도 제대로 하지 못하는 세환을 의사가 물끄러미 바라보았다. 편안한 트레이닝 복 차림에 슬리퍼의 그를 한심하다는 듯이 그렇게 위아래로 쓱 훑더니 물었다.

"보호자 되십니까?"

세환은 다급하게 고개를 끄덕였다. 그때 유리창을 깨뜨릴 듯이 날카로운 다솜의 목소리가 들려왔다.

"야아! 야…… 기, 김세환!"

의사가 뭐라고 말하기도 전에 세환은 침대로 다가가 허공을 향해 휘젓는 다솜의 손을 잡았다.

"나 여기 있어. 괜찮은 거야? 응?"

등 뒤에서 의사가 간호사에게 몇 가지 지시를 내리는 소리가 들렸지만 신경 쓸 겨를이 없었다. 세환은 다솜의 손을 더욱더 힘을 주어 꼭 잡으며 큰 소리로 물었다.

"이 사람, 괜찮은 겁니까? 네?"

간호사 하나가 괜찮다며 지극히 정상이라고 짧게 대답을 했다. 그제야 그는 마음이 놓였다. 그러나 안도하는 순간은 잠시

였다. 정말 몇 초도 되지 않았다. 잡혀 있던 다솜의 손이 빠져나가나 싶더니 그의 머리로 향했던 것이다.

"윽!"

이 작은 몸, 이 작은 손 어디에서 그런 힘이 나오는지 알 수가 없었다. 세환의 머리카락을 움켜쥔 다솜의 손에 점점 더 힘이 들어가는 듯했다.

"으, 윽……!"

세환은 소리를 지르지 않으려고 노력했지만 쉽게 되지 않았다. 급기야 다솜이 팔을 휘젓기 시작했다. 오른쪽으로, 왼쪽으로, 위아래로 정신없이 세환의 머리가 휘둘러졌다.

세환은 머리카락이 송두리째 빠질 것 같은 아픔에 눈물을 질금질금 흘렸다. 어떻게든 다솜의 손을 머리카락에서 떼어내 다시 잡아주려고 했지만 마음먹은 대로 되지 않았다. 이미 간호사들은 자리를 떴는지 아무도 그를 도와주지 않았다.

그때 다솜이 또 고함을 질러대기 시작했다.

"야, 기, 김세환, 이, 이게 최, 최선을 다한 겨, 결과야? 어, 엄마! 이, 입이 이, 있으면……!"

뒤이어 다솜의 입에서 평소에는 절대로 하지 않을 욕설들이 다발로 튀어나왔다. 순간 세환은 온몸의 털들이 주뼛 서는 것만 같았다. 오, 하나님 아버지, 부처님, 알라신이시여! 시합은 끝난 게 아니었다. 이제 막 시작되었을 뿐이다.

끝이 보이지 않는 신경전

☙

갈색 가죽 소파가 멋들어지게 중앙을 차지하고 있는 꽤 큰 사무실 안은 알 수 없는 긴장감이 흐르고 있었다. 창문 밖으로 뉘엿뉘엿 해가 져 붉은 노을이 사무실 안까지 스며들었다.

얼굴에 홍조를 띤 여자 하나가 소파 위에 딱딱하게 굳은 듯이 앉아 있었다. 그녀는 유행이 한참 지나 버린 쥐색의 투 버튼 정장에 언뜻 보기에도 다 닳아버린 오래된 가죽 구두를 신고 있었다. 그에 반해 그녀의 건너편에 앉아 있는 남자는 머리끝에서 발끝까지 '나 고급이요' 라고 티라도 낼 듯이 번드레했다. 잘 빗어 넘긴 짧은 머리카락과 옅은 분홍색 줄무늬가 들어간 실크 와이셔츠와 역시나 실크로 보이는 갈색 넥타이는 단 한 치의 흐트러짐도 용서하지 않을 것처럼 보였다.

"진다솜 씨?"

남자는 다리 하나를 천천히 꼬며 여자의 이름을 불렀다.

"네, 사장님."

부르니까 대답은 했지만 다솜은 여전히 어리둥절했다. 자신의 앞에 앉아 있는 남자가 하는 말을 십 여분 전부터 토씨 하나빼놓지 않고 듣기만 했다. 아니, 귀를 쫑긋 세우고 있었다. 남자는 자신이 다니는 상양 전자의 사장 김세환이었다. 그는 그녀를 사장실로 불러들인 후 답변할 틈도 주지 않은 채 제안 하나를 하고 있는 중이었다. 쉽사리 이해할 수 있게 해주는 어떠한 설명도 없이 다짜고짜 자기 할 말만 했다.

"어떤가?"

다솜은 이번에는 대답을 바로 할 수가 없었다. 말이 안 되는 제안이었다. 어처구니가 없는 제안임에 분명했다. 함정이 있을거다. 그러나 자신의 입장에서는 구미가 상당히 당기는 제안이라는 것 역시 부정할 수가 없었다.

"글쎄요……."

그녀가 미적거리며 대답을 피하자 세환이 허탈한 듯이 소파등받이에 몸을 기댔다.

"다시 설명해 주어야 하나?"

다솜은 생각할 여유 시간이 필요했다. 다시 들을 필요는 없었지만 조용히 고개를 끄덕였다.

"좋아, 다시 설명해 주지."

라고 말하며 세환이 자리에서 천천히 일어났다. 그가 테이블 위에 놓인 담배 케이스에서 담배 하나를 꺼내자 다솜은 익숙한 손놀림으로 옆에 놓인 라이터를 집어 들었다. 자신도 모르게 팔을 내밀며 라이터 불을 켰다.

그녀의 그러한 행동에 세환은 아무렇지 않게 담배 불을 붙인 후 책상 앞으로 걸어가며 중얼거렸다.

"역시 사람 하나는 잘 고른 것 같군."

그제야 다솜은 자신이 한 행동을 깨달았다. 과자 봉지 하나를 훔치다 주인에게 들킨 어린아이처럼 그녀의 손이 떨렸다. 거기다 돌아선 세환의 얼굴에는 비아냥거림이 가득했다.

그는 다시 설명을 하는 대신 다른 질문을 했다.

"진다솜 씨는 퇴근 후에 뭘 하지?"

순간 다솜은 당황했다. 대답할 말이 떠오르지 않았다. 자신이 퇴근 후에 하는 일에 대해 그가 뭔가 알고 있는 듯이 보였기 때문에 더욱 그러했다. 그렇다고 해서 곧이곧대로 말할 수는 없었다. 그 일이 알려져 더 이상 회사에 다닐 수가 없게 될까 봐 걱정이 되었다. 결국 짐짓 모른 척 되물었다.

"퇴근 후예요?"

"그래, 회사에서 나간 후에 뭘 하냐고 물었어. 꼭 이렇게 두 번씩 물어야만 대답을 들을 수 있나?"

어차피 다 알고 있다는 투였다. 빨리 대답이나 하라는 목소리였다.

　다솜은 마지못해 천천히 입을 열었다.

　"룸살롱에 나가고 있어요."

　그녀의 얼굴이 잘 익은 석류보다 더 새빨갛게 달아올랐다. 이미 룸살롱에 나간 지 1년이 넘었다. 단련이 되어 있다고 생각했다. 그리고 하늘 우러러 한 점 부끄러운 짓을 한 적이 없는 그녀였다. 그럼에도 불구하고 수치심으로 온몸이 불덩이처럼 달아오르고 있었다.

　"그렇지, 룸살롱에 나가고 있다는 말이 듣고 싶었어. 그러니까 당신에게는 나의 제안이 별로 어려운 건 아니야. 그냥 손님한테 하듯이 나한테도 하면 되니까. 다만, 그게 하룻밤이 아니라 장기가 된다는 게 좀 다를까? 내 제안은 간단해. 진다솜 씨가 해줄 건 딱 한 가지, 나와 결혼만 하면 돼. 그리고 내가 제공하는 금전적인 보상을 마음껏 누리는 거지. 물론 평생도 아니고, 내가 여기까지라고 말할 때까지 법적인 내 부인으로 있어주기만 하면 돼. 어떤가? 밑지는 장사는 아니지? 조사해 보니 돈이 꽤 필요하겠던데…… 내년에 대학을 들어가는 동생이 둘이나 되더군."

　쌍둥이들 얘기다. 다솜 아래로 동생이 넷이나 있다. 바로 밑의 동생들인 일란성 쌍둥이가 내년에 대학을 들어간다.

　"진다솜 씨의 월급으로는 그 동생들 학비 대기도 빠듯할 듯 보이더군. 꽤 공부를 잘하던데…… 그래도 보내고 싶은 대학에 장학금을 받고 갈 수는 없겠더군. 한 레벨 낮추면 그 정도는 상관없겠지만, 그러고 싶지는 않겠지?"

다솜은 자신도 모르게 고개를 끄덕이고 있었다. 그의 말이 맞았다. 동생들은 벌써부터 낮춰서 지원을 해 장학금을 받겠다며 학비 걱정은 말라고 했다. 그러나 정작 학비를 대야 할 다솜 자신은 그렇게 하게 하고 싶지 않았다. 일 년 전 동생들의 그런 결심을 들은 후, 할 수 있는 만큼 해주겠다고 다짐하고 룸살롱에 나가고 있었다.

"여전히 대답이 없군. 말이 잘 통할 줄 알았는데, 아니었나? 그럼 이 제안은 없었던 걸로 해야 하려나?"

세환은 조용히 생각에 잠겨 있는 다솜을 물끄러미 바라보다 최후 통보를 하듯이 물었다. 그러나 그 순간까지도 다솜은 어떻게 해야 할까 망설이고 있었다.

"그렇군. 할 수 없다는 건가…… 그럼 더 이상 우리가 이렇게 마주하고 있을 이유가 없겠군."

세환이 다시 소파 쪽으로 다가왔다.

"진다솜 씨, 그만 나가봐요."

줄곧 반말을 하던 세환이 처음 다솜을 맞이했을 때처럼 존댓말을 썼다.

다솜은 멍하니 그를 바라보다 이맛살을 찌푸렸다.

이게 정말 다시없는 기회일까…… 여기서 고개를 끄덕여도 되는 걸까…… 돌이킬 수 없는 강을 건너는 건 아닐까…… 허우대도 멀쩡하고, 돈도 많은 남자가 왜 자기와 결혼하려고 하는 걸까.

그 짧은 순간 별별 생각들이 다솜의 머리 속을 휘젓고 다녔다. 게다가 그녀는 김세환이라는 남자에 대해서 아는 바가 거의 없었다. 현재 그녀 자신이 아는 거라곤 달랑 두 개였다. 김세환이라는 그의 이름 석 자와 그가 자신이 다니는 회사의 사장이란 것뿐이었다. 게다가 고등학교 졸업 후 7년째 다니고 있는 회사였지만 실제로 그와 마주쳤던 적은 몇 번 되지 않았다. 그는 다솜이 사는 세계와는 다른 세계에 존재하는 남자였다.

"하루만……."

"뭐요? 진다솜 씨, 안 들리는군요."

"하루만 시간을 주세요."

몇 초간 세환이 그녀의 눈을 빤히 들여다보더니 대답했다.

"하루? 하루는 너무 길군. 한 시간? 그래, 어떤가? 한 시간은 기다려 줄 수 있어. 당신 말고도 이런 기회를 노리는 여자는 많으니깐, 그 이상 기다리고 싶지 않군. 한 시간 뒤에는 오케이라는 대답을 듣길 바레."

다시 반말이다. 다솜은 자리에서 일어났다. 세환에게 정중하게 허리 굽혀 인사를 한 후 사장실을 나왔다.

'나쁘다', '좋다'로 구분 지을 수 있는 제안이 아니었다. 그의 말대로 룸살롱 일보다는 편할지도 모른다. 그리고 그 제안대로라면 거절할 이유도 없었다. 하지만……거절해야 한다.

엘리베이터 앞에서 마음을 굳힌 다솜은 세차게 고개를 가로저었다. 역시나 안 될 일이다. 감당할 수 없는 일이다. 그의 목적을 모르고 있었다. 그러나 경제적인 아쉬움은 그녀의 발걸음이 사장실로 되돌아가 거절의 말을 건네는 걸 거부했다. 다솜은 결국 자신이 근무하는 사무실로 내려와 버렸다.

"다솜아, 무슨 일이래?"

다솜이 자신의 자리를 찾아 앉기가 무섭게 여자 하나가 호기심 가득한 얼굴로 쫓아와서는 물었다. 진아였다. 그녀는 다솜보다 1년 늦게 회사에 들어온 동료였다. 하나, 나이가 같아서 친구처럼 지내는 사이였다.

"아…… 별일 아니야."

대답은 그렇게 했지만 다솜의 마음은 정반대를 말하고 있었다. 별일이었다. 일생에 한 번 올까 말까 한 별일 중의 별일이었다. 복권 당첨이 이보다 더 황당할까?

아무것도 모르는 진아는 다솜의 말에 안도의 한숨을 내쉬었다.

"그래? 다행이다. 갑자기 사장이 부른다길래 무슨 일이 생긴 건가 해서 놀랐어. 난 또 네가 한 일 중에 뭐가 잘못된 게 있는 건가 하고 깜짝 놀랐잖아. 다른 건 몰라도 사장이 일에는 엄청나게 까탈스럽다고 소문이 자자하잖아. 얼마 전에 그 외 있잖아? 거래처 하나가 납품 날짜를 넘겼다고, 그것도 딱 하루 넘겼는데 글쎄…… 봐주는 건 눈곱만큼도 없이 바로 부도 어음을 돌려 버렸잖아."

다솜으로는 금시초문이었다.

"그런 일이 있었어?"

"어머, 애 좀 봐! 그것 때문에 한동안 얼마나 시끄러웠는
데…… 일에 있어서는 한 치의 양보도 없는 냉혈한이라는 소문
도 있다, 애. 눈 밖에 나면 끝장이라고 하더라. 그러니깐 너도
조심해. 우리 같은 말단 여직원이야 파리 목숨이잖아. 한 번 딱
하고 쳐내면 바로 캑 하고 죽을 수 있단 말이지."

실컷 다 떠들었는지 진아가 조심스럽게 마지막으로 물었다.

"정말 나쁜 일은 아닌 거지?"

다솜은 고개를 끄덕이며 말했다.

"일하자, 거래처에 넘겨야 할 서류가 산더미야. 역시 월말은
월말인가 봐."

그녀가 책상 앞으로 의자를 바싹 당기며 서류들을 뒤척이기
시작하자 그제야 진아도 자리로 돌아갔다.

몇 분 후, 다솜의 바쁜 손놀림이 더뎌지기 시작했다. 나쁜 일……
나쁜 일, 혹은 좋은 일로 꼭 구분을 해야 한다면 그건 분명 나쁜
제안임에 분명했다. 점점 거절해야 한다는 생각이 깊어져만 갔
다.

"거절해야겠지? 그렇지?"

그러나 중얼거림과는 달리 여전히 망설임이 남아 있었다. 분
명 거절해야 하는 일임에도 불구하고 자꾸만 '그래도……' 라고

말하고 있었다.

● ●

다솜이 사장실을 나간 후, 세환은 입에 물고 있던 담배를 신경질적으로 재떨이에 비벼 껐다.

진다솜이라는 여자는 그가 생각했던 외모와 상당히 거리가 멀었다. 오늘 그녀를 만나기 전까지 그가 아는 그녀의 모습은 입사 당시에 제출한 이력서의 증명사진 속 얼굴이었다. 그 얼굴에 7년이라는 세월을 더하고, 삶이라는 무게를 더해 상상한 모습과 오늘 본 모습은 상당히 달랐다. 키는 그다지 크지 않았지만 날씬한 몸매에 피부는 하얗고 깨끗했다. 특별히 관리를 하는 것처럼 느껴지지는 않는데도 말이다. 게다가 전체적으로 이목구비가 오밀조밀한 것이 앳돼 보였다. 홀로 줄줄이 밑에 달린 동생들을 키워오고 뒷바라지한 여자라고는 상상되지 않는 얼굴이었다. 그리고 그 맹한 눈빛이란……!

"하루를 달라?"

웃기지도 않는 요구였다. 그리고 이해도 되지 않았다. 당연히 자신이 한 제안을 덥석 받아들일 줄로만 알았는데 그녀는 망설이고 있었다. 금전적인 보상이라는 게 매력적이지 않는 걸까, 그럴 리가 없었다. 금전적인 것 외에 다른 보상을 더 바라는 게 분명했다. 어리둥절한 얼굴에, 맹한 눈빛, 곧잘 붉어지는 순진한 낯빛 뒤에 무엇이 숨어 있을지 모르는 일이다. 보상이 부족하다 생각해 망설이는 게 분명했다.

"역시 그런 여자들이란……."

갑자기 새어머니 이 여사의 얼굴이 머리 속에 떠올랐다. 창 밖을 바라보며 서 있던 세환은 울컥 화가 치밀어 올라 몸을 돌리곤 탁자를 주먹으로 내려쳤다. 차가운 유리에 부딪친 손마디가 얼얼했다.

"이 여사를 내치기 위해 이 여사 같은 여자를 이용해야 하다니!"

다시 한 번 이 여사의 우아한 얼굴이 머리 속에 떠올랐다. 치솟는 분을 삭힐 길이 없었다. 세환은 탁자를 또 주먹으로 내려쳤다. 사장실 안에 둔탁한 소리가 쩌렁쩌렁 울렸다.

"제길!"

인사과에서 올린 여직원들 인적사항 중에서 진다솜이 제일 적당해 보였다. 그가 필요로 하는 여자는 모든 경우에서 돈이 최우선이 될 수밖에 없는 환경을 가진 이여야만 했다. 다솜은 고아에다가 줄줄이 아직 어린 동생이 넷이나 되었다. 게다가 며칠 전 아는 동생 놈을 시켜 그녀의 뒤를 밟게 했더니 퇴근 후 룸살롱에 다니고 있었다. 다솜이야말로 자신이 찾던 적격자라는 걸 확신한 그였다.

그러나 평양감사도 본인이 하기 싫으면 할 수 없는 노릇! 세환은 더 이상 그녀에게 더 많은 조건을 걸 필요성을 느끼지 못했다. 여자는 얼마든지 있다. 다솜에게 한 말은 거짓말이 아니었다. 그녀의 결정을 재촉하기 위한 그물 역시 아니었다. 말 그대로, 이런 기회를 기다리는 여자는 얼마든지 있다. 여전히 얼얼한 주먹을 쥐었다 폈다 하며 전화기로 손을 뻗었다. 익숙한 번호 하나를 쿡쿡 눌렀다.

"나다. 그때 미리 준 서류에 나와 있던 여자들에 대해서 마저 조사해 와. 그래, 그래. 알고 있어. 돈 걱정은 하지 않아도 돼. 충분하게 쳐줄 테니깐 걱정 마. 대신 흠이 될 만한 건 단 하나도 놓치지 않고 찾아내야 해. 그리고 알고 있지? 조용히 움직여라."

수화기 너머에서 남자의 투덜거리는 목소리가 흘러나왔다. 흥신소를 하고 있는 대학 후배인 석이다. 돈이 적다는 둥, 사는 게 힘들다는 둥, 늘 있는 투덜거림이었다. 새삼스러울 것도 없다. 세환은 입에 발린 말로 석을 달랜 후 수화기를 내려놓았다. 그리고는 흥신소를 바꿔야겠다 마음먹었다. 역시나 일은 생판 모르는 남과 하는 게 낫다. 특히 이런 일일수록 더욱 그러하다는 생각을 하며 의자에 천천히 앉았다. 저절로 눈길이 책상 위에 놓여진 시계로 향했다. 다솜이 사무실을 나간 후 지나간 시간만큼 기다릴 시간이 남아 있었다. 30분이 남았다. 기다릴 것인가, 말 것인가……. 세환은 망설이다 눈을 감아버렸다. 다시한 번 이 여사의 얼굴이 머리 속에 떠올랐다.

어머니, 자신의 어머니, 그리고 아버지의 아내라 불리는 여자.

언제부터 이 여사를 어머니라 불렀고, 그리고 또 언제부터 어머니라 부르지 않게 되었는지 그는 또렷이 기억하고 있었다. 의붓아들 자신을 위해서라면 심장이라도 떼어줄 것같이 구는 여자가 바로 이 여사였다. 그러나 그 여자의 가면 같은 우아한 미소 뒤에 감춰진 진실을 너무나도 잘 아는 그였다.

「왜 어째서…… 세영이가 죽은 거니? 어째서 넌 살아 있는 거지?」

15년 전의 일이다. 그날 분명 그가 어머니라 불렀던 여자가 그렇게 중얼거렸다. 사고 직후의 충격으로 정신을 잃었던 15살의 소년은 눈을 뜨며 꿈이라고 생각했다. 듣지 말아야 할 걸 들어버린 소년은 자신이 살아 있다는 사실조차 저주스러웠다. 왜 넌 살아 있느냐고 그렇게 어머니가 그에게 묻고 있었다. 왜 자신의 딸인 이제 겨우 다섯 살배기 세영이는 죽고 넌 살아 있냐고 물었다.

「네가 죽었어야 했는데…… 오, 맙소사! 이건 정말 아니야!」

그녀는 후회하고 있었다. 사고 당시 그녀는 친딸인 세영을 구하지 않고 의붓아들인 세환을 껴안았다. 결국 세영은 차 밖으로 튕겨 나가 그 자리에서 즉사했다. 그 후에 소년에게 '엄마' 라고 불렸던 그 여자가 그렇게 중얼거리며 후회한 것이다. 그가 눈을 뜨기 전까지는 분명 그렇게……

눈을 감고 있는 세환의 이마에 깊은 주름살이 패였다.

그날, 그 말을 듣기 전까지 소년은 그녀를 엄마라고 불렀다. 돌아가신 친어머니 대신 하늘에서 내려준 좋은 사람이라고 생각했다. 그러나 사고가 났던 그날 갑작스레 모든 것을 깨달아 버렸다. 좋은 사람은 좋은 사람이 아니었다. 아버지의 재산을 탐하고 아버지에게 잘 보이기 위해 자신에게 거짓 웃음을 지었던 여자였다. 그 여자를 사랑했던 만큼 소년의 가슴속에 증오심이 자랐다. 그녀를 사랑한 스스로를 저주했다. 그러나 그것뿐이었다. 아버지가 가지고 있는 이 여사에 대한 신임은 너무나도 두터워서 쉽게 깰 수도, 깨질 것 같지도 않았다. 그렇게 15년이 흘러 소년은 이제 소년이 아닌 한 남자가 되었다. 그 소년을 가슴에 품고 떨쳐 버릴 수가 없는 남자가 되었다. 마음속으로 이를 갈며 길고 긴 증오의 터널을 홀로 걸어온 것이다.

이제 그 긴 증오의 터널을 벗어날 때가 되었다. 그의 계획은 간단했다. 자신의 제의를 절대 거절 못할 지지리도 궁상맞고 가난한 여자를 찾아 결혼을 하는 것이다. 이 여사는 분명 쉽게 찬성하지 않을 거다. 남의 이목을 걱정하는 이 여사라면 당연히 반대할 것이 분명했다. 그렇다 해도 상관없다. 결국 결혼은 그가 의도하는 대로 진행될 거라는 걸 알고 있었다. 늘 그래 왔듯이 이 여사가 마지막에 가서는 두 손을 들 거라는 걸 알고 있었다.

자신이 기억하는 한도 내의 이 여사의 연기는 늘 훌륭했다. 남들 앞에서 자신을 친아들 못지 않게 사랑하는 새엄마였고 자신에게는 친엄마보다 더 다정다감하게 속을 살펴주던 새엄마였다. 그날 전까지는 그렇다고 그도 믿었다. 이번에도 역시나 그럴 것이다.

결혼 후에는 같은 집에 살게 될 것이다. 같은 집에 살면서 여자가 이 여사의 속을 벅벅 긁어놓는 걸 기다리면 되는 일이다. 자신이 굳이 어떻게 할 필요도 없었다. 자신의 손을 더럽힐 필요가 없었다. 그저 자신은 여자가 복권에라도 당첨된 것처럼 돈을 물 쓰듯 펑펑 쓰게 종용하기만 하면 된다. 누구나 갑작스럽게 써야 할 돈이 남아돌게 되면 계획을 짜기보다는 주체할 수 없이 펑펑 쓰게 되어 있다. 게다가 돈을 대주는 사람이 그렇게 하라고 부추긴다면 그 뒤는 불 보듯이 뻔하다.

어디서 굴러 들어왔는지 알 수 없는 여자 하나가 눈앞에서 알짱거리며 돈을 물 쓰듯 써댄다면 분명 알뜰살뜰한 이 여사가 절대 가만두고 볼 리가 없다. 자신의 돈이기도 했지만 이 여사의 돈이기도 하니깐 분명 한바탕 소란이 일 것이다. 그때 자연스럽게 여자의 편을 들면 된다. 그리고 기다리는 것이다. '남의 자식 키워놓아 봤자 아무 소용이 없네' 라는 말이 이 여사 본인의 입 밖으로 툭 하고 뱉어질 때를 말이다. '서로 깨끗하게 갈라서자, 회사를 나누자' 그런 말까지 나올 때까지……. 그렇게 가면에 금이 가는 걸 기다리면 된다. 지저분하게 자신이 직접 이 여사를 괴롭힐 필요가 없다.

그 거짓 미소를 날려 버리고야 말리라…… 언제까지 차분한 얼굴 뒤에 속마음을 숨길 수 있는지 두고 보리라. 세환은 이를 부드득 갈며 눈을 번쩍 떴다. 시계는 아직 십 분 정도가 더 남았다고 알려주고 있었지만 기다리기에는 시간이 아까웠다. 지금쯤이면 흥신소의 석이 적당한 여자 하나 정도는 골라냈을 법한 시간이었다.

그는 성큼성큼 사장실 문 앞으로 걸어가 문을 열었다. 그 순간 새파랗게 질린 진다솜의 얼굴이 눈에 들어왔다. 운 걸까…… 눈은 빨갛게 충혈되어 있었다. 무슨 일이 있었던 것 같아 보였지만 무시했다. 자신이 궁금해할 필요가 없는 일이다 생각하며 그는 입을 열었다.

"대답은?"

"저기, 그전에……."

요구 조건이 있는 게 분명했다. 역시나 자신이 생각한 대로였다. 자신의 눈앞에 있는 진다솜이라는 여자도 이 여사와 진배없는 그렇고 그런 여자임에 분명했다. 세환은 다솜의 얼굴을 빤히 쳐다보다 한 발 뒤로 물러섰다.

"우선 안으로 들어와요, 진다솜 씨."

주뼛주뼛 다솜이 문을 닫으며 안으로 들어오자 세환은 소파로 가 털썩 소리나게 앉았다.

"도, 돈은 어, 언제부터 주, 주실 건가요?"

"갑자기 말더듬이가 되었나?"

"대, 대답해 주세요!"

다솜이 소파 옆으로 걸어오더니 다급히 요구했다.

"결국 돈이군. 언제부터 줄까? 계약서를 쓰고 나면…… 지금 당장이라도 준다고 하면 만족스럽나?"

만족할 리가 없을 거다. 뭔가 또 다른 요구를 해올 거다. 돈은 처음부터 보장된 것이었다. 세환은 그녀의 속을 다 들여다보고 있다는 듯한 눈빛을 보냈다.

"조, 좋아요. 계약서 쓰죠. 그, 그 제안 바, 받아드, 들일게요."

의외로 쉽게 순순히 다솜이 대꾸했다, 비록 말은 여전히 더듬고 있었지만. 세환은 되려 속은 것만 같은 기분이 들었지만 이내 그 기분을 무시했다. 이로써 연극 무대의 모든 배우가 갖춰졌다. 지금 그에게 중요한 건 바로 그거였다.

"좀 앉지 그래. 그렇게 서서 계약서를 쓸 순 없지 않아?"

확실하게 결정을 내렸다는 듯 다솜이 빈대 편에 앉자 세환은 혀끝을 조용히 찼다. 이제 봤더니 얼굴 위로 눈물 자국이 말라 비틀어져서 보기 흉할 지경이었다. 그러나 손수건을 내미는 대신 그는 테이블 한쪽에 놓여진 종이와 만년필을 쓱 앞으로 내밀었다.

"적어."

만년필을 잡은 다솜의 손이 떨고 있었다.

"어렵지 않은 일이니깐 그렇게 떨 것까지는 없어. 내 말이 도움이 안 되나 보군, 계속 떠는 걸 보니. 아무튼 하기로 했으니 빨리 적고 당신도 필요한 만큼의 돈을 받는 게 좋겠지? 안 그래?"

다솜이 고개를 끄덕이자 세환은 만족스럽다는 듯이 소파 깊숙이 몸을 기댔다. 편안한 자세로 그녀가 받아 적을 말들을 부르기 시작했다. 시종일관 다솜의 손은 덜덜 떨고 있었다. 그 떨림은 세환의 목소리가 이어지는 동안 계속되었다.

몇 분 후 계약서의 끝에 날짜를 적고 다솜이 사인을 했다. 세환은 종이를 건네 받고는 고개를 몇 번 끄덕였다.

"이건 곧 변호사에게서 공증을 받을 거니까 다른 생각은 품지 않는 게 좋을 거야. 그리고 지금 당장 필요한 돈은 얼마 정도지?"

"자, 잘…… 모, 모르겠어요."

황당한 대답이다. 분명 당장 돈이 필요한 듯이 굴어놓고서는 액수를 모른다고 한다. 하나, 아무려면 어떤가, 꼭 액수를 따질 필요가 없었다. 그는 안쪽 주머니에서 지갑을 꺼낸 후 카드 하나를 꺼내 테이블 위에 던졌다. 한도가 거의 없다시피 한 플래티넘 카드였다.

"그럴 일은 없겠지만 혹시 한도가 초과되면 나한테 전화해. 아차, 휴대폰은 있나? 그 살림에 있을 리가 없지. 내려가는 길에 총무과에 들려. 우선은 급한 대로 업무용을 수배해 둘 테니 받아둬. 자, 당신은 이제부터 자유야. 하고 싶은 대로 해…… 난 관여하지 않을 테니까. 다만 계약서대로 이행하지 않고 도 망칠 경우에는 나도 책임질 수 없어. 알았어?"

마지막 말을 하면서 그가 몸을 앞으로 쓱 내밀더니 다솜의 턱을 잡았다. 그녀의 눈에 자신의 눈을 맞췄다. 그녀의 동의를 얻어내려고 하는 그의 눈빛은 형형한 것이 그녀의 가슴을 벨 것 같이 차갑고 날카로웠다.

세환에게 턱을 잡힌 다솜은 무릎 위에 올려진 두 주먹에 힘 을 주었다. 진아의 말이 불현듯 떠올랐다.

「일에 있어서는 한 치의 양보도 없는 냉혈한이라는 소문도 있다, 애. 눈 밖에 나면 끝장이라고 하더라. 그러니깐 너도 조 심해.」

이 또한 일이라면 일이다. 다솜은 채 입을 꾹 다물고는 그의 말에 동의한다는 뜻으로 고개만 끄덕였다.

"알았으면 카드 갖고 나가봐."

그가 말을 끝내며 턱을 놓아주자 다솜은 언제 긴장을 했냐는 듯이 재빠르게 카드를 집어 들었다. 그리고는 자리에서 일어나 잰걸음으로 문으로 다가갔다. 그때 세환이 잊은 게 있었다는 듯이 다솜에게 말을 건넸다.

"아, 진다솜 씨…… 내일 저녁은 중요한 일이 있으니 5시 이후로는 시간을 비워두세요. 그리고 그건 보름 후입니다. 잊지 마십시오."

다솜은 그가 말하는 보름 후가 결혼식을 의미한다는 걸 알고 있었다. 계약서에 그렇게 명시한 사실이었다.

"……네."

등을 돌린 채 조용히 대꾸한 후 그녀는 사장실 밖으로 나왔다. 문 밖 입구에 있는 비서와 눈이 마주쳤다. '도대체 무슨 일?'이라고 묻기라도 하듯이 비서가 자신의 위아래를 훑어보았지만 지금은 그걸 신경 쓸 여력이 없다.

경제적으로 무척이나 아까운 기회였지만 사실 이 제안을 거절하려고 한 다솜이었다. 정확히 이십 분 전까지만 해도 그러했다. 월말이라 처리해야 할 서류가 산더미라 거기에 매달려서 일만 하고 있었다. 어차피 거절할 거, 굳이 기다리게 할 필요가 없다 생각했지만 좀처럼 짬이 나질 않았다. 오늘따라 왜 이리 여기저기에서 찾아대는 서류들이 많은지 혼이 쏙 빠질 지경이었다. 결국 그 한 통의 전화가 오기 전까지 그녀는 계속 일에 매달려 있었다.

「누나! 큰일 났어!」

쌍둥이 중 첫째 혁진의 목소리가 다급하게 수화기 너머에서

흘러나왔다. 그 다음 말을 듣는 순간 다솜은 새하얗게 질리고
말았다.

「혀, 혁수가 사, 사고가 나서 병원으로 실려 갔어.」

그 시각에 혁수가 사고가 났다는 말이 처음에는 이해가 되지
않았다. 학교에서 보충수업을 받아야 할 시간에 어떻게 사고가
날 수 있을까…… 자초지종을 들은 다솜은 기가 막혀 말문까지
막혔다.
　조금이라도 집안에 보탬이 되겠다고 쌍둥이들이 보충수업을
빠지면서 아르바이트를 했다고 한다. 그것도 오토바이를 타야
하는 위험한 배달 아르바이트였다. 오늘도 혁수가 한 군데라도
더 돌려고 무리하게 일을 하다 사람을 치었다. 보험도 들지 않
은 상태라 합의를 하지 않으면 꼼짝없이 붙잡혀 들어가야 할 상
황이었다. 아무리 미성년자라고 해도 사고는 사고고 죗값은 치
러야만 했다. 결국 지금 당장 구할 수 없는 액수의 돈이 다솜의
발걸음을 사장실로 향하게 만들고야 말았다.
　세환이 일러준 대로 총무과에 들려 휴대폰을 받은 다솜은 사
무실로 돌아갔다. 직속 상관인 부장에게 내층 사정을 말한 뒤
에, 조퇴를 한 후 회사 건물을 빠져나왔다. 그때까지 다솜의 얼
굴은 굳을 대로 굳어 있었다. 어서 빨리 병원으로 가서 동생의
상태부터 확인해야만 했다. 회사 건물 앞에서 다급히 택시를

불러 세워 탄 후에야 겨우 한숨을 돌릴 수가 있었다. 그리고 그 때서야 손에 꼭 쥐여진 신용카드가 눈에 들어왔다.

이제 돌이킬 수 없다, 무를 수 없다. 이제는, 이제는…….

손에 힘이 절로 들어갔다. 신용카드의 딱딱한 귀퉁이가 손바 닥을 파고들어 와 깊은 골을 만들었다.

◐ ◐ ◐

다음날, 오후.

다솜의 일과가 채 다 끝나기도 전에 세환으로부터 전화가 왔 다. 그가 비서를 시키지 않고 직접 그녀에게 전화를 했다. 다솜 은 자신도 모르게 딱딱하고 경직된 어조로 전화를 받았고 그녀 가 자리에서 일어나자 사무실의 사람들이 이상한 눈길을 보냈 다. 웅성거림이 사무실 저 안쪽 끝에서부터 바깥쪽으로 옮겨져 갔다. 감히 누구도 나서서 묻지는 못했다. 그러나 만 하루가 지 나기도 전에 소문은 꼬리에 꼬리를 물고 퍼져 가고 있었다.

다솜이 사장실로 들어갔을 때, 세환은 테이블에 다리를 올려 놓고 눈을 감고 있었다.

"저기……."

그는 눈을 뜨지 않은 채 대꾸했다.

"앉을 필요는 없어. 조금 있으면 당신을 데리러 사람이 올 거 야. 그 사람을 따라가서 시키는 대로 해. 그 사람이 알아서 모든 일을 처리해 줄 테니 당신은 그저 가만히 있기만 해도 될 거야.
그리고 일이 끝날 때쯤에 기사가 당신을 데리러 갈 거야. 역시
나, 따라오기만 하면 돼. 어렵지 않지?"

자기 할 말을 마친 세환이 눈을 뜨더니 자리에서 일어났다.
그는 다솜을 없는 사람 취급했다. 책상으로 가 의자에 털썩 앉
더니 서류들을 뒤적이기 시작했다.

어떻게 해야 할지를 몰라 다솜은 머뭇거리다 그에게 다가가
어제 받은 신용카드를 내밀었다.

"덕분에 잘 썼어요. 고맙습니다."

"돌려줄 필요 없어. 다시 넣어둬. 또 필요하면 언제든지 구애
받지 말고 써. 그리고 고맙다는 말 들을 일은 아닌 것 같은데?
이건 어디까지나 비즈니스라는 걸 잊지 말아줬음 좋겠군."

"그렇지만……"

다솜의 말을 듣는 둥 마는 둥 세환이 단호하게 말했다.

"당신이 만족스러울 만큼 마음 놓고 돈을 써줬음 좋겠군. 내
이름으로 된 걸 쓰기 싫다면, 뭣하면 새로 만들어줄 수도 있어.
분명히 우린 그렇게 계약을 했지 않나? 당신은 그걸 쓸 충분한
자격이 있어."

평생 정직하게 살아온 다솜은 갑자기 이런 돈이 생긴 깃이
그다지 기쁘지 않았다. 오히려 꺼림칙하게 느껴졌다. 정직하게
번 돈이 아니라는 생각에 그녀는 신용카드를 든 손이 부끄러워
보였다. 넣어야 하나 그냥 내려놓아야 하나 망설이는 사이 사

장실 문을 노크하는 소리가 들렸다.

"일찍 왔군. 진다솜 씨 나가봐요."

다솜이 밖으로 나오자 정장을 세련되게 차려입은 여자 한 명이 서 있었다. 그녀를 따라 다솜은 회사 밖으로 나왔다. 기사가 딸린 BMW 740IL이 정문 앞에서 그녀들을 기다리고 있었다. 여자는 다솜이 차 타는 걸 도와주더니 자신은 조수석에 탔다.

"김 사장님께 말씀 들었어요. 결혼 축하드려요! 저는 진다솜 씨를 도와드릴 스타일리스트예요."

스타일리스트, 세환이 이 여자를 따라가서 뭘 하라고 말을 하지는 않았지만 대충 짐작이 되는 다솜이었다. 그리고 축하한 다니, 뭘 알고는 하는 말인지……. 다솜은 이맛살을 찌푸렸지만 이내 상관하지 않기로 마음먹었다. 어차피 자신이 원하든 원하지 않든지 간에 계약한 대로 일이 진행될 거라는 걸 알고 있다. 그리고 그 계약에 자신도 일차적으로 동의를 했다는 사실을 잊지 않고 있었다. 그리고 이 계약 내에서 자신은 고용인으로서 고용주가 원하는 일을 할 의무가 있었다.

차는 어느새 회사가 있던 종로에서 청담동의 고급 부티끄와 명품 매장이 있는 거리에 와 있었다. 차가 대리석으로 꾸며진 웨딩샵 앞에 서자, 여자가 먼저 내려서 다솜을 매장 안으로 안내했다.

"웨딩드레스는 어떤 스타일로 하셨으면 좋겠어요?"

여자의 말을 들으며 다솜은 결혼을 위한 준비가 순서대로 되어가고 있다는 사실이 되려 어색했다. 자신이 결혼을 한다는 사실이 꼭 남의 일처럼 느껴졌다.

"글쎄요, 아직 생각 못해봤는데요."

여자의 얼굴이 조금 구겨지는 듯도 했지만 바로 미소를 띤 얼굴로 돌아왔다.

"그런 일을 위해 제가 있는 거지요. 제가 진다솜 씨 취향에 맞추어서 옷을 골라 드릴게요."

"아, 네."

샵 안은 전체적으로 하얀색과 아이보리 색을 써서 화사하게 꾸며져 있었다. 여자가 다솜에게 어울릴 만한 웨딩드레스를 고르는 사이 다솜은 그곳 직원이 건네준 원두커피를 마시면서 주위를 둘러보았다. 여자는 다솜에게 여러 번 웨딩드레스를 입혀보았다. 다솜이 마지막으로 입은 드레스는 스타일은 심플하나 드레스 밑단이 인어꼬리처럼 길게 늘어지면서 그녀의 작고 날씬한 몸에 휘감기는 디자인으로, 머리에는 가느다란 백금의 티아라를 쓰게 되어 있었다. 그제야 여자는 만족한 미소로 고개를 끄덕였다.

"더할 나위 없이 좋군요. 이걸로 하시죠?"

다솜은 거절을 할 수가 없었다. 아까처럼 여자가 또 인상을 구길까 봐 괜히 신경 쓰여 그냥 고개를 끄덕였다.

"저희 손님이 이걸로 하신다네요."

다솜이 직원을 따라서 피팅룸에 가 옷을 다시 갈아입는 사이 그 여자가 모든 실무를 처리했다. 다솜이 피팅룸에서 나왔을 때 여자가 기다렸다는 듯이 앞장을 섰다.

곧 두 사람은 웨딩샵을 나왔고 차로 가려는 다솜을 여자가 낚아채듯 끌더니 다른 가게로 들어갔다. 이번에는 고급 정장만을 취급하는 곳이었다. 얼결에 따라 들어간 다솜은 여자에 의해서 옷을 고를 수밖에 없었다. 그러나 다솜이 고르는 옷들이 한결같이 여자의 마음에 들지 않았는지 여자는 그녀에게 잠시 앉아 있으라고 권했다. 다솜이 매장에 자리를 잡고 앉자 여자는 직원과 함께 종횡무진 매장 안을 뒤지고 다녔다. 다솜은 그 모습을 빤히 쳐다보기만 했다.

얼마나 시간이 지났을까? 여자는 도무지 다솜에게 돌아올 생각을 하지 않았다. 다솜은 기다리다 지루해지자 자신도 모르게 자리에서 일어나 옷들을 둘러보았다. 몇몇 옷에 붙어 있는 가격표를 보는 순간 기가 확 질렸다. 자신이 다니던 룸살롱도 상당히 고급인지라 아가씨들 씀씀이가 꽤 큰 편이었다. 이런 명품들을 못 본 것은 아니었다. 그러나 실제로 자신이 입게 될 거라는 생각을 하니 상상만으로도 당황스러웠다.

처음에 룸살롱에 나가야겠다 마음먹고 찾아갔을 때는 화려한 옷이 필요한 줄로만 알았다. 당장 그런 옷을 살 돈이 없었지만 어떻게든 될 거라는 생각을 했었다. 다행히 생각은 생각만으로 끝이 났다. 운이 억세게 좋다는 건 그런 경우를 두고 하는 말일 거다. 찾아간 룸살롱의 마담과 이야기를 하는 도중에 고등학교 선배인 걸 알게 되었다. 마담은 정·재계의 발이 넓은 이의 후원을 받고 있었다. 그녀의 딱한 사정을 들은 마담은 눈시울을 붉혔다. 때마침 장부 일을 봐줄 사람이 그만둬서 어떻게 하나 고민 중이었다고 했다. 믿을 만한 사람에게 맡기지 않으면 불안하다며 웃으며 마담이 되려 도와달라고 청했다. 위로 형제가 없는 다솜은 마담이 친언니처럼 느껴졌고 두 사람은 그 이후 급속도로 친해졌다. 룸살롱에서 지내는 대부분의 시간은 뒤에서 장부 보는 일을 했지만 마담이 자리를 비울 때 중요한 손님이 오면 마담 대신 룸에 들어가 이야기를 듣고 전해주는 일도 하게 되었다. 치근덕거리는 손님들에게는 마담이 나서서 보호해 주었다. 새끼 마담이라며 자신이 키우는 아이라고 함부로 손을 댈 수 없는 존재임을 피력해 주었다. 덕분에 룸살롱 일은 외부에서 사람들이 보는 것과는 달리 아주 편안했다. 물론 그렇다고 해서 아무나 붙잡고 일하는 곳이 거기라도 말할 수 있는 건 아니었다. 룸살롱은 룸살롱일 뿐이었다.

"이런 옷 몇 벌이면 우리 집 다섯 식구 몇 달은 먹고 살겠다……."

가격표를 보면서 조용히 중얼거리고 있는 다솜의 곁으로 여자가 돌아왔다.

"이거 한 번 입어보세요."

그녀가 들고 온 옷은 연한 푸른 새틴 원피스였다. 전체적으로 심플한 디자인으로, 소매는 팔부고 길이는 무릎 정도였다.

디자인은 심플했지만 목둘레에 작은 크리스탈과 진주와 비즈로 장식을 했다. 크리스탈들이 진짜 다이아몬드처럼 투명하게 반짝였다. 옷을 받아 들다 말고 다솜은 진주알을 매만졌다.

다른 건 없냐고 묻고 싶었다. 아니, 더 싼 것은 없냐고 묻고 싶었지만 차마 물을 수가 없었다. 어차피 모두 거기서 거기일 것 같아서 다솜은 마지못해 피팅룸으로 들어가 옷을 갈아입었다. 거울 속에 비친 자신의 모습이 낯설었다.

아버지가 살아 있었던 때, 어머니가 막노동을 하지 않아도 충분히 가족들이 먹고, 입고, 마음 놓고 공부할 수 있었던 때…… 그런 시절에도 이런 옷은 입어보지 못했는데…….

머리를 세차게 한 번 가로저은 뒤, 다솜이 밖으로 나오자 여자는 기다렸다는 듯이 그녀의 주변을 돌며 이것저것을 살펴보았다.

"잘 맞네요. 키는 별로 크시진 않지만 볼륨감은 확실히 더 있는 것 같아서 이 옷과 잘 어울릴 거라 생각했어요. 어때요? 마음에 드시나요?"

마음에 들고 말고 할 것도 없었다. 힐끔 여자 뒤에 서 있는 옷걸이를 보고 다솜은 고개를 끄덕였다. 마음에 들지 않다고 하면 어느새 골라놓은 몇 벌의 옷을 더 입어보라 할 것 같았다. 뭘 입어도 마찬가지일 터였다. 그냥 이걸로 끝을 내자.

그 뒤에도 여자는 이곳저곳 끌고 다니면서 다솜을 위한 옷을 계속 사들였다.

"원래 입고 있던 옷들은 따로 챙겨뒀어요. 이제 액세서리를 옷에 맞추면 될 것 같군요. 그리고 약속 시간까지는 시간이 남았으니 몇 벌 더 보시겠어요? 사장님은 몇 벌이고 상관없다고 하셨거든요. 게다가 앞으로, 결혼식 때까지 너무 바쁘셔서 쇼핑하실 시간도 별로 없으실 테니 이번 기회에 좀 장만하세요."

이건 호의가 아니다. 계약치고도 너무 많은 돈을 쓰게 만들고 있다. 다솜은 세환이 이렇게 나오는 이유가 궁금했다. 어제저녁에 분명 자신이 쓴 돈의 액수를 알고 있을 텐데…… 동생의 치료비와 합의금까지 모두 세환의 카드로 해결했다. 그런데도 불구하고 그는 돈의 액수에 대해서 한마디 말도 하지 않았다. 거기다가 더 쓰라고만 한다. 너무 큰 호의는 결국 호의가 아니라고 배운 다솜이었다. 분명 이것도 함정이 존재할 텐데…… 그러나 이미 계약이라는 함정 속에 들어온 뒤다.

"손님, 이 백은 어떠세요?"

여자가 갖고 온 것은 작은 토트백이었다. 겨우 핸드폰이랑 지갑 하나 들어갈 정도로 작고 앙증맞았다. 부드러운 하얀 양가죽에 크리스탈로 장식이 되어 있었다. 이번엔 백, 그 다음에는 구두라도 갖고 올 생각일까…… 아니나 다를까, 매장 안의 직원으로 보이는 이가 상자 하나를 내밀었다. 하얀 새틴 구두가 화려한 샹들리에 빛에 반짝였다.

"옷에 맞춰서 골랐어요. 한번 신어보세요! 어머, 잘 어울리네요. 이렇게 하니 전혀 다른 사람, 아…… 죄송합니다. 그만 제가 실언을……."

"아, 아니에요. 사실인걸요. 제가 봐도 전혀 다른 사람 같아요."

여자를 위로하려고 한 말이 아니다. 매장 한가운데 있는 전신 거울에 비친 자신의 모습은 몰라볼 정도로 달라져 있었다. 다솜이 보기에 스스로임을 알 수 있는 건 부스스한 머리카락과 제자리를 못 잡은 듯한 화장뿐이었다.

"이건 제가 드리는 결혼 선물입니다."

여자는 벨벳으로 감싸인 작은 상자의 뚜껑을 열어 보이며 다솜에게 내밀었다. 진주와 유색 보석이 박혀 있는 핀 한 쌍이 들어 있었다.

"이런 건 받을 수가 없어요."

다솜이 난감한 듯 말하자 여자는 정색을 했다.

"제 서비스가 마음에 들지 않으셨나요? 혹여 무슨 실수라도 했는지요? 말씀만 하시면 바로 시정하겠습니다."

동문서답이 따로 없었다. 서비스가 마음에 들다 못해 분에 넘치는 듯하여 거절하는 건데 여자는 반대로 되물었다. 다솜은 마지못해 선물 상자를 받아 들며 잠시 생각에 잠겼다가 여자가 듣기 좋을 법한 한마디를 했다.

"아니요, 마음에 들어요. 너무 마음에 들어요."

다솜의 그 말을 기다렸다는 듯이 여자가 방긋 웃으며 말했다.

"자, 또 가볼까요?"

어디를 또 간다는 말일까. 다솜이 채 묻기도 전에 여자가 다솜을 끌어당겼다.

잠시 후, 두 사람은 바로 옆 건물로 건너가 있었다. 바닥에 대리석이 깔려 반짝반짝 윤이 나는 미용실이었다. 쾨쾨한 약품 냄새가 날 법도 한데 얼마나 관리를 잘하는지 되려 향긋한 냄새가 가득했다. 미리 예약을 하지 않으면 쉽게 찾아올 수도 없는 그런 곳임이 분명했다.

다솜은 여자의 손에 이끌려 기다리고 있는 헤어디자이너 앞에 앉게 되었다.

"말씀 드린 고객님입니다. 최고로 아름답게, 그리고 품위있게…… 선생님만 믿겠습니다."

헤어디자이너는 살짝 고개를 끄덕이더니 자신의 할 일을 시작했다.

사각사각.

다솜의 귀에 가위질 소리가 자장가처럼 들려왔다. 다솜은 슬며시 눈을 감았다. 여자가 뒤에서 계속 헤어디자이너와 종알종알 이야기를 엮어가고 있었지만 신경 쓰고 싶지 않았다. 너무 피곤한 하루다. 지금쯤 사무실에서 얼마나 낯은 이야기들이 오갈까, 상상이 되고도 남았다. 정말 만 하루도 되지 않았는데 어디서 흘러 들어간 소문일까? 궁금했다. 그러나 어차피 보름 후면 이 세상 사람들이 다 알게 되는 사실이었다. 신경 쓸 이유가 없었다.

　'그렇지만, 내일 회사는 어떻게 가야 하나……?'

　생각이 꼬리에 꼬리를 물고 있을 즈음 얼굴에 뭔가 둔탁한 느낌이 들어 다솜은 눈을 번쩍 떴다. 처음 보는 여자가 눈앞에 있었다.

　"손님, 메이크업을 시작하겠습니다."

　다솜은 시키는 대로 다시 눈을 감았다.

　잠시 후, 머리 뒤쪽에서 이번에는 드라이어의 윙윙대는 소리가 요란하게 들려왔다. 그리고 얼굴에 와 닿던 둔탁한 느낌 대신 붓 같은 걸로 그리는 느낌이 들었다. 이제 거의 다 끝나간다는 느낌이 들어 살짝 눈을 떴다.

　"……아!"

　순간 자신도 모르게 입 밖으로 탄성 한마디가 흘러나왔다.

　"마음에 드세요?"

　이번에도 역시나 기다렸다는 듯이 재빨리 같이 온 여자가 물었다. 다솜은 립스틱을 바르는 메이크업아티스트의 손길에 입을 크게 벌릴 수가 없어 눈만 살짝 감았다 떴다.

　거울 속에 있는 사람이 자신이 아니라 전혀 딴 사람 같았다. 옅은 색의 볼터치로 마무리가 된 뺨은 광대뼈가 살짝 도드라져 올라와 생동감이 넘치고 있었고, 아이쉐도우는 요란하지 않게 눈 위를 덮고 있었다. 속눈썹은 적당하게 말려 올라가 있었고, 아이라인은 그려져 있지 않았다. 텔레비전 광고에서나 나오는 그런 화장을 자신이 하고 있는 것이었다. 거기다 이제 마무리가 된 듯한 머리카락은 차분하게 뺨을 따라 흘러내렸다. 이마를 가리며 내려왔던 앞 머리카락은 깨끗하게 뒤로 넘겨져 살짝 부풀려져 있었다. 머리 위로 여자가 부띠끄에서 준 핀이 보였다.

"이제 다 끝났습니다. 어떠세요?"

무어라 할 말이 없었다. 진다솜이 아니었다. 이건 전문가들이 만들어놓은 인위적인 작품이었다. 그러나 그렇다고 해도 나쁘진 않았다.

"좋아요."

"고객님, 수고하셨습니다."

여자가 고개를 숙이며 인사를 했다. 다솜도 뭔가 여자의 마음에 드는 말을 해야 할 것만 같았다. 아무튼 고생을 한 건 그녀도 마찬가지였다.

"다, 다음에 또 전화 드릴게요."

거울 속의 여자가 환하게 웃었다. 그리고는 뿌듯한 얼굴로 다솜을 내려다보았다.

다솜이 자리에서 일어나 돌아서자 입구 쪽에 세환의 기사가 와 있었다. 여자는 기다렸다는 듯이 다솜을 위해 산 몇 벌의 옷이 든 백을 기사에게 내밀었다.

"안녕히 가십시오. 다음에 또 전화 주세요."

다솜이 대기 중인 승용차에 타고 출발하기 전까지 여자는 길가에서 허리를 굽혀 깍듯하게 절을 했다.

말 그대로, 적응이 안 된다. 이날 이때껏 회사를 다니면서 회사에 돈이 얼마나 많고, 사장이 한 달에 얼마를 버는지에 대해서 생각해 본 적이 없었다. 그저 맡은 일을 성실하게 할 뿐이었다. 새삼 다솜은 회사가 재계 몇 위더라 저절로 꼽아보게 되었다.

◐ ◐ ◐ ◐

"안에서 사장님이 기다리고 계십니다."

기사가 문을 열어주자 다솜은 옷이 구겨질세라 조심스럽게 차에서 내렸다. 자기 물건이 아니라는 생각만 드는지라 마음이 편치 않았다. 몸이 저절로 위축되었다.

레스토랑은 최근 유행하는 젠 스타일로 정갈하게 꾸며져 있었다. 천장은 높고, 바닥은 진한 오크제로 마감하고 있었다. 조명은 너무 밝지 않은 간접 조명으로 약간 어두운 편이었다. 테이블에 앉아 있는 사람들의 스타일 역시 만만치 않았다. 눈에 확 띄는 최신 유행이 아니라 은근하게 고급스러워 보이는 차림새로 작은 소리로 속삭이듯 조용히 말하고 있었다.

그때 단정한 검은 양복을 입은 남자가 다솜에게 다가왔다.

"손님, 예약하셨거나 일행이 있으십니까?"

순간 다솜은 해야 할 말이 생각나지 않아 머뭇거렸다. 그러다 이름 하나를 겨우 말했다.

　이름을 듣자마자 지배인이 직접 다솜을 테이블로 안내했다. 그가 안내한 곳은 창밖의 예쁘게 꾸며놓은 정원이 잘 보이는 자리였다. 이미 세환이 와 있었다. 지배인이 자신의 할 일을 다 했다는 듯이 허리 굽혀 인사를 하고 멀어진 후에야 세환이 고개를 돌렸다.

　잠시 동안 그는 아무 말 없이 다솜의 모습을 쳐다보기만 했다. 사실 세환은 짐짓 놀라고 있었다. 볼품없는 원석을 갈고 닦으면 보석이 된다고 하더니…… 그 말이 영 틀린 말은 아닌 것 같았다. 주변에 앉아 있는 사람들의 시선이 점점 자신에게 쏠리는 게 느껴질 때쯤 그는 입을 열었다.

　"옆에 와서 앉아요, 진다솜 씨."

　"아, 네……."

　머뭇머뭇 다솜이 그의 바로 옆 자리에 앉자 세환은 '커피?' 라고 가볍게 물었다. 그러나 다솜의 대답을 듣지 않은 채 다가온 직원에게 주문을 했다. 직원이 멀어지자 그는 바싹 다솜에게 붙어 앉아 그녀의 귀에 속삭였다.

　"지금부터 내가 하는 말 잘 들어."

　다솜은 귓가에 와 닿는 세환의 낮고 고른 숨결이 간지럽다고 느꼈다. 목덜미가 훤히 드러나는 옷을 입고 있는 그녀였다. 목덜미를 따라 그의 숨결이 흘러내리는 것만 같았다. 절로 몸에 힘이 들어갔다. 누군가 손가락으로 '콕' 하고 찌르기만 해도

'쓱' 넘어질 것같이 그렇게 긴장이 되었다.

"두 번 말하지 않을 거니 잘 들어. 앞으로 무슨 일이 있어도 당신은 절대 아무런 말도 하지 마. 그냥 가만히 이 자리에 앉아 있기만 해. 대답도 하지 말고 그냥 스마일…… 스마일 하라는 말이야. 그리고 당신의 대답이 필요하다면 내가 허벅지를 살짝 건드릴 테니 그때도 그냥 다른 말은 필요없어. 네, 라고만 짧게 대답해. 알았어?"

라고 말하며 확인이라도 하겠다는 듯 세환은 그녀의 허벅지를 손으로 살짝 건드렸다. 다솜이 반사적으로 '네'라고 대답하자 그의 얼굴에 흐뭇한 미소가 번졌다.

"좋았어! 역시 말이 잘 통하는군. 이제 몇 분 남지 않았으니 긴장 풀어."

다솜은 그의 말 몇 마디로 이 상황이 극복될 것 같지는 않았다. 하지만 나름대로 긴장을 풀려고 숨을 고르게 쉬며 노력했다.

"아, 커피가 오는군. 한 모금 마시면 정신이 좀 들고 좋을 거야. 당신 형편에 어디에서 이런 커피 같은 걸 마셔봤겠어."

말끝에 웃음소리까지 흘리며 세환이 뻬딱한 어조로 비아냥거렸다. 그러나 다솜은 그다지 신경 쓰지 않았다. 그의 말대로 커피는 맛있었다. 잘 우려낸 블루마운틴의 향은 달콤하면서도 신 듯하면서도 그 끝 맛이 강렬했다. 집에서도 이 맛을 낼 수 있으면 좋을 텐데…… 다솜은 되려 엉뚱한 생각에 빠져 아쉬워하고 있었다. 그때 옆에 앉아 있던 세환이 벌떡 일어났다. 그 바람에 다솜은 들고 있던 커피 잔을 떨어뜨리고 말았다.

"앗!"

그녀가 순간적으로 놀라서 짧은 외마디 비명을 지르자, 지켜보던 레스토랑의 여직원이 부랴부랴 뛰어왔다. 뜨거운 기운에 자리에서 일어나 옷을 손으로 털던 다솜이 겨우 정신을 차리고 고개를 들었을 때, 중년 여자 한 명이 그녀를 매섭게 노려보며 천천히 입을 열었다.

"조심성이 없는 아가씨로군요."

세환은 중년 여자의 말을 정확하게 들었음에도 불구하고 아무런 말이 없었다. 다솜의 원피스 아래로 갈색 커피 물이 서서히 번졌다. 그는 원피스 자락을 빤히 쳐다보다 냅킨으로 수습을 하고 있는 여직원에게 기사에게 연락해 달라 했다.

상황이 어느 정도 수습이 되자 중년 여자가 다시 입을 열었다.

"앉거라."

여자의 말이 떨어지기 무섭게 세환이 다시 자리에 앉으며 다솜의 허벅지를 살짝 찔렀다.

"네."

다솜은 죄송하다는 말이 목구멍에 탁탁 걸리는 것처럼 느껴졌다. 그 말을 해야 하는데 할 수가 없었다. 중년 여자가 오기 전에 다솜은 세환의 지시를 받았다. 다른 말을 할 수가 없었다.

중년 여자의 눈이 위로 살짝 치켜 올라가는 것처럼 보였다.

돌아가는 상황을 아는지 모르는지 세환의 들뜬 목소리가 두 여자 사이에 흘렀다.

"옷이 몇 벌 필요하다며 사도 되냐고 하길래 그러라 했죠. 역시 그러길 잘했습니다. 다솜 씨, 조금 있다가 기사가 오면 이곳 룸에서 갈아입으면 돼요."

세환이 성을 빼고 이름만 부른 건 처음 있는 일이다. 어떻게 해야 하나, 대꾸를 해야 할 것 같은데 이번에는 별다른 신호도 없다. 다솜은 자신도 모르게 고개를 숙이며 말했다.

"고, 고맙습니다."

고개를 들었을 때, 다솜은 세환과 눈이 마주쳤다. 매서운 눈이었다. 노여워하고 있는 눈이었다. 그의 눈이 날카롭게 그녀의 눈을 뚫어져라 들여다보고 있었다. 왜 그렇게 대답했냐고, 왜 시키는 대로 하지 않았냐고 무언의 질책을 하고 있었다.

잠시 후 세환의 입술이 들썩였다. 걱정과는 반대로 그의 입에서는 한껏 부드러운 말들이 흘러나왔다.

"우리 다솜 씨 참 순수하지 않습니까? 결혼할 사이에 별것 아닌 일에도 이렇게 고맙다고 합니다. 요즘 보기 드문 아가씨죠. 어떨 때는 가끔 제가 결혼할 남자인지 여전히 다솜 씨에게 사장으로만 기억되고 있는 건지 구분이 되지 않을 때가 있답니다, 어머니!"

말끝에 세환이 '어머니'라는 말을 유난히 강조하며 턱을 꼿

꼿하게 들었다.

다솜은 그제야 앞에 앉은 여자를 찬찬히 바라보았다. 세환의 어머니라는 호칭으로 부르기에는 그녀는 너무 젊어 보였다. 40대 중반, 아니면 후반…… 아무리 넉넉하게 나이를 생각한다고 해도 오십 대로는 보이지 않았다. 너무 젊었다. 하나, 무슨 상관 있을까? 다솜 자신의 어머니도 20대 초반에 자신을 낳았으니 새삼스러울 것도 없었다. 어머니가 살아 계셨던 중학교 때는 밖에 나가면 엄마와 딸이 아니라 젊은 이모와 조카라는 말을 종종 듣곤 했다.

"아가씨는 그래, 이름이 어떻게 되나요?"

"진다솜이라고 합니다, 어머니."

세환이 재빨리 다솜 대신 대답했다.

"그렇군. 아직 가족이 될지 안 될지 모르니 말은 차차 놓기로 하죠. 괜찮지요?"

여자는 다솜을 지그시 바라보며 동의를 구했다. 그러나 이번에도 세환의 신호는 다솜의 허벅지에 떨어지지 않았다.

"이미 결정난 일입니다. 저희는 결혼할 겁니다."

라고 세환이 또 대신 다부진 목소리로 대꾸했다.

"그래? 아가씨노 그렇게 생각하나요?"

그때 세환이 다솜의 허벅지를 살짝 찔렀다.

"네……."

여자의 한쪽 눈썹이 이번엔 눈에 확 띌 정도로 치켜 올라갔다. 마침 기사가 테이블로 다가왔다. 세환이 꼭 레스토랑 내의 모든 사람들이 들으라는 듯 또랑또랑하게 기사에게 명령했다.

"쇼핑백에 옷들 몇 벌 더 있지요, 최 기사?"

무슨 말을 하려는지 알아들었다는 듯 최 기사가 다솜이 일어나자 레스토랑 한쪽에 마련된 룸으로 안내했다. 이런 일을 대비한 장소일까, 룸은 여자들이 쉴 수 있게 만들어놓은 장소였다. 한쪽에는 전신 거울도 마련되어 있었다. 잠시 후, 최 기사가 옷 꾸러미를 가지고 돌아와 소파 위에 놓고 나갔다.

다솜은 옷이 든 백을 물끄러미 바라보다 그중에서 첫 번째로 눈에 들어오는 검정 원피스를 꺼냈다. 그녀는 정신없이 끌려다니며 그냥 그 여자가 골라주는 대로 샀기 때문에 그 옷이 어떻게 생긴지 전혀 몰랐다. 그저 색만 보고 괜찮을 거라는 생각에 꺼낸 것이었다. 그러나 막상 입어보니 무릎 정도 오는 길이에, 왼쪽으로 긴 슬릿이 있었다. 서 있을 때는 앞에서 보면 얌전했지만 걸을 때마다 허벅지 안쪽까지 드러났다. 게다가 등은 V자로 깊이 파져 있기까지 해서 브래지어를 입을 수가 없었다.

다솜은 옷을 걸치고 나서야 그 사실을 알았다. 안 되겠다 싶어 다른 걸로 갈아입으려고 할 때, 밖에서 노크 소리가 났다.

"아직 멀었어?"

세환이었다. 다솜은 부랴부랴 지퍼를 올리며 다급하게 대꾸했다.

"아, 아니요. 다 됐어요. 금방 나가요!"

말이 떨어지기가 무섭게 문이 열리며 세환이 안으로 쓱 들어왔다. 그가 다솜의 위아래를 훑었다.

다솜은 온몸이 벌겋게 달아오르는 것만 같았다.

"정말 좋군."

세환이 다솜의 어깨에 손을 얹더니 그녀를 전신 거울 쪽으로 돌려 세웠다.

"누…… 굴 위해 고른 옷이지?"

다솜은 세환의 손길이 화인처럼 느껴졌다. 무겁고 뜨거웠다. 대꾸할 말이 떠오르지 않았다.

"아니지, 아니야. 어차피 그런 건 상관없어. 누굴 위해 골랐는지는 몰라도 이 상황에 더할 나위 없이 좋군. 이 모습을 보고 경기를 일으킬 사람이 밖에 있으니깐. 자, 나갈까?"

세환이 다솜의 팔을 잡더니 밖으로 끌었다. 실내에 있던 남자들의 시선이 은밀하게 걸을 때마다 슬릿 사이로 보이는 다솜의 다리에 박힐 듯이 머물렀다. 조심스럽게 걷는 건 무리였다. 다솜에게는 세환의 보폭이 너무 넓게만 느껴졌다.

잠시 후, 테이블로 다가가자 여자의 얼굴 근육이 눈에 띄게 움찔거렸다.

"흠! 흠!"

두 사람이 자리에 앉자 직원이 주문을 위해 다가왔다.

"기쁜 자리니만큼 와인을 마셔야겠죠. 레드 와인이 좋을 듯한데, 다솜 씨, 괜찮아요?"

세환은 여자가 보라는 듯이 다솜에게 다정하게 붙어 앉더니 메뉴판을 펼쳐 보였다.

"네⋯⋯."

다솜은 드러난 다리를 어떻게 해야 할지 난감해서 어쩔 줄 몰라 하고 있었다. 세환의 손이 드러난 허벅지 위에 머물러 있었기 때문이다. 신호를 바꾸고 싶었지만 틈이 없었다.

"잠시 실례하마."

주문을 한 후 여자가 자리에서 일어났다. 그녀는 조금 떨어진 테이블로 갔다. 그 테이블에는 여자 또래로 보이는 몇몇의 여자들이 앉아 있었다. 꽤 오래전부터 이쪽을 바라보고 있었던 것 같다.

"아주 만족스러워. 잘하고 있군. 지금 이대로만 해. 당신이 손해 볼 건 없을 거야. 아주 좋아, 아주⋯⋯. 뜻하지 않은 관객들까지 있으니 정말 좋군."

세환이 말하는 게 정확히 무얼 뜻하는지 알 수가 없는 다솜이었다. 그녀는 그의 눈길이 머무는 곳으로 얼굴을 살짝 틀었다. 여자가 간 테이블을 힐끔 쳐다보았다. 무슨 말이라도 들었는지 그곳에 앉아 있던 다른 여자들이 일제히 자신을 쳐다보고 있었다.

"앞으로도 저런 시선 따위는 모른 척해. 어차피 남의 시선이 중요한 게 아니지 않아? 당신 하고픈 대로 해. 아무도 뭐라 할 사람은 없어. 당신은 정당한 일을 하고 있는 거니깐, 누가 뭐라고 해도 말이지."

하고픈 대로라, 지금 다솜이 하고 싶은 건 계약을 물리는 일
이었다. 그러나 정작 계약의 열쇠를 틀어쥐고 있는 그는 그건
절대 안 된다 말했다. 지금도 그 일 외에는 뭐든 다 허용한다고
말하고 있었다.

다솜이 대답을 하지 않자 세환이 이번에는 아예 그녀의 허벅
지를 살짝 소리가 나게 쳤다.

"네……."

사냥꾼에게 몰린 어린 동물처럼 다솜이 움찔거리며 대꾸했
다. 그런 그녀의 모습에 세환은 만족스러운 미소를 지었다. 그
의 입 밖에서 나오는 낮은 웃음소리가 실내에 번져 갔다.

이제 물러설 수 없다, 오로지 승리를 위해!

☯

며칠 후.

세환의 지시에 따라 다솜은 회사에 사직서를 제출했다. 사무
실의 사람들이 술렁일까 봐 일부러 아침 일찍 출근을 해 부장의
책상 앞에 사직서를 놓았다. 세환이 내부적으로 알아서 처리해
준다고 했지만 그것만은 들을 수가 없었다. 자신의 일이었다.
사무실을 한 바퀴 둘러보고 나오는데 그만 일찍 출근을 한 진아
와 마주치고 말았다. 갑작스런 일에 어리둥절할 줄 알았던 진
아는 되려 손을 잡으며 자기 일처럼 기뻐해 주었다. 그리고 걱
정스러운 듯 당부의 말도 덧붙였다.

"사장님 어머님, 그래, 지금의 회장님 말이야. 친어머니가 아

니래. 새어머니래. 나도 자세히는 모르겠지만……."

회사가 그룹이라는 이름을 달 정도로 성장하기 전에 이미 회장인 이 여사가 세환의 어머니였다고 했다. 두 사람의 사이가 어떤지에 대해서는 회사 내 여직원들 사이에서도 의견이 분분했는데 1년 전에 전 회장인 세환의 아버지가 돌아가신 후 둘 사이가 소원해진 것만은 확실하다고 했다.

"아마 재산 문제겠지? 근데 기집애, 언제 연애를 한 거야? 나한테까지 숨기다니 너무했다!"

다솜은 '미안하다'는 말만 되풀이했다. 사실을 말할 수는 없는 노릇이었다. 나중에 밥이나 사라는 진아를 뒤로한 채 회사를 나와 병원으로 향했다. 동생이 여전히 입원 중이었다. 최소한 한 달은 입원해 있어야 한다고 의사가 말했었다.

"어, 누나! 이 시간에 어떻게?"

비스듬히 병상 위에 앉아 있는 혁수의 눈이 커지다 못해 앞으로 확 튀어나올 것처럼 보였다.

"그렇게 되었어."

"설마, 누나 나 때문에…… 회, 회사 그만둔 거야? 그 돈 퇴직금이었던 거야?"

혁수가 금방이라도 병상에서 내려올 듯이 굴었다. 어떻게 설명해야 할까, 다솜은 속으로 크게 심호흡을 한 후 입을 열었다.

"누나…… 얼마 뒤에 겨, 결혼하려고 해."

역시나 아니나 다를까 혁수의 눈이 더 휘둥그레졌다.

"그래서 너 그…… 보상금 말이지. 그 사람이 준 거야. 그러니까 너무 걱정하지 마."

더 이상 듣고만 있을 수 없다는 듯이 혁수가 몸을 일으켜 세우려다 고통스러운지 인상을 썼다.

"말도 안 돼!"

"미안해, 누나가 좀 더 일찍 말했어야 했는데 그럴 틈이 없었어. 최소한 너희들 대학 들어간 후에나 결혼하려고 했는데……."

혁수가 다솜의 말을 끊고 끼어들었다.

"거짓말! 누나! 팔려가는 거지? 그런 거지? 나 때문에, 돈 때문에 이상한 사람이랑 결혼하는 거지? 그 사람 애가 줄줄이 달린 거 아냐? 것도 아니라면 정신이라도 이상한 사람이거나? 응, 말 좀 해봐!"

귀신이 따로 없었다. 딱히 혁수의 말이 틀린 건 아니었다. 그렇지만 적어도 세환은 그가 상상하는 것처럼 이상한 사람은 아니었다.

"아니야. 허우대 멀쩡하고 초혼이고 애도 없어. 배도 안 나왔고 머리도 안 벗겨졌어. 그리고 부자야."

여전히 미심쩍다는 눈빛으로 혁수가 다시 물었다.

"그래? 그래도 이상해. 그런 사람이 뭐 하러 누나랑 결혼한대? 집에 돈이 많은 것도 아니고, 누나가 학벌이 아주 좋은 것도 아니고, 게다가 아직 키워야 할 동생들이 줄줄이잖아! 분명 뭔가 이상해. 뭔가 이상한 구석이 있지 않고서야 정말 그렇게 잘난 사람이 뭐 하러 누나랑 결혼해?"

혁수가 정말 맞는 말만 하고 있었다. 다솜도 그런 자신의 처지를 누구보다 잘 알고 있었다. 이날 이때까지 참 운이 좋았다고 생각해 왔다. 없는 살림에 사기를 당한 적도 없었고 열심히 산 만큼 보답이 뒤따랐다. 혁수의 말대로 이상한 사람이 아니고서는 그런 조건의 남자가 자신에게 결혼을 하자고 할 리가 없었다.

"그렇지? 나도 그렇게 생각해."

라고 다솜은 조용히 중얼거렸다. 그러자 혁수가 한숨을 푹 내쉬었다.

"바보, 그냥 하는 소리야. 누나가 어때서? 내 눈에는 우리 누나가 세상에서 제일 예뻐. 어떤 여자보다도……."

그때 가습기가 요란한 소리를 내며 울어댔다. 물이 다 떨어졌다는 신호다. 다솜은 느린 동작으로 가습기 안의 물통을 꺼냈다. 그녀가 막 병실 밖으로 나가려는 순간 혁수가 등 뒤에서 물었다.

"근데 누나, 그 사람 사랑하긴 하는 거야?"

다솜은 등을 돌릴 수가 없었다. 그러나 대답을 해야만 했다. 눈을 질끈 감았다.

"그, 그럼."

"그럼 된 거지 뭐. 누나가 사랑한다면 된 거야. 그나저나 언제 보여줄 거야, 매형 될 사람?"

그 길로 다솜은 병실을 나와 화장실로 향했다. 늘 그렇듯 거짓말을 하는 건 쉬운 게 아니다. 그것도 자신이 가장 사랑하고 있는, 그리고 자신을 누구보다도 잘 아는 가족들 앞에서는 더욱 쉬운 일이 아니었다.

처음 룸살롱을 다니기 시작했을 때도 그랬다. 회사를 마치고 저녁에 룸살롱에 출근을 해서 새벽에나 겨우 집에 들어갔다. 점점 집에 들어가는 시간이 늦어졌다. 야근 핑계도 점점 통하지 않게 되었다. 당연히 다 자랄 대로 자란 쌍둥이 남동생들이 먼저 의심스럽게 물어왔다.

「누나, 이상한 데 다니는 거 아냐?」

그때 아무리 경리 일이라지만 룸살롱에 다닌다는 말을 할 수가 없어서 야식 집에 다닌다고 했다. 애들도 점점 크고 있는데 돈이 더 필요하다며 고생스럽지 않다고 애써 웃었다. 덕분에 룸살롱 일을 끝내고 나면 술 냄새도 지울 겸 음식 냄새도 묻힐 겸 꼬박꼬박 근처 야식 집에 출근부를 찍었다. 덕분에 야식 집 아줌마랑 친해져서 고기 건더기는 원없이 얻어먹었다. 가끔 동생들 몫으로 국밥 같은 이런저런 음식들을 포장해 가져가기도 했다.

지금은 그때보다 더 거짓말을 하는 게 힘들었다. 결혼이라는 것이 이렇게 쉽게 결정이 나고 이렇게 쉽게 진행될 수 있는 일이 아니었다.

"괜찮겠지? 괜찮을 거야. 그래, 그래."

다솜은 물통에 물이 차 오르는 것도 모르고 화장실 벽에 걸린 거울 속을 들여다보았다. 그때 물이 넘쳐 그녀의 손이 젖었다.

"이런! 넘쳤네."

다급히 수도꼭지를 잠그고는 물통을 들고 다시 병실로 돌아갔다.

혁수는 그사이 잠이 들었는지 고른 숨을 내쉬며 침상에 누워 있었다. 가습기 분무 입구를 잘 맞춰준 다음에 다솜은 의자에 앉았다. 이불 밖으로 나와 있는 동생의 손을 꼭 잡았다.

훌쩍 커버린 동생······ 어른들이 말하길, 자신이 나이 먹는 건 생각지 못하고 다른 사람들 나이 먹는 것만 보인다고 했다. 자신도 예외는 아니었다. 손에 잡고 등에 업고 그렇게 키운 동생들이었다.

사람 좋았던 아버지가 꾸리고 있던 공장을 담보로 고향 친구의 빚 보증을 섰다. 그때가 막내 다인이 갓 첫 돌을 지난 때였다. 다솜의 나이 14살 즈음이었다. 그런 후 얼마 지나지 않아 그 친구가 도망을 쳐버렸다. 어마어마한 빚은 고스란히 아버지의 몫으로 떨어졌고 급기야 공장은 문을 닫고 말았다. 가족 보기가 민망해 하루하루 술로 세월을 보내던 아버지는 그 이듬해

화병으로 돌아가셨다. 슬퍼할 겨를이 없었다. 그때부터 어머니는 공사장을 전전하며 식당 일을 도왔다. 어린 동생들은 그때부터 다솜의 몫이었다. 남은 식구들끼리 서로 도와가며 잘살아 보자고 그렇게 굳게 결심하고 또 결심했는데 얼마 지나지 않아 어머니마저 공사장에서 사고로 돌아가셨다. 아버지의 빚 정리를 위해 가입해 둔 보험이란 보험은 그때 이미 다 정리를 해버렸던지라 어머니마저 돌아가신 후에는 남은 게 하나도 없었다. 다솜은 학교를 실업 고등학교로 옮겼다. 장학금을 받아가며 아침저녁으로 아르바이트를 하며 억척같이 학교를 다녔다. 학교를 졸업해야만 했다. 그래야 동생들을 키울 발판이 마련되기 때문이었다. 돌아가신 어머니의 유해를 한강에 뿌리며 약속했다. 자신은 모든 걸 포기했지만 동생들만은 그렇게 하지 않게 하리라 마음먹었다. 그렇게 아둥바둥 사는 사이 강산이 한 번 바뀌고도 3년이라는 세월이 흘렀다.

다솜은 조심스럽게 손에 힘을 주었다. 그때 갑자기 정적을 깨는 소리가 있었다.

삐리리리……

핸드폰이었다. 아마도 세환이 전화를 건 걸 거다. 혁수가 깰까 봐 다솜은 재빨리 핸드백을 집어 들고는 병실 밖으로 나왔다. 핸드폰은 계속해서 울어댔다. 부랴부랴 핸드백 안에서 핸드폰을 찾아 폴더를 열었다.

"여보세요……"

—진다솜 씨 핸드폰인가요?

세환일 거라고 기대했던 것과는 달리 부드러운 여자 목소리였다.

"네, 맞습니다. 제가 진다솜입니다."

—나 세환이 엄마예요.

순간 핸드폰 너머에서 냉기가 흐르는 듯 느껴졌다.

"아, 안녕하세요?"

다솜이 예의 바르게 인사했으나 세환의 어머니는 다짜고짜 용건부터 말했다.

—지금 시간 되나요? 잠깐이면 돼요. 지금 만났으면 좋겠는데……. 지금 어디에 있죠?

"저, 지금 제가 동생 입원해 있는 병원에……."

다솜의 말을 끝까지 듣지 않고 여자가 다시 되물었다.

—그럼 그 근처에 잠깐 앉을 만한 조용한 데 없나요? 위치만 말해 주면 내가 알아서 찾아갈게요.

어쩔 수 없이 다솜은 병원에 오면서 지나쳤던 근처 커피숍의 위치를 알려주었다.

무슨 일일까…….

—그리고 세환이한테는 나 만난다는 얘기 하지 말아줘요. 알겠죠?

다솜은 그렇게 하겠다고 조용히 대꾸한 후 통화를 끝내고 다시 병실로 돌아갔다. 혁수는 여전히 조용히 잠을 자고 있었다.

다솜은 그의 얼굴을 한동안 물끄러미 바라보다 병실을 나왔다.

　병원 근처 모퉁이에 있는 작은 커피숍에는 손님이 많지 않았다.

　세환의 어머니가 도착했을 때, 다솜은 물 잔을 만지작거리고 있었다. 다솜이 자리에서 일어나 공손하게 인사했지만 세환의 어머니는 다솜을 힐끔 쳐다보더니 그냥 자리에 앉고는 대뜸 말문을 열었다.

　"쓸데없는 인사는 생략하도록 하죠."

　목소리가 날카로웠다. 좋은 이야기를 하러 온 것 같지는 않았다. 세환에게 비밀로 하라는 것으로 봐서는 결혼식에 대한 의논을 하러 온 것은 아닌 듯싶었다. 맞은편에 서 있던 다솜은 자리에 앉으며 고개를 가만히 끄덕였다.

　"네, 어머님."

　그나마 입가에 형식적으로 걸려 있던 미소마저 다솜의 말에 날아가 버린 듯 세환의 어머니는 이맛살을 찌푸렸다.

　"듣기 좋은 말은 아니군요. 정 부를 말이 마땅찮으면 남들처럼 이 이사님, 아니지, 이제 회사 직원이 아니라 했으니, 그냥 이 여사라고 불러줘요."

　이 여사의 반응은 다솜이 생각하기에도 너무나 당연한 것이었다. 가진 것도, 내세울 것도 없는 자신을 그녀가 달가워할 리가 없었다. 어느 어머니라도, 아무리 새어머니라고 해도 아들의 평생 배필로 자신이 부족하다 생각하는 게 당연했다. 어쩌면 새어머니이기 때문에 더 그럴지도 모른다. 키운 정이 더 무서울 때가 가끔 있다.

"그래, 세환이와는 언제 만나서 어떻게 사귀게 된 거지요?"

다솜은 순간 당황해서 물 잔을 들어 물을 한 모금 마셨다. 이 여사는 다솜의 대답을 기다리며 점점 집요한 눈빛으로 빤히 쳐다보았다.

"내가 너무 사적인 것까지 물은 건가요? 그게 아니라면 대답할 수가 없나요?"

이 여사의 말은 계속해서 이어졌지만 다솜은 대꾸할 말을 생각해 낼 수가 없었다. 자기 멋대로 꾸밀 수 있는 이야기가 아니었다.

"그럼, 내가 맞춰볼까요? 같은 회사를 다니니 처음에는 회사에서 만났을 테지요. 사장에다가 그룹 내 유일한 정통 후계자라는 감히 넘볼 수 없는 사람이라는 사실도 어렵지 않게 알았겠죠. 그 마음 모르는 게 아니에요. 당연히 욕심이 났겠죠. 내 아들이지만……."

'아들'이란 말을 하는 목소리에 어머니만이 가질 수 있는 특유의 애정이 담겨져 있었다.

"내 아들이지만 볼수록 괜찮은 녀석이에요. 어느 여자인들 탐이 안 날까, 그렇지만 이건 아니죠. 진다솜 씨가 팔자를 고쳐보겠다고 내 아들을 어떤 방법으로 유혹했는지는 솔직히 모르겠어요. 그리고 내가 아들을 잘못 키운 탓이겠지만 그 유혹에 내 아들이 보기 좋게 걸려들었죠. 오늘 아침에도 결혼을 하면 같이 살 거라고 전화가 왔더군요."

맞는 말이 하나도 없었다. 다솜은 뭔가 말을 하려고 입을 열려고 했다. 하지만 이 여사는 기다리지 않고 계속 말을 이어갔다.

"원하는 게 있다면 말하세요. 얼마를 주면 내 아들에게서 떨어질 수 있나요? 분명 그 녀석의 돈이 탐이 난 거겠죠. 돈이라는 건 사람이 거부하기에는 너무나도 큰 매력을 갖고 있는 게 분명하니까요. 그렇지만 이건 아니에요. 돈은 그 녀석 못지 않게 내게도 많으니깐 얼마를 주면 되는지 말해 봐요."

참 이상한 사람들이다. 입만 열면 돈의 액수를 묻는다. 얼마를 주면 되냐고 세환처럼 이 여사도 같은 걸 묻고 있다. 다솜은 잔에 손을 가져다 대며 조용히 입을 열었다.

"얼마를 주신다고 해도 지금은 여사님께서 원하시는 대로 해드릴 수가 없어요."

"지금은 해줄 수 없다? 더 원하는 것이 있는 건가요?"

필요하지 않다는 말이 어째서 더 원하는 게 있는 것처럼 들린 걸까, 다솜은 다급히 다시 말했다.

"아니요, 더 원하는 건 없어요. 다만, 어디까지나……."

그 짧은 순간 생각에 빠졌다, 사실대로 말해도 되지 않을까 하고. 원래 거짓말보다는 있는 그대로의 진실이 더 잘 통하는 법이다. 그러나 지금이 과연 그런 때일까? 가끔은 거짓말같이 들리는, 말도 안 되는 진실은 통하지 않는 때도 있다. 어쩌면 지금이 그런 때가 아닐까?

이 여사의 눈빛은 날카로웠지만 맑아 보였다. 분명 그녀는 세환을 사랑하고 있는 평범한 어머니였다. 그렇다고 해도 계약을 했다고는 도저히 말할 수 없는 노릇이었다. 게다가 세환이 무슨 목적으로 이런 일을 꾸미게 되었는지도 모르고 있었다. 그리고 그 이야기를 입 밖에 내는 순간 계약 위반이 된다는 걸 너무나도 잘 알고 있었다.

"어디까지나?"

이 여사가 어서 그 다음 말을 하라고 재촉했다.

"이건 신의의 문제예요. 전 사장님과 결혼을 하겠다 약속을 했고 그 약속을 최선을 다해 지킬 겁니다. 지금 제가 드릴 수 있는 말씀은 사장님이 원하지 않는다면 언제라도 조용히 물러설 거라는 것…… 그뿐입니다."

다솜은 계약을 했다는 말을 직접적으로 할 수는 없어 결국 빙 돌려서 말했다. 제발 알아달라고 속으로 빌었다. 이 일은 자신에게 아무리 뭐라고 해봤자 소용없는 일이라는 걸, 제발 알아달라고 속으로 빌고 또 빌었다.

마음이 통했을까, 그런 다솜을 이 여사는 아까보다는 좀 더 부드러운 눈빛으로 바라보기 시작했다. 이제 찻잔에 손을 대는 여유도 보이고 있었다.

"그런 거였나……."

다솜이 '네?'라고 되묻자 이 여사는 빙그레 웃더니 손을 가로저으며 물었다.

"그렇다고 해도 어떻게 아가씨를 믿지요?"

"원하시는 대로 써드리죠."

다솜은 핸드백을 뒤져 다이어리를 꺼냈다. 종이 한 장을 찢어내 이 여사가 보는 앞에서 자신이 한 말과 동일한 말을 적어 내려갔다. 그리고 건넸다.

"혹시라도 더 필요하신 부분 있으시면 말씀하세요."

다솜에게서 건네받은 종이를 꼼꼼하게 읽어보던 이 여사가 고개를 끄덕였다.

"이 정도면 충분할 듯하군요. 그나저나 동생이 입원했다고 하던데, 내가 뭐 도와줄 건 없나요?"

갑작스런 이 여사의 호의적인 말에 다솜은 어리둥절했다.

"아니요. 사장님이 많이 도와주셨어요."

도와주겠다고 한 사람이나 도움을 거절한 사람이나, 두 사람 모두 머쓱한 기분이 들었는지 잠시 동안 조용히 서로를 바라보기만 했다. 이 여사가 먼저 침묵을 깼다.

"먼저 일어나고 싶으면 먼저 일어나도록 해요. 나는 아직 기사가 오려면 시간이 좀 걸릴 것 같군요."

"네, 이 여사님. 그럼 먼저 실례를……."

이 여사는 다솜이 자리에서 일어나 문으로 향하는 뒷모습을 물끄러미 바라보며 찻잔을 들었다.

　도대체 알 수가 없는 일이었다. 세환이 갑자기 결혼하겠다며 결혼할 여자를 소개시켜 주겠다 했을 때, 당연히 그 자리에 아현이 나올 줄로만 알았던 그녀였다. 아현은 세환과는 오랜 친구 사이로 대학 동창이었다. 아현을 처음 봤을 때부터 이 여사는 그녀를 며느릿감으로 점찍었다. 자신이 점찍었다고 해서 무조건 며느리가 될 건 아니었지만 그만큼 마음에 들어했다. 그런데 막상 나온 아가씨는 생전 처음 본 아가씨였다. 나름대로 다솜의 뒷조사를 했다. 결국 이 여사는 세환과 다솜, 이 둘의 관계에 결코 정상적이지 않은 뭔가가 있다고 지레짐작했다.

　다시 한 번 종이 속에 적힌 글귀를 꼼꼼히 읽어 내려갔다.

　『사장님이 원하지 않을 때는 조용히 이혼하겠습니다. 어떠한 요구도 하지 않을 것임을 약속합니다.』

　그 밑에 날짜와 다솜의 이름이 적혀 있었다.

　진다솜이라는 아가씨, 이 여사는 불현듯 그녀가 어떤 사람일까 궁금해졌다. 세환의 돈과 위치를 보고 덤벼든 불나방 같은 여자라고 생각했다. 아무래도 그 생각이 틀렸을지도 모른다는 느낌이 들었다. '사장님'이라는 글자에 고정된 이 여사의 눈가에 잔잔한 주름이 졌다. 다솜은 말을 할 때도 꼬박꼬박 세환을 가리켜 사장님이라고 했다. 곧 결혼할 남자를 칭하는 말로는 어색하기 짝이 없었다. 그러고 보니 그녀는 25년 전의 자신과 많이 닮아 있었다. 자신의 경우는 애 달린 홀아비였다지만 다를 게 없었다. 사장과 여비서였다.

"신의라고 했었지."

참 오랜만에 듣는 말이다.

오래전 자신도 누군가와 신의를 다하겠다 약속했다. 얼마 전 자신의 곁을 떠난 남편의 전 부인, 자신이 사모님이라고 불렀던 세환의 친어머니와 그러한 약속을 했다. 그 약속 때문에 눈에 넣어도 아프지 않을 자신의 딸 세영을 잃었고 대신 의붓아들이 자신의 곁에 남았다.

신의를 지키는 대가치고는 너무 큰 걸 잃었다. 다시는 아이를 갖지 않았다. 어미가 될 자격이 없었다. 그동안 얼마나 괴로워하고, 얼마나 아파했는지 모른다. 자신이 세영 대신 죽었어야 했다며 자책했다. 아무리 강산이 한번 바뀌고도 5년이라는 세월이 흘렀다는 걸 알아도 엊그제같이 가슴에 에었다. 단 한 번도 딸 세영을 잊은 적이 없었다. 남편이 없었다면 버틸 수 없는 세월이었다. 게다가 문득 문득 세환을 바라보며 원망하기도 했었다. 그러면 안 된다는 걸 잘 알면서도, 세환의 잘못이 절대 아니라는 걸 잘 알면서도 쉽게 원망을 멈출 수가 없었다. 그런 마음이 들수록 더욱 세환에게 잘하려고 노력했다. 그리고 남편이 1년 전 자신의 곁을 떠나며 또 한 번 세환을 부탁했다. 그때 다시 한 번 깨달았다. 세환은 누구의 자식도 아닌 자신의 아들이라는 것을 가슴 깊게 깨달았다. 누구보다도 세영을 예뻐해 주던 오빠였다. 그리고 얼마 전 유언장의 내용을 고치며 자책했던 마음과 세환을 원망했던 마음 모두를 한꺼번에 떨어냈다.

정말로 오랜만에 들어보는 말이다. '신의'라는 말, 그것도 뜻밖의 사람에게서 말이다.

커피숍 창밖에 차가 와서 서는 걸 보며 이 여사는 자리에서 일어났다. 결국 이 결혼은 아무리 반대한다 해도 세환의 뜻대로 흘러갈 것이다. 도대체 무엇 때문일까…… 세환이 다솜을 사랑하는 것으로는 보이지 않았다. 어떤 목적에서, 무엇 때문에 이 결혼을 고집하는 걸까? 그렇다고 다솜 그녀가 세환을 옭아맨 것 같지도 않은데. 세환과 다솜, 두 사람 사이에 일종의 계약이 오갔음을 어렴풋이 느끼기는 했지만 도대체 목적이 뭔지 알 수가 없었다. 다만 다솜은 신의라는 말을 했다. 신의…… 약속을 지키겠다 했다. 일단은 믿어보는 수밖에…….

이 여사는 긴 한숨을 내쉬며 커피숍을 나섰다.

이 핑계 저 핑계를 내며 세환을 동생들에게 소개하지 못한 채 일주일이 훌쩍 지나가고 있었다.

다솜이 지난 일주일 동안 세환을 본 건 한 손에 꼽을 정도였다. 그는 자신이 필요할 때만 그녀를 회사로 불러들였고, 그럴 때마다 다솜은 다른 사람들의 눈에 띄지 않으려고 애를 썼다. 동료들과 마주치는 게 썩 내키지 않았다. 가뜩이나 그의 비서들까지도 그녀를 이상하게 바라보았다. 꼭 우스꽝스러운 피에로를 바라보는 그런 눈빛이었다. 그리고 퇴직금은 세환이 말한 대로 며칠 전에 통장에 고스란히 곱게 들어왔다. 이제 정말 결혼을 하는 거구나 실감이 나기 시작한 게 집에 쌓이기 시작한 혼수 때문이라는 게 아이러니하다 느끼는 다솜이었다. 세환에게 불려갔다 돌아오는 길에는 늘 손에 한가득 꾸러미가 들려졌다. 백화점이나 있는지도 몰랐던 샵들을 돌면서 가구나 그릇, 잡다한 생필품들, 그리고 옷들을 샀다. 아니, 샀다기보다는 억지로 떠맡는 느낌이었다.

"언니, 왜 그렇게 한숨을 쉬어? 형부가 바빠서 만날 수가 없어서 그런 거야?"

이제 막 중학교에 입학한 막내 다인이 저녁 준비를 도우며 물었다.

"아…… 응."

"형부 너무한다. 얼굴도 한 번 안 보여주고…… 아무리 바빠도 그렇지. 이러다가 결혼식 날이나 보겠네."

도마에 썰어놓은 찌개 재료를 냄비에 옮겨 담으며 다인이 툴툴거렸다.

"미안해, 다인아."

냄비를 가스레인지 위에 올리며 다인이 피식 웃었다.

"언니가 미안할 게 뭐가 있어? 얼마나 대단한 형부인지 보게 되면 내가 꼬치꼬치 따질 거야."

아버지 얼굴도 모른 채 큰 다인에게 형부라는 존재가 얼마나 대단한지 다솜은 잘 알고 있었다. 어렸을 때 다인이 가끔 말했다. '엄마가 살아 있었으면 큰언니 같았을 거야'라고 말이다. 그럴 때마다 아버지 같은 사람을 형부로 데리고 오겠다고 약속해 줬다. 그래서 다솜은 더욱 다인에게 미안했다. 그때,

"누나, 전화 왔어!"

부엌 밖에서 혁진이 큰 소리로 불렀다. 다솜은 다급하게 밖으로 나와 휴대폰을 건네받았다.

―뭐 하느라 이렇게 늦게 받아? 이러면 휴대폰을 준 의미가 없지 않아?

세환이었다. 다짜고짜 다그치고 있었다. 또 무슨 일일지 걱정되어 다솜은 심장이 두근거렸다.

―내일 아침 일찍 회사 앞으로 나와. 아, 아니군. 그럴 필요 없겠군. 아침 일찍 차를 보내지.

말이 끝나기가 무섭게 전화가 끊어졌다는 신호음이 길게 들려왔다. 늘 이런 식이다. 그는 늘 할 말만 하고 뚝 전화를 끊는다. 다솜은 멍하니 휴대폰을 바라보다 혁진의 말에 화들짝 놀라 고개를 들었다.

"매형이야?"

다솜이 고개를 끄덕이자 혁진이 지나가는 말처럼 중얼거

렸다.

"좀 바꿔주지. 인사라도 했으면 좋았을 텐데……."

그 말이 송곳처럼 다솜의 가슴을 찔렀다.

"나중에, 바쁜 일이 끝나면 그때 인사해도 늦지 않을 거야. 매형이 어디 도망가는 것도 아니니깐."

혁진의 입에서 흘러나온 매형이라는 말이 너무 낯설었다. 으레 있는 상견례는 없을 예정이었다. 결국 결혼식 날까지 동생들은 세환의 얼굴을 보지 못할 것이다. 당연하게 있어야 할, 갖춰야 할 결혼이 자신의 결혼에는 하나도 당연한 것이 아니었다. 필요하지도 않는 절차였다.

다솜은 혁진에게 들어가 공부하라며 등을 떠민 후 무슨 일인가 궁금해서 부엌에서 쏙 고개를 내밀고 쳐다보는 다인에게로 돌아갔다.

그 시각, 통화를 끝낸 세환은 냉장고에서 차가운 맥주 한 병을 꺼냈다. 뚜껑을 딴 후 병째 입으로 가져갔다. 그는 천천히 몸을 돌려 자신이 서 있는 공간을 둘러보았다.

작년 봄, 아버지가 돌아가신 후 아버지에게 물려받은 건물들 중에 혼자 지내기 적당한 오피스텔로 독립했다. 피 한 방울 섞이지 않은 새어머니, 이 여사와 한집에 있는 건 아무래도 보기 좋지 않다는 핑계를 댔다. 변호사들도, 친지들도 그의 의견을 반대하지 않았다. 그 이후 이 여사가 있는 아버지의 집을 찾아간 건 한 손에 꼽을 정도였다. 어머니의 제삿날, 아버지의 제삿날, 그리고 예의를 갖추기 위해 들렀던 명절 날 정도였다. 그 외에는 거의 찾아가지 않았다. 집에서뿐만 아니라 밖에서도 다솜을 소개하기 위해 얼마 전 만난 걸 제외하고는 이 여사를 마주치는 일은 드물었다. 물론, 회사에서 몇 번 마주치기는 했다. 인정하기 싫지만 지금은 이 여사가 회장 자리를 맡고 있었기 때문에 업무상 종종 마주쳐야만 했다.

세환은 자신도 모르게 이를 악물었다.

돌려받겠다. 그 자리가 어떤 자리인가…… 돌아가신 어머니의 피땀도 함께 묻어 있는 자리다. 어머니의 희생이 없었더라면 회사는 지금 이 위치까지 오기도 힘들었을 게 뻔했다. 기억하고 있다. 어머니가 병원에 입원해 있는 동안 아버지는 회사 일이 바빠서 자주 찾아오지 않았다. 늘 어머니 곁에는 아버지의 비서인 이 여사만 있었다. 어머니는 아버지를 깊게 이해하고 있었다. 어쩔 수가 없다는 걸 누구보다도 잘 알고 있었다. 병이 나기 전까지 어머니도 함께 일군 회사였다.

"기필코, 기필코 쫓아내고야 말겠어! 더러운 가면을 벗겨내고야 말겠어!"

손에 든 맥주병을 거칠게 식탁 위에 내려놓는 세환의 이마에 깊은 주름이 팼다. 그때 전화벨이 울렸다.

"여보세……."

누구냐고 묻기도 전에 쏜살같이 말들이 튀어나왔다.

─김세환, 너 왜 그저께 동창회에 안 나온 거야? 야, 김세환 듣고 있는 거냐? 내가 얼마나 놀림당했는지 알아? 노처녀라고, 창고 대방출이라고 징글징글하게 놀리더라. 너, 나랑 약속한 거 벌써 잊었냐?

아현이었다. 세환에게 이런 전화를 할 사람은 그녀밖에 없었다. 세환은 아현이 무슨 얘기를 하고 있는지 누구보다도 잘 알고 있었다. 두 사람 중 한 사람이 결혼을 하기 전까지는 주변 사람들에게 방패막이를 해주기로 약속했다. 덕분에 자신과 같이 서른에 접어든 아현이었지만 집안에서 시집가라는 말을 대충 피할 수가 있었다.

"미안하다. 어쩌다 보니 그렇게 되었어."

─이유가 뭐야? 10년지기 친구와의 약속을 깰 정도로 중요한 일이라도 있는 거야?

세환은 말을 할까, 말까 망설였다. 어차피 알게 될 테니 숨길 이유는 없었다.

"나 결혼한다."

다음 순간 수화기 너머에서 아무런 말이 없었다. 숨소리조차 들리지 않았다. 세환은 다시 한 번 또렷하게 말했다.

"나 결혼한다."

갑자기 수화기 너머에서 요란한 웃음소리가 들려왔다.

"농담 아니다."

또 아무런 말이 없었다. 폭풍 전야가 이런 경우를 두고 하는 말일까…….

 —농담 아니라고? 말도 아, 안 돼! 거짓말! 너 거기 꼼짝 말고 있어. 나 지금 그리로 갈 테니깐. 튀면 죽을 줄 알아!

 방향을 꺾는 요란한 타이어 소리가 들리는가 싶더니 통화가 끝났다는 둔탁한 신호음이 흘러나왔다.

 세환은 수화기를 내려놓으며 한숨을 내쉬었다. 잔소리 꾼…… 얼마나 잔소리를 늘어놓을까? 아현은 늘 누나처럼 굴었다. 같은 나이의 여자가 남자보다 정신연령이 훨씬 높다는 게 그녀의 핑계였다. 물론 그런 핑계만 대는 건 아니었다. 실제로 자신을 보며 철없다는 말을 자주 하곤 하는 그녀였다. 게다가 자신의 주변에 무슨 일이 있을 때마다 아현은 어디서 어떤 말을 들었는지 불쑥 나타나서 손을 잡아주고 이야기를 들어주곤 했다. 여자이기 전에 소중한 친구였다. 그런데 이번 일은 어떻게 말을 해야 할까? 사실 그대로 말을 한다면 분명 한바탕 소란스러울 게 뻔했다.

 "젠장, 될 대로 되라지. 적당히 둘러대야겠군."

 세환은 그녀가 믿어줄지 어떨지는 그 다음에 생각하기로 했다.

 얼마 지나지 않아 누군가 요란하게 문을 두드렸다. 아현이 문 밖에 서 있었다. 엘리베이터라는 문명의 이기가 있다는 사실을 잊어버리기라도 한 듯이 계단을 뛰어올라 온 듯 씩씩거리고 있었다.

"네 눈에는 초인종이 안 보여? 매번 이렇게 꼭 문을 부술 듯이 두드려야 하는 거냐?"

세환의 말을 무시하며 아현이 성큼성큼 안으로 걸어 들어와 익숙한 듯 장식장 안에서 양주를 꺼냈다. 재빠른 동작으로 뚜껑을 열더니 식탁 위에 놓인 잔에 따르고는 벌컥벌컥 마셔댔다.

"아, 이제 좀 진정이 된다. 야, 말해 봐, 뭐가 어떻다고? 결혼이라니? 어떻게 나도 모르게 김세환, 네가 결혼을 할 수가 있어? 그게 가능해? 아, 이런…… 또 벌렁거리네. 말이나 되는 소리를 해야 들어라도 줄 거 아냐! 갑자기 결혼을 한다고? 뜬금없이? 누구랑? 언제?"

속사포처럼 아현이 마구 말을 뱉어내자 세환은 우선 앉으라고 권한 후 생각할 시간을 벌기 위해 느릿느릿 아주 천천히 대꾸했다.

"그만 좀 퍼부어라. 그래, 나 결혼한다. 너한테 미리 말 못해서 미안하다. 나 대신할 사람을 구해주고 나서 해야 하는 건데 지금은 그럴 여유가 없네. 일주일 뒤, 크리스털 호텔 귀빈실이다. 당연히 와주겠지?"

세환의 말이 이어지는 동안에도 아현은 믿을 수가 없다는 듯이 자리에 앉지 못한 채 소파 근처를 서성이기만 했다. 아현의 눈이 점점 동그랗게 커지고 있었다.

"이게 그렇게 놀랄 일인가? 뭘 그렇게 대놓고 놀라냐? 내 나이 서른이다."

"누군 서른 아닌가……."

도저히 참을 수 없다는 듯이 아현이 말을 톡 잘랐다. 그러나 세환은 무시한 채 계속 말을 이어갔다.

"나이도 있고 이제 슬슬 결혼할 때가 되었지. 새삼스러울 게 있나?"

한 치의 흔들림이 없는 세환의 태도 때문이었을까? 아현은 그제야 자리에 앉으며 대뜸 물었다.

"누구랑?"

세환은 아현의 손에 들린 양주 잔을 뺏어 입으로 가져갔다.

"우리 회사 직원."

그의 말이 떨어지기가 무섭게 갑자기 아현이 큰 소리로 웃기 시작했다. 급기야 그녀는 배를 움켜쥐고 소파에 구르듯이 몸을 기댔다. 그녀의 웃음소리는 그칠 줄을 몰랐다.

"야, 야! 내가 이날까지 너라는 녀석을 알고 지내면서 들어본 말 중에 가장 엽기적이다. 말도 안 돼, 말도 안 돼! 이거 정말 해외 토픽감인데? 너 지금 네가 하는 얘기가 말이 된다고 생각해? 김세환이, 상양 그룹 후계자 김세환이 회사 여직원이랑 결혼한다고? 국회의원 딸도 아니고 다른 기업가의 딸도 아니고, 너네 회사 여직원? 그걸 지금 나더러 믿으라고 하는 말이야?"

아현이 한껏 비꼬고 있었다. 그러나 자신의 기분을 상하게 하려고 일부러 하는 말이 아님을 세환은 잘 알고 있었다. 지금껏 세환이 주변에 보여준 모습과는 사뭇 다르다는 이야기를 지금 그녀가 하고 있는 것이다.

"그게 그렇게 못 믿을, 아니, 신기한 일이냐? 그리고 이제 그런 일쯤은 그다지 뉴스감도 아니지. 얼마 전에 대진 그룹 후계자도 회사 내 여직원과 결혼하지 않았나?"

"그럼 너도 고등학교 졸업에 말단 부서의 여직원인 거냐?"

세환이 조용히 고개를 끄덕이자 아현의 웃음소리가 뚝 끊어졌다.

"진심이야?"

사뭇 진지하게 묻는 목소리였다. 세환은 두 눈을 질끈 감으며 고개를 끄덕였다. 될 대로 되라!

"김세환, 좀, 아니, 많이 황당하고 믿기지 않는 일이기는 한데 네가 진심이라면 말릴 이유, 내게는 없지. 하지만 단순히 감상적인 결정으로 결혼을 하는 거라면 여기서 그만둬라. 그만둘 수 있을 때 그만둬라. 잘못되면 너보다 여자 쪽이 더 상처 입을 테니깐."

참 솔직한 말이다. 누구도 세환에게 이런 말을 하지는 못할 거다. 아현만이 할 수 있는 말이었다. 아현만이 유일했다. 세환은 손에 든 잔을 앞으로 내밀며 피식 웃었다.

"결혼도 하기 전에 이혼에 대한 이야기를 해주는 친구는 아마 너 하나뿐일 거다. 꽤 서운한데? 나보다 결혼할 여자를 더 생각해 주다니…… 십 년 세월이 허송세월이었군."

아현이 잔을 받아 들며 맞받아쳤다.

"팔은 안으로 굽는 법이거든."

이제 제법 안정이 된 그녀의 얼굴을 보며 세환은 속으로 빌고 또 빌었다, 미안하다고.

"아, 그나저나 지금 남 걱정 해줄 때가 아니네. 일주일 뒤라면 당장 내가 더 문제잖아. 내 코가 석자네. 미치겠군. 어디서 너만한 남자를 구해서 방패로 삼니? 야, 너 결혼하기 전에 하나 구해주고 해. 안 그랬다가는 그 결혼식 그냥은 못할 줄 알아. 알았어, 몰랐어?"

결국 아현이 으르렁거렸다. 그녀로서는 중요한 문제였다. 아현은 현재 동대문 일대에서 디자이너들을 모아 새로운 브랜드를 만들려고 준비하고 있었다. 그녀의 집안에서는 여자가 무슨 사업이냐고 시집이나 가라고 성화였다. 그나마 세환이 있었기에 적당히 둘러댈 수라도 있었는데 이제 그것마저 끝이 나버리는 것이다. 당장 결혼할 마음이 없는 아현으로는 정말 중요한 문제였다.

그러나 세환은 아현의 말을 믿지 않았다. 결혼식을 방해할 그녀가 아니었다. 누구보다도 축복해 줄 그런 친구라는 걸 그도 잘 알고 있었다. 그리고 정상적인 결혼식이었다면 그 어떤 친구보다 아현의 축복을 바라는 그였다. 세환은 그녀의 투덜거림을 들으며 조용히 웃기만 했다. 그녀의 잔에 위스키가 조용히 채워져 갔다.

❀ ❀ ❀

예정대로 결혼식을 위한 준비는 차분히 진행되고 있었다.

이 여사는 썩 내키지 않았지만 다솜과 만나기 위해 크리스털 호텔 커피숍으로 나왔다. 약속 시간까지는 십여 분의 여유가 있었다. 세환이 바쁘다며 다솜과 함께 결혼 예물을 보러 가달라고 만들어준 자리였다. 이 여사는 여전히 세환의 속내를 알 수 없었다.

'하긴 나만 모르는 것도 아니지. 다솜이, 그 아이도 잘 모르는 것 같던데…….'

이 여사는 세환과 다솜, 둘 사이에 자신이 모르는 뭔가가 오갔다는 것쯤은 이미 눈치 채고 있었다. 며칠 동안 이 여사의 머리 속은 다솜에 대한 생각으로 가득했다. 다솜은 동안에 예쁘장하긴 했지만, 눈빛이 맑고 깊어 보였다. 수선스러웠던 첫인상과는 상당히 달랐다. 화장기가 전혀 없는 얼굴은 첫 만남의 꾸며진 모습을 충분히 잊게 해주었다. 야무진 목소리로 다솜이 뱉어낸 말들을 이 여사는 자신도 모르게 중얼거리곤 했다.

남들이 이 상황을 안다면 친아들이 아니라서 쉽게 허락해 준 거라 말들을 할 것이다. 어쩌면 그 말이 맞을지도 모른다. 자신의 친아들이라면, 아니, 당장 세영이가 살아 있어서 다솜과 비슷한 처지의 결혼할 남자를 데리고 왔다면 허락할 수 있었을까. 이 여사는 고개를 가로저었다. 좀 더 완강하게 버텨야 했는데 자신의 생각이 잘못된 것일까.

멀리 낯익은 승용차 한 대가 호텔 앞으로 다가오는 게 보였다. 차가 멈추고 다솜이 내렸다. 차분해 보이는 검은 투피스 차림이었다. 이 여사는 깊게 심호흡을 한 후 시선을 창밖에서 커피숍 입구로 옮겼다.

몇 분 지나지 않아 다솜이 커피숍으로 들어오자, 매니저가 이 여사의 테이블로 안내했다. 다솜이 다가와서 인사를 했다.

"앉아요."

다솜이 자리에 앉자 어색한 침묵이 흘렀다. 이 여사의 눈에 다솜이 조금 놀란 것처럼 보였다.

"나와 만날 약속이라는 걸 몰랐나요?"

그제야 다솜이 조용히 고개를 끄덕이자 이 여사는 한숨을 내쉬었다.

"이제 어차피 서로가 원하든 원하지 않든 한식구가 될 것 같으니 말을 놓도록 하지. 차를 마실 필요까지는 없을 듯하고 너도 나와 오래 마주하고 있는 게 불편할 테니 서두르자꾸나."

이 여사가 자리에서 일어나 앞장을 서자 다솜은 이내 이 여사의 뒤를 따라 걷기 시작했다.

커피숍에서 나와 두 사람은 기다리고 있는 승용차를 탔다. 두 사람이 탄 차는 서울을 벗어나 한적한 경기도의 국도를 따라 한참을 달렸다. 얼마나 멀리까지 갔을까, 작은 집들이 옹기종이 모여 있는 마을 어귀에 이르자 기사가 차를 세웠다.

"내려라, 여기서부터는 걸어가야 하니."

다솜은 가만히 이 여사의 지시를 따랐다. 차에서 내리자 일상적으로 서울에서 맡는 퀴퀴한 공기가 아닌 신선한 공기가 콧속으로 들어왔다.

기사에게 기다리라고 지시한 후 이 여사가 이번에도 먼저 앞장을 섰다. 다솜은 주변을 슬쩍슬쩍 돌아보며 그녀의 뒤를 따랐다. 말 한마디 주고받지 않고 몇 분 동안 조용히 걸으며 몇 채의 집을 지나자 이 여자가 입을 열었다.

"여기다. 들어가면 조용히 인사부터 드린 후에 너는 그냥 가만히 있어. 말씀 중에 함부로 끼어들어 어르신 심기를 흐트러뜨리면 안 된다. 알았지?"

"네······."

낮은 단층 기와집이 멋스럽게 하늘 아래 있었다. 이 여사가 조심스럽게 대문을 열고 들어가자 집 안에서 기다리고 있었다는 듯 한복을 곱게 입은 여자 하나가 집 뒤로 안내했다. 다솜은 이 여사의 당부를 곱씹으며 그 뒤를 따랐다.

"어서 오십시오. 오랜만입니다."

커다란 나무 책상 앞에 등을 잔뜩 구부리고 뭔가를 잡고 열심히 매만지던 노인이 자리에서 일어났다. 그가 인사말을 건네자 이 여사가 활짝 웃으며 대꾸했다.

"그간 별고없으셨지요? 작업하시는 데 저희가 불쑥 찾아온 건 아닌지 걱정이 됩니다."

"별말씀을…… 오, 이 아이입니까? 어디 손 좀 보자꾸나."

백발의 노인이 다솜에게 눈길을 주었다. 다솜은 이 여사의 눈치를 살피다 천천히 손을 내밀었다.

"흠…… 고운 손은 아니구나."

다솜의 얼굴이 발갛게 달아올랐다. 결코 예쁜 손이 아니었다. 고운 손을 부러워했던 적도, 자신의 거친 손을 부끄러워한 적도 없었지만 지금 이 순간만은 왜 그런지 창피했다.

"사람의 손은 자고로 이러해야지. 어디 보자. 어울릴 만한 걸 찾아낼 수 있을지 모르겠구나."

노인이 책상 위에 놓인 두툼한 책을 뒤적이다 고개를 가로저었다.

"안 되겠습니다. 아무래도 이 아이에게 어울릴 만한 건 새로 만들어봐야겠습니다. 결혼식이 일주일 뒤라고 했습니까?"

"네, 어르신."

이 여사가 차분히 대답을 하자 노인의 얼굴에 미소가 번졌다.

"가능할 것 같습니다. 예전부터 한 번 해보고 싶었던 작품이 어울릴 것 같군요, 이 여사님. 이번에 좋은 호박이 들어왔답니다. 애야, 좀만 기다려 주련?"

노인이 또 한 번 다솜에게 눈길을 보냈다. 다솜은 수줍게 웃다 조심스럽게 입을 열었다.

"전 아무거나…… 아, 아무래도 괜찮습니다."

노인이 너털웃음을 웃자 이 여사가 공손히 다시 한 번 부탁의 말을 건넸다.

"그럼 부탁드립니다. 저희는 이제 그만 가봐야겠습니다."

"벌써 가시게요? 아니, 차 한 잔이라도 하고 가시지 않고요?"

"다음에 또 들르지요."

서운함을 감추지 않고 노인이 따라나서려고 하자 이 여사가 만류했다. 이 여사와 다솜은 그렇게 그 기와집을 나섰다.

"가만히 있으라고 했는데 왜 그런 말을 했느냐?"

다솜은 이 여사가 무얼 염두하며 하는 말인지 알고 있었다. 바싹 긴장하면서 대답을 하려고 하는데 이 여사가 다시 말을 이어갔다.

"아니다. 딱히 잘못한 것도 아니니 더 이상 묻지 않으마."

이 여사는 긴장해서 딱딱하게 굳어 있는 다솜의 얼굴을 쓱한 번 쳐다보았다. 그리고는 기사가 기다리는 마을 어귀로 서둘러 발걸음을 옮겼다.

「전 아무거나…… 아, 아무래도 괜찮습니다.」

몇 마디 되지 않는 말이었다. 그런 다솜의 말속에서 이 여사는 자신을 낮추고 상대방을 배려하는 느낌을 받았다. 다솜에게는 뻣뻣함이 없었다. 거기다 어르신이 생판 처음 보는 사람에게 그토록 인자한 얼굴을 하는 걸 처음 본 이 여사였다. 보통은 손님 될 이를 소개해 줘도 자신의 작품을 가질 자격이 있는지 사람의 됨됨이를 본다며 버럭 화부터 내며 반응을 살피는 양반이었다.

이 여사는 한 발 뒤에서 걸어오는 다솜의 손을 힐끔 쳐다보았다. 결코 고운 손은 아니었다. 살아온 시간이 얼마나 고달팠는지를 보여주는 거친 손이었다. 그 손을 어르신은 마음에 들어하셨다.

'이 아이라면……'

다솜이라면 세환을 예전의 그때로 되돌릴 수도 있을 것만 같았다. 이 여사는 남편이 죽은 후 세환이 자신을 대하는 태도가 극도로 나빠져 가고 있다는 걸 눈치 채고 있었다. 아니, 그전부터 뭔가 조금씩 어긋나고 있었다. 그러나 그 모든 느낌을 부정하고 지냈다. 자신이 세환을 원망하는 마음을 한 자락 품고 있기 때문에 그리 보이는 거라 여겼다. 하나, 지금은 안다. 그런 게 아니라는 걸, 세환이 정말 자신을 경계하고 있음을 느끼고 있었다.

처음 세환을 만났을 때가 그의 나이 여섯 살이었으니, 그새 강산이 변해도 두 번은 변했을 시간이 흘렀다. 그때 그녀는 세환 아버지의 비서로 세환의 어머니의 병실을 지키는 일을 담당했다. 그전부터 병원을 간간이 들락거리던 세환의 어머니가 그

해부터 심하게 아프기 시작했다. 이 여사는 병원과 회사를 오가며 그녀의 수발을 들었다. 그리고 일찍 유치원에 입학한 세환을 돌보는 일까지 그녀가 다 도맡았다. 그러나 일어날 수 있을 거라고 희망을 품었던 세환의 어머니는 그 해를 넘기지 못하고 세상을 떴다.

남겨진 사람들은 서로의 상처를 보듬어주었다. 그때만 해도 세환은 자신을 친엄마처럼, 친누나처럼 따랐다. 세환이 상처 입을까 봐 세환 아버지의 프러포즈를 몇 번이나 거절했지만 결국 승낙했다. 정말로 세환의 엄마가 되었다. 그때도 좋았다. 그 전부터 학교 친구들에게 그녀를 엄마라고 소개할 정도로 세환은 정말로 엄마가 생겼다며 기뻐했다.

얼마 뒤 세영이 태어났고 네 식구는 누가 봐도 부러울 정도로 서로를 아꼈다. 세영을 잃은 그 사고가 있기 전까지는 그러했다. 아마도 그때부터 세환이 조금씩 변한 것 같다.

'무엇이 그 아이를 변하게 한 걸까?'

이 여사는 다시 한 번 힐끔 다솜을 돌아보았다. 세환은 알고 있을까? 자신이 보는 다솜의 또 다른 면들을 그가 알고 있는지 이 여사는 궁금했다. 그러나 상관없을지도 모른다. 그가 모르고 있다고 해도 느끼고 있을지도 모른다. 그러니 다솜이 그의 눈에 띈 것일 테고 그가 결혼하겠다고 한 것이 아닐까. 이 여사는 이 결혼이 그냥 흘러가도록 내버려 두고 있는 자신의 결정이 누가 뭐라고 해도 옳은 거라는 생각이 들기 시작했다.

"하 변호사님, 알겠습니다. 네, 네. 그렇죠. 법적으로 부부가 되어야만 한다는 거 알고 있습니다. 그럼 그때 서류 부탁드립니다."

세환은 의자 깊숙이 몸을 눕히며 이마에 손을 가져다 댔다. 아버지가 돌아가신 날 공개된 유언장의 내용이 그의 머리 속을 휘저었다.

아버지는 이 여사와 자신에게 당신이 갖고 계시던 주식을 각각 40%씩 나눠주셨다. 남은 20%의 주식은 자신이 결혼을 하면 그 반려자에게 돌아가도록 되어 있었다. 현재로서는 그 20%의 지분은 공중에 떠 있는 상태다. 그 지분은 자신을 자유롭게 할 수도 있지만 옭아맬 수도 있는 힘을 가지고 있었다. 20%의 지분이 계속 공중에 떠 있는 상태라면 자신이 자유로울 수가 없다. 그도 그럴 것이 아직은 이 여사를 믿는 주주들이 더 많았다. 그들을 이해 못하는 게 아니었다. 아버지의 곁에서 근 이십 년이 넘게 사업의 파트너로 일해온 이 여사이니 그들의 신용이 당연했다. 그러나 머리는 이해해도 가슴까지 이해할 수는 없었다. 아무리 생각해 봐도 노련한 꽃뱀에게 당했다고밖에는 설명할 길이 없었다.

이십 년을 투자해서 기업 하나를 발 아래 둘 수 있다면 밑지는 장사는 아니었다. 거기다 아버지가 돌아가시기 전까지 얼마나 이 여사를 아끼고 사랑해 줬는가, 한마디로 오매불망이

었다. 이 여사로서는 이보다 더 나은 자리는 없었을 것이 분명
했다.

세환의 손이 다시 한 번 전화기로 향했다.

"최 기사에게 연락해서 손님을 이쪽으로 모시고 오라 하세
요. 그렇게만 전하면 됩니다."

통화를 끝낸 후 세환은 가지런히 놓여진 각종 신문들을 뒤적
였다. 아직 결혼 발표가 없다. 세환에게는 그쪽 방면으로는 다
양한 인맥이 있었기에 미리 입막음을 하기가 좋았다. 그렇다고
해도 며칠 내로 정식으로 발표한다는 약속은 지켜야 했다. 그
전에 다솜에게 몇 가지 일러둘 말이 있었다. 지분에 대한 것도
거기에 포함된다. 어디까지나 결혼 후 6개월간 그 지분은 다솜
의 소유였다. 팔지도 못하고 누구에게 양도할 수도 없다. 어떻
게 보면 위험한 짓임에 분명했다. 다솜이 그 지분을 갖고 회사
경영에 끼어들 수도 있는 문제였다.

세환은 책상 서랍에서 곱게 접은 종이 한 장을 꺼냈다. 다솜
이 써준 각서였다. 각서의 마지막 구절을 보며 세환은 희미하
게 웃었다.

『……회사 일에 대해서는 일체 관여하지 않겠습니다. 회사 내
의 어떤 인사와도 경영에 관계된 문제로 일체 접촉하지 않겠습니
다.』

아마도 다솜은 이 문구가 뭘 의미하는지 모른 채 자신이 불러주는 대로 써 내려갔을 것이다. 이 문장대로라면 다솜은 그 지분을 갖고 어떠한 경영 행사도 할 수가 없게 된다. 그러나 혹여 기자 회견 자리에서 다솜이 엉뚱한 말을 하지 않도록 단단히 교육시켜 놓을 필요가 있었다. 분명히 통제가 안 되는 까다로운 몇몇의 기자들이 다솜에게 물을 게 뻔했다. 앞으로 다솜이 회사 경영에 참여할 것인지 그 여부에 대해서 물을 것이다. 다솜의 입에서 모든 것을 세환 자신에게 맡긴다는 말이 나오도록 해야만 한다. 이 여사에게 머물고 있는 주주들의 마음을 흔들어놓아야만 했다. 결혼 발표와 동시에 그 정도 끌어낼 수 있다면 자신으로서는 큰 수확이었다. 6개월이면 충분했다. 그 6개월 안에 이 여사를 송두리째 흔들어놓을 자신이 있었다. 그 시간이면 이 여사가 오래전부터 이 회사를 삼키려고 했다는 걸 증명할 수가 있다.

다시 한 번 각서의 내용을 곱씹어본 후 곱게 접어 서랍에 넣었다. 그때 문 두드리는 소리가 들리는가 싶더니 아현이 사장실 안으로 불쑥 들어왔다.

"어이, 김세환 사장님, 뭐 하십니까?"

"뭐 하는 길로 보이냐? 근데 너 자주 본다. 갑자기 한가해졌냐?"

아현이 대꾸는 하지 않은 채 소파로 다가가 털썩 앉자 세환은 의자에서 일어나 그녀에게로 다가갔다. 그가 맞은편에 앉자 그녀는 다리를 꼬고 소파 깊숙이 몸을 누이며 물었다.

"결혼식 준비 안 하니? 너야말로 한가해 보이는데."

"내가 하냐? 결혼식이라는 게 여자가 더 바쁜 거 아니었나?"

"그런가? 난 안 해봐서 모르겠다. 근데 말이야. 아직 신문에
도 나오지 않는 걸로 봐서는 난 아직도 네가 결혼을 한다는 말
이 거짓말처럼 여겨지거든."

여전히 믿을 수가 없다는 말투였다.

"거짓말이라, 잘됐네. 온 김에 확인하고 가라. 곧 있으면 그
사람이 이쪽으로 오니깐 얼굴은 볼 수 있을 거다. 결혼식 당일
날 보여줬다가는 아무래도 제 명에 죽지 못할 것 같았는데……
덕분에 살았군."

그때 때마침 노크 소리가 들려왔다. 세환이 들어오라고 말을
하자 천천히 문이 열렸다. 예상대로 다솜이었다. 그녀는 잔뜩
긴장된 얼굴로 사장실로 들어왔다.

"왔군."

세환의 말에 아현은 자리에서 벌떡 일어나 뒤돌아 섰다. 자
그마하고 얌전하게 생긴 아가씨가 잔뜩 얼은 얼굴로 서 있는 게
그녀의 눈에 들어왔다. 세환의 취향이 이런 아가씨였나, 아현
은 잠시 고개를 갸웃거렸다. 그러나 이내 얼굴을 펴고 손을 내
밀며 악수를 청했다.

"안녕하세요? 최아현이라고 해요. 세환의 오랜 친구랍니다."

"아, 안녕하세요? 진다솜입니다."

다솜이 더 이상 발을 떼지 못하고 그 자리에 멍하니 서 있자 세환은 이맛살을 찌푸렸다.

"최아현, 결혼식장에서 보자."

아현이 세환에게 이제 믿을 수 있다는 듯이 슬쩍 윙크를 했다. 그런 후 다솜에게 말했다.

"결혼식장에서 봐요."

"아, 네. 네."

아현이 사무실을 떠난 후 세환은 늘 보여주는 예의 그 딱딱한 얼굴로 돌아왔다. 다솜은 자신이 뭔가 또 잘못하기라도 한 걸까 두려웠다. 세환의 얼굴을 제대로 바라볼 수가 없었다. 고개를 똑바로 들지 못한 채 어떻게 해야 할까 고민했다.

"앉지, 언제까지 서 있을 텐가?"

그제야 주뼛주뼛 다솜은 소파로 가 앉았다. 그 모습이 어찌나 우스꽝스러운지 세환이 조용히 혀끝을 찼다.

"당신, 정말 알다가도 모를 여자군. 어떨 때는 말이 잘 통한다 싶다가도 어떨 때는 하나부터 열까지 이렇게 말을 해줘야 하다니. 그래, 오늘 간 일은 잘되었나?"

"네?"

뭘 묻고 있는지 모르겠다는 다솜의 반응에 세환의 이마가 슬며시 좁아졌다. 정말 몰라서 묻는 것처럼 보였다. 순진한 척하는 것도 저 정도면 여우주연상감이었다. 정말 모르는 걸까, 아니면 몰라서 묻는 걸까……. 다솜은 그로 하여금 꼭 두 번씩 말하게 만들었다. 세환은 다솜의 눈을 빤히 쳐다보다가 할 수 없다는 듯이 천천히 말했다.

"이 여사와 만나서 반지를 맞추러 간 걸 묻는 거야."

그제야 다솜은 이 여사와 함께 자신이 다녀온 곳이 귀금속을 만드는 곳이라는 걸 알았다. 누구도 다솜에게 거기서 뭘 하는지 알려주지 않았다. 그런데…… 이상하다. 아무리 새어머니라고 해도 세환이 그녀를 '이 여사'라고 칭했다. 생판 남을 칭하듯 그렇게 말이다.

그 뒤, 다솜은 세환이 기자 회견과 지분에 대해서 말하는 걸 듣는 둥 마는 둥 하면서 계속 '이 여사'라는 말만 속으로 곱씹었다. 어머니를 '여사'라고 부르는 경우가 있나, 진아의 말대로 정말 두 사람 사이에 무슨 문제라도 있는 것일까. 생각은 자꾸만 꼬리에 꼬리를 물고 늘어져만 갔다.

◐ ◐ ◐ ◐ ◐

결혼식 당일까지 또 한 번의 일주일은 더 빠르게 지나갔다.

식 올릴 준비를 마치고 신부 대기실에 앉아 있는 다솜은 어떻게 일주일을 보냈는지 알 수가 없었다. 며칠 전 기자 회견을 했다. 그리고 바로 그 전날 이사를 했다. 물론 자신의 능력이 아니라 세환의 돈으로 강남에 위치한 아파트로 이사를 했다. 처음 이삿짐을 풀고 동생들이 얼마나 좋아했는지 지금도 머리 속에 동생들의 방글방글 웃는 얼굴이 맴돌았다.

기자 회견 때는 정신이 하나도 없었다. 뭐가 그리 궁금한지 기자들이 별의별 걸 다 물어왔다. 다행스러운 건 그녀의 신상에 대해서는 일체 질문이 없었다. 그녀가 말단 여직원이고 고졸이라는 사실 정도는 알고 있는 것 같았지만 그리 문제 삼지 않았다. 단, 회사 경영에 대한 질문은 참으로 집요했다.

「고 김 회장님이 갖고 계셨던 지분의 20%만 해도 상양 전자의 회사 경영에 대주주로 참여할 수 있습니다. 그 사실을 결혼 발표 전에 알고 계셨습니까?」

기자 한 명의 돌발 질문에 순간 회견장에 냉기가 흘렀던 걸 떠올리면 지금도 등줄기에 식은땀이 나는 다솜이었다. 그 질문에 다솜은 세환이 시킨 대로 '알고 있었다'라고 대꾸했고, 앞으로 자신이 갖게 될 주식은 세환이 관리하게 될 거라는 사실도 말했다.

"누나, 매형은 아직 안 온 거야? 사돈어른은 오신 것 같은데."

목발을 짚은 혁수가 신부 대기실로 들어오며 불불거렸다.

"넌 병원에 있으라니깐."

다솜은 드레스가 갑갑했지만 애써 밝게 웃었다.

"허, 하나밖에 없는 누나가 일생에 단 한 번뿐인 결혼식을 한다는데 어떻게 안 올 수가 있어? 그리고 의사 선생님이 가도 좋다고 했다니깐. 너무한 거 아냐?"

하나밖에 없는 누나는 맞는 말이었지만 일생에 한 번뿐일지는 두고 볼 일이다. 절대적으로 정상적인 결혼식이 아닌 이상 또 한 번의 결혼식이 없지 말란 법은 없었다. 다솜은 한숨 대신 그냥 피식 웃었다.

"와~ 언니, 너무 예쁘다!"

동생 다혜와 다인이 나란히 분홍색 원피스를 입고 대기실로 뛰어들어 왔다. 예뻤다. 자기 동생이라서가 아니라 정말 누가 봐도 여동생들의 모습은 눈이 부실 정도로 예뻤다. 순간 다솜의 눈앞이 흐려졌다.

"어어, 언니 울어? 좋은 날에 신부가 왜 울어?"

금세 들키고야 말았다.

"야, 꼬맹이들, 엄마 아빠 생각나서 그런 거겠지, 뻔한 걸 왜 물어?"

다솜은 혁수의 말에 동의라도 하듯이 고개를 끄덕이기만 했다. 부모님이 살아 계셨다면 이런 결혼식은 없었을 것이다. 연애를 하고 혹은 선을 보고, 그리고 서로를 탐색한 후에 양가의 상견례를 했을 거다. 그런 다음에 좋은 날을 잡고 순서대로 야외촬영을 하고 친구들을 찾아다니며 축하 인사를 받고 그런 후에 결혼식이 있었을 거다. 부모님이 계셨더라면 이런 식으로 이 자리에 오지도 않았을 거다. 그러나 생각하면 무엇할까? 이미 소용이 없는 일이다. 이제 이 결혼은 자신과 세환, 이렇게 두 사람만의 일로 끝나지 않을 것이다. 당분간은 세상 사람들이 다 아는 기정사실이 될 거다. 이미 벌어진 일에 대해서 자꾸만 '그랬더라면'이라고 되짚어봐야 자신만 더 힘들 뿐이라는 걸 다솜은 잘 알고 있었다. 지금까지 그렇게 살아왔듯이 처한 상황에 최선을 다하면 된다. 세환과 맺었던 약속, 그리고 이 여사와 맺은 약속을 지키면 된다. 혹여 이번에는 결과가 만족스럽지 않다고 해도 최선을 다하고 나면 어떤 일이든 후회가 없는 법이었다.

밖이 소란스러워지자 다인이 문을 열고 내다보았다.

"형부다. 저 턱시도 입은 사람이 형부 맞지?"

다인의 말에 다혜도 참지 못하고 밖을 내다보더니 턱시도 입은 남자의 외형을 미주알고주알 읊어댔다. 둘이서 세환의 외모를 가지고 이러쿵저러쿵 평가를 하며 점수를 매기기 시작했다.

"넌 안 내다보니?"

다솜은 옆 자리에 앉아 있는 혁수를 보며 물었다.

"어차피 결혼식인데 내다봐서 뭐 하게? 이제 몇 분 후면 안 보려고 해도 평생 보고 살 텐데 뭐. 안 그래, 누나? 그나저나 형이 축의금은 제대로 받고 있는지 모르겠네. 그만 나가볼세, 식장에서 봐."

말은 그렇게 해도 세환이 어떤 사람인지 궁금하긴 한 듯 혁수가 여동생들에게 비키라고 하더니 밖으로 나갔다. 다솜은 목발에 의존해서 어설프게 밖으로 나가는 그의 등을 바라보다 눈물을 다시 한 번 훔쳤다. 부모님이 살아 있었다면 저런 사고도 없었을 텐데…….

얼마 지나지 않아 도우미가 신부 입장을 알려왔다. 도우미의 도움을 받아 다솜은 결혼식장으로 들어섰다. 식은 동시 입장이었다. 세환의 손을 잡고 다솜은 부들부들 떨리는 다리를 진정시키며 겨우겨우 입장했다.

하객들은 자리가 부족할 만큼 많이 찾아왔다. 이 여사가 양가 부모님을 대표해서 자리를 지키고 있었다. 주례사는 길지 않았고 사회자 또한 짓궂지 않았다. 결혼식이 어떻게 끝이 났는지 모를 정도로 빠르게 정신없이 진행되었다. 그리고 끝나기가 무섭게 피로연도 없이 바로 준비된 웨딩카를 타고 인천 국제공항으로 향했다.

비행기가 이륙하고 나서야 다솜은 세환에게 말할 여유를 찾았다.

"저기, 사장님……."

세환이 말을 끝까지 듣지 않고 중간에 끼어들었다.

"하, 사장님? 그 호칭은 문제있다 생각되지 않나? 단둘이 있을 때는 사장님이라 불러도 좋지만 남들 앞에서는 이름을 불러야 하지 않을까? 보통 결혼한 부부 티를 내줘야지. 내 이름을 모르진 않겠지?"

잠시 생각하다 다솜은 그의 말이 틀린 건 아니기에 고개를 끄덕이며 말했다.

"동생들 집 옮겨주신 거 고맙습니다."

"당연한 걸 고맙다고 말하길 좋아하는 여자군. 그래, 그런 모습에 많은 남자들이 당신 앞에 무릎을 꿇었나? 그랬겠지, 아무런 저항 없이 지갑을 풀었겠지."

세환이 무슨 말을 하는지 다솜은 알고 있었다. 그는 철저히 오해하고 있었다. 룸에 들어간 건 사실이었기에 부정할 수는 없었지만 접대를 한 건 아니었다. 이야기를 들어주기 위해서였다. 가끔 마담의 손님들 중에 술을 마시러 오는 게 아니라 이야기할 사람을 찾으러 오는 이가 있었다. 비싼 돈을 들여 접대부가 우글거리는 곳에 말상대를 구하러 오는 사람이 있다는 사실이 다솜도 처음에는 이상하게 여겼다. 그러나 모두들 남들에게는 말할 수 없는, 가장 가까운 가족에게도 말할 수 없는 사정이라는 게 있는 법이었다. 다솜은 그런 이들을 위해 딸처럼, 부인처럼, 친구처럼 고민을 들어주었다. 그래서인지 다솜이 그만둔다고 했을 때 그 이유를 모르는 손님들이 마담을 통해 서운함을 표시했다.

"이미 눈치 채고 있겠지만, 당신 뒤를 좀 밟았지. 알아본 바로는 거기 손님들 대다수가 인텔리들이더군. 뭐지? 유별나게 까다로운 그들의 입맛을 맞춰졌던 특별한 게 당신에게 있는 건가? 아, 또 그런 표정……."

세환이 잔뜩 눈살을 찌푸리며 말을 이어갔다.

"또 무슨 말인지 모르겠다는 표정이군. 직설적으로 물어도 될까? 침대 위에서 그들을 만족시킬 수 있었던 특별한 것이 당신에게 있는 건가?"

잔뜩 비꼬는 듯한 목소리였다. 다솜은 어떻게 대답해야 할지 몰랐다. 그저 그의 얼굴만 빤히 쳐다보았다.

"아, 됐어. 어차피 그 특별한 게 뭔지 알고 싶지 않으니깐. 난 눈을 좀 붙여야 할 것 같으니 도착할 때까지 깨우지 말도록."

세환이 명령조로 말을 한 후 눈을 감자 다솜은 비행기 창밖으로 시선을 옮겼다. 당분간은 이 남자와 부부로 살아야 한다. 그가 그만이라고 말할 때까지 그 관계는 유지될 것이다. 지금 당장 그에게 돈을 갚을 여력이 자신에게는 없었다. 이미 자신이 갚을 수 있는 수위를 넘어서 버렸다. 앞으로의 생활이 어떻게 될지 지금은 알 수가 없었다. 험한 산맥이 기다리고 있을지, 아니면 망망대해가 기다리고 있을지, 그것도 아니라면 비행기 창밖에 보이는 시린 하늘 같을지 알 수 없다. 비행기가 구름 위를 날고 있었다. 하얀 구름 위를 날고 있다. 하염없이 구름이 흘러간다. 낮은 한숨을 내쉰 후 다솜도 눈을 감았다.

유명한 체인 휴양지에 도착하자 안내인이 기다리고 있었다. 그의 안내를 따라 두 사람은 호텔로 향했다. 늦은 시간에 도착해서 별다른 일정은 없어 보였다. 짐을 푼 후 세환은 온몸이 끈적거린다며 먼저 샤워하러 들어갔다. 그를 기다리며 다솜은 방

한가운데 놓여진 킹 사이즈의 침대를 물끄러미 바라보았다.

'하나뿐이네. 어쩌지? 이것까지는 생각할 겨를이 없었어!'

다솜은 앉지도, 가만히 서 있지도 못한 채 방 안을 한참 서성였다. 그러다 다시 멍하니 침대를 바라보고 있는데 세환이 샤워를 마치고 나왔다. 그의 허리에 덜렁 수건 하나만 둘러져 있었다. 다솜은 어디에다 눈을 둬야 할지 몰라 자신도 모르게 고개를 돌렸다.

"남자 몸 처음 보나, 꼭 그런 것처럼 구는군. 순진한 척하는 것도 여기까지만 해. 슬슬 재미없으니깐. 당신, 계속 거기에 그렇게 서 있을 건가? 아, 이런……"

그가 뭔가 더 말을 꺼내려고 했지만 다솜은 샤워를 하라는 건 줄 알고 부리나케 욕실로 뛰어들어 갔다. 그러나 문을 잠근 다음에야 갈아입을 옷을 챙기지 않았음을 깨달았다. 어쩔 수가 없다. 다시 나가서 가져오기도 그렇고 그냥 샤워하고 다시 그대로 입고 나가는 수밖에 없었다.

다솜이 욕실에서 어쩔 줄 몰라 하고 있을 때, 세환은 황당한 표정으로 침대 위에 걸터앉아 있었다. 옆방으로 옮기라고 그 말을 해주려고 했는데 그만 다솜이 욕실로 뛰어들어 가버렸다. 금빙 나올 것 같아 보이지 않았기에 그는 결국 테이블 위에 놓여진 와인을 따 마시기 시작했다.

'사람 말을 끝까지 듣지도 않고, 거참, 귀찮은 여자야.'

그러나 이내 세환은 귀찮다는 생각마저도 버리기로 했다. 그 정도 신경 쓰는 것도 아깝다 여겼다. 이 여사를 떠올렸다. 그녀가 너무 순순히 결혼을 진행할 수 있게 둔 게 마음에 걸렸다. 한 번쯤 더 막아설 줄 알았는데 아니었다.

"상관없어."

어쩌면 다솜을 자기 마음대로 할 수 있다고 그렇게 이 여사가 생각했을 수도 있다. 자신과 비슷한 여자를 알아본 걸지도 모른다. 세환은 쓸쓸하게 웃으며 잔을 입으로 가져갔다.

잠시 후, 세환이 와인을 두어 잔 마신 후에야 다솜이 욕실에서 나왔다. 그녀의 모습에 그는 또 한 번 어이가 없었다. 당연히 목욕 수건을 두르고 나올 줄 생각했는데 그녀는 도착했을 때와 같은 옷을 입고 나왔던 것이다.

"설마 그렇게 옷을 죄다 입고 자지는…… 하, 죄다 벗고 잘 계획이라면 나는 사양하고 싶군."

세환은 바로 옆의 벽을 가리키며 말을 이어갔다.

"옆방도 같이 예약을 해뒀어. 카운터로 가서 이름을 대면 열쇠를 내줄 거야."

자기 할 말을 마친 세환은 침대 시트 속에 몸을 감췄다.

다솜은 순간 다리에 힘이 풀렸다. 샤워를 하는 내내 같은 침대를 써야 한다면 어떻게 해야 하나 고민했다. 뭘 위해서 그렇게 긴장을 한 걸까…… 바보스러웠다. 그러면서도 한편으로는 다행이다 생각했다. 결국 다솜은 그가 일러준 대로 카운터에 열쇠를 받으러 가기 위해 가방을 들고 문으로 향했다. 등 뒤에서 세환의 목소리가 들렸다.

"아침 8시야. 현지 가이드가 아침 9시면 올 테니 아침 8시에는 이 방으로 건너와. 남들 앞에서 우리는 지극히 정상적인 부부라는 걸 잊지 마. 그리고 카운터엔 선글라스라도 쓰고 가는 게 좋겠군. 지켜보는 눈들이 있다는 걸 항상 명심해."

다행히 선글라스 하나는 챙겨왔다. 룸살롱의 마담이 결혼 선물이라고 선물로 주었다. 퇴직금이라고 생각하라 했다. 이럴 때 요긴하게 써먹다니, 뭐든 불필요한 건 없었다. 다솜은 침대 위에서 등을 잔뜩 구부린 채 새우 모양을 한 세환을 한 번 쓱 돌아본 후 방을 나섰다.

"아줌마, 위 방 청소는 다 했나요?"

서울, 이 여사의 집은 아침부터 분주했다.

"네, 사모님."

"가구는 언제 온다고 했죠?"

"십 분쯤 후면 온다고 연락 왔습니다."

이 여사는 고개를 끄덕인 후 신문을 펼쳐 들었다. 세환과 다솜이 신혼여행을 떠난 지 이제 일주일이 지났다. 오늘이면 집으로 돌아온다. 독립을 한 지 2년도 채 되지 않아 세환이 다시 집으로 들어오는 것이다. 굳이 같이 살지 않아도 된다는데 세환이 부득부득 우겨서 같이 살게 되었다.

「이제 결혼을 하니 남의 눈을 의식할 필요가 없지 않습니까?」

그의 말이 맞았다. 피 한 방울 섞이지 않아 독립할 수밖에 없었던 아들이 이제 결혼을 했으니 굳이 밖에 살 필요는 없었다. 그렇다고 해도 이 여사의 심기는 불편했다. 순수하게 들어오겠다는 말로 들리지 않았다. 목적이 있는 게 분명했다. 그 목적이 뭔지 알 수가 없다는 게 이 여사의 마음을 자꾸만 불편하게 했다.

신혼여행을 간 후 딱 한 번 전화가 왔었다. 그때도 세환은 몇 마디 하지 않고 바로 다솜을 바꿔주었고 다솜 또한 묻는 말에만 짧게 대답을 할 뿐 별다른 말이 없었다. 꼭 누군가 옆에서 시켜서 대답하는 사람처럼 다솜은 '네', 아니면 '아니요'라고만 짧게 대답했다. 소금이 빠진 음식을 먹는 것처럼 뭔가 싱거웠다.

이 여사는 한숨을 푹 내쉬다 날짜가 한참이나 지나 버린 신문 귀퉁이에 난 기사에 눈길을 줬다.

『결혼, 상양 전자 사장 김세환.』

별다른 말은 없었다. 다솜이 어떻게 살아왔는지에 대한 짧은 코멘트조차 없었다. 박스가 쳐진 기사 속에는 결혼했다는 사실만 나와 있었다. 분명 씹기 좋은 거리가 있었을 텐데 세상은 너무 조용하기만 했다. 뭔가 잘 짜여진 듯한 느낌이 들었다. 그러나 이내 이 여사는 고개를 가로저었다. 기우이려니 생각했다. 세환이 다솜을 생각해서 입막음을 시킨 거라고 그렇게만 생각하기로 했다. 그때 벨이 울렸다.

"사모님, 가구가 도착했습니다."

이 여사의 지시에 따라 아줌마가 문을 열어주었다. 몇 분 지나지 않아 가구를 짊어진 남자들이 하나둘 집 안으로 들어와 이층으로 향했다. 모두 이 여사가 일일이 고른 가구였다. 세환이 좋아하는 바다색 가구들은 보는 것만으로도 시원했다.

이 여사는 아줌마가 이층으로 따라 올라오려는 걸 말렸다. 깨끗한 물수건을 준비하라고만 시켰다. 그런 후 자신이 이층으로 따라 올라갔다. 직접 해주고 싶었다. 남의 손에 맡길 일이 아니었다. 곧 아줌마가 물수건 몇 개를 준비해서 올라오자 이 여사는 건네받은 후 가구를 닦기 시작했다. 아줌마가 함께 닦으려고 하자 그것마저도 말렸다.

"내려가서 커튼하고 이불, 다른 것들은 언제 오는지 알아봐요."

아줌마가 나간 후, 이 여사는 가구를 마저 닦았다. 그리고는 침대 위에 걸터앉았다.

세환을 처음 만났을 때 그는 유아용 침대 위에 있었다. 어느덧 훌쩍 커버린 아이는 킹 사이즈 침대에서 자신의 여자와 함께 밤을 보내게 된 것이다. 분명 이건 흐뭇한 일이었다. 그러나 왜…… 마냥 흐뭇하지만은 않았다. 그 여자가 어떤 여자든 아들이 결정한 일이었고 아들이 행복한 거라면 분명 흐뭇해야 할 일이었다. 그렇지만 자꾸만 불안한 생각이 들었다. 그리고 그 불안감이 다솜에 대한 것인지, 세환에 대한 것인지 알 수가 없어 더욱더 그녀를 힘들게 했다.

원하는 대로 흘러가는 시합은 없다

세환과 다솜, 두 사람이 신혼여행을 다녀온 후 일주일이 흘렀다. 예정대로 두 사람은 이 여사의 집으로 들어왔다. 순서 대로라면 신혼여행 직후 친정집에 들렀다 하룻밤을 지낸 후 시 댁으로 들어오는 게 맞겠지만 다솜의 부모님이 안 계시니 그냥 시댁으로 바로 들어왔다. 특별히 눈살 찌푸릴 일 없이, 큰 소리 나는 일 없이 그렇게 시간이 흘러가고 있었다.

세환은 이 여사가 보는 앞에서는 이깃저깃 나솜을 챙겨주는 시늉을 했지만 이 여사가 없을 때는 늘 모르는 사람처럼 그녀를 대했다. 게다가 그는 밤이면 밤마다 회사 일을 들이대며 바쁘 다는 핑계로 밖에서 자기 일쑤였다. 그리고 다른 건 몰라도 회사 일에 관해서는 이 여사도 당연하다는 듯이 받아들이는 것 같았다.

지난 일주일이 조용하긴 했지만 다솜에게는 나름대로 괴로운 시간이었다. 세환이 밖으로 돌며 집으로 들어오지 않는 건 정상적인 결혼이 아니기 때문이라 생각했기에 그다지 신경 쓰이지가 않았다. 되려 그가 보이지 않으면 편안하기까지 했다. 그러나 집 안에서 함께 지내는 이 여사라면 이야기가 달라진다. 꼭 눈앞에 없는 사람처럼 자신을 대하는 이 여사 때문에 다솜은 어떡해야 할지 몰랐다.

아침에 일찍 일어나 이 여사를 위해 생과일 주스를 만들어 안방으로 가져갔다. 꼭 유령을 보는 것처럼 이 여사가 멍하니 쳐다보더니 무슨 말 한마디를 하려는 듯 입을 떼다 말았다. 그러고는 이내 가지고 나가라는 손짓을 했다. 다솜은 아무런 말도 하지 못한 채 잔에 고스란히 남겨진 주스를 들고 안방을 나올 수밖에 없었다. 그 다음날은 생야채 주스였지만 결과는 전날과 같았다. 이 여사가 사람을 부를 때마다 가정부 아줌마보다 먼저 달려갔지만 가정부 아줌마에게만 일을 시켰다. 다솜은 조금씩 지쳐 가고 있었다.

오늘 그녀는 동생들이 머물고 있는 아파트에 들렀다. 아이들끼리 사는 데 불편할까 봐 아줌마가 다녀간다고 했다. 깔끔하게 잘 정돈된 아파트 내에는 지금 당장 다솜이 돌아갈 자리는 없어 보였다. 환하게 웃으며 자신을 맞이하는 동생들을 보고 있자니 어깨 위에 놓인 무게가 가벼워지는 것도 같았다. 갈 때까지만 해도 오만 가지 생각이 머리 속을 휘젓고 다녔지만 돌아오는 길에 또 한 번 힘을 내자고 다짐했다.

"다녀왔습니다."

"사모님은 저녁 모임이 있다고 나가셨고 도련님은 오늘도 안 들어오실 것 같아. 아, 밖에 비도 올 것 같은 게…… 수제비가 먹고 싶네. 수제비 못하는 건 아니지?"

아줌마에게 고개를 끄덕인 다음 방으로 올라가 옷을 갈아입고 내려왔다. 최선을 다하자, 속으로 다짐을 하고 아래층으로 내려와 부엌으로 들어갔다. 아줌마가 따라 들어오더니 말했다.

"나 잠시 눈 좀 붙이고 있을게. 혼자 해도 되겠지?"

아줌마가 연신 하품을 해대며 나간 후, 다솜은 밀가루 반죽을 시작했다. 하얀 밀가루 가루들이 부엌에 날렸다. 잽싸게 물을 붓고 가루들이 더 이상 날리지 않도록 조심조심 반죽했다. 여기저기 하얀 자국이 남으면 아줌마가 힘들 것 같았다.

다솜은 아줌마가 이것저것 시키는 게 전혀 이상하지 않았다. 어차피 할 일도 없이 우두커니 하루 종일 집에 있는 게 더 괴로웠다. 뭔가 할 걸 찾아 헤매고 있을 때 아줌마가 넌지시 말했다.

「집안일 익히는 게 좋지 않으시겠어요, 작은사모님?」

그 제안이 너무나도 반가웠다. 며칠 아줌마를 따라 집안일을

하는 사이 언제부터인지 몰라도 아줌마가 딸 같다며 말을 놓았
다. 그다지 새삼스러울 게 없었다. 아줌마는 자신보다 연장자
였다. 다솜은 누군가가 말을 붙여주는 게 마냥 좋을 뿐이었다.

냄비의 물이 끓기 시작하자 동그랗게 만 반죽을 손으로 조금
씩 떼어 냄비 속으로 던졌다. 자신도 모르게 침을 꼴깍 삼켰다.
그때 등 뒤에서 노여움이 가득한 목소리가 들려왔다.

"너 지금 거기서 뭐 하고 있는 게냐?"

다솜은 깜짝 놀라 그만 반죽을 끓는 물 속으로 떨어뜨리고
말았다. 반죽이 떨어지면서 뜨거운 물이 손등에 튀었다. 짧은
비명 소리가 입 밖으로 흘러나왔다.

"아얏!"

"이런……."

이 여사가 다급하게 다가와 다솜의 손을 부여잡더니 큰 소리
로 아줌마를 찾기 시작했다. 몇 번의 부름 끝에 아줌마가 부랴
부랴 부엌으로 들어왔다. 아직 잠에서 덜 깬 부스스한 모습이
었다.

"아줌마, 구급약 갖고 와요. 어서!"

이 여사가 불을 끄고는 다솜을 거실로 끌어냈다. 소파에 억
지로 앉힌 뒤 다솜의 손을 들여다보았다.

"누가 너더러 그런 걸 하라고 했니?"

다솜은 아무런 대답을 할 수가 없었다. 아줌마가 구급약 상
자를 갖고 와서는 내밀자 이 여사는 약 상자를 뒤져 약을 바른

뒤에 거즈를 하나 꺼내서는 다솜의 손등에 얹었다. 이 여사가 구급약 상자를 닫으며 자리에서 조용히 일어났다.

"아줌마죠? 이 아이에게 부엌에 들어가 일을 시키고 아줌마는 나가 있다니, 이게 말이 돼요? 십 년 넘게 이 집에서 일을 하면서 그동안 이 집의 사람을 우습게 봤나요? 그리고 내 허락도 없이 누가 이 아이에게 일을 시키라고 했죠?"

다솜은 아줌마가 야단을 맞는 게 자기 탓인 것 같아서 어쩔 줄 몰랐다. 게다가 이 여사는 다솜이 다친 것보다 다솜이 부엌에 손을 댄 사실에 더 노여워하고 있는 것 같았다.

"저기……."

"넌! 가만히 있거라, 듣지 않아도 알 것 같으니. 아줌마, 이 집의 어른이 누구죠? 이 아이에게 일을 시킬 수 있는 사람이 있다면 그건 아줌마가 아니라 나라는 걸 잊어버렸나요?"

꼬박꼬박 존댓말을 쓰고는 있었지만 살벌한 기세였다. 아줌마도 다솜처럼 아무런 말을 하지 못한 채 그저 고개만 숙이고 있었다.

"나 원, 아줌마가 드라마를 너무 봤군요. 아줌마가 좋아하는 드라마 속에서는 새로 들어온 며느리가 가정부 아래일지 모르지만 내가 이 집안에 버티고 있는 이상 그런 일은 꿈도 꾸지 마세요. 이번 한 번은 내 그냥 넘어가죠. 그러나 다시 한 번 이런 일이 있거나 이번 일로 이 아이가 불편할 일이 생긴다면 그땐 어떻게 되는지 잘 알고 있죠?"

이 여사의 말은 단호했다. 어떻게 끼어들어 이 사태를 수습할 수가 없어 안타깝기만 한 다솜이었다. 이 여사의 말대로라면 앞으로는 부엌일조차 할 수가 없게 된다. 그나마 말동무가 되어주었던 아줌마와도 껄끄러운 관계가 될 것 같았다. 이 휭한 집에서 어떻게 해야 할지 막막하기만 했다. 안절부절 무슨 말이라도 해야 할 것 같은데 입 밖으로는 어떤 말도 튀어나오지가 않았다.

"이만하길 천만다행이지, 더 크게 다쳤으면 어쩌려고 했니?"

이 여사가 다솜의 손을 잡고 다정하게 말을 시작한 건 바로 그때였다.

"아무래도 네가 집 안에만 있어서 답답했나 보구나. 그러니 아줌마의 꾐에 쉽게 넘어간 거겠지. 좀 더 신경을 썼어야 했는데, 내 잘못이 크구나."

처음이었다. 이 여사가 자신에게 이렇게 다정하게, 아니, 이렇게 길게 말을 건네주는 게 처음이었다. 얼마나 사람에게 굶주려 있었는지 몰랐다.

"내일부터는 나와 피트니스 센터라도 다니자꾸나. 그리고 내 눈치 보지 말고 친구들도 만나고 동생들한테도 자유롭게 갔다오고 그렇게 하려무나."

다솜은 이 여사의 제안에 고개만 끄덕였다. 한마디 말이라도 하면 눈에서 왈칵 눈물이 쏟아져 내릴 것만 같아서 입술을 꼭 다물고 있을 수밖에 없었다.

전날 아침 출근을 한 세환이 집으로 돌아온 건 다음날 오후였다.

　"어제 동생들한테는 잘 다녀왔어?"

　"네."

　다솜이 세환의 옷을 받아 들며 짧게 대답하자 그가 또 물었다.

　"그래? 어제, 오늘 별일은 없었고?"

　다솜이 오늘부터 이 여사와 함께 피트니스 센터에 다닌다고 대꾸했다. 그러자 세환은 넥타이를 풀던 손놀림을 멈추더니 그녀의 얼굴을 빤히 쳐다보았다. 그리고는 단호하게 말했다.

　"이 여사와 너무 친하게 지내지 마. 어느 정도 거리를 유지해."

　또 세환이 어머니를 가리켜 이 여사라고 했다, 두 번째였다.

　"그런데, 저기……."

　다솜은 왜 그가 그녀를 이 여사라고 부르는지 묻고 싶었다.

　"또 뭐지?"

　세환의 목소리는 귀찮게 하지 말라는 듯이 들렸다. 결국 다솜은 아무것도 아니라고 말을 얼버무릴 수밖에 없었다.

　"우물쭈물하는 걸 보니 돈 이야기인가? 내가 준 카드는 갖고 있겠지, 당연히? 그때도 말했지만 필요하면 얼마든지 써. 당신이 마음 놓고 써주는 일이야말로 나를 기쁘게 하는 일이니깐 말이야. 이 여사와 다니면서 예쁜 옷도 사고 보석…… 그래, 여자들은 보석을 제일 좋아하지 않나? 당신이 원하는 게 이런 거라고 생각하는데. 그리고 덤으로 이 여사에게 비싼 선물도 해줘, 아마 무척이나 좋아할 거야."

세환이 넘겨짚듯이 자기 할 말을 다 하고는 방에 달린 욕실로 들어가 버리자 다솜은 멍하니 서 있다가 정신을 차렸다. 침대에 걸쳐진 그의 옷을 집어 들었다. 옷장 문을 열다가 고개를 돌려 화장대 서랍 문고리를 바라보았다. 카드는 그 안에 곱게 모셔뒀다. 정말 써도 될까, 망설여졌다. 그가 며칠 전 던져 준 생활비도 자신이 혼자 쓰기에는 넘칠 정도였다. 단순히 결혼을 하는 대가로 치르는 비용치고는 과하다 싶을 정도였다. 참 알다가도 모를 일이다.

두어 시간 후 저녁 식사가 끝나자 세환이 여느 날과 마찬가지로 또 집을 나서려고 했다. 이번에도 역시나 회사 일을 핑계로 내일까지 아예 못 들어올지도 모르겠다 말했다.

"세환아, 나 좀 보자꾸나."

이 여사가 막 현관문을 나서려는 세환을 불러 세웠다. 그러나 그는 고개를 살짝 들여보이기만 할 뿐 그녀의 말을 무시했다. 구두를 마저 신고 문을 열려고 했다.

"이야기 좀 하고 가거라."

"할 이야기 없습니다."

그가 막 집 밖으로 나가려는 순간, 이 여사가 쥐어짜듯이 다시 한 번 그를 불렀다.

"애야……."

화들짝 놀라기라도 했다는 듯 세환의 몸놀림이 멈췄다. 그의 입에서 차갑게 식은 몇 마디의 말이 흘러나왔다.

"그렇게 부르지 마십시오."

그가 나간 후, 이 여사는 한참을 그렇게 얼어붙은 듯이 그 자리에 서 있었다.

다솜은 소파에 앉아 그 광경을 지켜보았다. 정말 누가 봐도 어색한 모자지간이었다. 생판 남이라도 저렇게 차갑게 대하지는 않을 것이다. 냉랭한 기운이 현관에서부터 온 거실에 번지는 것만 같았다.

이 여사가 소파로 다가와 허탈한 몸짓으로 앉았다. 그리고 조용히 중얼거렸다.

"어디서부터 잘못된 건지……."

다솜은 뭔가 말을 해야 할 것 같았다.

"……저의 친정 어머니가 살아 계실 때 저도 그랬던 적이 있었어요."

이 여사가 다솜의 얼굴을 빤히 쳐다보았다.

"엄마가 무슨 말씀이라도 하면 그냥 톡 쏘거나 좋은 쪽으로 보지 않고 자꾸 나쁜 쪽으로만 보려고 했죠. 지금 생각하면 나쁜 딸이었던 것 같아요. 그때 왜 그랬는지 후회가…….”

이 여사가 말을 가로막지 않자 다솜은 주절주절 어머니가 살아생전에 있었던, 두 사람이 다퉜던 이야기를 줄줄이 뱉어냈다. 그때는 왜 그렇게 철이 없었는지…… 생각해 보니 참 어이가 없는 일로 많이 다퉜다. 이 여사의 입가에 잔잔한 미소가 머무르는 걸 보며 다솜은 자신도 모르게 더 많은 이야기를 쏟아내기 시작했다.

이 여사는 다솜의 이야기를 들으며 가슴이 훈훈해지는 걸 느꼈다. 다솜이라는 이 아이, 자신은 아는지 모르는지 직감적으로 상대방을 배려하고 있었다. 아침 일찍 자신에게 가져오던 주스도 그러한 것이라는 걸 알고 있었다. 처음 다솜이 주스를 갈아서 왔을 때는 당황했다. 그걸 받아 드는 순간에 이 아이를 인정해야 하는 것 같아 고집스럽게 거부했다. 다솜이 싫어서가 아니었다. 사람만 본다면 다솜은 좋은 아가씨였다. 그러나 아들을 가진 어머니가 그렇듯 이 여사는 못내 아쉬웠다.

세환에게도 다솜이 가진 따스함이 통한다면 좋을 텐데, 무엇이 세환을 변하게 만들었는지 이 아이가 다시 되돌려 놓을 수만 있다면 좋을 텐데……. 자신을 다정하게 엄마라고 부르며 멀리서 뛰어오던 작은 꼬마를 다시 자신에게 되돌려 줄 수 있다면 좋을 텐데, 라고 이 여사는 다솜의 이야기를 들으며 희망 하나를 품었다.

그로부터 이틀 후.

세환이 집으로 돌아왔을 때는 이 여사와 다솜이 피트니스 센터에서 집으로 돌아온 직후였다.

두 여자는 소파에 앉아 과일을 먹으며 피트니스 센터에서 있었던 일을 이야기하고 있었다. 웃음소리가 현관문을 막 열고 들어오는 세환의 귀에까지 들렸다. 신발을 벗고 들어서다 말고 그의 얼굴이 굳어졌다.

'이 불길한 느낌은 뭐지?'

두 여자의 웃음소리가 묘한 불안감을 그에게 안겨줬다. 두 여자는 그의 존재를 미처 발견하지 못한 채 이야기에 열중하고 있었다. 몇 분이나 지나서야 다솜이 먼저 그를 발견하고는 자리에서 일어났다.

"오셨어요?"

세환은 대꾸를 하는 대신 이 여사에게 가볍게 고개만 끄덕였다. 다솜이 그에게 다가와 서류 가방을 받아 챙기자 집 안으로 들어온 그는 멍하니 다솜의 얼굴을 바라보았다.

"씻으셔야죠?"

라고 물으며 다솜이 그를 향해 웃었다.

'이 여자도 웃을 줄 아는군.'

순간 세환은 생각에 잠겼다가 이내 정신을 차렸다. 아버지와 같은 전철을 밟을 수는 없다. 웃음 하나에, 다정한 말 한마디에 넘어갔던 건 이 여사를 어머니라고 불렀던 5년만으로 충분했다.

"그래야지."

무뚝뚝하고 짧은 말 한마디가 그의 입에서 흘러나오자 다솜은 고개를 갸웃거렸다. 뭐가 잘못된 걸까…… 그러나 세환이 성큼성큼 이층으로 향하자 이내 여느 날처럼 그의 뒤를 따랐다.

"뭐가 그렇게 재미있었던 거지?"

방으로 들어서자마자 세환이 다솜에게 물었다.

"아, 아니요. 피트니스 센터에서 좀 웃긴 일이 있었어요."

라고 대꾸하며 다솜이 희미하게 웃었다.

"그래?"

세환은 그녀가 더 이야기해 주길 기대했다. 하지만 다솜은 그저 고개만 끄덕이며 빙그레 웃기만 했다. 무슨 일인지 궁금했지만 물을 수가 없는 그였다. 아무튼 달리 두 여자가 꽤 친하게 지내는 것만은 확실했다. 그것도 자신이 원하는 것보다 훨씬 더 친밀하게 지내고 있는 것이 분명했다. 뭔가 잘못되어 가고 있었다.

늘 그래 왔듯이 갈아입을 옷을 들고 욕실로 들어와 차가운 물줄기 아래에 선 세환은 자신의 기분이 묘한 원인을 찾아내려고 노력했다. 그러나 도저히 찾을 수가 없었다. 샤워를 마치고 저녁을 먹는 동안에도 별다른 원인을 찾지 못했다. 그저 며칠 전과는 다르게 두 여자가 친하게 지내고 있다는 사실을 다시 한 번 확인했을 뿐이다.

결국 그는 오늘밤은 집에서 자기로 결정을 내렸다. 결혼을 하고 이 집으로 들어온 후 처음 있는 일이었다.

"자리 봐드릴게요."

세환이 서재에서 책을 보는 사이 다솜이 침대 시트를 말끔하게 정돈해 뒀다. 그런데 그의 눈길을 끈 것은 침대에서 좀 떨어진 바닥에 놓여진 이부자리였다.

"……뭐지?"

"아, 제가 잘 자리예요. 시간이 좀 늦어지면 손님 방으로 가서 잘게요."

아무렇지 않게 당연하다는 듯이 다솜이 대꾸하자 세환의 이마가 심하게 구겨졌다.

'도대체 뭐지, 이 여자……?'

이해되지 않는 일이 눈앞에서 벌어지고 있었다. 차라리 다솜이 침대 위에 이불 두 채를 꺼내놓았다면 이렇게까지 놀라지는 않았을 것이다. 그녀가 바닥에 몸을 누이는 걸 바라보며 세환은 고개를 흔들기만 했다. 그리고는 침대에 누웠다. 눈을 감았지만 잠이 오지 않았다. 피트니스 센터에서 있었던 일을 물어보고 싶어 입이 근질거렸다. 이 기분으로 그냥 넘어간다면 불면의 밤을 보내야 할 것만 같았다.

어떻게 말을 꺼내야 할까?

어떻게 운을 떼야 할까?

세환이 한차례 몸을 뒤척이자 스프링이 삐걱댔다.

"불편하세요?"

순간 다솜이 물었다. 그녀가 이불을 살짝 걷어내는 사각거리는 소리가 들렸다.

"신경 쓰지 마. 근데……."

"네?"

다솜의 대꾸하는 목소리가 조금 가깝게 들리자, 세환은 이불을 끌어 올렸다. 다솜이 자신의 작은 행동 하나하나에 세세하게 신경 쓰며 다정하게 구는 게 못마땅했다. 입술이 들썩였다.

"이제 건너가도 될 것 같지 않나? 명색이 신혼부부인데…… 이 시간에 이층에 누가 올라올 것 같지는 않군. 몸을 빌미로 내게 뭔가 더 요구하지 않는 건 고맙지만 나도 혈기왕성한 정상적인 남자라는 사실을 기억해 줬음 좋겠군."

거기까지 말한 세환은 침을 꼴깍 삼키며 잠시 뜸을 들였다. 다솜이 뭔가 한마디 대꾸라도 하길 기대했다. 그러나 아무런 말도 들리지 않았다. 그는 입이 제멋대로 움직인다고 느꼈다.

"거기다가 당신처럼 쉽게 가질 수 있는 여자 앞에서는 더욱이……."

상대방의 가슴에 상처를 내는 일은 쉽다. 말 한마디가 사람을 죽일 수도 있었다.

세환은 다솜의 속을 확 긁었다. 언제까지 다솜이 참기만 할 건지 궁금했다. 언제까지 침묵할 건지 궁금했다. 조심스럽게 발을 움직이는 소리와 함께 다솜의 목소리가 들렸다.

"죄송합니다. 제 생각이 짧았어요. 다음부터는 서재에 있다가 바로 건너갈게요."

　너무나도 차분한 목소리였다. 게다가 그가 원했던 말도 아니었다. 곧 이어 문이 열리고 닫히는 소리가 들려왔다. 세환은 자신도 모르게 몸을 일으켜 닫힌 방문을 바라보았다. 어느새 침대 밑에 깔려 있던 이부자리는 말끔하게 치워져 있었다.

　"저 여자, 도대체……!"

　고함을 지르는 것까지는 기대하지 않았지만, 그래도 자신을 변호하는 말 한마디쯤은 할 줄 알았다. 사람이라면 누구나 자존심에 흠이 가는 말을 들으면 자신을 변호하게 되어 있었다. 그런데 진다솜, 그녀는 아니었다. 그만큼 그녀가 강한 존재라는 걸까, 인정할 수가 없는 세환이었다. 분명히 그건 아니다. 뻑하면 말이나 더듬고, 뻑하면 죄송하다는 말만 뱉어내는 그녀의 내면에 강함이 숨어 있을 리는 없다. 저건 분명 견고한 가면일 거다. 세환은 불길한 기분이 들었다. 이 여사보다 어쩌면 진다솜이 더 강적일지도 모를 일이었다. 한 방 얻어맞은 사람처럼 그렇게 하염없이 방문을 바라보았다.

　현재까지 완벽한 세환의 KO 패였다.

착각도 이 정도면 금메달감

𖤍

하룻밤을 집에서 제대로 잠을 잔 그날 이후, 세환은 꼬박 꼬박 회사 일을 마치고 나면 집으로 들어왔다. 저녁을 먹은 후에 다시 나가지 않고 서재에서 잡다한 업무를 보고받은 후에 집에서 잠을 잤다. 그렇게 또 한 번의 일주일이 흘러갔다.

세환의 잠자리를 봐주며 다솜이 물었다.

"여전히 일이 많나 보네요. 집으로 오는 게 불편하시면 회사 근처에 집을 구하시는 건 어떠세요? 아침저녁으로 제가 반찬을 날라 드리고 청소해 드리면 되는데."

그녀의 말에 세환은 또 한 대 얻어맞은 사람처럼 얼굴이 일그러졌다.

"내가 매일 들어오는 게 당신에게는 불편한가 보군. 어차피 이름뿐인 남편이 자꾸 눈앞에 보이는 게 마음에 들지 않나 봐?"

순간 다솜은 의사소통이 제대로 되고 있지 않은 것 같아 답답했다. 그녀는 그런 뜻으로 한 말이 아니었다. 그녀가 보기에 세환은 집에 돌아와서도 과도한 업무에 시달리고 있었다. 그런 그에게 회사에서 집으로, 집에서 회사로 왔다 갔다 하는 일이 분명 힘들 터였다. 물어보지 않아도 그 정도는 알 수가 있었다.

"아니요. 그, 그런 게 아, 아니라는 건 아시잖아요?"

"또 말더듬이가 되었군. 모르겠다고 하면 어쩔 거지?"

세환이 무서운 눈으로 노려보며 한 발 다가가자 다솜은 자신도 모르게 뒷걸음질을 쳤다. 그가 팔을 뻗었을 때, 그녀의 등이 문에 닿았다. 다솜은 잽싸게 방문을 열고 밖으로 빠져나가며 대꾸했다.

"죄송합니다, 제가 괜한 말을 했네요. 그럼 쉬세요."

세환은 닫히는 방문을 어이없는 눈으로 바라보았다. 입 밖으로 '허' 소리가 절로 흘러나왔다. 그녀가 또 서재로 가는 거라는 걸 알고 있었다. 방금 그건 분명 도망이었다.

"도대체 알 수가 없군."

고개를 절레절레 흔들어도 답이 나오지 않았다. 보통의 여자들은 방금 전 상황이라면 못 이기는 척 넘어왔을 것이다. 한 번쯤 육탄전을 벌일 법한데도 불구하고 다솜은 그렇게 하지 않았다. 손이 닿거나 몸이 부딪치는 일을 묘하게 피한다는 느낌마저 들었다.

어지간한 여자들은 모두 그의 옆에 있으면 한 번쯤 덤볐다. 일단 찔러보자가 그녀들의 생각이었다. 그래서 그런지 철이 들면서 세환도 그게 당연하다 여기고 살아왔다. 그런데 그 당연한 일이 다솜과의 사이에서는 벌어지지 않고 있었다. 아니, 다솜은 그런 일을 벌일 생각조차 없어 보였다. 엄연히 법적으로 부부에다 한지붕 아래 살고 있는데도 말이다.

"매력이 없다는 뜻인가?"

세환은 침대로 다가가며 중얼거렸다. 도대체 이유를 알 수가 없었다. 슬며시 오기가 생기려고 했다. 다솜을 자신의 앞에 무릎 꿇게 만들고 싶어졌다. 뭐 그리 대단하다고 남자 김세환의 자존심을 이렇게도 짓밟는단 말인가… 용납이 되지 않았다. 그때 이 여사의 얼굴이 떠올랐다.

'정신 차려! 게임은 그녀와 하는 게 아니야. 상대는 이 여사야, 진다솜이 아니야.'

그는 침대 위에 털썩 주저앉으며 고개를 가로저었다. 지금 남자 김세환의 자존심이 문제가 아니었다. 문제는 다른 곳에 있었다. 지금 집중해야 할 일은 자존심 따위가 아니었다.

일주일 동안 찬찬히 살펴본 바로는 이 여사와 다솜은 어머니와 딸처럼 지내고 있었다. 그런 관계라면 돈을 누가 쓰느냐는 중요한 문제가 아니었다. 다솜이 돈을 펑펑 쓴다고 해도 이 여사는 별반 화를 낼 것 같아 보이지 않았다. 아니, 오히려 좋아하는 걸 사줄 것만 같아 보였다. 뭔가 다른 방법을 찾아야만 한다. 이 여사를 괴롭힐 수 있는 다른 방법, 그녀로 하여금 스스로 가면을 벗게 만들 방법을 찾아내야만 했다.

"어머니와 딸이라… 어머니와 딸이라……!"

계속 같은 말만 되풀이하던 세환의 머리 속에 세영의 모습이 떠올랐다. 세월이 아무리 흘러도 다섯 살배기로 멈춰 있는 자신의 여동생, 이 여사의 딸, 세영. 워낙 오래전 일이라 동생 세영의 얼굴은 또렷하지가 않았다. 그런데 그 희미한 세영의 모습 위로 다솜의 얼굴이 겹쳐졌다. 세환의 얼굴이 차갑게 번득였다. 누굴 괴롭혀야 자신이 원하는 효과를 볼 수 있는지 이제야 알 것 같은 그였다.

다음날 이른 아침, 세환은 손님 방으로 건너가서 자고 있는 다솜의 어깨를 흔들며 깨웠다. 확실히 이른 시각이었다. 시계 바늘이 겨우 6시를 가리키고 있었다.

"……헉!"

다솜이 부스스한 얼굴로 눈을 뜨자마자 외마디 낮은 비명을 질렀다. 뒤늦게 상대를 확인한 후 무안한 듯 고개를 돌렸다.

"뭘 그렇게 놀라나? 감추는 거라도 있는 건가?"

세환의 비아냥에 다솜은 아무런 대꾸를 할 수가 없었다.

"그만 일어나지 그래? 약수가 먹고 싶어졌어. 근래 무리해서 일을 했더니 달콤한 약수 생각이 간절한걸."

그가 자기 할 말을 다 끝낸 후 휭하니 방 밖으로 나가자마자 다솜은 일어나 주섬주섬 옷을 챙겨 입었다. 약수를 떠오라고 하니 가긴 가야 할 것 같은데, 약수터가 어디에 있는지조차도 모르는 그녀였다. 정신을 차리기 전에 본 세환의 얼굴은 자신이 봐도 초췌해 보였다.

그녀가 밖으로 나오자 세환이 기다렸다는 듯이 약수통을 건넸다.

"그리 멀지는 않아. 운동 삼아 버릇을 들이면 아주 좋을 거야."

뒤이어 세환이 약수터의 위치를 상세하게 알려주었다.

다솜은 집 밖으로 나오자마자 공기가 차갑다고 느꼈다. 꽤 두텁게 걸쳐 입었는데도 새벽에다 가을에서 겨울로 넘어가는 시기라 얼굴에 와 닿는 바람이 장난이 아니었다. 거기다가 비가 오려는지 눅눅하기까지 했다. 다시 집으로 들어가 우산을 가져올까 망설이다 이내 그만두기로 했다. 비가 금세 내릴 것 같지는 않았다.

그녀가 망설이다 대문을 나서는 그때, 세환은 방 창문을 통해 이를 확인했다. 약수터로 들어서는 길까지만 집에서 십여 분 거리다. 그곳에서 다시 약수터가 위치한 곳까지 올라가는 데는 이십 분 정도 걸린다. 말이 이십 분 거리지 산행이기 때문에 더 오래 걸릴 게 뻔하다. 아무리 빨리 갔다 온다고 해도 여자 걸음에 한 시간은 족히 걸릴 거다. 아마 다녀오고 나면 녹초가 될 것이다. 그로서는 한번 확인할 필요가 있었다. 정말 다솜을 괴롭히면 이 여사가 반응을 보일지 확인해야만 했다. 당장 어떤 반응이 있을 거라는 기대는 하지 않았다. 조금씩, 아주 조금씩, 다른 이들이 눈치 채지 못하게 다솜을 교묘히 힘들게 할 작정이었다.

"잠이나 더 잘까?"

기지개를 켜며 크게 하품을 한 후 세환은 다시 침대 위에 몸을 뉘었다.

잠시 후, 새벽 공기가 점차 차가워지고 있었던 탓에 잠이 든 그는 슬며시 이불깃을 꼭 쥐고는 몸에 돌돌 말았다. 좋지 않은 꿈이라도 꾸고 있는지 그의 이마에 깊은 주름살이 패였다.

「왜 어째서…… 세영이가 죽은 거니?」

그날의 기억이 바랜 사진처럼 세환의 꿈속에 각인되었다.

「어째서 넌 살아 있는 거니……?」

꿈속에서 세환은 목소리가 들리는 쪽으로 살며시 눈을 떴다. 온몸이 옥죄어오듯이 쑤시고 아팠다.

「애야, 이제 깼구나. 정말 다행이구나. 의사 선생님을 불러오마.」

새엄마가 눈물을 뚝뚝 흘리며 환하게 웃고 있었다. 그녀의 이마 끝에 작은 거즈가 붙어 있었다. 꿰매기라도 한 모양이었다. 그래도 그녀는 억지로라도 환하게 웃으려고 애를 쓰고 있는 듯이 보였다. 그녀의 눈꼬리가 파르르 떨렸다. 세환은 그녀가 병실 문을 열고 나갈 때까지 멍하니 쳐다보기만 했다. 눈을 뜨고 있었지만 눈을 뜨고 있지 않은 것만 같았다. 모든 일이 꿈처럼 느껴졌다. 천장이 붕붕 눈앞에서 왔다 다시 멀어졌다를 반복했다.

새엄마가 세영이는 죽었다고 말했다. 열 살이나 차이나는 여동생, 처음 태어났을 때 그 뽀얀 손을 잡고 얼마나 좋아했는지 모른다. 그 아이가 죽었다. 그리고 그 죽음의 한가운데에 자신이 있었다. 살아 있는 세환, 자신과 그가 살아 있는 것을 원망하는 새엄마가 있었다.

꿈속의 장면들이 점점 바래져 하얗게 들뜰 무렵, 세환은 방 밖에서 들리는 소리에 겨우 눈을 떴다.

"젠장…… 또 같은 꿈이군."

그의 입 밖으로 쓴 소리가 몇 마디 흘러나왔다. 잊을 만하면 한 번씩 찾아오는 떠올리기 싫은 꿈. 길게 한숨을 내쉬며 그가 방 밖으로 나오자 다솜이 쟁반에 컵을 받쳐 들고 서 있었다.

"여기 약수 물이요."

그녀의 얼굴 위로 방금 꿈속에서 본 새엄마의 얼굴이 겹쳐졌다. 세환은 컵을 받아 드는 대신 한마디 툭 던졌다.

"생각이 없어졌어, 당신이나 마셔. 일찍 나가봐야 하니까 지금부터는 방해하지 말아줬음 좋겠어."

세환이 방 안으로 들어가 거칠게 문을 닫아버리자 다솜은 약수 물이 담긴 컵만 물끄러미 바라보았다. 그새 마음이 바뀌어버린 그를 이해하려고 노력했다. 아무래도 일로 인한 그의 스트레스가 극도에 도달해 있는 것처럼 느껴졌다. 조심조심 방문 앞에서 멀어지는데 아래층에서 부스럭거리는 소리가 들려왔다. 아줌마가 깬 것 같았다.

"일찍 일어나셨네요, 작은사모님. 어머, 체육복 차림이시네…… 어디 다녀오셨나요?"

부엌으로 들어오는 다솜을 발견한 아줌마의 얼굴이 잔뜩 긴장된 모양새였다. 이 여사에게 야단을 맞은 그날부터 아줌마는 다솜에게 다시 존댓말을 했다. 솔직히 다솜은 그런 존대가 불편했다. 그러나 아줌마가 자신 때문에 또 야단을 맞을까 봐 아무 말도 하지 않는 중이었다.

"네, 네……."

아줌마 곁으로 다가가며 다솜이 그릇에 손을 대려고 하자,

"작은사모님, 제기 할 테니 그냥 두세요."

아줌마가 다급하게 말렸다. 아줌마의 목소리가 다솜에게 너무나도 낯설게 들렸다.

"……저기요?"

"네, 말씀하세요, 작은사모님."

분주히 움직이던 아줌마의 손놀림이 멈췄다. 그녀는 다솜을 빤히 쳐다보았다.

"그냥 예전처럼 하시면 안 될까요?"

의외라는 눈빛이었다.

"제가 불편해요. 이 여, 아니, 어머님께는 제가 잘 말씀드릴게요."

아줌마의 미심쩍다는 눈빛은 쉽게 풀리지 않았다.

"그럼 우리 이렇게 해요. 말은 그냥 지금처럼 서로 존재하고, 그게 편하시다면요. 대신 제 동생들 챙겨주는 음식은 제가 직접 할게요. 그건 괜찮죠?"

다솜의 제안이 나쁘지 않았는지 아줌마는 잠시 생각에 잠겨 있더니 이내 고개를 끄덕였다.

"그럼 그렇게 해요, 작은사모님."

아줌마의 동의에 다솜은 조금 숨통이 트이는 것 같았다. 아줌마에게 방긋 웃어주며 숟가락을 들어 보글보글 끓고 있는 찌개의 간을 보았다.

"정말 맛있어요! 아줌마 음식 솜씨는 제가 몇 십 년을 해도 따라가지 못할 거예요."

다솜의 호들갑에 아줌마는 슬며시 웃다 헛기침을 했다. 그녀는 다솜을 처음 봤을 때 참 별난 여자라고 생각했다. 자신이 오랫동안 모시고 있는 이 여사는 사람을 대할 때 공과 사가 확실했다. 그런데 반해 다솜은 뭐랄까, 물에 물 탄 듯 술에 술 탄 듯 맹해 보이기만 했다. 처음 다솜에게 집안일을 도와달라고 했을 때는 이 여사의 말대로 자신이 조금 편해보려는 속셈이 있었다. 거기다 다솜이 순순히 하겠다 했으니 이게 웬 떡인가 생각했다. 횡재를 한 기분까지 들었다. 자신의 눈에 세환과 다솜의 관계가 솔직히 정상적인 신혼부부로는 보이지 않았다. 새신랑이 뻑하면 집에 들어오지도 않을뿐더러 집에 있다고 해도 다정하게 말을 건네는 걸 본 게 손에 꼽을 지경이었다. 그래서인지 다솜을 쉽게 생각했다. 다솜이 이 집안의 식구가 아니라 뜨내기손님으로만 보였다. 자신이 막 대해도 상관없는 그런 여자라고 쉽게 단정 짓고 있었다. 그러나 지금 어쩌면 그 생각이 틀렸을지도 모른다는 느낌이 들었다. 찌개가 맛있다며 연신 국물 맛을 보고 있는 다솜을 바라보며 아줌마는 앞으로 오랫동안 자신이 모셔야 할 사람임을 직감적으로 깨달았다.

그날 오후 늦은 시간.

세환은 사무실에서 여느 날처럼 잔뜩 쌓인 서류들과 씨름을 하고 있었다. 도대체 일이라는 게 끝이 없었다. 신경 써야 할 일이 산더미였다. 주주들의 시선이 사신에게 몰려 있다는 걸 너무나도 잘 알고 있는 그였다. 냉혹한 세상, 아버지가 살아 계실 때는 잘 느끼지 못했던 걸 지금에 와서는 하나둘씩 보고 느끼고 있다. 주주들은 일을 제대로 하지 못하면 여차하면 밀어낼 기세로 덤볐다. 말이 좋아 전통 후계자지, 아직까지는 자신이 정말 이 회사의 최고 경영자이긴 한 건지 가끔 헷갈릴 때가 있었다. 그만큼 아직은 자신의 목소리보다 주주들과 이사들의 목소리가 높게 느껴졌다. 그리고 분명 그들 뒤에 이 여사가 있을 것이다. 살아남아야만 했다. 자신을 보호해 주는 이는 이제 이 세상에 단 한 사람도 존재하지 않았다.

결재 서류들 틈에서 헤어나오지 못한 채 머리를 쥐어뜯고 있는데 전화벨이 울렸다. 세환은 짜증스럽게 수화기를 들었다. 외부 연결이었다.

—사장님, 댁입니다.

아마도 다솜일 것이다. 집에서 이 시간에 사무실로 전화할 사람은 그녀밖에 없었다. 가뜩이나 머리 속이 복잡한데 타이밍 한번 죽였다. 별일이 아니기만 해봐라 그냥 두지 않겠다고 세환은 이를 부드득 갈았다.

—도련님, 큰일 났어요.

다솜이 아닌 아줌마였다.

"무슨 일입니까?"

—작은사모님이 쓰러지셨어요. 화랑병원 501호에 입원하셨어요.

세환의 입 밖으로 '허' 하는 소리가 흘러나왔다. 이건 또 무슨 뚱딴지 같은 소리인가. 아침까지 분명 멀쩡하던 여자였다. 약수터까지 다녀온 여자가 갑자기 쓰러졌다는 게 말이 되지 않았다. 그의 눈에 다솜은 지극히 정상적이고 건강한 체질로 보였다. 알았다고 대꾸한 후 전화를 끊으려는 순간, 수화기 너머에서 아줌마가 덧붙였다.

—아차, 큰사모님이 병원에 같이 계신다고 검사 결과가 나오면 직접 전하시겠다 하셨어요.

수화기를 내려놓는 세환의 눈빛이 묘하게 빛나고 있었다. 이여사가 다솜이 입원한 병실에 같이 있다는 말이 그에게는 너무나도 신나는 뉴스거리였다. 휘파람이라도 불고 싶었다. 자신이 생각했던 것보다 어쩌면 더 빠른 반응이 올지도 모른다. 다솜이 힘들어 견디다 못해 이 여사에게 재잘재잘 자신의 흉을 보면, 분명 이 여사가 자신에게 한소리 할 거라고 생각했다. 세워놓은 계획과는 사뭇 다르게 진행되어 버렸지만 어쩌면 상당히 빨리 반응을 얻어내고 결과에 도달할 수 있을지도 모른다. 지금 다솜의 곁에 이 여사가 병 수발을 들고 있다는 사실만이 그의 머리 속을 꽉 메웠다.

"병 수발……?"

잠시 생각에 잠겨 있던 세환은 고개를 가로저었다.

"지나가는 개가 웃겠군."

어쩌면 병 수발이 아닐 수도 있다. 남의 이목이 분명 두려울 테니 예의를 지키는 것일 수도 있다. 생각만 하고 있을 때가 아니었다. 확인을 할 필요가 있었다. 화랑병원 501호라고 했다. 세환은 재빨리 자리에서 일어났다.

"천만다행입니다. 단순히 독감일 뿐이니 너무 걱정하지 않으
셔도 됩니다. 조금만 늦게 발견했다면 폐렴으로 진행될 뻔했습
니다."

　이 여사는 주치의 김 박사의 말을 들으며 난색을 표했다. 아
침 식사 자리에서 멀쩡하던 다솜이었다. 평소와 달리 얼굴이
창백해 보여서 신경이 쓰이긴 했지만 잠을 제대로 못 잔 걸 거
라고 생각했다. 신혼부부라면 으레 그런 날도 있겠거니 대수롭
지 않게 넘겼다. 오전에 모임이 있어 회사에 잠시 들렀다가 오
후 늦게 집에 돌아왔다. 피트니스 센터를 가자고 다솜을 찾았
을 때, 집 안 어디에도 그녀는 보이지 않았다. 말없이 외출할 아
이가 아닌데 싶어 다시 한 번 꼼꼼히 집 안을 둘러보는데 이층
욕실에서 물소리가 새어 나왔다. 문을 두드리며 이름을 불러도
안에서는 아무런 대꾸가 없었다. 결국 잠긴 문을 열기 위해 아
줌마에게 비상 열쇠를 가져오게 했다. 문을 열고 들어갔을 때,
샤워기 밑에 다솜이 쓰러져 있었다.

　의사가 병실을 나간 다음, 이 여사는 아무리 생각을 해봐도
다솜이 아플 이유가 없다고 단정 지었다. 단지 샤워를 했다고
해서 갑자기 멀쩡하던 사람이 힘없이 쓰러진다는 건 말이 되지
않았다.

「아침에 작은사모님이 체육복 차림에 조금 젖어 있었어요.

어디 다녀오신 듯싶던데…….」

아줌마가 다솜의 손발을 주무르며 했던 말이다.

"도대체 어딜 다녀온 걸까?"

잠결에 빗소리를 들은 이 여사였다. 꼬리에 꼬리를 무는 생각을 정리해도 해답을 찾을 길이 없었다. 그때 등 뒤에서 병실문이 거칠게 열리는 소리가 들렸다. 이 여사가 돌아보자 세환이 뛰어들어 오고 있었다. 꽤나 급하게 온 모양새였다.

"왔니?"

세환의 눈이 이 여사의 얼굴을 지나 잠들어 있는 다솜에게 머물렀다.

"독감이라고 하는구나. 별일이 아니라니…… 열만 내리면 아무런 문제가 없다 하니 천만다행이지."

세환이 침대 곁으로 다가왔다.

"독감에 걸릴 이유가 없을 것 같은데, 아침 일찍 어딜 다녀왔을까? 이게 도대체 어떻게 된 일인지……."

"약수 물이 먹고 싶다고 했더니 떠오겠다 하더군요. 그래서 다녀오라고 했습니다."

다솜의 얼굴을 빤히 늘여다보며 그녀의 손을 주무르고 있던 이 여사는 순간 어이가 없어 말문이 막히고 말았다. 세환의 목소리가 너무나도 무뚝뚝했다. 너무나도 덤덤한 목소리였다. 자신과는 아무런 상관이 없다는 듯한 목소리로 들렸다. 다솜이 자신에게 각서를 써줄 때 알아봤어야 했다는 생각이 드는 이 여사였다. 어쩌면 세환을 걱정할 게 아니라 다솜을 먼저 챙겼어야 했는지도 모른다. 세환의 목소리에는 다솜에 대한 애정이라고는 눈곱만큼도 느껴지지 않았다. 이 여사는 얼굴이 벌겋게 달아오르는 것 같았다.

그러나 그래도 팔은 안으로 굽는다. 상상하는 게 현실이라면 다솜이 너무 애처롭고 불쌍하기는 하지만 이 여사로서는 어쩔 수 없이 아들 세환이 먼저 눈에 들어왔다. 애써 웃으며 고개를 돌려 세환에게로 시선을 보냈다.

"그런 일이 있었군, 약수라…… 마셔본 지 꽤 오래되었구나. 그래, 약수 맛은 여전하더냐?"

이번에는 세환의 시선이 다솜을 지나 이 여사에게 머물렀다.

"떠왔을 땐 먹을 마음이 사라졌습니다. 그러니 약수 맛은 저도 모르겠습니다."

순간 이 여사의 손에 힘이 들어갔다. 자기 자식만 아니면, 자기 자식만 아니라면 한바탕 독설이라도 퍼붓고 싶었다. 그러나 그럴 수가 없었다. 미우나 고우나 세환은 자신의 아들이었다. 사정이 있어 보이는 다솜이 그저 애처롭고 불쌍하기만 했다.

"가보거라. 여긴 내가 지키고 있을 테니……. 굳이 두 사람 모두 매달려 있을 이유는 없을 것 같구나."

이 여사는 평정을 되찾으려 노력했다. 이 순간만 넘기자고 스스로를 타일렀다. 이 순간만 눈을 감으면 다시 눈을 떴을 때

마냥 사랑스러웠던 세환을 볼 수 있을 거라고, 참자고 속으로 되뇌었다.

그러나 그녀의 목소리가 떨리고 있다는 걸 세환은 느끼고 있었다. 그는 다솜의 손을 꼭 쥐고 있는 이 여사의 어깨가 움츠러들고 있음을 알았다. 이 여사가 다솜에게서 딸 세영을 보고 있을 듯한 느낌이 들었다. 병실을 나오는 세환은 회심의 미소를 지었다.

'이번 게임은 나의 승리군.'

그의 눈이 먹이를 제대로 찾은 짐승처럼 번뜩였다.

◐ ◑

다시 회사로 돌아온 세환은 비서에게 방해하지 말라고 말한 후 사장실 소파에 드러누워 생각에 잠겼다.

'어떻게 하면……?'

좀 더 다솜을 효과적으로 괴롭힐 수 있는 방법을 궁리하는 중이었다. 지금처럼 괴롭히는 것만으로는 부족하다. 이 여사가 길길이 날뛸 정도로 도저히 용납하지 못할 일을 저질러야만 했다.

'두들겨 패?'

세환은 침을 꼴깍 삼켰다. 그러나 그건 못할 짓이다. 이런 생각, 저런 생각을 해봐도, 인간다운 행동이 아닌 짐승 같다 생각되어도 두들겨 패는 것만큼의 효과를 보장할 수 있는 일이 떠오르지 않았다. 그러나 그런 지저분한 짓은 하고 싶지 않았다. 딜레마에 빠졌다. 괴롭히자니 자신의 손을 더럽혀야 하고, 그렇게 하지 않자니 딱히 떠오르는 것이 없었다. 미칠 것만 같았다. 그렇다고 이걸 누구한테 의논할 수도 없는 노릇이었다.

생각다 못해 벌떡 일어나 세환은 사무실 안을 서성였다. 다솜이 자신이 생각한 대로 이 여사의 속만 긁어놓았어도 이런 고민을 할 필요는 없었다. 두 여자가 그렇게 엉뚱한 방향으로 친해지는 건 자신의 계획에 없던 일이다. 마음먹은 대로 되지 않는 게 세상일이라고는 하지만 이건 정말 상상조차 못한 일이었다. 덕분에 이렇게 머리만 아프니…….

사장실 안을 두 바퀴쯤 돌았을 때, 노크 소리가 들렸다. 분명히 방해하지 말라고 한 그였다. 세환은 문을 노려보기만 할 뿐 대꾸하지 않았다. 또 한 번의 노크 소리가 들리나 싶더니 이내 문이 벌컥 열렸다.

"김세환, 너 뭐야? 있으면서 왜 대답도 안 해?"

아현이었다. 그녀가 성큼성큼 사무실 안으로 들어오며 툴툴거렸다.

"어쭈, 노려본다? 눈 풀어. 그리고 괜히 자기 일에 충실한 비서 야단칠 생각 하지도 마!"

세환은 고개를 절레절레 흔들었다. 누가 그녀를 막을 수 있을까…… 비서실의 모든 사람들이 가로막아 선다고 해도 그녀 한 사람을 당해내지 못할 거다. 그가 안에 없다고 비서가 분명 말했을 것이다. 그렇다고 해도 자신의 눈으로 확인을 해야 돌아갈 아현임을 누구보다도 세환 자신이 잘 알고 있었다.

"앉아라."

소파로 다가가며 세환은 허탈한 듯 어깨를 으쓱였다.

"앉지 말라고 다리를 붙잡고 늘어져도 앉을 거다. 너 뭐야? 있으면서 왜 밖에는 없다, 그리 말하라고 시킨 거냐? 사고라도 친 거야?"

"무슨 일로 왔어?"

대꾸 대신 세환은 아현의 용건을 물었다.

"일이 있어 오나 뭐. 새신랑 얼굴이나 보러 왔다, 됐냐? 마나님이 얼마나 잘해주시길래 요즘 코빼기도 보기 힘들까 싶어서 들렸다. 애들이 네 신혼 이야기 듣고 싶어서 아주 안달이 났거든. 그리고……."

아현이 자리에 앉으며 세환을 매섭게 노려보았다.

"난 네 덕분에 시집가라는 어른들 등쌀에 시달리는 중이다. 그래도 한 가지 다행스러운 건 사귀던 남자를 뺏긴 비련의 여주인공인지라 견딜 만하다는 거."

물끄러미 아현의 얼굴을 쳐다보며 조용히 말을 듣던 세환이 갑자기 자리에서 벌떡 일어났다.

"나가자, 여기서 할 이야기는 아닌 것 같고…… 덕분에 비서에게 이번에는 거짓말을 시키지 않아도 되겠군."

아현이 어리둥절했지만 세환은 별다른 말 없이 앞장을 섰다.

회사 로비에 두 사람이 다다르자, 세환은 기다리고 있던 최 기사에게 자신이 직접 차를 몰겠다고 했고 그가 출발하자 아현이 그 뒤를 쫓았다. 얼마 지나지 않아 두 사람의 차는 크리스털 호텔 앞에 도착했다. 벨 보이에게 차 키를 넘겨주며 아현이 휘파람을 불어댔다.

　"히야, 오늘 운이 정말 좋은데…… 김세환의 술 리스트를 볼 수 있겠는걸."

　크리스털 호텔의 맨 위층에는 일반인들이 드나드는 라운지 대신 회원 전용의 클럽이 자리하고 있었다. 회사를 경영하는 경영진이거나 저명인사, 교수, 정치인 이런 사람들만이 가입이 가능한 클럽이다. 은밀한 대화가 필요한 사람들이 드나드는 곳이다. 두 사람이 도착했을 때, 클럽 안은 한가했다. 훤한 대낮에 술 마시는 사람이 많기를 기대하는 일 자체가 무리다.

　"신혼 재미가 어때?"

　잔을 들며 아현이 먼저 입을 열었다.

　"거참, 말 좀 가려서 해라. 신혼 재미라니…… 그게 처녀 입에서 나올 말이라고 생각해?"

　세환이 아현의 잔에 술을 따르며 혀끝을 차자 그녀는 대수롭지 않게 대꾸했다.

　"새삼스럽다? 별걸 다 따지네. 우리 사이에 이 정도 대화도 못하니? 아, 그래, 그래. 이제 남의 남자라는 거지? 사람 변하는 거 한순간……."

그때 세환이 테이블에 바싹 붙어 앉더니 심각한 얼굴로 끼어들었다.

"남의 남자라, 정말 남의 남자이기는 한 건지 내가 더 궁금하군."

"무슨 뚱딴지 같은 소리야?"

아현이 잔을 입으로 가져가며 이상하다는 듯이 물었다. 세환은 침을 꼴깍 삼켰다. 어색한 침묵이 흐르는 동안 그는 재빨리 머리를 굴렸다. 그녀가 오기 전까지 고민하고 있었던 문제의 해답을 어쩌면 찾을 수 있을지도 모른다. 만약에…… 이건 정말 만약인데, 자신이 바람을 피운다면 일이 어떻게 돌아갈까? 아무리 계약 관계의 부부라고 해도 다솜이 이건 견디지 못할 거다. 자존심이 걸린 문제일 거다. 그리고 그녀가 견딘다 한들 이 여사가 못마땅해하기만 해도 성공하는 거다. 분명 남의 이목 때문에라도 한바탕 소란이 일 거다.

세환은 술 한 모금으로 목을 적시며 마음을 가다듬었다. 아현이 나중에 사실을 알고 나면 길길이 뛸 것이 분명하다. 자신을 죽이려고 덤빌지도 모른다. 그러나 그렇다고 해도 지금은 이 방법 외에 더 좋은 방법은 생각나지 않았다.

'사람 목숨은 하나시, 죽는다 해도 한 번 죽지…… 두 번 죽을까?'

오만 인상을 쓰며 세환은 천천히, 아주 천천히 입을 열었다.

"아…… 정말 말하기 힘드네."

보통 때 같으면 '밥 탄다'고 어서 말하라고 다그칠 아현이 이번에는 조용히 기다리기만 했다. 세환은 자신의 연기가 아주 만족스러웠다.

"……완전히 속았어. 순수하고 착하다고만 생각했으니깐. 그런데 그게 아니더라. 혼인신고를 하는 순간에 사람이 확 돌변하더군. 지킬 박사와 하이드가 따로 없어."

최대한 아현이 믿을 수 있도록 거짓말을 동원했다. 세환은 세상에 정의가 정말로 존재한다면, 하늘에 어느 신이든 있다면 이 순간 자신의 편이 되어 그녀의 눈을 가려줄 거라고 믿어 의심치 않았다. 다솜을 돈에 미친 천하의 몹쓸 여자로 만드는 건 정말 쉬웠다. 기본적으로 아현은 다솜에 대해서 모르고 있으니 말이다. 아현이 자신의 말을 곱씹어볼 겨를도 주지 않고 세환은 거짓말의 강도를 높였다.

"거기다가 이젠…… 아, 이런 이야기까지 내가 너한테 해야 하다니 정말 남자 체면 다 구겨진다."

"말해."

아현의 목소리는 단호했다. 벌써부터 그녀의 마음 깊은 곳에서 뭔가가 차 오르고 있다 느껴졌다.

"잠자리도 같이 하지 않는다. 거부당한 지가 벌써 일주일도 넘었어. 나와 결혼한 건 돈 때문이라나, 그러니 굳이 같은 방을 쓸 이유가 없다고 아예 손님 방에 가서 자더군. 내가 미쳤지, 그런 여자인 줄도 몰라봤다니."

다솜이 손님 방에서 자는 건 사실이었다, 이유는 전혀 다르지만. 세환은 아현의 표정을 살피다가 이때다 싶어 두 손으로 머리를 감쌌다. 그리고는 힐금 그녀의 얼굴을 살폈다. 완전히 못 볼 걸 봤다는 낯빛이었다. 성공이었다. 자신이 한 거짓말을 믿는 눈치였다.

"도저히 어머니한테도 말 못하겠더라. 나만 믿고 이번 결정에 무작정 따라와 주셨는데 걱정을 끼칠 수가 없어. 젠장, 이걸 어떻게 해야 할지……."

그가 천천히 고개를 들자 아현의 얼굴이 벌겋게 달아올라 있었다. 그녀가 화가 났다. 그녀는 화가 나면 낯빛부터 달라진다. 귀밑부터 홍조를 띠고 올라와 얼굴 전체에 붉은 꽃이 핀다. 결국에는 성질을 죽이지 못하고 가끔 폭주하기도 하는 그녀라는 걸 세환은 알고 있었다.

"뭐…… 뭐야? 도대체 그 여자! 그럼 고의로 접근한 거였어?"

단단히 열이 오른 듯 아현이 컵에 담긴 술을 벌컥벌컥 마셔댔다.

"내가 어떻게 해줄까? 끌어내서 밟아줘? 아씨…… 뭐, 이런 소설 같은 일이 다 있냐?"

세환은 숨을 죽이며 기다리고 있었다. 아현의 입에서 원하는 말들이 마구 쏟아져 나왔다. 그는 슬며시 미소를 짓다 다시 정색을 하고는 대꾸했다.

"방법이 말이야, 아주 없지는 않은데 너한테 부탁하기가 미안해서……."

"말해, 뭐든 들어줄 테니. 내가 누구냐? 너의 십년지기 친구 잖아. 내가 못 들어줄 부탁이 어디 있어, 니가 나한테 못할 부탁이 어디 있고?"

아현이 잔을 내려놓으며 큰소리를 뻥뻥 쳤다. 때를 놓치지 않고 세환이 빠르게 말했다.

"그럼 너 내 애인 노릇 할 수 있겠어?"

"좋…… 뭐?"

아현의 눈이 휘둥그레졌다.

"야, 그렇게 하면 너한테 불리해지잖아?"

아무리 흥분했다 해도 아현의 사고회로가 멈춘 건 아니었다. 세환은 더 침통한 표정을 지었다.

"그래, 분명 불리하겠지. 그렇지만 돈 좀 더 뜯기는 정도겠지. 위자료가 문제겠어? 분명 내가 이혼하자고 하면 곱게 해줄 것 같지도 않고 결국 법정까지 가게 될 거야. 그렇게 구질구질하게 끌려 다니고 싶지 않다. 하루라도 빨리 끝내고 싶어. 다행인 건 그 여자 자존심은 정말 하늘을 찌른다는 거지. 아마 내가 자기 아닌 다른 여자와 있는 걸 보면 그 잘난 자존심에 금이 가겠지. 자기 남편이 바람이 났다는 사실을 누가 알까 봐 더 두려워할 그런 여자더군."

세환은 결정을 재촉하듯 긴 한숨을 내쉬었다.

"좋다, 그래, 까짓 못할 것도 없다. 대신 잘되면 톡톡히 한턱 내야 해."

다솜을 꼭 내쫓아주겠다는 아현의 호언장담이 이어졌다.

세환은 일이 쉽게 풀리는 것 같아 속으로 쾌재를 불렀다. 자신의 말이 거짓말이라는 걸 아현이 알 방법은 없다. 이 여사의 가면을 벗기고 자신이 원하는 걸 얻은 다음에 어차피 다솜과의 관계를 정리하려고 했다. 이런 걸 두고 일석이조라고 하는 거다. 이보다 더 좋을 수는 없다. 자꾸만 흐물흐물 풀리려고 하는 얼굴 근육을 다잡으며 세환은 위로의 말을 건네는 아현에게 연신 고맙다는 말만 되풀이했다.

세환이 어떤 일을 꾸미고 있는지 전혀 모르는 이 여사는 다음날도 다솜이 입원해 있는 병원을 찾았다. 그녀는 다솜이 누워 있는 침대 옆에 서서 창밖을 하염없이 바라보고 있었다. 어제 세환이 던지고 간 말을 곱씹고 또 곱씹었다. 그는 먹어보지 않아서 약수 맛은 모르겠다고 했다. 먹을 마음이 없어졌다고, 먹을 마음이 사라졌다고 했다.

'그럴 거라면 왜 이 아이에게 시켰을까……?'

세환이 부릴 수 있는 사람은 집 안에 다솜 말고도 많았다. 굳이 그 꼭두새벽에 다솜을 보낼 일이 아니었다. 곰곰이 생각을 해봐도 알 수가 없다. 덕분에 다솜만 심한 독감을 앓고 있었다. 시간이 지나면서 다솜의 불덩이 같았던 몸은 정상으로 돌아오는 것 같았지만 자신의 마음은 여전히 불덩이를 얹어놓은 것처럼 뜨겁다고 느끼는 이 여사였다. 게다가 오늘 세환은 병원에 찾아오지 않았을 뿐만 아니라 전화도 없었고 어제는 집에도 들어오지 않았다.

'도대체 이 아이들 사이에 무슨 일이 있는 걸까?'

어제 다솜이 저녁을 먹으려고 잠시 일어났을 때, 이 여사는 생각다 못해 물어보려고 했었다. 그녀와 세환 사이에 정확히 뭐가 오갔는지 알고 싶었다. 그러나 괜둘 수밖에…… 다솜을 더욱 곤란하게 만들 것만 같았다.

침대 위에 누워 있는 다솜이 뒤척거렸다.

"깼니? 아…… 일어나지 말고 누워 있으렴."

이 여사는 침대 옆 의자에 앉으며 일어나려는 다솜을 말렸다.

"아뇨. 이제 괜찮아요, 열도 다 내렸는걸요."

기어코 다솜이 자리에서 일어나 앉았다. 이 여사는 다솜의 이마에 손을 얹었다.

"그래도 아직 미열이 있구나. 이럴 때일수록 특히 조심해야지."

다솜이 수줍게 웃자 그녀의 뺨이 살짝 붉어졌다.

"고, 고맙습니다……."

망설이다 조심스럽게 다솜이 '어머님'이라고 덧붙이자 이 여사는 이번에는 고개만 끄덕였다. 그렇게 불리는 걸 거부하지 않았다. 이 아이, 다솜에게 어머님이라는 소리를 듣는 것도 그리 나쁘지 않을 것 같았다.

"아무래도 세환이는 오늘 많이 바쁜 것 같구나. 네가 이해하렴. 밖에서 일하는 남자들 다 그런 거 아니겠니?"

"네……."

이 여사는 조용히 짧게 대꾸하는 다솜을 빤히 쳐다보았다. 생각해 보니 세환의 이야기를 꺼낼 때 그녀가 길게 대꾸하는 걸 들은 적이 없었다. 다른 이야기를 할 때는 주저리주저리 잘 이야기를 하다가도 세환에 대한 이야기만 나오면 그저 짧게 '네' 혹은 '아니요'라고만 했다.

"둘 사이에 무슨 문제라도 있는 거니?"

"네?"

다솜이 눈을 동그랗게 뜨고는 반문했다.

"아, 아니다. 내가 괜한 소리를 했구나. 듣기로는 어제 아침에 약수터에 갔다더구나. 날도 춥고 비도 왔는데 직접 가지 말고 관리인에게 시키지 그랬니? 괜한 일로 이게 무슨 고생이란 말이냐?"

이 여사의 목소리에 따스함이 묻어나고 있었다. 다솜은 애꿎은 손만 자꾸 만지작거리며 어쩔 바를 몰라 했다.

"세환이 녀석 변덕이 심하지? 그 녀석 나이만 서른이지, 여전히 열다섯 살 사춘기 같을 때가 있단다. 어쩌면 어제 일도 그런 게 아니었나 싶구나. 먹지도 않을 약수라니…… 사내 녀석이 그리 변덕이 심해서 어디다 써먹을지…….”

이 여사가 세환을 대신해 변명하며 혀끝을 찼다.

다솜은 이 여사의 눈을 들여다보았다. 결혼 전 자신을 찾아왔던 날처럼 오늘도 이 여사의 눈은 투명하고 맑았다. 세환이 이 여사를 유난히 차갑게 대한다는 건 눈치 채고 있는 그녀였다. 이렇게 사려 깊고 따뜻한 분을 왜 그가 그토록 차갑게 대하는 건지 전혀 이유를 알 수가 없었다. 이 여사의 말 한 마디 한 마디에는 아들을 걱정하는 마음이 담겨 있었다.

“전 괜찮아요. 사…… 세환 씨가 잘해주는걸요.”

다솜은 순간 세환의 편을 들어주고 싶었다. 세상의 모든 어머니들은 자식이 칭찬받는 걸 좋아한다. 아무리 부모 자식 간에 모진 일이 오갔다 해도, 돌이킬 수 없는 강을 건넜다 해도 그건 변할 수 없는 진리다. 자식은 부모를 함부로 할 수 있다 해도 부모는 그렇지가 않다. 다솜의 눈에 비치는 이 여사는 역시나 오늘도 평범한 한 어머니일 뿐이었다.

“그래? 다행이구나. 네가 그렇다면 그런 거겠지.”

이 여사는 다솜의 손을 잡았다. 세환을 가리켜 꼬박꼬박 사장님이라고 부르던 다솜이 오늘 처음으로 자신의 앞에서 ‘세환 씨’라고 그를 칭했다. 두 아이의 관계가 분명 지극히 정상적인 부부로는 보이지 않았지만 작은 변화가 방금 전에 일어났다. 이 작은 변화를 기쁜 마음으로 받아들이기로 마음먹었다. 다솜의 손을 더욱더 꼭 붙잡으며 이 여사는 환하게 웃었다.

며칠 후, 다솜은 퇴원을 했고 이 여사는 전보다 더 꼼꼼히 그녀를 챙겼다. 병원에 있는 동안 다솜이 동생들에게는 알리지 말라고 해서 그렇게 했다. 다솜 대신 동생들에게 한번 들르기도 했다. 결혼식 이후 다솜의 동생들을 보는 건 처음이었다. 다들 예쁜 아이들이었다. 아주 잠깐 이야기를 한 것이었지만 아이들의 생각이 밝고 긍정적이었다. 윗물이 맑아야 아랫물이 맑다고 했다. 아이들을 보고 있자니 다솜이 어떤 아이인지, 어떤 여자인지 이제 일말의 망설임도 없이 확신할 수가 있었다. 예의 바르고 배려할 줄 알고 남에게 해가 되는 일은 하지 않을 아이라는 걸 확신했다. 회사 일 때문에 어쩔 수 없이 밖에 나가는 경우를 제외하고는 이 여사는 되도록 다솜의 곁에 있어주려고 노력했다. 새신랑인 세환이 해야 할 일이었지만 그는 요 며칠 동안 코빼기도 보이지 않았다. 회사에서도 만나는 일이 없었다. 찾아가면 회의 중이거나 회의가 없는 날은 그는 어느새 회사를 빠져나가고 없었다. 피한다는 느낌이 강하게 들었다. 점점 더 세환이 무슨 생각을 하고 있는지 알 수가 없는 이 여사였다.

'이럴 거라면 도대체 왜, 뭐 하러 결혼은 한 건가? 이건 생판 남보다도 못하군.'

이 여사는 집으로 향하는 차 안에서 고개를 가로저었다. 솔직히 자신을 더 난감하게 만드는 사람은 세환이 아니라 다솜이었다. 다솜은 이 모든 일을 견디면서 시작한 지 얼마 되지 않는 결혼 생활을 여전히 유지하고 있었다. 단순히 신의를 지킨다는 이유로 무관심한 남편과 험난하기 짝이 없는 결혼 생활을 유지하고 있었다. 그 이유에 대해서 많은 생각을 해봤다. 한 가지 확실한 건 돈 때문은 아닌 듯 보였다. 차라리 그런 거라는 확신이라도 들면 돈은 얼마든지 자신이 도와줄 수 있는 부분이었다. 이 여사로는 도무지 다솜이 이해되지 않았다.

'하긴 이해를 한대도…….'

당장은 해줄 수 있는 게 없었다. 조금만 더 지켜본 후에 죽이 되든 밥이 되든 다솜을 앉혀놓고 다그쳐 물어보기라도 해야겠다 마음먹었다.

어느덧 차가 집 앞에 와 섰다. 미리 연락을 받았는지 다솜이 대문 앞에 나와 있었다.

"이런, 아직 다 낫지도 않았는데 왜 나와 있니? 손이 꽁꽁 얼었구나."

이 여사가 다솜의 손을 매만지며 안타까운 목소리로 묻자 다솜의 얼굴이 붉어졌다.

"하루 종일 집 안에만 있었더니 답답해서요."

"어서 들어가자. 그래, 김 박사님은 다녀가셨고?"

다솜이 고개를 끄덕이자 이 여사는 만족스러운 듯 손에 힘을 주었다. 두 사람이 집 안으로 들어갔을 때, 가정부 아줌마가 수화기를 든 채 다솜을 불렀다.

"작은사모님, 도련님 전화입니다."

다솜이 수화기를 건네받자마자 건너편에서 세환의 무뚝뚝한 목소리가 흘러나왔다.

─회사로 나와, 지금 당장. 두 번 반복하게 하지 마.

뒤이어 둔탁한 신호음이 떨어졌다. 다솜이 수화기를 내려놓자 이 여사가 물었다.

"무슨 일이냐?"

"아…… 세환 씨가 회사로 나오라고 하네요."

순간 이 여사의 얼굴에 옅은 미소가 번졌다. 저녁 시간에 불러내는 걸로 봐서는 맛있는 거라도 사 먹일 계획일 거다. 미안했을 거다. 입원해 있는 동안 내내 와보지 않았으니 특별한 외출이라도 하려는 걸 거다. 문득 이 여사는 자신이 세환을 오해한 게 아닐까 생각했다.

"그렇구나. 찬바람 쐬면 또 열이 날 테니 따뜻하게 입고 나가렴. 어서 어서 준비하려무나, 차는 내가 대기시켜 놓을 테니."

이 여사가 다솜을 재촉했다.

이 여사에게 떠밀려 이층 방으로 올라온 다솜은 옷을 갈아입으며 세환이 자신을 불러낸 이유를 궁금해했다. 아무리 생각해도 이유가 없었다.

'또 뭘 잘못한 걸까?'

덜컥 겁이 났다. 그를 불편하게 할 만한 일을 한 기억이 없었다. 머리를 아무리 굴려봐도 그런 기억은 없었다. 얼굴을 마주쳐야 불편하게 하더라도 할 것 아닌가…… 세환은 얼굴 보기도 힘든 남자였다. 그와 마주치지 않는 게 여전히 편하기는 했지만 꼭 보수를 받고 일을 하지 않는 것 같은 느낌에 찜찔했다. 분명 뭔가 자신에게 시킬 일이 있어서 이 결혼을 유지하는 걸 텐데, 세환은 아무런 말이 없었다. 무노동 무임금이라고 했다. 일을 하지 않는 자 먹지도 말라고 했다.

"가보면…… 알겠지?"

다솜은 어제 이 여사가 사다 준 두터운 캐쉬미어 카디건에 팔을 집어넣었다. 촘촘하게 짠 카디건은 무릎까지 내려올 정도로 길었다. 드러난 손목에 와 닿는 카디건의 보풀들이 까슬까슬했다. 그러나 다솜은 너무나도 따스하다 느꼈다. 그녀의 마음에 닿은 건 카디건의 까슬한 느낌이 아니라 이 여사의 따뜻하고 부드러운 다정한 말 한마디였다.

「아가, 너한테 노란색이 잘 어울릴 것 같아서 나도 모르게 손이 가더구나. 한번 대보렴.」

다솜은 자신도 모르게 카디건의 옷깃을 세워 코를 비볐다. '아가', 이 여사가 처음으로 그렇게 불러주었다.

"……아가, 아가."

아래층에서 아줌마가 준비가 다 되었다고 부를 때까지 다솜은 계속 카디건에 코를 묻고 중얼거렸다.

창밖에 노을이 지는 사무실에 두 남녀가 서로를 바라보며 잔뜩 긴장한 채로 있었다. 남자는 시종일관 사무실을 서성이며 문과 여자를 번갈아 쳐다보았고 여자는 소파 위에서 긴 다리를 꼬며 비비적거렸다. 누군가를 기다리는 눈치다. 그리고 분명 일을 꾸미는 눈치다.

　　"김세환, 아직 멀었어? 이제 도착할 시간 되지 않았니?"

　　사무실을 서성이던 세환이 그 자리에 멈춰 섰다.

　　"조금만 참아라, 최아현."

　　아현은 짜증스럽다는 듯이 인상을 썼다.

　　"젠장, 영 불편하네."

　　오늘 그녀의 의상은 평상시와는 판이하게 달랐다. 각선미가 잘 드러나는 짧은 가죽 스커트에 살갗이 조심스레 비치는 검은 스타킹, 거기다 상의는 가슴 선이 보일까 말까 파여 있었다. 짧은 머리카락은 미장원에라도 다녀온 듯 볼륨감있게 잘 말려 뒤로 가지런히 넘긴 상태였다. 세환이 보기에 오늘 그녀는 완벽했다.

　　"웃긴다. 살다 보니 너하고 이런 차림으로 마주하는 날도 오고 말이야. 정말 오래 살고 볼 일이야."

　　"보기 좋은데……?"

　　세환이 담뱃불을 붙이며 흘리듯이 말했다.

"그래? 그렇다면 영광인 줄 알아! 내 이런 모습을 지금 아니면 네가 언제 또 보겠어? 안 그래?"

아현의 물음에 세환이 이죽거렸다.

"최아현, 아직 견딜 만한가 봐? 그렇게 수다 떨 정신도 있고 말이야. 영광? 평소에도 제발 그렇게 좀 입고 다녀봐라. 아마 너희 집 어른들 시집가라는 말이 쏙 들어가……."

그때 노크 소리가 났다.

"……왔다!"

세환이 하던 말을 멈추고 짧게 외마디를 한 후 담배를 껐다. 그는 재빨리 아현의 곁으로 다가가 그녀의 허리를 감싸 안았다. 그의 얼굴이 아현의 얼굴 위로 겹쳐질 때쯤 귀에 익은 여자의 작은 목소리가 들려왔다.

"죄, 죄송해요. 나, 나중에 다, 다시 오, 올게요."

예상은 적중했다. 역시 다솜이었다. 세환은 잔뜩 못마땅하다는 얼굴로 고개를 그녀에게로 돌렸다.

"들어오라고 한 적이 없는데 왜 마음대로 들어왔지?"

그의 말에 다솜은 큰 실수를 저지른 사람처럼 어쩔 바를 몰라 했다.

"죄, 죄송합니다."

세환이 소파에서 일어났다. 그리고는 넥타이를 바로잡는 시늉을 했다.

"당신 말투는 참 편해서 좋군. 난처할 땐 그렇게 바로 더듬거리니…… 아, 인사하지. 지난번에 봤지?"

아현이 스커트 자락을 탁탁 치며 자세를 바로잡았다. 다솜에게 일부러 보란 듯이 환하게 웃었다.

"또 뵙네요, 다솜 씨. 어머, 새신부는 역시 풋풋하군요. 노란색 카디건이 아주 잘 어울리네요."

다솜은 아현을 향해 가볍게 눈인사를 했다. 이 상황에서 벗어나고 싶었다. 두근거리는 심장이 곧 멈춰 버릴 것만 같았다. 어떻게든 여길 빠져나가야겠다는 생각만 들었다. 떨리는 마음을 애써 진정시키며 그녀는 세환에게로 눈길을 돌렸다.

"사……."

다른 사람이 있을 때는 절대 '사장님'이라고 부르지 말라는 세환의 말이 생각났다.

"세환 씨, 시키실 일이라도 있나요?"

그 탓에 긴장이 풀렸는지 다솜은 자신도 모르게 정상적인 말투로 돌아왔다. 그러나 그런 점이 세환을 더 불타오르게 만들었다는 사실을 다솜은 알지 못했다. 너무 쉽게 다솜이 진정하자 세환은 되려 싱겁다 느꼈다. 그의 귀에 그녀의 차분한 말투가 아직은 견딜 만하다는 의사 표시로 들렸다. 다음에는 어떻게 견딜 거지…… 그는 목구멍 밑에서 하지 말아야 할 말들이 곧 튀어나올 것 같아 마른침을 삼켰다. 그리고는 다솜이 보란 듯이 다시 자리에 앉으며 아현의 허리를 감쌌다.

'자, 이래도……?'

예상과는 달리 다솜은 아무런 말이 없었다. '헉' 소리 한마디도 없었다. 세환은 조용히 혀끝을 차며 다솜에게 말했다.

"책상 두 번째 서랍을 열면 그 안에 서류 봉투가 있어. 그걸 집에 가져다 놔. 오늘은 아무래도 집에 들어가지 못할 것 같군."

라고 말하며 아현의 짧은 머리카락에 얼굴을 비볐다.

다솜은 세환이 시킨 대로 서랍에서 서류 봉투를 찾아 문으로 향했다. 막 그녀가 문을 열고 나가려고 하는데 아현이 등 뒤에서 요란한 웃음소리를 흘렸다.

"새신부한테 미안해서 어떡하지?"

모른 척 다솜은 결국 밖으로 나왔다. 그녀가 문을 닫기 전 이번에는 낮은 세환의 웃음소리가 들려왔다. 다솜은 문소리가 크게 날까 싶어 애써 살며시 문을 닫았다. 회사에 도착했을 때, 밖에서 대기하고 있던 비서로부터 별다른 말을 듣지 못했다.

「사장님이 기다리고 계십니다. 도착하면 바로 들어오시라고 했습니다.」

그래서 노크만 했다. 안에서 별다른 말이 없었지만 그냥 들어가도 된다고 여겼다. 바보 같은 실수를 저지르고 말았다. 들어오라고 할 때까지 밖에서 기다렸어야 했다. 지난번 아현을 봤을 때 친구라고 소개받았다. 그때는 별다른 뜻 없이 순수하게 '친구'라는 의미를 받아들였다. 그런데 오늘 보니 아니었다.

두 사람의 관계가 그 이상인 듯 보였다.

'사랑하는 사이일까……?'

로비로 향하며 다솜은 내내 두 사람을 떠올렸다. 두 사람은 너무나도 잘 어울리는 한 쌍이었다. 그러나 이해가 되지 않았다. 서로 사랑하는 사이라면 굳이 세환이 자신과 무리하게 결혼을 할 필요가 없었다. 아현이라면 이 여사가 마음에 들어할 신붓감이었다.

'두 사람 사이에 말 못할 사정이 있는 걸까?'

서로 사랑하지만 함께할 수 없는 사정이라는 게 있는 것만 같았다. 다솜은 안타까운 마음에 코끝이 찡해졌다.

"……안됐다."

다음에 아현을 보면 잘해줘야겠다 마음먹었다. 두 사람의 좋은 시간을 방해하고 만 꼴이었다. 분명 내놓고 좋아할 수 없는 사이일 거다. 겨우 함께할 수 있는 시간을 마련할 걸 텐데…… 미안한 마음에 다솜은 속까지 거북했다. 차를 타고 집으로 돌아가는 내내 다솜은 그들을 도와줄 방법이 없을까 고민했다.

다솜이 사무실에서 나간 후, 문이 닫히는 걸 확인하자마자 아현은 세환을 밀어냈다. 그리고는 자리에서 벌떡 일어나 황당하다는 눈빛으로 세환을 바라보았다.

"저 여자…… 왜 죄송하다고 하는 거야? 이상하지 않아?"

의심스럽다는 말투였다. 세환은 그녀가 더 이상하게 느끼기 전에 수습해야만 했다.

"바로 저런 것이 저 여자의 가면이지. 늘 저렇게 바보인 척, 사려 깊은 척 가면 속으로 숨어버리지. 주변 사람들을 아주 곤란하게 만드는 악취미야. 그게 가면이라는 걸 알았어야 했는데……."

침통한 듯이 그가 말끝을 흐리자 아현이 헛기침을 했다.

"그래? 괜한 걸 물었네. 아, 근데 이 정도면 된 거지?"

그녀의 물음에 세환이 고개를 가로저었다.

"아, 아닌 거야? 저 여자 보기보다 강적인 거네. 하긴 처음에는 좀 당황한다 싶더니 금세 괜찮아지더군. 강도가 너무 약했나…… 아무래도 그런 건가?"

아현의 목소리가 점점 잦아들만 갔다. 세환은 자리에서 벌떡 일어나 어깨를 들썩였다.

"두고 보면 알겠지. 그나저나 오늘은 밀린 일이나 해야겠다. 효과가 나타나려면 하루 이틀 정도는 집에 들어가면 안 되겠지?"

"아무래도 그게 나을걸. 원래 이런 일은 처음에는 별 생각 없이 받아들이다가도 시간이 지나면 화가 치미는 법이니깐."

할 말을 끝낸 그녀가 문으로 다가가는 모습을 지켜보며 세환이 피식 웃었다.

"어째 경험담 같다?"

순간 문 앞에서 아현은 발걸음을 멈췄다. 그녀는 천천히 세환을 돌아보았다.

"마음대로 생각해. 다음 계획 잡히면 불러라. 언제든지 달려와 줄 테니깐. 그럼 나 간다."

세환에게 손을 흔들어 보이며 아현은 사무실을 나왔다. 그길로 곧장 건물 밖으로 나와 짧은 한숨을 내쉬었다. 친구를 돕는 것치고는 옷이 너무 불편했다. 이렇게 차려입은 게 몇 년 만인지 모를 일이었다. 그것도 짧은 스커트라니……. 집에 돌아가서 얼른 옷을 갈아입고 샤워나 해야겠다고 마음먹었다. 주차해 둔 차로 다가가는데 갑자기 웃음이 터져 나왔다. 꽤 스릴이 있었다. 거짓 행세였지만 유부남과 바람이 난 것만 같은 기분이 들었다.

"크큭……!"

그러나 아무래도 부족했다. 이번 한 건으로 해결될 것 같지는 않았다. 벌써부터 세환이 짜서 내밀 다음 계획에 기대가 갔다. 그의 계획이 별로다 싶으면 경험을 좀 살려보는 것도 나쁘진 않을 것 같았다. 자신이 당했던 것만큼 고스란히 누군가에게 되돌려 줄 수 있다는 사실에 묘한 쾌감마저 느껴졌다. 차에 올라타며, 아현은 불편한 하이힐을 벗어 던졌다. 핸들을 꽉 움켜쥐고 속력을 내기 시작했다.

기억이라는 건 참으로 끈질긴 녀석이다. 필요할 때 요긴하게 써먹으라고 머리 속에 담아두고 사는 거겠지만, 지금 떠오르는 기억은 그럴 필요가 없는 것들이었다.

오래되지도 않은 기억이다. 아무에게도 말하지 않았지만 아현은 6년 전 자신의 약혼자에게 다른 여자가 있다는 사실을 알았다. 첫사랑이었다. 집안에서 어렸을 때부터 맺어준 관계이기도 했지만 사랑했기 때문에, 그 사람만을 바라봤기 때문에 결혼을 하려고 했다. 그 현장을 목격하기 전까지는 그러했다.

약혼식을 하고 갑자기 자신을 피하는 약혼자가 아프다는 말을 들었다. 별장에 내려가서 요양을 한다고 들었다. 한 달, 두 달은 잘 넘어갔다. 그러나 그가 보고 싶어 도저히 견딜 수가 없어서 강원도에 있는 별장까지 쫓아갔다. 그때 그 선택이 잘못된 것이었을까……? 자신을 기다리고 있던 건 사랑하는 남자가 아니었다. 약혼식 날 부드럽게 입맞추며 영원한 사랑을 맹세했던 그 사람이 아니었다. 자신을 기다리고 있던 건 별장 침대 위에 뒤엉켜 구르고 있는, 서로를 갈망하는 연인이었다.

별장 침대에서 두 남녀가 뒹굴고 있는 걸 본 그 순간에는 머리 속이 하얗게 비워져 곱게 등을 돌렸다. 아무 생각도 떠오르지 않았다. 그 자리를 피하고만 싶었다. 뛰쳐나와 그 길로 서울로 올라와 집에도 들어가지 않은 채 호텔 방에 머물렀다. 처음 며칠은 쿵쾅대는 심장을 진정시키기에도 버거웠다. 술을 마셨다. 담배도 피워봤다. 그러나 어떤 것도 해결해 주지 않았다. 결국에는 울다 지쳐 잠들기를 몇 날 밤 반복했는지 모른다. 그렇게 보름을 보냈다.

보름째 되는 날 눈을 떴을 때, 남아 있는 건 죽지 않을 만큼 가라앉아 있는 심장이었다. 두 년놈을 잡아다가 씹어먹고 싶다 생각했다. 잡아다가 뼈가 으스러지도록 밟아주고 싶었다. 그러나 한편으로 부질없는 짓임을 너무나 잘 알고 있었고 결국 먼저 파혼 선언을 했다. 자존심이 상해서 파혼의 이유를 밝히는 대신 단지 마음이 떠났을 뿐이라고 했다. 어쩔 줄 몰라 하는 그의 얼굴을 마주했을 때, 자신이 본 게 환상이 아니라는 걸 알았다. 미안하다고 일어서는 그의 뒷모습을 보면서 사랑은 자신만의 착각이었다는 걸 알았다. 이후, 그는 결국 그 여자와 결혼을 했고 몇 년 지나지 않아 그에게서 뜯어낼 만큼 뜯어낸 그 여자가 아이만 남겨둔 채 다른 남자와 도망을 쳤다는 사실도 알게 되었다.

신호에 걸려 할 수 없이 차의 속도를 늦추며 아현은 씁쓸한 미소를 지었다.

"……그 여자 이런 기분이었을까?"

입 밖으로 삐죽 웃음소리가 흘러나왔다.

"뭐, 어때? 그년이나 진다솜이나 별반 다를 거 없다고. 돈 때문에 남의 가슴을 후벼 파다니……!"

도토리 키 재기다. 상대가 다르고 상황이 다르다 해도 그런 것들의 복석은 결국 한결같을 뿐이다. 카오디오의 볼륨을 높이며 아현은 고개를 까닥였다. 기분 좋은 발라드가 흘러나왔다. 한결 마음이 가벼워졌다. 녹색 신호가 떨어지자 다시금 차의 속력을 높였다.

한 치 앞도 예상할 수 없다

🌀

이틀 후, 세환은 잔뜩 기대를 하고 집으로 들어왔다. 며칠이 지났으니 다솜의 속이 부글부글 끓어올라 그녀가 결국 이 여사에게 고자질을 했을 거라 여겼다. 그는 이 여사가 길길이 날뛸 걸 상상하며 어떻게 대응하는 게 좋을까 궁리까지 했다.

"오셨어요? 일찍 오셨네요."

다솜이 어느 날과 마찬가지로 가방을 받아 들며 반겼다.

"일찍 온 게 마음에 들지 않는 투로군."

세환은 그녀를 쓱 쳐다보며 대꾸한 후 거실을 둘러보았다. 이 여사를 찾았다. 그러나 그녀의 모습은 거실 어디에도 보이지 않았다.

"혼자 있는 건가?"

이층 방으로 향하며 다솜에게 넌지시 물었다.

"아니요. 아줌마도 계시고 관리인 아저씨도 계세요."

방으로 들어선 세환은 옷가지를 다솜에게 맡기며 얼굴을 찡그렸다. 다솜이 그의 말을 곧이곧대로 받아들이며 대꾸한 것이다. 그가 물은 건 당연히 다른 가족, 즉 이 여사가 있는지를 묻는 말이었다. 아줌마나 관리인을 찾는 말이 아니라는 걸 다솜이 알아듣지 못했다는 사실이 그를 답답하게 만들었다.

'이렇게나 말이 통하지 않는 여자였나……?'

세환은 그녀의 둔한 반응이 짜증스러웠다. 거칠게 넥타이를 풀어헤치며 어쩔 수 없다는 투로 다시 물었다.

"이 여사는 어디 갔지?"

"어머님은 점심 모임 때문에 나가셔서 아직 들어오지 않으셨어요. 곧 들어오신다 하셨어요."

그제야 다솜이 이 여사의 행방에 대해 말했다. 세환의 이마에 깊고 긴 주름살이 패였다. 그녀가 이젠 아예 이 여사를 가리켜 자연스럽게 어머님이라고 했다. 마음에 들지 않는 호칭이다. 신싸 어머니와 딸 시이라도 되는 것처럼 다정한 어투다.

"저녁……."

다솜이 말을 채 끝내기도 전에 세환은 단호하게 고개를 가로저었다.

"생각없어. 옷만 갈아입고 다시 나갈 거야. 그리고 지난번 당신이 한 말 생각해 봤는데 당분간 회사 근처의 오피스텔에 있는 것도 나쁘지 않을 것 같더군. 예전에 살던 오피스텔을 아직 처분하지 않았으니…… 당분간 거기 가 있기로 결정했어."

다솜이 아무런 토를 달지 않자 세환은 계속 말을 이어갔다.

"아…… 그리고 아현이가 언제 저녁이나 같이 먹자고 전해달라더군."

그는 없는 말을 지어내며 다솜의 낯빛을 살폈다. 아무리 바보라고 해도 이 정도 되면 얼굴이 구겨지는 게 정상이다. 아무리 계약이라고 해도 이건 한 여자로서, 한 인간으로서 용납할 수 없는 일이다. 세환 자신은 여전히 진다솜의 남편이고 다솜은 엄연히 부인이니 기분이 좋을 리가 없다.

"아현 씨요?"

기대처럼 다솜의 얼굴이 살짝 어두워졌다.

"사무실에서 만났었지? 설마 기억 못하는 건 아닐 테고……."

"기억해요."

다솜이 고개를 슬쩍 숙였다. 세환은 그때를 놓치지 않았다. 그는 다솜이 건네주는 와이셔츠를 침대 위에 던지며 그녀의 턱을 잡았다.

"기분 나쁜가?"

그녀가 눈을 동그랗게 뜨며 고개를 돌리려고 하자 그는 더욱더 그녀의 턱을 고집스럽게 자신에게로 고정시켰다.

"역시…… 그런 건가? 그래도 명색이 부인인데 기분이 좋을 수 없다? 아니면 지금 손에 쥐고 있는 금전적인 부분들이 달아날까 걱정이라도 하는 건가?"

급기야 그녀의 이맛살이 찌푸려지고 있었다. 잡힌 턱이 아픈지 그녀가 낮은 신음 소리를 뱉었다. 그 모습에 세환은 피식 웃으며 그제야 턱을 놓아주었다.

"나가봐. 이 여사와 함께 내 험담이라도 늘어놓으면 다시 기분이 좋아질 거야. 아마 이 여사라면…… 당신 편을 들어주겠지? 둘이 잘 통할 테니."

세환은 등을 돌리며 와이셔츠 단추들을 하나씩 풀기 시작했다. 등 뒤에서 문 닫히는 소리가 나자 그는 침대 위에 털썩 주저앉았다.

"하나 같은 여자들……!"

손에 쥐고 있는 떡을 놓치기 싫은 건 이 여사나 저 여자나 마찬가지다. 자신으로서는 잘된 일이었다. 자, 이제 다솜이 마음껏 이 여사에게 조잘거리는 일만 남았다. 기다려 줄 수 있다. 기꺼이 며칠 더 기다려 줄 수 있었다. 그리고 예상하던 일이 벌어지지 않는대도 대비책은 있다. 얻고 싶은 걸 얻을 때까지 이 연극을 멈출 생각이 그에게는 없었다. 다솜이 꺼내준 와이셔츠를 집어 들며 세환은 큰 소리로 웃기 시작했다.

방 밖 문 앞, 다솜은 망부석이라도 된 듯이 그렇게 서 있었다.

세환을 피해 방 밖으로 나온 후, 그녀는 그가 전해준 말을 생각하고 또 생각했다. 어리둥절했다. 어리둥절했다. 왜 아현이 식사를 같이 하자고 하는지 이해가 되지 않았다. 아현으로서는 자신과 마주하는 게 쉬운 일이 아닐 게 분명했다.

'할 말…… 할 말이라도 있는 걸까?'

다솜은 중얼거리며 고개를 갸웃거렸다. 어찌 되었든 세환은 자신의 남편이었다. 유부남이었다. 보통은 유부남과의 관계는 숨기기 마련인데 아현은 그렇지가 않았다. 사무실에서 본 날, 아현은 참 예뻤다. 당당했다. 조금도 꿀리는 게 없다는 말투였다. 거기다 방금 전 세환은 이 여사의 귀에 이런 일들이 들어가길 원하는 듯 보였다. 다솜의 머리 속으로 세환, 아현, 그리고 이 여사 이렇게 세 사람의 얼굴이 차례로 스치고 지나갔다.

'어머님이 결혼 반대…… 하셨던 걸까?'

거기까지 생각이 미치자 다솜은 소름이 쫙 끼쳤다. 그렇다. 이제 모든 일들이 딱딱 맞아떨어졌다. 이런 일은 드라마 속에서 흔하게 나오는 일이었다.

어머니가 심하게 결혼을 반대하자 아들이 그 상대보다 더 못한 여자를 데리고 와 결혼 승낙을 요구한다. 어머니는 그전에 아들에게 그 여자만 아니라면 누구라도 좋다고 했을 것이다. 아들은 결국 그 못한 여자와 결혼을 하고 어머니에게 보란 듯이 결혼 생활을 엉망으로 유지한다. 여전히 예전 여자를 만나면서 어머니를 괴롭힌다.

'그래, 그것밖에 없어!'

세환이 너무 불쌍했다. 자신과 결혼한 건 그의 반항심일 터였다. 그리고 이 여사를 어머니라 부르지 않고 '이 여사'라고 칭하며 차갑게 구는 이유도 거기에 있을 거다. 다솜은 자신이 의도하지 않았지만 결국 사랑하는 연인들 사이에 끼어들었다는 걸 알았다.

'이 일을 어떡하면 좋아?'

두 사람이 너무 불쌍했다. 도와줄 방법을 찾고 싶었다. 이 여사에게 넌지시 운을 띄워보는 건 어떨까 생각했지만 이내 고개를 가로저었다. 아니다, 좋은 방법이 아니었다. 그때 세환의 웃음소리가 방 밖으로 새어 나왔다. 허탈한 웃음소리. 다솜의 얼굴이 한순간 굳어졌다.

"……불쌍한 사람."

사랑하는 이와 함께할 수 없는 불쌍한 사람이다. 허탈한 웃음 밖에는 뱉어낼 수 없는 세환이 마냥 불쌍했다. 마음 같아서는 방문을 열고 들어가 그의 이야기라도 들어주고 싶은 다솜이었다. 그러나 그 또한 안 될 일이었다. 어줍잖은 참견일 뿐이었다.

다솜은 긴 한숨을 내쉬었다. 그때 방 안에서 세환이 움직이는 소리가 들리는 듯했다. 그녀는 부랴부랴 아래층으로 내려왔다. 그녀를 기다리기라도 했다는 듯이 초인종이 울어댔다. 이 여사였다.

"세환이 녀석이 들어왔나 보구나."

이 여사가 들어오다 말고 현관 앞에 놓여진 구두를 물끄러미 쳐다보았다.

"며칠 만이군. 뭐 하느라 집에도 안 들어오나 했더니 잊을 만하면 들어오는구나."

다솜이 이 여사의 핸드백을 받아 들었다.

"회사 일이 많이 바쁜가 봐요."

방으로 들어가다 말고 이 여사가 이맛살을 찌푸렸다. 다솜이 일부러 세환의 핑계를 대준다는 걸 눈치 챈 것이었다. 새신랑이 새신부를 내버려 둘 정도로 바쁜 일은 현재 회사 내에 없었다. 문고리를 잡은 채 이 여사는 다솜에게 물었다.

"세환이가 그렇게 말하더냐?"

다솜은 순간 말문이 막혔지만 머뭇머뭇 천천히 대답했다.

"네."

그때 세환이 말쑥하게 옷을 갈아입고 아래층으로 내려왔다. 그는 이 여사를 힐끔 쳐다본 후 현관으로 향했다. 이 여사가 다급하게 그를 불러 세웠다.

"이 시간에 어딜 가려고?"

그가 이 여사의 말을 무시한 채 밖으로 나가려고 하자 이 여사는 더욱 목소리를 높였다.

"어디 가냐고 묻지 않니, 지금!"

"제가 어딜 가든 상관없지 않습니까?"

여전히 차가운 말투, 아니, 차갑다기보다는 감정을 알 수 없는 세환이 목소리였다.

그가 휭 하니 밖으로 나가는 걸 바라보며 다솜은 발을 동동 구르고 싶었다. 핸드백을 들고 이 여사를 따라 방으로 들어가며 조용히 말했다.

"많이 바쁜가 봐요. 얼마나 바쁜지 결혼 전에 쓰던 오피스텔에 잠시 있겠다 했어요. 집에 왔다 갔다 하는 것도 시간이 많이 들 테니 말이에요."

이 여사는 순간 멍해졌다.

"그게 무슨……?"

해괴한 소리로 들렸다. 멀쩡한 집을 두고 예전에 쓰던 오피스텔로 들어가겠다니 말도 안 되는 소리였다. 들어오지 않아도 된다는데 부득부득 우겨서 결혼과 동시에 집으로 다시 들어온 건 세환이었다.

"제가 지난번에 먼저 말을 꺼냈어요. 많이 바쁘면 당분간 그렇게 하는 게 낫지 않겠냐고 했죠. 밑반찬과 옷가지는 제가 나르면 어렵지 않을 것 같아서요."

이 여사는 다솜의 얼굴을 빤히 쳐다보며 한숨을 내쉬었다. 도대체 다솜이 무슨 생각을 하고 있는지 알 수가 없었다. 어떻게 새신랑이 집으로 안 들어오고 밖에서 아예 내놓고 지내겠다고 하는데 그걸 그냥 받아들일 수가 있단 말인가. 게다가 먼저 제안을 했다니 정말 알다가도 모를 일이었다. 신혼여행을 다녀온 후, 세환이 집에 잘 들어오지 않았을 때는 정말로 회사 일이 바빴던 때라 그럴 수도 있다 생각했다. 하지만 점점 갈수록 이

건 이해의 수준을 넘어설 정도로 심해졌다. 근데 이젠 아예 집에 들어오지 않겠다고 한다.

"그런 거라면 너도 나가서 같이 지내는 게 낫지 않겠니?"

"아, 아니에요."

다솜은 서둘러 대답했다. 같이 나가게 되면 세환이 아현을 만나는 게 더 힘들어질 게 뻔했다. 그냥 여기서 모른 척해주는 게 낫다 싶었다. 그래야 이 말도 안 되는 계약도 빨리 끝이 날 것 같았다.

"전 여기가 편해요. 그리고 오래 걸리지 않는다고 했는걸요. 같이 있어봤자 세환 씨 일만 방해할 테고, 보고 싶으면 언제라도 가면 되죠."

역시 거짓말도 하면 점점 느는 거다. 다솜은 말끝에 살며시 웃었다. 그때 밖에서 아줌마가 저녁이 다 되었다고 알려왔다. 이 여사의 옷가지들을 재빨리 정리하며 다솜은 점심 약속은 어떠했냐고 일부러 화제를 돌렸다.

같은 시각…… 세환은 호텔 방으로 들어서며 아현의 사무실로 전화를 걸었다.

"나다."

잔뜩 궁금하다는 아현의 목소리가 건너편에서 흘러나왔다.

—아, 생각보다 빨리 전화했네. 집에는 들어갔어?

"집에는 들어갔지, 휴……."

세환은 말끝에 긴 한숨을 달았다.

—땅 꺼지겠다. 뭐야? 설마 아무런 효과가 없었던 거야? 이틀이나 지났는데 그 여자 아무 반응도 없는 거야?

"아예 미아리에 돗자리를 까는 건 어때? 점쟁이가 따로 없군. 그래…… 아무런 반응 없었어. 조금 기분 나쁜 듯이 굴긴 하더라. 그러나 그래, 역시 부족해. 아무래도 강도를 좀 더 높여야 할 것 같아.

테이블 위에 놓인 와인 잔에 술을 따르며 세환은 말을 이어갔다.

"예전에 쓰던 오피스텔로 다시 들어갈까 생각 중이다. 너 끝까지 도울 수 있지?"

그는 잔을 입으로 가져가며 확인하듯 아현에게 물었다.

—걱정 마. 한 번 한다면 무슨 일이 있어도 하는 사람이 바로 나 아니겠어? 이왕지사 도와주기로 약속한 거 끝까지 돕는다. 너나 마음 단단히 먹고 있어. 그런 여자일수록 한 번 폭주하기 시작하면 걷잡을 수 없을지도 몰라. 미리미리 마음의 준비를 하고 있어.

아무것도 모르는 아현의 말이 우습게 들렸지만 세환은 억지로 웃음을 참으며 알겠다고 대꾸한 후 통화를 끝냈다. 지금쯤이면 이 여사의 귀에 자신이 오피스텔로 나가기로 했다는 이야기가 들어갔을 거다. 덤으로 아현의 이야기도 들어갔을 거다. 두 여자가 마주 앉아서 무슨 이야기를 하고 있을지 상당히 궁금했다. 그러나 그게 무슨 상관이랴! 그저 얻어낼 것만 얻어내면 그로서는 그만이었다. 긴 터널의 끝이 멀지 않았다. 오피스텔로 들어간 다음 결정타를 한 번 날리면 된다. 그리고 조용히 쥐 죽은 듯이 가만히 기다리기만 하면 되는 거다. 벌써부터 이 여사가 길길이 뛰며 다솜을 딸처럼 감싸 안는 모습이 떠올랐다. 겉으로 만들어진 가면은 한 번 금이 가기 시작하면 쉽게 부서진다. 이 여사도 예외일 수는 없다. 다솜을 감싸 안으며 세영의 이야기를 꺼낼 것이다. 그 사고를 다시 끄집어내며 의붓아들인 자신을 저주할 것이다. 이 여사가 다솜에게서 세영을 보고 있다면 분명 그럴 것이다.

세환은 씁쓸하게 웃으며 잔을 입으로 한 번 더 가져갔다.

며칠 후 다 늦은 저녁 시간, 다솜은 차에서 내리며 건물을 올려다보았다. 층과 호수를 다시 한 번 속으로 되뇌었다. 최 기사가 반찬과 옷가지들이 든 커다란 백을 들고 따라오려고 하자 다솜은 받아 들며 혼자 올라가겠다고 했다. 1시간 전, 평상시와는 달리 세환이 필요한 걸 불러주며 직접 가지고 오라고 불렀던 것이다.

1502호, 15층 2호 앞에서 다솜은 손에 든 백을 바닥에 내려놓고 초인종을 눌렀다. 안에서 아무런 반응이 없었다. 분명 전화가 왔을 때만 해도 세환이 오피스텔에 계속 있을 거라고 했었다. 한 번 더 초인종을 누른 후 기다리다 망설임 끝에 문고리를 잡았다. 아무런 저항 없이 문이 열렸다. 발로 문을 잡고는 다솜은 바닥에 내려놓은 백을 집어 들었다. 오피스텔 안은 불이 꺼져 있었다. 사람이 있는지 없는지 알 수가 없었다. 백을 바닥에 내려놓고는 한 발 안으로 들어가며 다솜은 조용히 말했다.

"아무도 없어요?"

그때 갑자기 불이 켜졌다. 눈이 부셔서 가늘게 눈을 뜨고 앞을 보았다.

"아, 왔나? 생각보다 일찍 왔군."

허리에 하얀 수건을 두른 벌거벗은 세환이 눈에 들어왔다. 다솜은 눈을 어디다 둬야 할지 몰라 짐짓 고개를 돌리며 대꾸했다.

"반찬과 옷가지를 갖고 왔어요. 어디다 둘까요?"

다시 백을 집어 들려고 한 발 뒤로 물러서는 순간 세환이 옆으로 살짝 비켰다. 그의 뒤 열린 문 사이로 침대가 보였다. 그리고 그 위에 누워 있던 다른 이가 부스럭거리며 일어나 앉았다. 침대 시트를 몸에 돌돌 말은 아현이었다.

"절묘한 타이밍이네요, 진다솜 씨."

방해받아 짜증스럽다는 목소리였다. 다솜은 아현을 멍하니 보다가 미안하다고 사과해야 할 것 같아 입을 열려고 했지만 세환이 끼어드는 바람에 아무 소리도 할 수가 없었다.

"뭘 그렇게 보고 있어? 처음 만난 사이도 아닌데. 반찬은 냉장고 안에 넣어두고 옷가지들은 식탁 위에 올려놓도록 해."

그의 말이 떨어지기가 무섭게 다솜은 묵묵히 시키는 대로 움직였고 그런 그녀의 모습을 지켜보던 세환은 침대로 돌아가 앉았다. 그가 아현을 감싸 안자 그녀가 그의 목에 매달리며 다솜이 들으라는 듯이 까르르 웃었다. 그때 다솜이 냉장고 앞에서 조용히 일어나며 말했다.

"그럼 이만 가보겠습니다."

세환은 돌아보지 않은 채 손만 내저었다.

"가봐. 그리고 다음에는 들어오기 전에 전화라도 해줬음 좋겠군. 새로 사준 휴대폰은 폼으로 갖고 다니라고 준 게 아니야. 연락하라고 있는 도구는 써줘야지, 안 그럼 서운하지."

"아, 그렇게 할게요. 그럼……."

너무나도 담담하게 대꾸하며 다솜이 문 쪽으로 돌아서려고 하자 아현이 일부러 눈길을 보냈다. 그녀는 다솜과 눈이 딱 마주치자 보란 듯 활짝 웃으며 말했다.

"다솜 씨, 다음에 또 봐요."

다솜의 얼굴이 살짝 구겨졌다. 그 모습에 아현은 속으로 휘파람을 불며 다솜이 더 충격받을 만한 말 한마디를 궁리했다. 그사이 세환에 의해 침대 위에 쓰러지듯이 뉘어졌다. 그의 몸이 무겁게 짓누른다 느껴질 때, 문이 닫히는 소리가 오피스텔 안에 울려 퍼졌다. 다솜이 나간 것이었다. 아현은 다리를 들어

급하게 세환을 밀쳐 냈다.

"나갔어. 저리 비켜……."

아현이 자리에서 일어나 참대에서 내려오자 그녀의 몸을 감싸고 있던 시트가 벗겨져 내렸다.

"속았을까?"

구겨진 옷을 탁탁 털며 아현이 돌아보았다.

"아쉽군. 최아현을 덮칠 수 있는 좋은 기회였는데 아깝다."

세환이 침대 위에서 기지개를 켜며 중얼거렸다.

"웃겨. 덮치면 덮치게 해준대? 아서라, 꿈도 꾸지 말거라. 누가 너 같은 어린애한테 내 몸을 맡긴대? 헛소리 그만 하고…… 진짜 속았을까?"

"그냥 해본 소리다. 민감하게 굴기는……."

그가 자리에서 벌떡 일어났다. 그리고는 침대 밑에서 와이셔츠를 꺼냈다.

"그 여자, 멍하게 아현이 너만 쳐다보고 있더라. 꽤나 충격먹은 얼굴이던데?"

아현이 믿을 수 없다는 투로 대꾸했다.

"꽤나 충격먹은 얼굴……? 그렇게 보이지 않던데. 지난번에도 그렇고, 이번에도 그렇고 아무리 봐도 저 여자 강적이야. 이 정도 했으면 큰 소리가 나올 법한데 아무 말도 하지 않잖아. 설마…… 너하고 계속 결혼 생활을 유지할 마음인 거 아냐?"

그녀가 다시 침대에 걸터앉으며 턱을 주물렀다.

"생각해 봐. 아무리 위자료를 많이 받는다 해도 쓰면 없어질 돈이잖아. 널 계속 잡고 있으면 원하는 만큼 돈을 쓸 수 있는데 이런 일로 이혼하려고 하겠어?"

아현이 핵심을 찔렀다. 그녀의 말이 맞다. 세환은 그녀가 뭔가 더 생각해 내기 전에 화제를 다른 곳으로 돌려야만 했다. 그렇게 하지 않으면 이 연극의 진짜 목적에 대해서 그녀가 따져 물을 것만 같았다.

"어머니……."

"응?"

"저 여자 요즘은 어머니까지 자기 편으로 만들었어. 같이 피트니스 센터를 다니는 것 같더군."

순간 아현의 눈에서 의심하는 빛이 사라졌다.

"그래? 어머님도 같이 다니셔? 보통내기가 아니네. 너네 어머니 사람 보는 눈 하나는 정확한 분이잖아."

아현이 이 여사를 좋게 말했다. 세환은 마음에 들지 않았지만 애써 모른 척했다.

"그래, 그러니 내가 더 미치지. 그래서 어머니께 말도 못하는 거 아니겠어?"

다시 아현이 침대에서 일어났다. 그녀는 냉장고로 걸어가 생수병 하나를 꺼내 들었다.

"같이 다닌다는 피트니스 센터가 어디야? 아무래도 내가 한 번 가봐야겠다."

순간 세환은 가르쳐 줄까 말까 망설였다. 아현이 그곳에 나타난다면 좀 더 효과가 있을 것도 같았지만 위험 부담이 너무 컸다. 그러나 위험을 감수하지 않으면 얻어내는 것도 없다. 결심을 하고 입을 열었다.

"너도 알지? 크리스털 호텔 내에 있는 피트니스 센터."

생수를 통째로 입에 물고 마시던 아현이 물통을 내려놓으며 말했다.

"그렇군. 알았다. 난 이만 가봐야겠다. 술이라도 한잔하고 싶지만 요즘 사무실 일이 많이 바빠서 말이야. 곧 매장을 낼 것 같아. 아차, 그렇지. 너, 나 매장 내면 화분이라도 하나 보내라."

세환이 고개를 끄덕이자 아현은 피트니스 센터의 위치를 한 번 더 확인한 후 오피스텔을 나갔다.

닫히는 문을 바라보며 세환은 다시 침대 위에 털썩 드러누웠다. 다솜의 얼굴이 떠올랐다. 어떻게 해야 할지를 몰라 멍하게 있던 그녀의 얼굴이 떠올라 키득거렸다. 그러나,

"여전히 부족해, 2% 부족한 느낌이야."

그랬다. 조금 더 약을 올릴 필요가 있었다. 아현의 말대로 아직은 뭔가 부족했다. 팔짝팔짝 뛰면서 다솜이 고함이라도 질러야 정상이었다. 정말 딱 2% 부족했다. 시트를 머리 위로 끌어올리며 세환은 몸을 움츠렸다. 아현이 피트니스 센터에 나타나면 세 여자 사이에 어떤 일이 일어날까 벌써부터 기대가 되는 그였다.

다음날, 아현은 피트니스 센터의 수영장에서 다솜이 나타나기만을 기다리고 있었다. 하기로 결심했다면 바로 실행에 옮기는 게 낫다. 비키니 수영복을 입고 의자에 비스듬히 누운 그녀는 다른 회원들의 시선을 받을 만큼 쫙 빠진 모습이었다. 벌써 이십 분째 그러고 누워 있었다. 다솜이 나타날 시간이 지났다. 기껏 시간을 내서 왔는데 기다리는 사람은 나타나지 않고 있었다. 수영을 할 마음은 없었기에 지루해서 하품이 나오려고 했다.

그때 탈의실 문을 열고 다솜과 이 여사가 나란히 수영장 안으로 걸어 들어왔다. 아현은 슬쩍 몸을 일으켜 한 번 더 상대방을 확인했다. 일어날까 말까 망설였다. 이 여사가 함께 있으니 지금 당장은 시기가 적합하지 않았다. 다음 기회를 노려야 하는 걸까…… 이런저런 고민을 하는 사이 다솜이 다가왔다.

"안녕하세요?"

순간 아현은 당황했다. 그러나 짐짓 고개를 빳빳하게 들고 의자에 기댄 채 손을 내밀었다.

"여기서 뵙네요, 다솜 씨. 이런 우연이 있나!"

다솜이 옆에 놓인 의자에 앉자 아현은 무슨 말을 해야 할까 또 한 차례 망설이다 입을 열었다.

"어머님이랑 같이 오셨군요. 늘 이렇게 같이 다니시나 봐요? 사이가 좋아 보이네요."

아현의 말에 다솜은 아무런 대꾸를 할 수가 없었다. 그녀의 말투에서 부러움이 묻어나고 있었다. 미안해졌다. 그녀의 자리를 꿰차고 있는 것 같아서 마음이 편하지 않았다. 수영 강사의 지시에 따라 수영 자세를 교정받고 있는 이 여사를 바라보며 다솜은 제안 하나를 했다.

"곧 끝날 텐데, 어머님하고 셋이서 저녁이라도 드시겠어요?"

이번에는 아현이 바로 대답하지 못했다. 아현은 이맛살을 찌푸렸다. 도저히 이해할 수 없는 제안을 방금 다솜이 한 것이다, 그것도 아무렇지 않은 표정으로. 그렇게 몇 초간 멍하니 있다가 아차 싶어 자리에서 일어났다. 다솜이 고개를 돌리지 않고 빤히 자신의 얼굴을 쳐다보고 있다는 걸 뒤늦게 깨달은 것이다. 아현은 머리에 얹어둔 선글라스를 내리며 대꾸했다.

"아니요. 오늘은 시간이 없을 것 같네요. 다음에 기회가 되면 그때 같이 하죠. 어머님께 저 만났다는 사실은 비밀로 해주세요."

머뭇거리며 대답을 하지 못하는 다솜을 두고 아현은 그 자리를 떴다. 탈의실에서 간단하게 샤워를 한 후 옷을 갈아입었다. 드라이어 바람에 머리카락을 말리며 고집스럽게 거울 속을 빤히 들여다보았다.

'눈 하나 깜짝하지 않고 그런 제안 할 수 있는 여자가 몇이나 될까?'

다솜…… 정말 이상한 여자다. 아무리 생각해도 납득할 수가 없었다. 그녀의 머리 속에 무슨 생각이 들어 있는지 궁금했다.

도대체 상식적으로 말이 되지 않았다. 남편의 애인에게 시어머니님과 함께 저녁을 먹자고 제안을 하다니, 황당하기 그지없었다. 아현은 신경질적으로 머리카락을 흔들며 드라이어를 내려놓았다. 그러다 이맛살을 찌푸렸다.

"자신감······!"

다솜의 제안이 자신감으로 느껴졌다. 아무리 남편을 쥐고 흔들어봤자 자기 위치는 확고하다는 걸 보여주는 여자의 자신감 말이다. 대단하다는 생각에 미치자 아현은 자신도 모르게 점점 더 인상을 썼다. 다솜을 좀 더 지켜보고 싶어졌다. 세환의 사무실에서 키스 장면을 연출했던 때부터 다솜의 행동은 너무 담담했다. 세환은 가면이라고 말했다. 그러나 가면치고는 너무 견고했다. 오기가 생겼다. 이젠 세환 때문이 아니다. 이건 정말 자신의 자존심을 걸고 해내고 싶은 일이 되고 말았다. 이 말도 안 되는 여자의 가면을 철저히 벗겨내리라······ 아현은 마음먹었다.

아현이 탈의실 쪽으로 사라진 뒤, 다솜은 그 자리에서 가만히 한숨을 내쉬었다. 아현에게 한 제안은 쉽게 나온 말이 결코 아니었다. 나름대로 많이 고민한 결과였다. 솔직히 이곳에서 아현을 봤을 때까지만 해도 어떻게 하면 좋을지 알 수가 없었다. 그러나 다음 순간 좋은 기회일지도 모른다고 여겨졌다. 사람은 자꾸 마주쳐야 서로 좋은 감정도 생기기 마련이다. 식사를 함께 하면서 대화를 나누다 보면 이 여사도 아현에 대해서 다시 생각해 보지 않을까 해서였다.

'역시 안 되는 일이구나.'

제안을 하자마자 아현이 부랴부랴 그 자리를 뜬 게 마음에 걸렸다.

"방금 전에 같이 있던 여자가…… 아현이 아니냐?"

언제 물에서 나왔는지 이 여사가 다가와 있었다.

"……네?"

"아, 아니다. 아현이 그 아이가 이 시간에 여기 있을 이유가 없겠구나."

이 여사의 입에서 아현이라는 이름이 나올 때마다 다솜은 움찔 온몸이 위축되었다. 어떻게 대답을 해야 할까 망설였다.

"결혼식 때 딱 한번 봤으니 알아볼 리도 없을 테고. 그새 새 친구라도 사귄 거니?"

"아, 네."

다행히 이 여사는 더 이상 묻지 않았다. 다솜은 고개를 끄덕이며 자리에서 일어나 풀 안으로 들어갔다. 마침 수영 강사인 하빈이 그녀에게 다가왔다.

"사모님께서 많이 느셨습니다. 따님도 분발하셔야죠."

하빈은 늘 다솜을 가리켜 이 여사의 딸이라고 했다. 이 여사는 그 말이 싫지 않은 듯 웃기만 했다. 몇 번이나 다솜은 딸이 아니라 며느리라고 말을 했지만 그는 좀처럼 믿지 않았다. 거짓말이라고 했다. 며느리를 맞기에는 이 여사가 너무 젊어 보인다는 게 그 이유였다.

"우리 딸아이 잘 부탁해요."

"걱정하지 마세요, 사모님."

막 자유형 자세를 잡으려고 몸을 물에 띄우는 다솜의 손을 잡으며 하빈이 똑 부러지게 대꾸했다.

다솜은 슬쩍 고개를 들어 이 여사를 쳐다보았다. 섣불리 아현에게 저녁을 같이 하자고 한 것 같았다. 이 여사의 목소리가 불안하게 떨리는 것처럼 느껴졌다.

'역시 무리야……'

어떻게든 도와주고 싶은데 잘되지 않는다. 좀 더 시간을 두고 집으로 초대하는 게 되려 자연스러울지도 모른다. 이런저런 생각에 잠길수록 다솜의 몸은 자꾸만 물 속에 잠겼다.

하빈이 보다 못해 다솜의 어깨를 잡았다.

"자꾸 그렇게 딴생각하면 물 먹일 겁니다."

"아…… 죄송합니다. 다시 해볼게요."

다솜은 발을 바닥에 짚으며 고개를 들었다. 하빈이 만족스럽다는 듯이 고개를 끄덕이자 다솜은 다시 몸을 물에 띄웠다. 그의 손을 잡으며 천천히 물장구를 쳤다. 조금씩 몸이 앞으로 나아갔다. 하나둘…… 하빈의 힘찬 구령 소리에 맞춰 다솜은 물장구를 치며 머리를 물속에 넣었다 뺐다 반복했다. 수영에 집중하려고 노력했다.

제 5 장

스파링 파트너 변심하다, 내부의 적

●

이른 새벽부터 다솜은 홀로 일어나 부엌에서 김밥을 싸기 시작했다. 김밥 재료는 어제 아줌마와 미리 준비해 뒀다. 아줌마가 도와주겠다고 했지만 괜찮다고 거절했다.

오늘 다인이가 야외 수업을 간다. 보통의 가정이라면 엄마가 아침부터 김밥을 싸면, 가족들이 둘러앉아 하나씩 집어 먹었을 것이다. 자신이 같이 살기만 했어도 지금 시간이면 다들 둘러앉아 김밥 끝부분 쟁탈전이 벌어졌을 텐데…… 다솜은 아쉬움이 가득한 한숨을 내쉬며 김밥을 말았다. 다른 동생들에게까지 돌아가도록 일부러 넉넉하게 준비했다. 미리 꺼내놓은 찬합에 김밥을 예쁘게 담은 후 잽싸게 부엌 정리를 한 후 밖으로 나왔다.

아직 어둠이 채 가시지도 않았는데 최 기사가 기다리고 있었다. 아줌마가 고맙게도 미리 말해 둔 것 같았다. 아줌마는 가끔 관리인이나 기사를 불러야 할 때 어려워할까 봐 대신 미리 말해 주곤 했다. 다솜은 최 기사에게 가볍게 고개를 끄덕인 후 차에 올라탔다. 미끄러지듯 차가 앞으로 나갔다.

주말을 앞둔 금요일 새벽의 서울 거리는 한적했다. 아직 출근을 하기에는 이른 시각이라 더욱 그러했다. 다솜은 차창 밖에 시선을 고정시키며 배시시 웃었다. 자신도 모르게 미소를 지었다. 얼마 전만 해도 이 시간이 하루 중 가장 바쁠 때였다. 동생들을 깨우고 학교 갈 준비를 시키고 아침을 준비할 시간이었다. 아직 한가로움이 몸에 배지 않아, 한가롭다는 사실이 아직은 조금 부담스러웠다. 금방 다시 자신의 자리로 돌아갈 거니까 이 한가로움에 익숙해지지 말자고 마음속으로 굳게 다짐했다.

얼마 지나지 않아 차가 동생들이 사는 아파트 앞에 멈춰 섰다. 금방 내려올 거라고 최 기사에게 말한 후 다솜은 아파트로 들어갔다.

"어? 누나, 어쩐 일이야?"

이제 완전히 다리가 다 나은 혁수가 부엌에서 나오더니 물었다.

"이제 다리는 괜찮은 거니?"

"응, 보다시피 멀쩡해. 근데 이렇게 일찍 무슨 일이야?"

그의 뒤로 혁진의 모습이 보였다. 손에 비닐 장갑을 끼고 엉거주춤 서 있었다. 다솜은 혁수에게 손에 든 찬합을 건네주며 말했다.

"다인이 오늘 야외 수업 있다고 해서 김밥을 싸 왔지."

"고 녀석 말하지 말라고 했더니 기어이 누나한테 전화한 거야?"

혁수의 말에 혁진이 옆에서 덩달아 툴툴댔다. 다인이가 일어나기만 하면 혼을 내줄 거라며 주먹을 불끈 쥐어 보였다. 다솜은 급히 고개를 가로저었다.

"내가 전화해서 아줌마한테 물어봤어. 근데 너네 둘 뭐 하고 있었던 거니?"

혁진이 손을 들어 보이며 혀끝을 찼다.

"김밥 말고 있었는데 소용이 없겠는걸. 내가 아무리 잘 만들어도 누나 김밥 만하겠어?"

가정부 아줌마한테 해달라고 해도 될 일이었을 텐데…… 분명 형제들도 직접 해주고 싶었다는 걸 알 수 있었다. 다솜은 괜히 코끝이 시큰거렸다. 부엌으로 들어가자 식탁 위에 어지럽게 놓여진 김밥 재료들이 보였다. 말다 만 김밥을 보며 그녀는 애써 웃었다.

"아이고, 이게 뭐니? 이것도 김밥이라고 말아놓은 거니?"

"형이 하는 게 다 그렇지 뭐. 내가 말겠다는데 자기가 낫다면서 기어이 붙잡더라고."

혁수가 그럴 줄 알았다는 듯이 대꾸하다 외마디 비명 소리를 내질렀다. 혁진이 혁수의 등을 한 대 친 것이다. 혁수가 돌아보곤 왜 때리냐며 인상을 쓰자 혁진이 휘파람을 불며 딴청을 부렸다.

"그러다 애들 깨겠다. 김밥 넉넉하게 가져왔으니깐 넷이서 사이좋게 나눠 먹어."

다솜은 부엌을 나와 여동생들이 있는 방문을 살짝 열어보았다. 새근새근, 다혜와 다인은 여전히 꿈나라에 있었다. 큰 소리가 나지 않게 조심스럽게 방문을 닫았다.

"무슨 일 있으면 전화해, 괜히 말할까 말까 고민하지 말고."

형제가 고개를 끄덕이자 다솜은 환하게 웃었다. 거실에 걸어둔 뻐꾸기 시계가 7시를 가리키며 울었다.

"애들 깨기 전에 오늘은 이만 가봐야겠다."

막 집을 나서려는 순간 혁진이 쫓아와서 말했다.

"누나, 언제 한번 매형이랑 같이 와. 생각해 보니 매형 얼굴을 결혼식 이후로 못 봤네."

다솜은 혁진의 얼굴을 빤히 쳐다보다 뒤늦게 대답했다.

"……으, 응."

아파트를 나와 최 기사가 기다리는 곳으로 향하며 다솜은 곰곰이 생각에 잠겼다. 머리가 굵어질 대로 굵어진 아이들에게 바쁘다는 핑계가 언제까지 통할 수는 없었다. 금방이라도 동생들이 이 이상한 관계에 대해서 눈치 채고 따지듯이 물어올 것만 같았다. 어떻게든 무슨 수를 내야 할 것 같은데 마땅히 떠오르는 방법이 없었다. 세환에게 아이들을 보러 같이 오자고 하는 건 있을 수 없는 일이다. 아주 그럴싸한 핑곗거리가 필요했다. 최소한 그에게 말이라도 꺼내볼 수 있는 그런 핑곗거리가 필요했다. 다솜은 불현듯 날짜를 꼽아보았다. 생각해 보니 아버지 제삿날이 곧 돌아온다.

'그 정도는 해주지 않을까?'

그래도 명색이 사위인데…… 거절당하더라도 말을 꺼낼 수 있는 이유로는 충분했다. 겨우 해결책 하나를 생각해 낸 후 다솜은 한시름 놓았다. 발걸음이 가벼워지는 것 같았다.

그날 오후.

여느 날과 마찬가지로 다솜은 피트니스 센터로 향했다. 이제 슬슬 수영 자세도 바로잡혀 가고 있었고 재미도 쏠쏠했다. 오늘은 이 여사가 급한 약속이 있다 해서 어쩔 수 없이 혼자 오게 되었다. 수영 강사인 하빈이 수영장 끝에서 손을 흔들며 다가왔다.

"일찍 오셨네요. 오늘은 혼자 십니까? 어머님은 안 오셨습니까?"

"네, 일이 있으시다 하셔서 저 혼자 왔어요."

"그럼 이십 분쯤 후에 괜찮으시겠습니까?"

다솜은 고개를 끄덕였다. 하빈이 사무실이 있는 쪽으로 사라지자 그녀는 풀장가에 앉아 발을 담갔다. 차가웠다. 발을 움직이자 찰랑찰랑 잔잔하던 수면이 흔들렸다. 이십 분은 생각보다 길 것 같았다. 풀에 들어가서 몸이라도 풀까 생각하는데 누군가 어깨를 살짝 건드리는 바람에 고개를 돌렸다.

"아!"

아현이었다. 오늘도 비키니 차림의 당당한 모습이다. 다솜은 급하게 자리에서 일어나다 그만 발을 헛디디고 말았다. 순간 몸이 흔들리더니 풀장으로 빠질 줄 알았다. 빠졌구나 싶은 순간 몸이 제자리를 잡았다. 아현이 급하게 팔을 잡아주었던 것이다.

"조심해야죠. 그러다 사고나요."

다솜은 자세를 바로잡으며 어색하게 웃었다.

"고마워요…… 아현 씨."

아현이 주변을 둘러보더니 물었다.

"어머님은 안 오셨나요?"

"네, 오늘 약속이 있으셔서 못 오셨어요. 참, 이럴 게 아니라 음료수라도 드시겠어요?"

다솜의 말에 아현은 얼굴이 슬며시 구겨지는 것만 같았다.

'이 여자 만날 때마다 뭘 먹자고 하네?'

너무나도 편안하게 말을 건네는 다솜이었다. 이런 편안한 느낌이 그녀의 어디에서 풍겨져 나오는지 알고 싶었다. 그리고 아현은 지금 당장 소리라도 지르고 싶었다. 지금 당신 앞에 서 있는 여자는 남편의 애인이라고, 손톱을 세우고 경계를 하라고 그렇게 외치고 싶었다. 다솜에게는 아무런 저항감이 느껴지지 않았다. 경계를 하는 느낌도 들지 않았다. 의외였다.

'이건 달라……'

이건 자신의 위치가 확고함을 드러내는 여자의 당당함이 아니었다. 그럴 경우 십중팔구 뻣뻣한 느낌이 느껴지기 마련이다. 다솜은 아니었다. 뭐라고 딱 잘라 표현할 수는 없었지만 달랐다. 그녀는 사람이 손을 내밀면 아무런 의심 없이 맞잡는 듯한 느낌을 풍겨온다. 정말 묘하고 이상한 분위기다. 아현은 대답을 기다리는 다솜을 쳐다보며 이상하다는 느낌을 지울 수가 없었다.

"마시는 게 싫으시면 뭐라도 드시겠어요? 여기 매점에서 파는 김밥이 아주 맛있어요."

이번에는 다솜이 다른 걸 권했다. 역시나 너무나도 편안한 얼굴, 입가에 잔잔한 미소와 눈망울은 초롱초롱했다. 아현은 자신이 여기 와 있는 목적은 잊어버린 채 이젠 자신의 앞에 서 있는 다솜이라는 여자에 대해서 궁금해하기 시작했다. 적을 알아야 공략도 쉬운 법이다. 스스로에게 핑곗거리를 쥐어주며 아현은 천천히 대꾸했다.

"김밥이라…… 좋아요. 조금 출출하군요."

다솜이 앞서 걷기 시작하자 아현은 그 뒤를 따르면서 다솜을 관찰했다. 아담한 키였지만 들어갈 데 들어가고 나올 데는 확실히 나온 볼륨있는 몸매였다. 피부는 우유처럼 새하얗고, 얼굴은 전체적으로 동안이었다. 수영장에서도 힐끔힐끔 다솜을 쳐다보는 남자들이 있을 정도로, 은근스레 눈길을 끌고 있었다. 아현은 조용히 혀를 찼다.

'세환이 녀석 취향이 아담한 여자였나? 처음에 반했다는 게 이런 것 때문이었나?'

자신이 본 세환의 주변 여자들은 말 그대로 늘씬 그 자체였다. 처음 다솜을 봤을 때 거의 스쳐 지나가다시피 본 거라 제대로 볼 기회조차도 없었다. 그저 키가 좀 작구나 생각했을 뿐이다. 아현은 다솜의 등을 쳐다보다 갑자기 얼굴을 찡그렸다. 잊고 있었던 기억이 갑자기 떠올랐다. 그 기억을 떠올리자 왜 세환이 다솜에게 관심을 가졌는지 새삼스러울 게 없었다. 세환이 대학 때 사귀었던 후배 화란도 아담한 여자였다. 작은 키에, 드물게 붉은 기가 많이 도는 갈색 머리카락을 가진 예쁘장한 여자애였다. 아현은 생각하기 싫은 걸 끄집어냈다는 듯이 고개를 가로저었다. 화란을 생각해 내다니, 잘못한 걸 들키기라도 한 사람처럼 그 자리에 멈춰 섰다.

화란은 그들의 두 살 아래의 후배였다. 세환과 화란, 교내에서 꽤나 유명한 연인이었지만 결국 헤어졌다. 세환이 화란에게 얼마나 많은 공을 들였는지는 주변의 사람들이라면 모르는 이가 없었다. 그가 화란에게 부모님을 소개해 주고 싶다고 자신에게 의논을 해올 무렵 화란이 결별을 선언했다. 이유는 간단했다. 그보다 조건이 더 좋은 남자가 나타났기 때문이다. 확실한 세환에게 미래가 보장되어 있긴 했지만, 화란이 새로 만난 남자보다 세환은 너무 어렸다. 그때까지 세환은 군대도 다녀오지 않은 학생 신분이었다. 화란은 대학 졸업과 동시에 결혼식을 올리고는 남편을 따라 미국으로 건너가 버렸고 지금까지 별다른 소식이 없었다.

'그랬지, 그때 세환이 놈 아주 제정신이 아니었지. 썩을 년, 확 불행해지라고 나도 그랬었지……'

솔직히 그때 아현은 빌고 또 빌었다. 지금 다시 생각해 보면 우습지만 정말 불행해지라고 빈 그녀였다.

"뭐 드시겠어요?"

아현은 다솜의 목소리를 듣고서야 과거에서 빠져나올 수가 있었다. 고개를 들고 다솜을 바라보았다. 어느새 다솜이 매점의 진열장 가까이 가다가 기웃거리며 중얼거리고 있었다.

"맛있겠다. 아줌마, 김밥 오늘 들어온 거죠?"

다솜이 괜한 걸 묻고 있었다. 당연히 오늘 들어온 게 틀림없다. 여긴 동네 헬스클럽이 아니다. 비싼 연회비를 감당할 수 있는 사람들만 드나드는 고급 피트니스 센터다.

아현은 다솜에게 시선을 고정시킨 채 다가갔다.

"전 오렌지 주스로 할게요."

"김밥 안 드세요? 정말 맛있는데."

돌아본 다솜이 동그랗게 눈을 뜨고 아쉽다는 듯이 말하자 아현은 그녀가 순간 천진난만한 어린아이 같아 보였다. 천진난만한 어린아이라니, 그렇다고 해도 이건 뭔가 잘못된 느낌이다. 아무리 순수한 어린아이라고 해도 자신에게 칼을 들이대는 사람이 나쁜 사람이라는 것 정도는 안다. 자신이 보기에 다솜은 그것조차도 모르는 사람 같아 보였다. 다시 한 번 주스를 마시겠다 말한 후 창가 자리에 가서 앉았다.

곧 다솜이 주스 두 개를 들고 다가와 맞은편에 자리를 잡았다.

"아까는 정말 고마웠어요. 꼼짝없이 풀장에 빠지는 줄 알았어요."

다솜이 주스 뚜껑을 열어 앞으로 내밀었다. 매점 내의 조명을 받은 그녀의 이마가 반짝였다. 구김없는 이마, 저 이마에는 주름 같은 건 질 것 같지 않아 보였다. 아현은 그녀를 빤히 쳐다보고 있다가 자신도 모르게 웃었다.

"누구나 다 그랬을 거예요. 고마워할 필요 없어요."

"아……."

다솜은 더 이상 말을 잇지 못했다. 머뭇거리며 아현의 얼굴만 빤히 쳐다보았다. 그녀의 말대로 정상적인 사고를 지닌 사람이라면 그 상황에 누구나 다 그랬을 거다. 그러나 아현과 자신의 관계는 정상과는 거리가 멀었다. 입장 바꿔 생각해 본다면 지금 아현이 세상에서 제일 미워하는 사람은 다솜, 자신이었다. 주스 병을 잡으려는 아현의 손을 덥석 잡았다. 손에 힘을 주었다.

"아현 씨…… 저 때문에 마음 많이 상하지 않으셨음 해요."

순간 아현은 다솜이 무슨 말을 하는지 알 수가 없었다. 아니,
아예 어이없기까지 했다.

"오래 걸리지 않을 거예요. 미안해요…… 아현 씨 자리에 내
가 있는 것 같아서 정말 미안해요."

이어지는 말들을 아현은 그저 멍하니 듣고 있을 수만은 없었
다. 다솜이 점점 더 이해할 수 없는 말만 하고 있었다. 이 이상
은 도저히 참을 수가 없었다. 뭐가 미안한지 정확하게 물어보
지 않고서는 견딜 수가 없었다.

"지금 그게 무슨 말이죠? 내 자리에 다솜 씨가 있다니……
그리고 뭐가 미안하다는 건지 모르겠군요."

다솜의 이마에 긴 주름살이 패였다. 반짝이던 조명이 꺼지는
것 같은 착각이 들었다. 최소한 아현의 눈에는 그렇게 보였다.

"저한테까지 숨길 필요는 없어요. 저 이제 다 알고 있어요.
세환 씨랑 아현 씨, 두 분 서로 사랑하는 사이잖아요. 어떤 사정
이 있어서 결혼을 할 수 없었는지는 모르지만…… 조만간, 그
래요! 분명 조민긴 갈될 기예요. 제가 도울게요."

순간 아현은 가슴 밑에서부터 치고 올라오는 웃음을 참아야
만 했다. 이제야 다솜이 하는 말이 뭘 의미하는지 알 수가 있었
다. 단단히 오해를 하고 있었다. 보여주고 싶었던 건, 남편이
바람을 피운다는 사실이었는데…… 다솜은 지금 세환과 자신

을 서로 사랑하는 사이라고 생각하고 있었다. 그것도 뭔가 사정이 있어서 결혼을 할 수 없었던 불쌍하디불쌍한 연인이라고 동정을 하고 있는 것이다. 곧 세환의 아내라는 자리를 내놓을 듯이 도와주겠다고까지 한다. 정말 말도 안 되는 오해를 하고 있었다.

'뭐지……? 이건 앞뒤가 맞지 않잖아!'

상황이 이상하게 돌아가고 있었다. 세환이 자신에게 한 말과 지금 자신의 눈앞에 앉아 있는 다솜이라는 여자가 하는 말이 전혀 앞뒤가 맞지 않았다. 차라리 다솜이 자신의 손을 붙잡고 거짓 눈물이라도 흘리면서 '남편을 사랑하고 있다' 고 '그만 물러나 주세요' 라고 해야 옳을 일이었다. 도대체 이게 뭐란 말인가! 분명 두 사람 중 한 사람은 자신에게 거짓말을 하고 있는 거다.

'도대체, 누가?'

아현은 주스를 마시며 누가 거짓말을 하고 있는 건지 판단해 내려고 노력했다. 그러나 아무리 생각해도 쉽게 판단이 서지 않았다. 자신의 성격을 충분하다 못해 넘치도록 알고 있는 세환이 거짓말을 했을 리가 없다. 그랬다가는 제 명에 죽지 못할 거라는 걸 누구보다 잘 알고 있는 그였다. 그러나 그렇다고 다솜이 거짓말을 하는 것 같지는 않았다. 자신도 여자다. 여자의 직감이라는 게 있다. 매번 그 직감이 맞는 건 아니지만 지금 자신과 눈을 마주치며 애틋하게 바라보는 다솜의 눈은 맑았다. 전혀, 한 치의 흔들림도 없었다.

'이 여자는…… 아니야.'

아현은 자신도 모르게 주스 병 입구를 이로 꽉 깨물었다. 다솜의 눈빛은 진실했다. 도대체 어떻게 된 일인가! 우선 다솜에게 고개를 끄덕여 주었다. 안심했다는 듯이 얼굴이 환하게 밝아지는 다솜을 보며 아현은 한숨을 삼켰다. 다솜의 눈동자 속에 담긴 자신의 모습이 갑작스레 한심하게 느껴졌다.

속았다. 철저히 세환에게 속았다.

'김세환…… 내 이 자식을!'

아현의 이가 갈리다 못해 금이 갈 지경이 되었을 때쯤, 세환은 사무실에 있었다. 그는 일이 어떻게 돌아가고 있는지도 모른 채 퇴근 시간을 넘긴 후에도 회사에 있었다. 아현으로부터 연락이 올 때가 된 것도 같은데 아무런 소식이 없자, 그는 기다리다 지친 사람처럼 서류를 뒤적이며 한숨까지 내쉬었다.

여자 셋. 이 여사, 다솜, 그리고 아현까지 모두 연락이 없다. 이러다 궁금해 죽을 것만 같았다. 손이 전화기로 수도 없이 갔다가 별 성과 없이 다시 제자리로 돌아왔다. 다급한 티를 내고 싶지 않았다. 조급해하면 분명 아현이 다른 생각을 할 것 같아서 신중해지자 마음먹었다. 고른 숨을 가다듬으며 서랍에 넣어둔 다솜이 쓴 각서를 꺼내 다시 한 번 읽어 내려갈 때, 전화벨이 울렸다. 고개를 돌려 전화기를 쳐다보았다. 비서가 보내는 신호였다.

—사장님, 저녁 약속 시간 다 되었습니다.

세환은 허탈하게 수화기를 내려놓으며 일어나 웃옷을 챙겨 입었다. 막 책상에서 벗어나려고 하는 순간 또 한 차례 전화벨이 울렸다. 이번에는 외부에서 온 전화였다.

"김……."

채 이름을 다 말하기도 전에 수화기 너머에서 씩씩거리는 거친 아현의 목소리가 들려왔다.

—야! 김세환!

기다리던 전화다, 반가워서 눈물이 날 지경이었다.

"아, 안 그래도 전화 기다렸다."

—꼼짝 말고 있어! 나 지금 그리로 가는 중이니깐 너 거기 꼼짝 말고 있어, 응? 내가 도착했을 때 없으면…… 너 오늘 제삿날인 줄 알아!

아현이 아주 그를 잡아먹을 듯이 덤볐다. 세환은 어리둥절해져 대답을 바로 할 수가 없었다.

—알았어, 몰랐어?!

바로 대답을 재촉당했지만 도저히 무슨 일인지 감도 잡을 수가 없는 그였다.

"무슨 일인지 모르겠지만, 일단 와라. 저녁 약속이 있어서 지금 나갈 수밖에 없어. 돌아와서 보자. 오래 걸리지 않을 거다."

수화기를 귀에서 떼는 순간 건너편에서 아현이 또 으르릉거렸다.

—가긴 어딜 가? 꼼짝 말고 있어. 너 오늘 내 손에 죽을 줄 알아!

세환은 수화기를 내려놓으며 고개를 저었다.

"도대체 왜 저렇게 흥분한 거야? 설마…… 들킨 건가?"

불길한 예감이 들었다. 자신이 한 거짓말을 들킨 것만 같았다. 그거 외에는 아현에게 딱히 잘못한 일이 없었다. 죽었다. 그녀가 그냥 넘어가지 않을 거라는 걸 짐작하고도 남았다. 쓴소리 한마디가 입 밖으로 흘러나왔다. 허탈하게 사무실 문을 열려고 하는데 한 대 얻어맞은 사람처럼 갑자기 정신이 들었다. 들킬 이유가 없다. 아현은 죽었다 깨어나도 알 수 있는 방법이 없었다. 다솜이 계약에 대해서 말을 했을 리는 없다. 그렇다면 들킬 이유가 없다. 아현이 너무 시끄럽게 굴어서 괜한 생각이 든 걸 거다. 들킬 이유가 없다. 가슴 한구석에서 자꾸만 스멀스멀 올라오는 먹구름 같은 불길한 예감은 더 짙어졌지만 세환은 애써 생각을 달리 먹었다. 뺨을 한 번 툭툭 친 후 사무실을 나왔다. 아현이 오면 넌지시 물어보면 될 일이다. 어려운 일도 아닌 것을 가지고 고민하지는 말자고 스스로를 타일렀다.

피트니스 센터에서 나오자마자 세환에게 전화를 걸어 한바탕 난리를 친 아현은 상양 전자 본사 건물까지 부리나케 단숨에 달려왔다. 그러나 역시나 세환은 자리에 없었다. 자리를 지키고 있던 비서가 기다리라는 말만 전해줬을 뿐이다.

"이 자식을!"

가만히 앉아 있을 수가 없었다. 급기야 소파에서 박차고 일어나 사무실 안을 서성였다. 도무지 분이 풀리지 않았다. 속았다는 생각에 안절부절못했다. 한참을 그렇게 서성이다 책상으로 다가갔다. 분풀이 할 만한 걸 찾아 두리번거렸다. 책상 위에 놓인 물건들에 시선이 머물렀다. 먼저 사장 명패가 눈에 들어왔다.

"저걸 확 집어 던져 버려?"

아니다. 괜히 큰 소리만 나고 좋을 게 없었다. 어디 박박 찢을 만한 종이라도 없을까…… 다시금 눈길이 책상 위를 배회했다. 그때 소중한 듯이 곱게 접힌 하얀 종이 한 장이 눈에 들어왔다. 아무런 저항 없이 손이 종이로 향했다. 꼼꼼하게 접힌 종이를 펼쳤다. 그걸 보는 순간, 아현의 눈은 일순 커다랗다 못해 튀어나올 듯이 커졌다. 종이를 든 그녀의 손이 부들부들 떨렸다.

그것은…… 각서였다. 종이의 마지막에 작은 글씨로 '진다솜'이라고 사인이 있었다. 머리 속에 떠돌던 의문의 답이 이 각서 안에 들어 있었다. 이로써 거짓말을 한 사람이 누구인지 명확해졌다.

아현은 꼼꼼히 한 번 더 각서의 내용을 곱씹은 후 다시 원래대로 곱게 접었다. 있던 자리에 올려놓은 후 천천히 소파로 가서 앉았다. 세환이 이제껏 자신에게 했던 말을 떠올렸다. 이가 갈렸다. 도대체가 왜 그런 어이없는 거짓말을 하면서까지 자신을 끌어들였을까? 이상했다. 도대체 왜 이런 짓을 벌였는지 알 수가 없었다. 각서대로라면 유리한 쪽은 확실히 세환이다. 이런 연극이 필요하지 않았다. 세환에게 뭔가 다른 목적이 있는 게 분명했다.

친구라는 이름 하에 세환과 허물없이 지낸 지 십 년……. 그 한결같았던 십 년이 아무런 소용이 없게 느껴졌다. 사실대로 말하지 않고 속여서까지 얻어내야만 했던 게 무엇일까? 상대는 진다솜이 아니었다.

'젠장, 그럼 도대체 그 상대가 누구야?'

생각이 또 꼬리에 꼬리를 물었지만 한 가지 확실한 건 있었다. 김세환을 이대로 가만히 둔다면 자신은 최아현이 아니었다. 자꾸만 이가 갈렸다.

"으아! 김세환, 오기만 해봐!"

최아현을 속인 대가를 치르게 해주리라 마음먹었다. 어떻게 두들겨 패야 잘 팼단 소리를 들을까! 흠씬 두들겨 패도 올라 버린 열은 식을 것 같지 않았다. 아현은 입 밖으로 자꾸만 흘러나오는 한숨을 내버려 두었다.

특별한 방법이 필요하다. 단발성 효과보다는 장기간 두고두고 보면서 흐뭇할 수 있는 그런 방법이 필요하다. 그때 스치고 지나가는 생각 하나 때문에 깔깔대며 웃기 시작했다.

'그거라면……?'

장난을 쳐보는 거다. 김세환이 두고두고 최아현을 속인 걸 후회하게 만들어줄 자신이 있다. 세환이 자신을 속였으니, 자신도 세환을 속이면 된다. 무슨 목적으로 이 결혼을 했는지는 중요하지 않다. 멈추고 싶을 때 멈출 수 없게 만들어주고 말겠다 마음먹었다. 생각만 해도 기분이 좋아졌다. 각서의 내용대로라면 분명 다솜이 무슨 이유에서든 간에 세환에게 빚이 있어 보였다. 세환을 지금 서 있는 우월한 위치에서 끌어내리고야 말겠다고 마음먹었다.

아현은 세환을 기다리며 마냥 즐거운 상상에 빠져들었다. 자신은 손해 볼 게 없었다. 아니, 이득이다. 열을 받아가면서 남의 연극에 참여하기보다는 자신이 연출을 맡은 연극이 더 즐거운 법이다. 다솜에게는 조금 미안했지만 그리 나쁘지 않을 것이다. 세환이 다솜에게 목매달게 되어 이 결혼이 계속 유지된다면 그녀에게도 결코 나쁘지만은 않을 것이다. 피식피식 웃으며 아예 콧노래까지 흥얼대는 아현이었다.

한참을 그렇게 이런저런 상상 속에 빠져 있는데 사무실 문이 벌컥 열렸다. 세환이 들어오다 말고 아현을 발견하고는 먼저 입을 열었다.

"오래 기다렸어?"

그의 얼굴을 보는 순간 아현은 화가 치밀어 올랐지만 애써 속으로 삭혔다. 낯빛이 바뀔까 특별히 신경 썼다. 참는 건 순간이고 즐거움은 앞으로 내내라고 속으로 되뇌었다.

"아니, 오래 안 기다렸어. 생각보다 빨리 왔네."

"그렇군. 근데 무슨 일이야?"

"응?"

모른 척 되묻는 아현을 보며 세환은 고개를 저으며 다시 물었다.

"아까 전화로는 한바탕 난리라도 칠 것처럼 고함까지 질러대더니 어떻게 된 거야?"

"뭐가?"

세환은 여전히 모른 척하는 아현의 얼굴을 한참 쳐다보다 책상으로 다가갔다. 곱게 접힌 종이가 보였다. 미간이 슬며시 좁아지려고 했다. 조심스럽게 종이를 집어 드는데 아현이 물어왔다.

"무슨 종이야?"

다급하게 각서를 서랍 안에 넣으며 대꾸했다.

"거래처 연락처다. 명함을 받지 못해서 잘 넣어둔다는 것이 그만 올려놓았군. 말해 봐. 무슨 일이 있는 거지?"

다시 한 번 세환은 아현에게 내답을 요구했다. 아현이 쓱 고개를 돌리며 대꾸했다.

"아무것도 아니야. 내가 왜 그랬을까? 아까는 제정신이 아니었나 봐. 아, 맞다. 요즘 매장 내는 게 생각보다 쉽게 풀리지 않아서 너한테 괜히 투정 부렸나 봐. 그만 가야지. 너네 비서가 타주는 커피는 늘 맛있단 말이야. 커피 한잔 얻어먹었으니 이제 나는 내 할 일 하러 가야겠다."

아현이 자리에서 일어났다. 손을 흔들어대며 사무실을 나가는 그녀의 뒷모습을 멍하니 쳐다보던 세환은 다급하게 뒤쫓아 나가 엘리베이터 앞에서 아현을 잡았다.

"어떻게 됐어?"

세환이 뭘 묻는지 몰라 아현은 어리둥절했다. 그러다 이내 무슨 뜻인지 알아채고는 다급하게 말을 만들어냈다.

"아직 별 반응이 없어. 조금 더 기다려 봐야 할 것 같은데, 걱정 마라. 내가 누구냐? 한다면 한다고 했잖아. 조금만 더 기다려 봐. 좋은 소식이 있을 거다."

엘리베이터가 경쾌한 소리를 내며 멈추더니 문이 열렸다. 안으로 아현이 쏙 들어가며 세환에게 다시 한 번 손을 흔들었다.

세환은 닫힌 엘리베이터 문을 멍하니 보다 사무실로 발걸음을 돌렸다. 불안하다.

'이 찝찔한 느낌은 뭐지……?'

머리가 지끈지끈 아팠다. 사무실에 들어서자마자 그는 각서를 꺼내 이번에는 아예 벽에 걸린 액자 뒤에 있는 안전 금고 안에 넣어버렸다. 당분간은 꺼내 볼 일이 없을 테니 금고 속이 제일 안전했다. 아현이 각서를 봤다면 곱게 갔을 리가 없다. 분명 보지 못한 거다. 다행이었다. 지금은 들켜서는 안 된다. 자신의 의도대로 일이 잘 돌아가는 시점에 결코 들켜서는 안 된다. 아무래도 다솜에게 한 번 더 각서에 대해서 함구시킬 필요성을 느꼈다. 오늘은 집으로 가기로 마음먹었다.

세환이 회사 일을 마무리 짓고 집에 도착했을 때는 거의 새벽 1시가 넘은 시각이었다. 모두 잠이 들었는지 집 안은 조용했다. 아무도 기다리는 사람이 없었다. 그도 그럴 것이 미리 연락도 하지 않고 불시에 온 길이었다. 다솜도 자고 있는 것 같았다. 이층 방문 앞에서 내일 아침 일찍 이야기를 할까 망설이다 그냥 문을 열었다. 예상대로 컴컴했다. 더듬더듬 손을 뻗어 불을 켰다. 앞이 환해지면서 침대 위에 누워 있는 다솜이 눈에 들어왔다. 세환은 성큼성큼 침대로 다가가 걸터앉더니 다솜의 어깨를 흔들었다.

"이봐, 이봐."

다솜은 쉽게 일어날 것 같지 않았다. 세환은 우악스럽게 그녀의 어깨를 잡았다. 아플 만큼 손에 힘을 주었다. 자고 있던 다솜이 잔뜩 인상을 찡그리며 외마디 비명 소리도 함께 눈을 떴다.

"일어나."

눈앞에 펼쳐진 상황을 이해하시 못한 듯 다솜은 한동안 세환의 얼굴만 빤히 들여다봤다.

"얼마나 더 기다려야 잠을 깰 거야?"

그의 짜증스럽다는 물음에 다솜이 그제야 정신을 차린 듯 벌떡 일어나 앉았다. 그 탓에 그녀의 몸을 덮고 있던 침대 시트가 스르르 허리까지 내려가면서 다솜의 몸이 드러났다. 다솜은 평소에 잘 때 이 여사가 사다 준 슬립만 입고 자고 있었는데, 오늘따라 자는 사이 한쪽 어깨 끈이 흘러내려 가슴이 반 이상 드러나 있었다. 세환의 눈에 부드럽게 융기된 가슴 선이 들어왔다. 그녀는 지금 자신이 어떻게 보이는지 모르는 듯 여전히 조금은 잠이 덜 깬 눈빛이었다.

세환은 헛기침을 두어 번 한 후 자신도 모르게 고개를 돌렸다.

'……젠장!'

심하리만큼 무방비 상태다. 게다가 가슴 하나는 눈에 확실하게 들어올 정도로 예뻤다. 이러다 목적 달성도 하기 전에 자신이 먼저 나가떨어질 것 같았다. 그것도 한낱 보잘것없는 여자의 드러난 가슴 하나에 말이다.

집에 온 목적을 잊지 않으려고 세환은 애써 다솜에게로 다시 눈길을 돌렸다. 그녀의 가슴으로 시선을 두지 않으려고 고개를 빳빳하게 들었지만 잠시뿐이었다. 자꾸만 다솜의 하얀 가슴이 눈에 들어와서 머리 속을 휘젓고 다녔다.

도저히 안 되겠다. 세환은 다솜의 등 쪽으로 손을 가져갔다. 흘러내린 끈을 손에 잡았다고 생각하는 순간 다솜의 몸이 딱딱하게 굳는 게 느껴졌다. 기분이 더러워졌다. 꼭 자신이 해서는 안 되는 짓을 한 사람처럼 기분이 나빠졌다. 욕설 한마디를 뱉으며 자리에서 일어났다. 딱딱하게 굳은 목소리가 연이어 입술

밖으로 튀어 나갔다.

"당신…… 유혹의 방법도 참 가지가지군. 그런 것에 내가 쉽게 넘어갈 거라고 생각했나? 난 당신이 룸살롱에서 받던 손님들하고는 차원이 다르다고 말하지 않았던가? 옷이나 제대로 입어!"

그제야 다솜이 시트를 목까지 끌어 올렸다. 세환은 속으로 욕설 몇 마디를 더 해대며 등을 돌렸다. 옷을 제대로 갖춰 입은 듯 다솜이 침대 위에서 조심스럽게 내려왔다.

"죄송해요."

그녀가 말을 끝내기가 무섭게 방을 나가려는 듯 발걸음을 떼자 세환이 그녀의 팔을 붙잡았다.

"어디 가?"

"……네?"

정말 귀찮은 여자다.

"설마 지금 건넛방으로 가는 건 아니겠지?"

다솜이 대답을 하지 않자 세환은 이맛살을 찌푸렸다. 긍정만큼 확실한 침묵이다. 이 여자의 속을 알 수가 없다. 지금 이 순간 자신을 괴롭히는 긴 이 여시가 아니라 눈앞의 다솜이었다.

"……자, 난 어차피 다시 나갈 거니깐 그냥 여기서 자."

어리둥절해하는 다솜을 보자 세환은 거짓말이 아니라는 걸 보여주기라도 하듯이 그녀를 놓아주고는 방문 앞으로 걸어갔다. 조용히 문을 열더니 획 돌아보며 말했다.

"그 계약서에 대해서 말하려고 왔을 뿐이야. 우리가 맺은 계약…… 약속한 대로 누구에게도 그것에 대해서 말하지 말 것. 알았나?"

여전히 그 자리에 우두커니 서 있던 다솜이 고개를 끄덕였다. 세환은 그제야 방을 나왔다. 방문을 닫으며 긴 한숨을 내뱉었다. 갑작스런 일이다. 남자로서의 자신이 갑자기 툭 튀어나오려고 했다.

"젠장!"

여자가 필요한 걸까…… 침대 위에서 자신을 만족시켜 줄 여자가 지금 필요한 걸까? 그래, 그것뿐이다. 그렇지 않고서야 기껏 해야 가슴 하나인데, 그 가슴 하나를 봤다고 이렇게 흔들린단 말인가! 말이 안 된다. 언제라도, 마음먹을 필요도 없이 언제라도 가질 수 있는 여자의 가슴 하나에 침대까지 내어주며 이 오밤중에 결국 다시 집 밖으로 나가야 하다니! 앞으로도 두고두고 이해할 수 없을 것만 같은 일이었다.

오피스텔로 향하는 차 안에서도 세환은 스스로를 이해하려고 노력했다. 여자를 안아본 게 꽤 오래된 일이다. 아버지가 돌아가신 후 지금까지 여자를 가까이 한 적이 없었다. 흔한 섹스 파트너조차 없었다. 이 여사와의 경쟁에서 살아남기 위해서 온 신경을 회사 일에만 집중시켰다. 한동안의 금욕 생활 덕분에 성적으로 나약해져 있는 것뿐이다. 그러나 그렇다고 해도 다솜의 뽀얀 살갗을 모두 보여주기라도 하는 듯한 가슴은 다시 머리 속에 떠올릴 정도로 유혹적이었다. 그것 하나만은 부정할 수 없는 사실이었다.

◑ ◑ ◑

다음날, 다솜은 동생들에게 보내기 위해 가정부 아줌마와 함께 부엌에서 과자를 굽고 있었다. 앞치마 가득 밀가루를 묻히고 두 사람이 정답게 이야기를 나누고 있는데 밖에서 전화벨이 요란하게 울렸다. 아줌마가 나가서 전화를 받더니 다솜을 불렀다.

"작은사모님, 전화 받으세요. 친구 분이라고 하네요."

부엌에서 나온 다솜은 수화기를 건네받으며 고개를 살짝 저었다. 전화 올 친구가 없는데, 이상한 일이었다. 다솜은 동생들 외에 다른 사람에게 전화번호를 가르쳐 준 적이 없었다.

"전화 바꿨습니다."

수화기 너머에서 잠시 고른 숨소리가 들리나 싶더니 이내 목소리가 흘러나왔다.

—안녕하세요? 최이현이에요.

다솜은 앞치마 호주머니에 넣고 있던 손을 올려 수화기를 맞잡으며 다급하게 대답했다.

"네, 네."

그녀는 줄곧 옆에 서 있는 아줌마에게 속삭이듯이 학교 친구

라고 조용히 말한 후 과자를 대신 봐달라고 부탁했다. 아줌마
가 부엌으로 들어가는 걸 확인하자마자 조심스럽게 소파에 앉
아 목소리를 낮췄다.

"어쩐 일이세요?"

—놀라셨나 봐요? 놀라실 필요 없는데…… 오늘 피트니스 센
터 쉬는 날이죠? 저녁에 시간 어때요?

다솜은 그녀가 무슨 말을 하는지 몰라 순간 어리둥절했다.
바로 대답을 할 수가 없었다. 수화기 너머에서 아현의 한숨 소
리가 흘러나오나 싶더니 이내 다시 말소리가 들려왔다.

—난 다솜 씨와 할 얘기가 무척 많거든요. 나랑 단둘이 만나
는 거 싫어요? 크리스털 호텔 1층에 카페가 있거든요. 아시죠?
오후 다섯 시에 만나요. 괜찮죠?

거절할 입장이 못 되었다. 지금 아현의 제안을 거절하는 건
인간의 도리가 아니라 느껴졌다. 그녀가 원한다면 만나야만 한
다. 자신도 모르게 고개를 끄덕이다 다솜은 상대방이 수화기
너머에 있다는 걸 뒤늦게 깨닫고는 조용히 짧게 '네'라고 대답
했다. 건너편에서 아현의 경쾌한 웃음소리가 들려왔다. 그리고
뒤이어 통화가 끝났다. 수화기를 내려놓으며 다솜은 긴 한숨을
내쉬었다.

'무슨 이야기를 하려고 하는 걸까? 혹시라도 울면서 하소연
을 하면 어떡해……?'

걱정이 이만저만이 아니었다. 이 계약이 끝나고 모두가 제자

리를 찾아가기만 하면 되는 일인데, 아직은 그 끝이 보이지 않았다.

시계 바늘이 이제 겨우 오후 1시를 향해 가고 있었지만 다솜의 마음은 벌써 오후 5시라도 된 듯 걱정으로 얼룩졌다. 아직 다솜은 아현과 세환을 도와줄 수 있는 마땅한 방법을 생각해 내지 못한 상태였다. 이 여사에게도, 세환에게도 아현에 대해 넌지시 물어보지도 못했다.

'그녀와 단둘이 만나면 뭔가 뾰족한 수가 생길까?'

다솜은 손가락 끝에 묻은 밀가루를 비벼대며 꼬리에 꼬리는 무는 생각 속으로 자꾸만 빠져들었다.

같은 시각, 다른 공간에서 아현은 속이 후련하다는 듯한 표정으로 웃고 있었다. 어떻게 하면 세환을 골탕먹일 수 있을까, 그 생각을 하며 아침에 눈을 떴다. 회사에 나와서도 내내 그 생각으로 일이 제대로 풀리지 않을 지경이었다. 십 년 묵은 체증이 내려가는 느낌이라는 건 이런 걸 말하는 걸 거다.

"이 실장, 아무래도 그 디자인은 유행에 뒤지는 것 같지 않아? 좀 더 색을 빼든지, 아니면 이예 포기하는 게 어때?"

씩씩하다 못해 힘이 넘쳐 잔뜩 기합이 들어간 아현의 말에 이 실장이라 불리는 남자가 바짝 긴장을 했다.

"사장님, 그건 안 됩니다. 지금 변경하면 한 달 이상 걸립니다. 그렇게 되었다가는 매장 오픈 날짜에 맞출 수가……."

그는 더 이상 말을 이을 수가 없었다. 아현이 꼿꼿하게 턱을 세우며 그의 말을 잘랐기 때문이다.

"이봐! 내 신조가 뭐지?"

이 실장이 바싹 긴장을 하며 머뭇머뭇 말했다.

"안 되면…… 되게 하라."

그의 대답에 만족스럽다는 듯이 아현은 고개를 까닥였다.

"좋아, 바로 그거야. 다들 들었죠? 우리 사전에 불가능이란 없다는 것, 기억해!"

테이블 위에 수북하게 놓여져 있던 옷들을 디자이너들이 품에 안고 사무실 밖으로 뿔뿔이 흩어지자 아현은 만족스럽다는 듯이 의자에 몸을 뉘었다. 세환의 얼굴이 떠올랐다. 그의 게임은 현재 진행형이다. 그러나 자신의 게임은 이제 시작이다. 감쪽같이 속은 걸 떠올리니 다시 속이 거북했지만 그가 무사하도록 그냥 두지 않을 작정이었기에 기분은 도리어 좋아졌다.

아현은 콧노래를 흥얼거리며 디자이너들이 책상 위에 놓고 간 두터운 일러스트북을 뒤적였다. 이건 정말 식은 죽 먹기다. 아니, 그보다 쉽다. 스스로의 매력이 뭔지도 모르는 여자 하나를 완벽하게 변신시키는 건 자신의 주특기였다. 다솜을 확실하게 변화시키리라 마음먹었다. 세환이 변한 다솜을 보면서 사랑을 느끼든 느끼지 않든 상관없다. 본능적으로 끌리지 않고는 도저히 못 배기게 그렇게 만들어놓을 자신이 있었다. 그리고 다솜은 충분히 바탕이 있는 여자다.

마냥 더디게 돌아가는 시계 바늘을 바라보며 얼른 시간이 흘러가 주기를 바랐다. 다른 공간에서 시계 바늘을 붙잡고 싶어 하는 다솜의 심정을 아현은 알지 못했다.

정확히 오후 5시.

크리스털 호텔 카페 창가 자리에 다솜은 움직이지 않은 채 가만히 앉아 있었다. 아현을 기다리는 중이었다. 약속 시간보다 십여 분 전에 미리 도착했다. 기다리는 시간이 마냥 길게만 느껴졌다. 그녀는 아현이 오면 무슨 말부터 꺼내야 할지 몰랐다. 수영장에서처럼 고맙다는 말로 시작할 수도 없는 노릇이었다. 어떡하면 좋을까, 불안한 마음에 입 안이 바싹바싹 타 들어갔다. 애꿎은 손가락 끝만 잡아뜯으며 안절부절못하는 사이 언제 왔는지 아현의 목소리가 가까이서 들렸다.

"일찍 왔네요."

다솜은 자리에서 벌떡 일어나 허리를 굽혔다.

"아, 안녕하세요, 아현 씨?"

"이런 환대를! 앉아요. 이러면 내가 미안해져요."

아현이 손을 내저으며 그민 자리에 앉으라고 했지만 다솜은 바로 자리에 앉지 못하고 머뭇거렸다. 그 모습에 아현이 활짝 웃으며 고개를 한 번 더 가로젓더니 다시 앉으라고 권했다. 그제야 다솜은 주뼛주뼛 자리를 잡았다.

"여기 어때요? 좋죠?"

아현이 묻자 다솜은 마치 죄라도 지은 사람처럼 고개만 끄덕이며 아현의 눈을 마주치지 않으려고 노력했다.

"다솜 씨, 여기 커피 마셔보셨어요? 이런, 내 정신 좀 봐. 다솜 씨 여기서 결혼했죠."

그때 종업원이 주문을 받으러 왔다.

다솜은 여전히 고개를 제대로 들지 못한 채 커피라고 조용히 중얼거렸다. 아현도 싱긋 웃더니 같은 걸 시켰다. 종업원이 멀어지자 잠시 어색한 침묵이 두 사람 사이에 흘렀다. 마냥 이어질 것 같은 고요를 아현이 먼저 깼다.

"다솜 씨, 왜 그렇게 고개를 숙이고 있어요? 예쁜 얼굴을 제대로 볼 수가 없잖아요."

의외의 말이 들려오자 다솜은 더 고개를 들 수가 없었다. 어떻게 하면 좋을까 망설이고 있는데 경쾌한 웃음소리가 귀에 들려왔다. 아현이 큰 소리로 웃고 있었다. 그제야 다솜은 고개를 들어 그녀를 쳐다보았다. 울지나 않을까 걱정했는데 그녀는 되려 깔깔거리고 웃고 있었다.

"아, 도저히 안 되겠다."

순간 다솜은 아현의 말에 깔려 있는 의도를 몰라 긴장했다.

"역시 이런 건 나하고는 전혀, 네버 어울리지 않아. 우리 말 놓죠? 다솜 씨가 스물일곱이지?"

다솜이 고개를 끄덕이자 아현이 흡족하다는 듯이 말을 이었다.

"난 서른. 애걔, 겨우 세 살 차이네. 딱딱하게 서로 말 높이는 건 역시 맞지 않아. 괜찮지?"

어리둥절한 표정의 다솜이 이번에는 대답을 하지 못하고 여전히 빤히 쳐다보기만 하자 아현이 재차 물었다.

"싫어?"

그제야 다솜은 고개를 가로저었다.

"아뇨, 아······! 아니."

아현이 마음에 든다는 듯이 또 한바탕 소리 내 웃었다. 그녀가 이토록 신나하는 이유를 다솜은 알 수가 없었다. 심호흡을 크게 한 번 한 후 입을 열었다.

"저기, 할 이야기가 있다고 했는데, 뭔지 물어봐도 되나······요?"

아현이 의자에서 등을 떼며 테이블에 바싹 다가와 붙었다.

"말 놓는 거 다솜 씨는 익숙하지 않나 보네. 그럼 익숙해질 때까지 그냥 편하게 말해, 어느 쪽이든 난 듣는 건 상관없으니깐. 아······ 그렇지, 할 얘기가 있었지."

드디어 본론이다. 다솜은 침을 꼴깍 삼켰다. 등줄기가 바싹 긴상이 되어 식은땀이 흐르는 것만 같았다.

"오해하고 있는 것 같아서 그 오해 풀어주려고 나오라고 했어."

아현이 정확히 '오해'라고 말했다. 다솜은 머리를 살짝 갸웃거렸다. 자신이 오해하고 있는 게 있던가, 없었다. 모든 것이

명확한 가운데 오해라는 말을 가져다 붙일 만한 일은 없다. 자신의 생각을 읽기라도 했다는 듯이 아현이 계속 속삭이듯이 말했다.

"세환이 녀석, 아, 미안. 남의 남편에게 녀석이라니……."

"괜…… 찮아요."

다솜이 조용히 느릿느릿 대꾸하자 아현이 헛기침을 하며 다시 입을 열었다.

"괜찮다고 했다, 분명히. 세환이 녀석과 나는 대학 때부터 오래된 친구야."

아현이 지금 자신에게 끼어들 자리가 없다는 말을 하려는 걸까, 그건 이미 알고 있는 사실이다. 그건 오해가 아닌데, 다솜은 침을 꼴깍 삼키며 다음 말을 기다렸다.

"지금 다솜 씨가 머리 속으로 무얼 상상하고 있는지 다 알아. 근데 어쩌나? 아쉽게도 다솜 씨가 오해하고 있는 그런 관계가 아니거든. 친구일 뿐이지, 너무나도 친해서 그런 관계가 절대적으로 될 수 없는 친구 말이야."

'절대적'이라는 말을 할 때 아현이 말을 똑똑 끊어가며 강조했다. 그녀는 입가에 잔잔한 미소를 지어 보였다. 자기 할 말을 다 했다는 듯 어깨를 한 번 으쓱거리고는 테이블에서 멀어졌다.

다솜은 한순간 멍했다. 사무실에서도 그렇고, 오피스텔에서도 그렇고 그냥 친구라고 볼 수 없는 풍경이었다. 오래된 연인이 아니고서야 만들어낼 수 없는 모습이었다. 아무런 말도 할 수가 없었다. 도저히 아현의 말을 믿을 수가 없었다. 그때 아현이 손을 내저었다.

"지금 이상하다고 생각하고 있지?"

자신도 모르게 고개를 끄덕이고 만 다솜이었다.

"그래, 당연히 이상할 거야. 일일이 어떻게 된 일인지 설명해 달라면 해줄 수도 있어. 근데 그럴 필요까진 없을 것 같아. 확실한 건 내가 다솜 씨의 자리를 내 자리라고 생각하지 않는다는 거야. 그거 하나면 된 거 아니겠어? 난 충분하다고 생각하는데 다솜 씨는 어때?"

당당하고 단호한 목소리다. 다솜은 아현의 말을 믿기 시작하면서 가지고 있던 생각을 정리할 필요를 느꼈다.

종업원이 커피를 가져와 내려놓자 다솜은 다급하게 커피 잔을 들었다. 천천히 뜨거운 커피를 후후 불며 마시는 척했다. 시간이 필요하다. 다만 몇 분 만이라도 이 상황을 스스로에게 납득시킬 수 있는 시간이 필요했다. 아현의 말이 사실이라고 해도, 세환의 생각은 다를 수 있다.

'혹시? 그런 걸까?'

아현은 아니라 해도 세환은 맞을 수 있다. 세환의 짝사랑이라고 가정한다면, 모든 일들이 잘 맞아떨어졌다. 아현을 보는 그의 눈빛은 충분히 뜨겁고 진지해 보였다.

다솜은 커피 잔에서 아현에게로 눈길을 옮겼다. 아무렇지 않은 듯 아현은 여전히 환하게 웃고 있었다. 창밖으로 지는 노을이 아현의 이마에 머무는 것 같았다. 사랑받고 있는 여자의 아름다움이 아현에게서 풍겨져 나왔다. 아무리 생각해도 세환의 감정이 아현의 그것과는 다른 듯 느껴졌다. 갑자기 눈이 부셔 눈물이 날 것만 같았다.

세환이 불쌍하다. 아현의 마음을 알고서 자포자기하듯이 결혼을 서두른 남자, 그가 불쌍해서 자꾸만 눈물이 나올 것 같았다. 다솜은 커피가 갑자기 맛없어졌다. 처음 이곳에 왔을 때 마셨던 그 커피 맛이 느껴지지 않았다. 그저 씁쓸하기만 했다.

아현이 다시 테이블에 바싹 붙어 앉았다.

"모델 일 한 번 해보는 거 어때?"

갑작스런 제안에 순간 다솜은 커피 잔을 떨어뜨릴 뻔했다. 겨우 진정을 한 후 되물었다.

"무슨 얘기……?"

"무슨 이야기긴, 말 그대로잖아. 아, 그러고 보니 내가 어떤 일을 하는지 모르겠구나. 시내에 옷가게를 내려고 준비 중이야. 작은 구멍가게라고나 할까? 다솜 씨가 모델을 해주면 딱일 것 같다고 처음 봤을 때부터 생각했거든. 사실 오늘 그래서 보자고 했어. 오해를 풀어주는 건 사실 부수적인 일이었고…… 싫지 않지? 결정은 본인이 하는 거니깐 본인이 하기 싫으면 안 되잖아. 어, 그런 표정 짓지 마. 결코 어려운 일은 아니니깐. 패션쇼 모델이 되어달라는 것도 아니고 일주일에 두어 번 우리 사무실에 들러서 피팅 모델만 서주면 돼. 어때?"

긴 가뭄 끝의 단비가 이토록 달콤할까. 하늘이 내린 기회였다. 아현의 곁에 있으면서 세환의 좋은 점을 부각시킨다면 그녀의 생각도 달라질 것 같았다. 다솜은 작은 희망에 부풀었다. 그로부터 엄청난 보수를 받고 있으니 이 정도는 해야 마음이 놓일 것 같았다. 그를 위한 일을 뭔가 해야만 했다.

"좋아…… 요. 그 일 할게!"

의외로 순순히 하겠다는 다솜을 보며 아현은 속으로 쾌재를 불렀다. 이 제안을 거절하면 어떤 걸로 구미를 당기게 만들어야 할까 솔직히 걱정했었다. 아직은 다솜에 대해서 아는 게 많지 않다. 뭘 좋아하는지, 뭘 미끼로 삼아야 걸려들지 몰라서 조심스럽게 꺼낸 말이었다. 이런 경우를 보고 하늘이 돕는다고 하는 거다.

아현은 커피 잔을 들며, 생긋 웃었다.

🌑 🌑 🌑 🌑

며칠 후, 다솜은 아현으로부터 사무실로 들러달라는 전화 한 통을 받았다. 약속 시간이 저녁 식사 시간과 엇비슷하게 떨어져 어쩔 수 없이 이 여사에게는 친구를 만나러 간다고 거짓말을 했다. 다행히 이 여사는 흔쾌히 다녀오라고 했다. 친구들과 맛있는 걸 사 먹으라고 용돈까지 두둑이 챙겨주었다.

약속 시간 두 시간 전이었지만 다솜은 서둘렀다. 아현에게 가기 전에 세환의 오피스텔에 들르기로 마음먹은 것이다. 밑반찬도 가져가야 할 것 같고 세탁물도 챙겨와야 한다. 그리고 아현의 사무실에 최 기사와 함께 갈 수는 없었다. 그랬다가는 금세 거짓말이 들통날 게 뻔하다. 세탁물을 기사에게 집으로 가져가라고 시킨 후 자신은 다른 교통 수단을 이용해 아현에게 갈 생각이었다.

"지금 가는 게냐?"

막 아래층으로 계단을 내려오는데 이 여사가 거실 소파에서 책을 읽다 물었다. 살짝 고개를 숙이며 대꾸했다.

"네, 다녀오겠습니다."

집 밖으로 나오자 최 기사가 기다리고 있었다. 다솜이 차에 올라타자 미끄러지듯 차가 천천히 출발했다.

다솜은 호주머니 안에 든 오피스텔 열쇠를 만지작거렸다. 아현의 전화를 받은 후 세환에게 전화를 걸었다. 오피스텔에 들러도 되냐고 묻자 세환은 최 기사를 시켜 열쇠를 보내주었다. 자기는 없을 테니 알아서 하라고 했다. 사무실로 들르라는 말도 없었다. 왠지 피하는 느낌이다. 마주치지 않는 게 자신에게도 좋았지만 그래도 입 밖으로 한숨이 흘러나왔다. 원하지도 않았는데 남의 인생에 끼어들어 버렸다. 다솜, 자신은 현재에 불만은 없었다. 세환이 특별히 불편하게 하는 것도 아니고, 이 여사도 지금은 잘 대해주고 있었다. 다만 한 가지, 자기 자리가 아닌 것 같아서 불편하다. 단지 그것뿐이었다.

차가 어느덧 건물 앞에 멈춰 섰다. 다솜은 반찬거리를 가슴에 꼭 안고 세환의 오피스텔로 향했다. 지난번 왔을 때 벌어졌던 일이 떠올라 혹시나 하는 마음에 문 앞에서 심호흡을 했다. 천천히 벨을 눌렀다. 한 번, 두 번, 역시나 안에서는 아무런 반응이 없었다. 열쇠를 꺼내 문을 열고 안으로 들어갔다. 아직은 해가 떠 있는 시간이었기에 어슴푸레하게 오피스텔 안이 눈에 들어왔다.

불을 켜자 엉망인 방이 눈에 들어왔다. 더 이상의 말로 표현할 길이 없을 정도로 방 안은 엉망 그 자체였다. 쓰레기장이 따로 없었다. 마시다 만 맥주 캔들이 식탁과 테이블 위에 놓여져 있었고 다 마신 캔들은 바닥에 나뒹굴고 있었다. 다솜은 청소하는 아줌마가 따로 드나든다고 알고 있었다. 그런데 방 꼬락서니로 봐선, 요 며칠 사람의 손이 닿지 않은 것 같아 보였다. 게다가 언제 먹다 둔 안주인지 알 수 없는 접시에선 쉰 냄새를 풀풀 내고 있었다. 또 한 번 한숨이 입 밖으로 흘러나왔다.

"도대체 이런 곳에서 어떻게 사는 거지?"

널썽한 사람도 여기서 하루 이틀 살면 병이 날 것만 같았다.

다솜은 우선 반찬거리를 식탁 구석에 올려놓고 창문을 연 후 어지럽혀진 오피스텔을 치우기 시작했다. 다행히 싱크대 아래에서 어렵지 않게 쓰레기 봉투를 찾아냈다. 한참을 그렇게 분주하게 몸을 움직이고 나니 이제 제법 깨끗한 느낌이 들었다.

마지막으로 방 한구석에 던져지다시피 놓여 있는 청소기를 들어 바닥을 밀기 시작했다. 쾌한 냄새까지 다 빠져나간 느낌이 들 때쯤 청소기를 제자리에 조심스레 가져다놓았다. 그런 후 식탁 위에 올려진 반찬거리를 풀었다. 오래 둬도 좋을 것 같은 조림 음식과 볶음, 김치, 그리고 이 여사가 세환이 좋아하는 거라고 만들어준 더덕 무침이 눈앞에 펼쳐졌다. 다솜은 발갛게 잘 버무려진 더덕 무침을 보며 침을 꼴깍 삼켰다. 세환이 이런 걸 좋아한다니 의외였다.

'다음에는 나도 배워서 직접 만들어봐야겠다.'

또 한 가지 그를 위한 일을 생각해 낸 것만으로 다솜은 갑자기 기분이 붕 뜨는 것만 같았다. 자신도 모르게 피식피식 웃다가 냉장고 문을 열었다. 그 순간, 웃음소리가 딱 멈췄다.

지난번 최 기사를 시켜 가져다놓은 반찬이 한 번도 열어보지 않은 듯 그대로였다. 아무래도 이곳으로 돌아와서 먹는 거라고는 술과 안주뿐인 듯하다. 다솜은 하나둘 반찬 통을 꺼내 안에 든 것들을 확인한 후 괜찮은 것만 남기고 나머지는 죄다 버렸다. 아깝다. 먹을 걸 버리면 벌받는다 했지만 이런 걸 세환에게 먹일 수는 없었다.

다솜은 쓰레기 봉투 안에 들어가 있는 상한 반찬들을 보며 계속 아깝다고 중얼거렸다. 그러다 벽에 걸린 시계가 오후 5시를 알리자 정신을 차리고는 반찬거리를 냉장고 안에 하나둘 집어넣었다.

"이번에는 제발 드세요. 또 버리면 아깝잖아요."

듣는 사람도 없는데 꼭 세환이 곁에 있는 것처럼 다솜은 중얼거렸다. 그 와중에도 한숨은 계속 그칠 생각을 하지 않고 입 밖으로 흘러나왔다.

그때 냉장고 문에 나란히 놓여진 맥주 캔과 술병들이 눈에 들어왔다. 다솜의 미간이 슬며시 좁아졌다. 그녀는 무슨 생각인지 술로 보이는 모든 것들을 냉장고 밖으로 꺼냈다. 그리고는 망설임없이 새로 꺼낸 쓰레기 봉투 안에 모두 넣고 묶어버렸다. 불룩한 쓰레기 봉투를 보고 있자니 만족스럽기까지 했다.

마지막으로 오피스텔 여기저기 흩어진 세탁물을 찾아 미리 가져간 백에 잘 담았다. 그런 후 쓰레기 봉투들까지 들고서야 밖으로 나와 최 기사에게 전화를 걸었다. 기사가 올라오자 다솜은 쓰레기 봉투들은 버리고 세탁물은 집으로 가져가라고 시켰다. 약속 장소까지 모셔다 드려야 한다고 기사가 말했지만 다솜은 괜찮다며 거절했다. 난처한 얼굴로 그가 머뭇거리자 정말 괜찮다고 몇 번이고 말하며 그를 안심시켜 주고 보냈다.

기사가 엘리베이터 쪽으로 사라진 후 다솜은 다시 한 번 안으로 들어와 칭문을 닫고 쓱 둘러보았다. 집이 어느 정도 깨끗하게 정리되니 꽤 만족스러웠다. 아무리 생각해도 도우미 아줌마가 오는 것 같지 않고 하니, 다솜이 틈틈이 와서 청소라도 해야 할 것 같았다.

다솜은 할 일이 생겼다고 생각하니 즐거워져서 오피스텔 밖으로 나오는 발걸음이 가볍게 느껴졌다.

　다솜이 오피스텔 안을 완전히 휘저어놓고 간 그 시각, 세환
은 이사들과의 회의를 막 끝마치고 책상 앞에 우두커니 서 있었
다. 그의 얼굴은 잔뜩 화가 난 사람처럼 시뻘겋게 달아올라 있
었다.

　세환이 경영하고 있는 상양 전자는 주로 가전제품을 다루고
있고, 백색 가전이라고 불리는 냉장고가 주력 상품이었다. 세
환은 이번에 그 주력 상품을 컴퓨터로 바꿔보려고 시도하는 중
이었다. 남들이 다 한다고 해서 하려고 하는 게 아니라, 앞으로
는 컴퓨터 쪽과 병행하지 않고는 가전 제품도 살아남기 힘들어
보였기 때문이다. 그런데 이야기를 꺼낼 때마다 이사들이 난색
을 표했고, 오늘도 그건 마찬가지였다. 한 달이 넘게 심혈을 기
울여 준비를 시킨 프로젝트에 모두들 고개를 돌렸다. 세환이
보기에 전혀 문제될 것이 없는데 그들은 좀 더 두고 봐야 한다
고만 말하면서 세환의 눈치만 보았다.

　"젠장!"

　도대체 언제까지 두고만 보자는 건지 알 수가 없었다. 구시
대 유물 같은 이사들 같으니! 상양 전자의 일은 이 여사도 그다
지 관여하지 않은 상태에서 그들이 반대를 할 이유가 없다. 세
환은 의자에 털썩 주저앉으며 한숨을 내쉬었다. 이사들은 결국
아직 자신을 믿지 못한다는 의사를 표시한 셈이었다.

"도대체…… 어째서 왜 믿어주지 않는 거야? 왜 믿지 못하겠다는 거지?"

경영 실무 경험이 없는 그로서는 밤낮을 가리지 않고 열심히 일했다. 처음 사장직을 맡았을 때 들었던 뒷소리를 없애기 위해 발바닥에 땀이 나도록 뛰어왔다. 아무리 생각해도 그들 뒤에 이 여사가 있는 것만 같았다. 겉으로는 상관하지 않는 척하면서 사실은 이사들의 뒤에서 이 여사가 조종하고 있는 거다. 그렇지 않고서야 전혀 문제될 게 없는 사업을 검토도 제대로 해보지 않고 반대할 이유가 없다.

세환은 회사에 있기가 갑자기 싫어졌다. 뭘 해도 구속을 당하는 것만 같았다. 이 여사가 쳐놓은 그물 안에서 꼼짝달싹하지 못하는 물고기가 된 것만 같아서 기분이 나빠졌다. 아현은 좀 더 기다리라고 했다. 그러나 좋은 소식을 가져올 거라는 말만 믿고 더 이상 기다릴 수는 없다.

오늘은 다솜이 오피스텔에 들른다고 한 날이었다. 지난번과 같은 방법을 한 번 더 쓸까? 아니, 그것만 가지고는 부족한 듯했다. 차라리, 그래, 차라리…… 이 여사가 보는 앞에서 확 해치우는 게 낫다 싶었다.

세환은 혼자 중얼거렸다.

"이렇게 된 마당에 이것저것 따질 필요가 없지."

세환은 당장 아현에게 거사 치를 준비를 하자고 전화를 걸려고 했으나 전화기 위에 있어야 할 손가락은 여전히 책상만을 두

드릴 따름이었다. 이 여사와 나름대로 사이가 좋은 아현이 거절을 하면 할 수 없는 일이란 데까지 생각이 미치지 자신도 모르게 거칠게 욕설을 내뱉기 시작했다. 환장할 노릇이다.

아현이 허락할 리가 없다. 이 여사 앞에서라고 하면 분명 허락할 리가 없다. 길이 보이지 않았다. 확실한 방법을 알고 있음에도 불구하고 할 수가 없었다.

'하지만 물어는 볼 수 있지 않을까?'

일단 되든 안 되든 물어는 봐야겠다는 생각이 들었다. 전화보다는 직접 얼굴을 보면서 이야기를 꺼내는 게 동정표를 얻기에 좋을 것 같았다. 어차피 오늘은 회의도 끝났고 딱히 회사에 앉아 있을 필요가 없었다. 점심 무렵 비서가 확인해 준 스케줄에도 별일이 없었다.

세환은 자리에서 일어나면서 어떻게 하면 아현을 설득할 수 있을까 궁리했다.

"시간 딱 맞춰서 왔네."

아현은 의자에서 일어나며 다솜에게로 다가와 손을 내밀었다. 다솜이 머뭇거리며 손을 잡자 힘차게 잡은 손을 흔들었다.

"앉아. 뭐라도 마실래?"

다솜이 자리를 잡으며 사무실을 둘러보자 아현은 갑자기 장난기가 발동했다.

"세환이도 부를 걸 그랬나 봐. 남편과 아내, 그리고 남편의 여자? 그림이 나오지 않아?"

말이 끝나기가 무섭게 다솜의 눈길이 아현의 얼굴에 머물렀다. 동그랗게 뜬 다솜의 눈을 보며 아현은 씩 웃었다.

"히야, 이건 너무 쉽네. 그렇게 너무 쉽게 속으면 재미가 없잖아. 농담이야, 농담! 아직도 마음에 담아두고 있는 건 아니지?"

다솜은 아현이 웃는 게 싫었다. 그녀는 너무 쉽게 속는다고 했지만 다솜은 그녀가 너무 쉽게 말한다고 느꼈다. 세환에게도 그렇게 대했을 것 같아 마음이 아팠다. 메아리는 외치면 되돌아온다. 사람의 감정이란 그런 것이다. 한쪽에서 열심히 자신을 보이면 상대방은 그걸 알아주기 마련이다. 그런데 아현에게는 세환의 마음이 닿아 있지 않나 보다. 얼마나 그가 힘들어하고 있을지 알 수 있었다. 차라리 이 자리에서 물어보아야겠다 마음먹었다. 아현이 그를 어떻게 생각하고 있는지, 그래도 오랜 친구라는 건 조금은 긍정적으로 생각한다는 뜻일 거다. 조금의 희망이라도 건질 수 있다면 좋겠다고 여기며 다솜은 힘겹게 입술을 뗐다.

"저기, 세……."

제대로 말을 잇지 못하고 다솜은 머뭇거렸다.

"응? 뭐?"

아현이 되물었다.

다솜은 아현의 표정을 살피며 결심이라도 한 듯이 말을 다시 꺼내려고 했다. 그러나 이내 입을 다물 수밖에 없었다.

그때 디자이너 하나가 옷을 들고 사무실로 들어왔다. 아현이 그를 바라보며 말했다.

"자, 일을 시작해 볼까?"

다솜은 결국 더 이상 말을 할 수가 없었다. 일이 끝나고 나면 꼭 물어보리라 마음먹으며 아현이 이끄는 대로 사무실 밖으로 나와 탈의실로 향했다.

"역시 수영장에서부터 알아봤어. 다솜 씨는 참 매력적인 몸매를 가졌어. 멋져. 근데 키 때문에 고민한 적은 있겠다, 그렇지?"

다솜은 조용히 고개만 끄덕였다.

사실 키 때문에 고민한 적이 많지는 않다. 키나 외모를 고민할 만큼 여유있을 만한 시간이 없었다. 그래도 딱 한 번 고등학교 졸업 전, 취직을 앞두고 그런 고민을 하긴 했다. 키가 작아서 취직이 안 되면 어떡하나 싶어서 했던 고민이다. 다행히 취직은 되었고 그 이후로 키를 걱정한 적은 없었다.

"다솜 씨는 키가 확실히 평균 키보다 작기는 한데 대신 몸에 볼륨감도 있고 포션이 좋은 편이거든. 옷을 팔다 보면 이런 손님 저런 손님이 참 많아. 그런데 보통 팔리는 옷은 늘씬하고 날씬한 여자들에게만 맞춰져 있는데 실제로 그런 사람은 드물거든. 예쁜 옷도 줄여서 입거나 아예 포기해야 하는 여자들이 더 많지. 뭐 여자만 그렇겠어? 난 말이야. 똑같은 디자인이라고 해도 키 작은 사람, 키 큰 사람 모두 예쁘게 입을 수 있는 옷을 만들어 싶어. 그게 내 소망 중 하나야."

아현이 옷 갈아입는 걸 도와주며 중얼거리듯이 이야기를 엮어갔다.

다솜은 여전히 고개만 끄덕였다. 어쩌면 아현이 좋은 사람일지도 모르겠다. 직설적이고 하고 싶은 말을 금방금방 입에서 뱉어내 버리긴 해도 따뜻한 사람일지도 모르겠다. 자신도 모르게 얼굴이 붉어지는 다솜이었다. 옷을 다 갈아입자 아현이 밖에 있는 디자이너를 불렀다. 그가 핀으로 옷매무새를 다듬어주었다.

몇 분 후, 다솜은 아현의 손에 이끌려 탈의실 밖으로 나왔다. 언제 모여 있었는지 다른 사람들이 원형 테이블에 둘러앉아 있었다.

"이쪽은 진다솜 씨, 다들 인사해. 당분간 우리 모델을 서줄 거니깐 인사들해요."

아현이 나솜을 그들에게 소개히며 다솜의 어깨에 손을 얹었다. 그리고는 살짝 웃었다. 사람들 앞에 이렇게 서 있는 게 익숙지 않아 방금 전까지 긴장하고 있던 다솜은 조금 편안해지는 기분이 들었다.

테이블에 앉아 있던 사람들이 한 명씩 돌아가며 자기소개를 마친 후 다솜이 입고 있는 옷에 대해서 품평을 하기 시작했다. 성미가 급한 사람은 다솜에게 다가와 핀으로 직접 옷의 여기저기를 매만지기도 했고 다른 천을 가져다 대보기도 하면서 그렇게 회의가 시간 가는 줄 모르고 진행되었다.

모두의 시선이 대형 거울 앞에 서 있는 다솜에게로 향해 있었기에 미처 사무실 밖에서 벌어지는 일에 대해서 눈치 챌 겨를이 없었다. 커다란 유리 문 밖에 누군가 찾아왔다는 사실도 몰랐다. 회사 밖에서 한 남자가 그들을 노려보고 있다는 사실을 알지 못했다.

제 6 장

휘청휘청, 로프에 몸을 맡기다

아현의 회사 밖에 서 있던 남자는 다름 아닌 세환이었다. 그는 어이가 없었다. 회의라도 하고 있는지 큰 사무실 끝에 사람들이 서서 이야기를 주고받고 있었다. 그리고 한쪽에서 아현이 턱을 주무르며 누군가에게 시선을 고정하고 있었다. 앞을 가로막고 있던 덩치 큰 남자 하나가 자리에 앉자 그녀의 시선 끝에 다솜이 서 있는 게 보였다. 순간 세환은 당황해서 자신도 모르게 문에서 두어 걸음 물러났다.

'……왜 저 여자가 여기에 있는 거지?'

한참을 안에 있는 사람들의 눈에 띄지 않을 만한 곳에 그렇게 서서 바라보기만 했다. 그런데 그를 더욱더 당황하게 만드는 일이 벌어졌다. 아현이 사무실 한구석에 준비된 휴게실에서 커피를 타서 돌리기 시작했다. 마지막으로 다솜에게도 빠지지 않고 건네며 웃었다. 세환은 등줄기가 싸늘하게 식는 느낌에 소름이 돋았다. 뭔가가 잘못되어도 한참 잘못되었다. 지금은 들어가 봤자 이득될 게 하나도 없어 보였다.

"젠장, 일단 돌아야겠군."

술이라도 한잔하면서 생각을 정리해야 할 필요가 있었다. 그러나 아무리 생각해도 이해되지 않는 한 가지가 있었다. 도대체 어째서 아현이 저렇게 다솜에게 다정할 수 있을까? 그녀의 성격을 봐서는 불가능한 일이다. 길길이 날뛰며 다솜을 잡아먹을 듯이 굴던 아현을 웃게 만든 것이 뭘까! 욕설이 입 밖으로 튀어나왔다.

세환은 자주 가는 단골 술집으로 향하려다 말고 오피스텔로 방향을 틀었다. 어두컴컴한 술집에서 혼자 바에 앉아 술을 마시고 싶지 않았다. 차라리 침대에 드러누워 맥주나 마시는 게 나았다.

오피스텔에 도착하자마자 거칠게 문을 열고 안으로 들어갔다. 불을 켜기 전이었지만 뭔가 이상한 느낌이 들었다. 요 며칠 환기를 시키지 않아 나는 익숙한 퀴퀴한 냄새와 섞인 음식물 쓰레기의 냄새가 나지 않았다. 스위치를 찾아 불을 켠 후 세환은 한동안 그 자리에 멍하게 서 있었다.

너무나도 깨끗했다. 도저히 자신이 혼자 뒹굴던 오피스텔이라고 느낄 수 없을 만큼, 남의 집에라도 온 것처럼 깨끗했다. 나뒹굴던 맥주 캔도 보이지 않았고 구석구석 쌓여 있던 먼지도 없었다. 게다가 침대 시트도 잘 펼쳐져 있었다.

안 봐도 훤하다. 분명 다솜의 짓이다. 시키지도 않은 짓을 하고 갔음을 알 수 있었다. 정말 다솜은 피곤한 여자다.

몇 주 전에 오피스텔을 청소하러 오는 아줌마를 오지 말라고 했다. 누군가 다른 사람이 자신의 공간에 들어와 자신이 모르는 사이 휘젓고 다니는 게 왠지 꺼림칙했다. 청소쯤이야 하고 아줌마에게 맡겼지만 그것마저도 내키지가 않아 그만 오라고 했다. 그 뒤로 마음이 내키면 치웠고 피곤하고 내키지 않는 날에는 어질러진 채로 잠이 들었다. 며칠 동안 새로운 프로젝트 건으로 너무 늦게 들어왔기에 뭘 치우고 할 정신이 없었다.

웃옷을 벗어 침대 위에 던지고는 세환은 냉장고로 다가가 문을 열었다. 음료수 칸에 생수병만 몇 개 보일 뿐, 텅 비어 있었다. 분명 술은 떨어지지 않게 준비해 뒀는데, 냉장고 문에 일렬로 꽂혀 있어야 할 맥주 캔이 보이지 않았다. 자신의 눈을 의심했다. 아무리 눈을 감았다 떠도 없는 건 새로 생기지 않는다.

"젠장……!"

이것도 다솜이 한 짓이리라. 허탈한 웃음이 입 밖으로 새어 나왔다. 웃음 뒤로 몇 마디 말들이 흘러나왔다.

"정말 못 말리는 여자야. 정말 피곤한 여자야!"

같은 말을 반복하며 끊임없이 중얼거리던 세환은 냉장고 문을 닫다 말고 움직임을 멈췄다. 새로 가져다 놓은 반찬 통이 눈에 들어왔다. 그중 하나를 꺼내 열어보았다.

더덕 무침.

빨간 더덕 무침이 눈 속을 파고들어 왔다. 아버지가 살아생전에 참 좋아하셨던 음식이다. 한때는 아버지처럼 되기 위해 열심히 따라 먹었던 음식이 더덕 무침이었다. 그걸 알고 있는 사람은 이 여사뿐이다. 어렸을 때, 더덕 무침 한 조각을 입에 넣고 매워서 손부채를 부칠 때면 이 여사가 물 잔을 건네주며 말하곤 했었다.

「세환이는 아버지가 하는 거라면 뭐든지 따라하는구나.」

이건 다솜이 한 짓이 아니다. 분명 이 여사의 짓이었다. 세환은 머리 위로 김이 모락모락 나는 것만 같았다. 꼭 이 여사가 지금 바로 자기 옆에서 말을 하고 있는 것처럼 느꼈다. 회사 말단 여직원인 다솜과 결혼한 것도 아버지를 닮기 위해서 한 것이라고 꼭 그리 말하는 것처럼 느꼈다.

"젠장, 당신이 뭘 안다고!"

세환은 더덕 무침이 든 반찬 통을 신경질적으로 쓰레기통 속에 던져 버렸다. 이 여사가 해준 어떤 것도 받고 싶은 마음이 없었다. 그 여자가 해준 어떤 것도 먹을 마음이 없었다. 오피스텔 안은 깨끗했지만 그의 기분은 마냥 어질러진 방 같았다. 그는 결국 웃옷을 챙겨 들고 오피스텔을 빠져나왔다.

"힘들지? 이게 마냥 즐거운 일은 아닐 거야. 그래도 한 가지 즐거운 건 남들이 입어보기 전에 최초로 입어보는 사람이 된다는 거, 그거 하나는 즐겁지."

탈의실에서 아현의 말을 들으며 다솜은 그저 고개만 끄덕였다. 꼬박 두 시간을 넘게 서 있은 후에야 사람들이 그녀를 놓아주었다. 이번에도 아현의 도움을 받아 옷을 갈아입는 중이었다.

"일도 끝났으니 우리 뭐 할까? 맞다, 맛있는 거 먹으러 가자. 다솜 씨는 뭐 좋아해? 맛있는 거 먹고 쇼핑하러 가는 것도 나쁘지 않을 것 같네."

다솜은 아현이 대답을 원하고 물은 건지, 아니면 혼자 중얼거리는 건지 알 수가 없었다. 뭘 먹으러 가자고 하는데 자신이 뭘 좋아하기는 하는 건지 생각에 잠겼다. 그냥 아현이 좋아하는 걸 먹으러 가면 좋을 것 같았다.

"생각나는 거 없어?"

"글쎄…… 지금은 마땅히 떠오르는 게 없어서."

다솜이 옷매무새를 가다듬으며 대꾸했다. 아현이 탈의실 문을 열며 웃었다.

"그럼 지금부터는 나한테 맡겨. 나만 따라와."

다솜은 아현의 말에 조금 마음이 놓였다. 계속 뭘 먹을지 고민해야 하나 난감하던 차였다. 자기가 좋아하는 걸 생각해 낸다고 해도 아현이 좋아할지 싫어할지 모를 일이었다. 따라만 다니는 거라면 자신있었다.

사무실을 나온 후 두 사람은 아현의 차를 타고 가기로 했다. 다솜을 조수석에 태운 후 아현은 차를 출발시켰다. 퇴근 시간이라 그런지 시원스레 차가 앞으로 나아가지 않았다. 신호에 걸려 차가 잠시 서자 아현이 여전히 앞을 보며 불쑥 물었다.

"세환이와는 어떻게 만난 거야?"

순간 다솜은 할 말이 생각나지 않았다. 그저 멍하니 감탄사 하나만 내뱉었다.

"괜한 걸 물었나? 말하기 곤란한 거라면 미안해."

"아니, 그런 건 아닌데…… 회사에서 처음 봤어."

거짓말은 아니었다. 회사에서 세환을 처음 봤다는 것, 그거 하나만은 사실이었다. 순간 다솜은 좋은 생각이 떠올랐다. 아현이 어차피 알지 못할 일이니깐 조금만 이야기를 꾸며도 될 것 같았다. 세환에 대해서 좋은 느낌을 심어줄 수 있는 절호의 기회였다.

"세환 씨가 무척 잘해줬어. 다정한 남자였어. 지금도 마찬가지지만…… 이것저것 필요한 걸 잘 챙겨주기도 하고 힘들 때 도와주기도 했어."

중얼중얼 다솜이 계속 이야기를 이어갔다. 아현은 여전히 운전대를 잡은 채 다솜을 힐금 쳐다보았다.

'거짓말……'

자신이 아는 세환은 누굴 잘 챙겨주는 성격은 아니었다. 이유없이 아무에게나 잘 대해주는 남자는 더욱이 아니었다. 화란의 일 이후로 특히나 여자에게는 경계심이 유난스러운 남자가 되고 말았다.

'다정한 남자? 세상에 다정한 남자 다 얼어 죽었군.'

신호가 바뀌자 차의 속도를 높이며 아현은 자꾸만 입 밖으로 튀어나오려는 웃음을 참았다. 한참 듣기만 하다 겨우 입을 열었다.

"그래서 그런 이유로 결혼한 거야? 단지 잘 대해줬기 때문에…… 그럼 사랑하지는 않는 거야?"

다솜은 순간 뜨끔했다. 아현의 말이 송곳처럼 그녀의 가슴을 찔렀다. 사랑한다고 대답해야 하나, 아니면 솔직하게 사랑하지 않는다고 대답해야 하나 망설여졌다. 지금은 어느 쪽으로 대답을 해도 좋지 않은 상황이었다.

"그, 글쎄……"

자신도 모르게 말을 더듬었다. 들킬 것 같아서 다솜은 순간 입을 다물고 심호흡을 했다. 그리고는 다시 입을 열었다.

"사랑이 꼭 결혼에 있어서 필요한 조건은 아니잖아. 세환 씨 정도면 조건도 좋았고, 그리고 결혼할 때도 되었고…… 큰 도움을 줬어. 그래서 곁에서 갚고 싶다는 생각을 했어."

반은 거짓이요, 반은 진실이었다. 다만 스스로 그런 생각을 갖고 결혼을 받아들인 게 아닐 뿐이다. 그땐 그랬다. 지금은 과연 어떤 걸까…… 다솜은 숨을 가다듬으며 자신의 마음을 가늠해 보려고 노력했다. 세환을 보면 왜 그런지 몰라도 안타깝고 그냥 둘 수가 없었다. 아마도 세환의 입에서 어머니가 아닌 '이 여사'라는 호칭을 들은 후부터일 것 같다. 사무적으로 자신을 대해도 그의 얼굴에는 기본적으로 흐르는 따스함 성품이 느껴졌다. 그러나 이 여사를 바라볼 때만은 얼음보다 차가운 낯빛이었다. 그 차가움을 녹여주고 싶다고 생각한 건 도대체 언제부터였을까…… 위험한 생각이었다. 절대 가져서는 안 되는 생각이었다. 더욱이 그에게는 아현이 있었다. 안 될 일이다.

조용히 말을 듣고만 있던 아현이 이번에는 결혼 생활에 대해서 물어왔다. 세환을 계속 밖에 둘 건지 물어왔다. 다솜은 그가 원한다면 계속 그럴 거라고 했다. 이런저런 이야기를 나누는 사이 어느덧 달리던 차의 속도가 줄어들어 있었다. 그리고 잠시 후, 멈췄다.

"다 왔다. 이 집 반찬이 끝내주게 맛있어. 딱히 뭘 먹고 싶은 게 없을 때 오면 좋지. 한식은 그래서 좋아."

아파트들만 모여 있는 곳 한가운데에 커다란 한옥이 버티고 서 있었다. 간판도 없고 안내판도 없었다. 아현이 먼저 안으로 들어가며 주인인 듯한 여자에게 다정하게 인사말을 건넸다. 자주 오는 곳인 듯 보였다.

다솜은 안으로 들어가며 주변을 살폈다. 잘 정돈된 장독대가 마당 한쪽에 있었다. 아무래도 직접 장을 담그는 듯 보였다.

'우리도 직접 담그면 재미있을 텐데……'

이 여사네는 시골에서 장을 때마다 받아 왔다. 얼마 전에도 고추장을 배달 받았다. 오랫동안 장만 전문적으로 담근 곳이라 믿을 만하다고 아줌마가 말해 주었다. 그렇지만 못 믿어서가 아니다. 장을 담그는 일은 손이 많이 가기는 했지만 은근히 재미있는 일이었다.

고등학교 때 다솜은 소년소녀 가장을 위한 생활 캠프에서 장 담그는 걸 배운 적이 있었다. 그 이후 두어 번 아주 작은 양이었지만 직접 해 먹었다. 취직을 하고 난 후에는 시간적 여유가 없어서 그나마도 하지 못했다.

그때 아현이 얼른 들어오라고 재촉했다. 다솜은 이 여사와 아줌마와 함께 장 담그는 걸 상상하며 아현을 쫓아 총총걸음으로 집 안으로 들어갔다.

그 시각, 세환은 오피스텔에서 멀지 않은 단골 바의 구석진 자리에서 잔에 얼음을 띄우며 이를 악물고 있었다. 아무리 곰곰이 생각을 해봐도 아현이 변한 이유를 찾을 수가 없었다. 아니, 그보다 더 황당한 일이 지금 벌어지고 있었다. 자꾸만 다솜의 모습이 떠오른다는 것이다. 화사한 연노랑색 원피스를 입고 사람들 앞에 수줍게 서 있던 그녀가 자꾸만 생각났다. 뒤로 잘 넘겨 묶은 머리카락과 동그란 얼굴, 그리고 발그레한 볼까지 머리 속을 헤집고 다녔다. 미칠 노릇이다. 왜 다솜의 얼굴이 자꾸 떠오르는지 미치고 팔짝 뛸 노릇이었다.

가슴을 봤던 날도 이러했다. 그러나 그때와는 엄연히 다르다. 한공간에, 그것도 자신의 방에서 여자의 벗은 몸을 보면 동하는 게 당연한 일이었지만 멀쩡히 옷을 갖춰 입은 걸 보고 마음이 동한다는 건 확실히 이상한 일이다. 온통 귀찮은 일만 저지르고 다니는 그런 여자에게 말이다.

신경질적으로 잔을 흔들었다. 얼음들이 서로 부딪쳐 소리가 났다. 세환은 머리 속에 든 생각을 털어버리기라도 하듯이 이번엔 자신의 머리를 흔들었다. 그러나 좀처럼 다솜의 모습은 털리지 않았다. 그때 누군가 테이블로 다가와 맞은편에 앉았다.

"김 사장님, 여기서 뵙는군요."

세환은 고개를 들어 상대방을 확인했다. 홍신소의 석이다.

"무슨 일이지?"

"술집에 무슨 이유가 있어 오겠습니까? 술 마시러 왔지."

석이 맞은편에 앉으며 곱지 않은 목소리로 말했다.

세환은 술맛이 싹 사라졌다. 그는 자리에서 일어나며 술병을 석에게 맡겼다.

"남은 건 네가 마셔라."

"이거 왜 이러십니까, 선배? 제가 무슨 구걸이라도 하러 왔다 생각하시는 겁니까?"

역시나 잔뜩 가시가 돋친 말이다. 세환은 신경 쓰기가 싫었다. 석의 말을 무시하고 한 발 앞으로 디뎠다.

얼마 전 세환은 흥신소를 바꿨다. 석은 자신의 고등학교 후배로, 꼭 그런 인연이 아니더라도 그는 일 처리 면에서 꼼꼼했다. 그랬기에 과분하게 잘해주었다. 그런데 그게 되려 화근이었다. 일한 것보다 대가가 커지다 보면 당연하다고 생각하는 게 동물적 본능일까…… 석이 뻑하면 앓는 소리를 해대면서 자신에게서 좀 더 많은 걸 뜯어내려고 덤볐다. 한마디로 귀찮았다. 그래서 석과의 거래를 무 자르듯 끊었다. 막상 잘라내고 보니 시끄러울 줄 알았는데 되려 잠잠해서 다행이라고 생각했다. 지금 여기서 마주치기 전까지는 그러했다.

"선배, 또 봅시다. 또 보게 될 겁니다."

석이 무슨 예언이라도 하듯이 등 뒤에서 말했다. 그러나 세환은 코방귀를 꼈다.

'누가 겁이라도 먹을 줄 아나? 웃긴 놈!'

석의 말처럼 또 보게 되는 일은 절대 없을 거다. 그를 다시 찾는 일이 생긴다면 손에 장을 지지고야 만다. 세환은 그를 내버려 둔 채 밖으로 나가기 위해 움직였다.

날씨가 참으로 화창한 토요일 아침이다. 햇살은 구석구석 집

안을 비추고 있었다. 그러나 미처 닿지 않는 곳이 있었다. 다솜의 눈에는 그 햇살이 비치지 않는 듯 어두운 기색이 역력했다.

다솜은 눈을 뜨는 순간부터 안절부절못하고 집 안을 서성였다. 이 여사는 아침 식사가 끝나자 약속이 있다며 나갔고 아줌마는 장을 보러 나간 후였다. 오늘은 친정 아버지 제사가 있는 날이다. 아직 세환에게 같이 가자는 말조차 꺼내지 못한 다솜은 어떻게 해야 할까 여전히 고민 중이었다.

제사니 생일날을 지킨다느니 하는 의무를 이행한다는 약속은 없었다. 그렇지만 오늘 같은 날 같이 가지 않으면 동생들이 분명히 이상하게 여길 것이다. 당장은 꼬치꼬치 캐묻지 않는다 해도 뭔가 이상하다고 어렴풋이 눈치를 챌 것이다.

좌불안석인 게, 뭘 해도 마음이 편하질 않았다. 거실 테이블 위에 놓여 있는 전화기를 바라보며 한숨을 내쉬었다. 한 발짝 전화기로 다가갔다가 고개를 내저으며 또 한숨을 내쉬기를 반복했다. 물어보는 건 어려운 일이 아니었다. 마음에 납덩이를 매단 것처럼 이렇게 힘겨울 바에는 속 시원하게 물어보는 게 나았다. 결국 거절을 당할 때 당하더라도 물어보지 않는 것보다는 나았다.

"……그래!"

결국 다솜은 세환에게 전화를 걸었다. 일단은 사무실로 했다. 그러나 그는 거기에 없었다. 할 수 없이 세환의 핸드폰으로 다시 걸었다. 긴 신호흠이 몇 번이나 지난 후에야 건너편에서 낯익은 남자의 목소리가 들렸다.

—흠, 김세환입니다.

"저, 저기, 진다솜이에요."

짧은 순간 침묵이 흘렀다. 건너편에서 아무런 말이 없었다. 무슨 일이냐고 물어볼 만도 한데 숨소리만 들릴 뿐 전혀 아무런 말이 없었다.

"여, 여보세요?"

—말해, 듣고 있으니깐.

귀찮다는 말투였다. 다솜은 크게 심호흡을 한 번 한 후 급하게 말을 쏟아냈다.

"오늘 저희 아버지 제삿날이라 저녁에 집에 가려구요. 동생들한테 가야 하는데, 같이 가주셨음 해서……."

—귀찮군.

역시나 세환의 반응은 기대 이하였다.

전화가 끊어졌다. 다솜은 손에 쥔 전화기를 멍하니 바라보았다. 갑자기 서글프다는 생각에 눈시울이 뜨거워졌다. 뭘 바라거나 기대한 것은 아닌데…… 그로서는 당연한 대답을 한 것뿐이다. 그렇지만 그에게서 조금은 배려받고 사랑받고 싶었다. 욕심이 과하면 탈이 나기 마련이다. 다솜은 애써 웃으려고 노력했다.

그녀는 동생들에게 어떤 핑계를 대야 할까 걱정하기 시작했다. 다인과 다혜는 그렇다 치더라도 쌍둥이들은 분명 눈치를 챌 거다. 고등학교 3학년이면 다 큰 어른이나 마찬가지인데, 그냥 넘어가진 않을 일이다.

다솜의 입에서 긴 한숨이 입 밖으로 흘러나왔다. 그 한숨이 집 안을 비추는 햇살을 몰아내고 있었다.

"……젠장!"

침대 머리맡에 둔 휴대폰이 요란하게 울어대는 통에 세환은 잠이 덜 깬 채로 전화를 받았다.

어제 늦은 시간에 들어온 그였다. 게다가 마저 봐야 하는 서류들을 뒤적이느라 잠을 설친 탓에 전화를 받는 것조차 귀찮았다. 회사일 리는 없다 싶어 전화를 받지 않을 참이었다. 그래도 혹시 큰일이라도 생긴 걸까 싶어 번호를 확인했다. 익숙한 번호가 찍혀 있었다. 집이었다. 받을까, 말까 망설였다. 그러나 망설임은 오래가지 않았다. 혹시나 기다리는 좋은 소식일까 싶어 결국 전화를 받았다.

그런데 기다리던 소식이 아니었다. 이 여사의 험악한 말을 기대했던 그로서는 다솜의 목소리가 달갑지 않았다.

"제사라니."

손에 들고 있던 휴대폰을 침대의 빈 옆 자리로 던지고는 세환은 다시 눈을 감았다. 거길 같이 가줄 의무도, 이유도 그에게는 없었다. 그런 것까지 따라다닌다고 한 적은 없다. 그리고 다솜에게 그런 의무를 지켜달라 한 적도 없다.

순간 다솜의 동생들 얼굴이 떠올라 살며시 눈을 떴다. 딱 한 번 결혼식장에서 봤을 뿐인 아이들의 얼굴이 머리 속에 떠다녔다. 생글생글 아무것도 모르고 웃던 다솜의 어린 여동생들, 그리고 자신에게 손을 내밀며 누나를 잘 부탁한다고 했던 혁진과 혁수.

세환은 애써 다시 눈을 질끈 감았다. 자신과 상관없는 일이다. 가슴 밑바닥에서부터 올라오는 너무나도 인간적인 자신의 모습을 부정하려 했다. 쉬울 줄 알았다. 결혼이라는 걸 생각해 냈을 때도, 후닥닥 해치웠을 때도 이런 생각은 미처 하지 못했다. 결혼이라는 굴레 뒤에 따라오는 인간적인 의무, 인간적인 생각들, 그건 그의 계획에 없었다. 단순히 필요에 의한 결혼이라고 마냥 쉽게 생각했을 뿐이다.

그는 침대 시트를 끌어 올리며 다시 잠이 들려고 노력했다.

몇 시간이나 그렇게 뒤척였을까? 눈은 감고 있었지만 머리 속은 더욱더 새하얗게 또렷해졌다. 욕설을 내뱉으며 세환은 결국 자리에서 벌떡 일어났다. 어디 도망갈 리 없는 자신만의 공간, 오피스텔 안은 잠이 들기 전이나 지금이나 마찬가지다. 변한 게 있다면 쉽게 잠들 수 없는 자신이었다.

이미 해는 중천에 떠 있었다. 오피스텔 안은 눈부신 햇살에 점령당해 있었다. 고개를 돌리자 침대 위에 던져진 휴대폰이 눈에 들어왔다. 세환은 자신도 모르게 다솜과 통화했던 내용을 떠올렸다.

"제길!"

이제 잠을 자기는 틀렸다. 머리도 아프고, 뱃속에서 꼬르륵 소리도 났다. 그래, 배가 고파서 일어나는 거다. 세환은 침대에서 내려와 욕실로 향하며 내내 그렇게 중얼거렸다. 대충 씻고 나오자 배가 더 고팠다. 냉장고가 그의 시선 끝에 걸렸지만 이내 눈을 돌려 버렸다. 나가서 뭐라도 사 먹어야겠다 마음먹었다.

건물 밖으로 나오자 햇살이 안에서 느낀 것보다 더 좋았다. 차를 타고 좀 멀리까지 나갈까…… 이내 관두기로 했다. 혼자서 멀리까지 가봤자 흥이 나지 않을 것 같았다. 근처에 아무 데나 배를 채울 수 있는 곳을 찾는다면 그것만으로 충분하다. 어디가 좋을까 생각하고 있는데 멀리서 낯익은 사람이 다가왔다.

"너 갑자기 자주 본다. 이 동네에 일이라도 있는 거냐?"

석이 실실 웃으며 자신의 앞으로 똑바로 걸어왔다.

"제가 그랬지 않습니까? 또 보게 될 거라고 하지 않았습니까?"

세환은 속이 부글거렸다. 저 능글맞은 얼굴을 한 대 쳐주고 싶었다.

"날 만나러 왔다는 투로 들린다?"

그가 한 걸음 앞으로 다가가자 석이 손을 내밀었다. 세환은 그의 손을 무시하며 지나치려고 했다. 그러자 석이 어이없다는 듯 말했다.

"왜 이러십니까? 인사 정도는 받아줘야 하는 거 아닙니까?"

웃기는 소리다. 세환은 어디 밥 먹을 데가 없을까 두리번거리며 가던 길을 재촉했다. 다시 등 뒤에서 석의 목소리가 들려왔다. 이번에는 꽤 날이 선 날카로운 목소리였다.

"진다솜, 칠 년 전 고등학교 졸업과 동시에 상양 전자 입사. 뭐, 여기까지는 선배도 그렇고 세상 모두가 알다시피 평범 그 자체. 부모님이 안 계시고 동생들이 넷이나 되며…… 여기까지도 좋습니다. 정말 관심없으십니까?"

이미 다 알고 있는 이야기를 석이 늘어놓고 있었다. 그것도 자신이 시켜서 알아본 거였다.

"에, 가만 보자…… 찌라시들이 좋아할 만한 게 여기 하나 있군요. 결혼 전 약 일 년가량 논현동의 모 룸살롱에 다니다."

세환은 천천히 몸을 돌려 석을 바라보았다.

"너 지금 무슨 말을 하고 싶은 거냐?"

기다렸다는 듯이 석이 비실비실 능글맞게 웃었다. 그리고는 손에 든 서류를 흔들어대고 있었다.

"이 정보 말입니다. 웬만한 신문사에서는 꽤 많은 돈을 쳐주겠죠? 어떻습니까? 이길 저힌데서 사실 생각은 없으십니까, 선배?"

'선배'라는 말을 유난히 강조하는 석이 세환은 마음에 들지 않았다. 게다가 이미 대가를 지불한 정보다. 석이 그걸 가지고 한 번 더 흥정을 하려고 시도하는 거였다.

'협박…… 기가 막히는군. 이런 것도 협박 축에나 끼려나?'

세환이 이맛살을 찌푸리며 다시 등을 돌리려고 하는데 그의 발걸음을 멈추게 하는 석의 말이 들려왔다.

"세상이 알면 좋을 이야기는 아니죠. 회사는 상관없을 겁니다. 그러나…… 시끄러워지면 가정사가 편안할 리는 없을 것 같은데, 안 그렇습니까? 기자들이 매일 아침 집 앞에 진을 치고 있는 것 정말 볼 만할 겁니다."

짧은 순간, 세환은 석에게 자신이 한 결혼의 목적을 말한 적이 있는지 생각했다. 없었다. 자신이 아는 한 단 한 번도 말한 적이 없었다. 누구에게도 말한 적이 없으니 석이 자신의 뒤를 캤다고 해도 알 길이 없을 터였다. 뭘 알고 저런 말을 떠드는 것처럼 보이는 않았다.

'가정사라…….'

석의 말대로 다솜의 신상이 공개되면 충분히 시끄러울 수 있다. 입방정을 떨기 좋아하는 이 여사의 주변 사람들이 가만히 있질 않을 것이다. 역시 사람은 그냥 죽으라는 법은 없다. 가만히 있어도 일이 저절로 풀릴 것만 같았다.

아현의 변한 모습에 당황해서 어떻게 해야 할지 몰랐던 그로서는 석의 말이 협박이 아니라 또 다른 기회로 들렸다. 이 여사가 다솜에 대해서 모를 거라는 생각은 하지 않는다. 그러나 알고 있는 것과 주변에서 떠들기 시작하는 것과는 별개의 문제다. 과연 주변에서 다솜을 가지고 입방정을 떨어내면 이 여사가 어떻게 나올지 궁금했다. 이제 슬슬 오기가 생겼다. 어떤 방법으로든 이 여사가 폭주하는 모습을 보고야 말겠다고 다짐했다.

"조금 흥미가 생기는군. 식사 때는 지나가 버렸고 어디 조용한 곳에 가서 진지하게 대화를 나눠볼까?"

석의 얼굴이 환해졌다. 당연히 그렇게 나올 것이지 하는 얼굴이었다.

세환은 속으로 짧게 혀를 찬 후 앞서 걷기 시작했다. 얼마 걸어가지 않아 찻집 하나가 눈에 들어왔다. 더 걷기도 귀찮다 싶어 주저없이 찻집으로 들어가 자리를 잡고 앉았다. 석이 주뼛주뼛 다가오더니 맞은편에 앉았다.

"얼마를 원해?"

"하…… 선배, 진작 그렇게 나왔으면 좋았지 않습니까? 이제 말이 잘 통할 것 같군요. 1장, 딱 1장만 주십시오. 그럼 영원히 함구하죠."

석이 신나라 말하며 입에 지퍼를 채우는 시늉까지 했다. 세환은 일부러 잔뜩 인상을 구기며 모른 척 되물었다.

"1장? 수표로 십만 원? 아니지, 지폐도 있군. 천 원? 아니면 동전으로 십 원?"

"이거 왜 이러십니까? 구차하게 제가 그 정도 돈을 가지고 이런다고 생각하십니까? 모른 척하지 마십시오. 적어도 한 장이 1억은 되어야 하지 않겠습니까?"

세환은 코웃음을 쳤다.

"지금 네가 흥정거리로 들고 온 정보, 그 정보는 분명히 내가 정당한 가격을 주고 샀던 걸로 기억하는데…… 그게 아니었나?"

"그렇긴 하죠. 그러나 아무리 생각해도 정보비로 너무 적은 돈을 받은 것 같단 말입니다."

당연히 1억이라는 돈을 손에 쥘 줄 알고 있는 석에게 세환은 느릿하게 말했다.

"그 돈 못 주겠다고 하면?"

석의 표정이 굳는 걸 확인한 세환은 일부러 그의 자존심을 건드리기 시작했다.

"과연 너에게 그 정보를 신문사에 보낼 만한 배짱이 있을까? 솔직히 의심스럽군. 그 정도 협박은 나한테 안 통해."

석의 얼굴이 구겨지기 시작했다.

"절 너무 우습게 보시는군요. 못할 거라 생각하십니까?"

더 이상 들을 필요가 없다는 듯 세환은 자리에서 일어났다. 막 종업원이 차를 가지고 와 내려놓는 순간이었다.

"찻값은 내가 내마. 찻값 정도면 될 정보 가지고 유난 떨지 말거라."

이미 석의 얼굴은 잔뜩 화가 났다는 듯이 딱딱하게 굳어 있었다.

세환은 휘파람을 불고 싶어졌다. 다솜의 일이 까발려진다 해도 자신은 손해 볼 게 없다. 까짓 뭐 한두어 달 해외라도 나가 있다 오면 된다. 회사 일은 이사들한테 맡겨도 충분했다.

'이참에 아예 해외 지사 하나를 더 만들어 버릴까?'

찻집을 나오기 전 한 번 더 굳어 있는 석을 바라본 후 그는 조용히 웃었다.

그 길로 세환은 오피스텔로 돌아왔다. 석이 다솜에 대한 걸 여기저기 뿌린 후를 상상하며 자신도 모르게 히죽히죽 웃으며 옷을 갈아입기 시작했다. 아무래도 오늘 제사는 가봐야 할 것 같았다.

곧 끝날 게임에 마지막까지 완벽함을 기해야만 한다. 완벽하게 피해자가 되어야만 한다. 사람들은 눈에 보이는 것만 중요하게 생각할 때가 있다. 사람들에게 철저하게 피해자로 비춰지길 바라는 세환이었다. 사람들이 손가락질하는 나쁜 놈은 되고 싶지 않았다.

몇 분 후 세환은 오피스텔을 나와 차를 몰고 한달음에 다솜의 동생들이 있는 아파트 단지 앞까지 왔다. 집 계약을 할 때 주소를 보고받았기 때문에 찾는 건 어렵지가 않았다. 엘리베이터에서 내리사마자 고소한 냄새가 코끝을 자극하는 걸 보니 제사 음식 준비가 다 끝난 것 같았다.

"앗! 매형 오셨어요? 많이 바쁘셔서 누나가 못 온다고 했는데……."

문을 열며 혁수가 반가운 목소리로 반겼다.

세환은 자신도 모르게 혁수의 다리를 물끄러미 쳐다보았다.

"이제 다리는 괜찮아요. 결혼식 땐 정신이 없어서 감사드린
단 말도 못했어요. 매형, 정말 고맙습니다."

혁수가 어서 들어오라며 덧붙였다.

세환은 집 안으로 들어가며 주변을 살폈다. 집을 돌봐주는
아줌마가 온다고 해도 아이들만 사는 집인데, 무척 깨끗했다.
거실로 들어서자 다솜이 부엌에서 나왔다.

"아……."

세환은 그녀를 보며 다정하게 말했다.

"늦어서 미안해. 조금만 더 기다렸으면 같이 왔을 텐데."

다솜이 바로 대꾸하지 못하고 그 자리에 가만히 서서 어쩔
바를 몰라 하자 혁수가 말했다.

"매형, 앉으세요. 아직 제사를 지내려면 좀 더 있어야 해요.
아차! 뭐 드시겠어요?"

세환은 배가 고프긴 했다. 석을 만나는 통에 아무것도 먹지
못했다. 가볍게 고개를 끄덕였다.

"누나, 뭐 해?"

여전히 멍하니 서 있는 다솜의 옆구리를 치며 혁수가 말을
이었다.

"매형 뭐라도 챙겨 드려야지. 왜 이렇게 정신이 없어?"

"어, 그래."

다솜은 여전히 세환이 이곳에 나타난 사실을 받아들이기 힘

들었다. 1시간 전 먼저 도착했을 때 아이들에게 잔뜩 긴장해서 그의 일을 얼버무린 그녀였다. 분명 귀찮다고 했었고, 당연히 안 올 줄 알았는데 이렇게 나타나다니, 그를 조금 원망했던 게 미안해졌다. 결코 편하지 않을 텐데 괜한 일을 시킨 것만 같았다. 그래도, 마음 한구석이 조금은 편안해지는 듯싶었다.

간소하게 차와 음식들을 내어와 테이블에 내려놓자 세환이 말했다.

"제사 음식 아닌가? 먼저 먹어도 되는 건가?"

"어차피 산 사람들이 먹으려고 만드는 음식인걸요."

다솜이 차분하게 대꾸하자 세환은 조용히 중얼거리며 젓가락을 들었다.

"그런가……."

그때 우당탕탕 요란한 소리를 내며 다인과 다혜가 집 안으로 뛰어들어 왔다.

"오빠, 식용… 유…… 어, 형부 오셨어요?"

손에 든 봉지를 휘두르던 다혜가 뒤늦게 세환을 발견하고는 툴툴거렸다.

"언니랑 같이 오지…… 왜 이렇게 늦게 왔어요?"

세환의 얼굴이 슬며시 구겨지려는 순간 다솜이 여동생들을 부엌으로 몰아넣었다.

"형부는 일이 많다고 했잖아."

다혜가 봉지를 식탁 위에 내려놓더니 다솜의 말은 들은 척도

하지 않고 부엌을 빠져나가 세환의 옆 자리에 털썩 앉았다. 그리고는 그의 얼굴을 꼼꼼하게 뜯어보기 시작했다.

"와~ 이렇게 가까이서 보니깐 우리 형부 진짜 잘생겼네. 친구들한테 형부가 잘생겼다고 얼마나 자랑했는지 몰라요!"

서슴없이 조잘대는 다혜의 말이 세환은 싫지는 않았다. 잘생겼다는 말에 되려 기분까지 좋아지려고 했다. 자신도 모르게 고개를 돌려 다혜를 쳐다보았다. 초롱초롱한 검은 눈이 자신을 보며 반짝이고 있었다.

"몇 학년이지?"

"엥…… 나 몇 학년인지도 몰라요? 서운하네. 중3이요."

세환은 자신도 모르게 씩 웃으며 대꾸했다.

"꼬마네."

"꼬마 아녜요! 내년이면 벌써 고등학생인걸요."

다혜가 씩씩거리며 세환의 말을 부정하려고 덤비자 그는 자신도 모르게 소리 내 웃었다.

"어, 뭐야? 왜 형부가 웃어? 나만 빼놓고 둘째 언니랑 형부랑 벌써 그렇게 친하게 지내는 거야?"

다인이 부엌에서 총알같이 튀어나오며 칭얼거렸다. 그러더니 덥석 세환의 남은 옆 자리를 차지하고 앉아서는 팔짱을 꼈다.

세환은 난감했다. 순간적으로 뿌리칠 뻔했다. 결코 익숙하지 않은 분위기다. 팔 안쪽에 다인의 손이 부드럽게 와 닿았다. 따뜻했다. 세영이가 만약에 살아 있었다면 이 아이 또래일 것 같았다. 영원히 다섯 살로 멈춰 있는 자신의 여동생 세영이, 살아서 잘 자라주었다면 중학교에 다니고 있을 여동생이었다. 가슴 한구석이 알쌀하게 아팠다. 슬며시 다인의 손을 풀며 자리에서 일어났다.

"어디 가요, 형부?"

다혜가 놀란 토끼 눈을 하고 물었다.

"필요한 게 없나 살펴보려고. 뭐 필요한 거 없어? 사줄게."

"필요한 거? 없어요. 그냥 자주 놀러오심 돼요. 큰언니랑 둘이 자주자주 놀러오세요."

세환은 웃옷 안 주머니에서 지갑을 꺼내려다 멈췄다. 당연히 필요한 걸 물으면 이것저것 사달라 할 줄 알았는데 그저 자주 놀러만 오라고 하는 다인의 얼굴을 빤히 쳐다보았다.

"그래? 그거면 되나?"

말이 끝나기가 무섭게 다혜와 다인이 고개를 세차게 끄덕였다. 맑은 네 개의 눈이 자신을 향해 반짝이고 있었다. 결국 다시 자리에 앉아 찻잔을 들며 부엌을 쓱 쳐다보았다. 쌍둥이들과 다솜이 분주하게 음식 장만을 하고 있었다. 누군가 농담이라도 던졌는지 다솜이 배시시 웃고 있었다. 저렇게 환하게 웃고 있는 얼굴을 본 건 이번이 두 번째다.

'자신에게 닥칠 일을 전혀 모르니 저렇게 웃을 수 있는 거겠지…… 마지막 미소라……'

일이 벌어지고 나면, 다솜의 웃는 얼굴을 볼 일은 없을 거다. 그러자 갑자기 씁쓸한 생각이 들었다.

찻잔을 입으로 가져가며 힐끔 옆에 앉은 아이들을 보았다. 다솜처럼 아이들도 환하게 웃고 있었다. 다솜의 일이 신문에 터지면 아이들의 웃는 얼굴도 볼 수 없게 될 것이다. 세환은 속이 쓰렸지만 인정하고 싶지 않았다. 자신과는 아무런 상관없는 일이다. 이미 대가는 충분히 지불한 그였다.

◐ ◑ ◐

"고마웠어요."

이미 깜깜해진 시간, 아파트를 나와 다솜이 차에 타며 말했다. 발그레한 볼이 가로등 불 때문에 세환에게는 더 발그레해 보였다.

"안전벨트 매."

세환은 시동을 켜며 무뚝뚝하게 말했다. 고맙다는 말을 참 자주 하는 여자다. 귀찮은 여자…… 그저 다솜은 자신에게 그 이상도 그 이하도 아닌 여자라고 생각하고 싶었다. 세환은 다솜이 안전벨트 매는 걸 확인한 후 서서히 차를 출발시켰다.

집까지 십여 분은 더 달려야 할 때쯤 세환은 거칠게 차를 대로변에 세웠다. 다솜이 출발 직후부터 계속 안절부절못하며 손을 가만히 두질 못하고 만지작거리고 있던 게 계속 눈에 거슬렸기 때문이다.

"할 말이라도 있나?"

날카롭게 묻자 다솜이 깜짝 놀라 안전벨트를 잡았다.

"네?"

"거참, 정말 귀찮은 여자군. 할 말 있으면 해. 운전하는 사람 옆에서 불안하게 자꾸 꼼지락거리지 말고. 필요한 거라도 있나? 돈이 부족한가? 그렇게 미적대지 말고 말을 해. 미안한 척하는 걸 곱게 봐주는 것도 한두 번이지……."

다솜이 입만 멍하니 벌리고 있었다. 그 모습이 너무 어이가 없어 세환은 튀어나오려는 독설을 참으며 방금 전보다 더 차갑게 되물었다.

"마지막이야. 더 이상은 물어보지 않을 거니깐 말을 해. 필요한 게 뭐지?"

이번에도 다솜이 아무런 말을 하지 않자 세환은 고개를 절레절레 흔들며 차를 다시 출발시키려고 핸들을 잡았다. 그때 다솜이 기어들어 가는 목소리로 더듬더듬 말했다.

"사장님 아버님…… 사, 산소에는 아, 안 가, 가나요?"

세환은 핸들을 잡고 있던 손에 힘이 풀리는 걸 느꼈다. 애써 힘을 주며 다솜의 말을 못 들은 척 서서히 차의 속도를 높였다.

"죄, 죄송해요. 그, 그냥 한 번은 가, 가봐야 할 것 같아서…… 그만."

참 어이가 없는 여자다. 두 사람의 관계가 정상적인 가족이라도 된다 생각하는 걸까. 이건 엄연히 필요에 의한 관계이다.
자신이 끝내자 하면 언제라도 끝낼 수 있는 관계일 뿐이다. 그
리고 이 여자, 도대체 그 산소에 얽힌 이야기를 알고나 있는 걸
까? 순진한 척 맹한 척 남의 속을 참 잘도 긁어대는 게 더욱 불
쾌했다.

"가보고 싶어? 그럼, 한 번쯤 가보는 것도 나쁘지 않겠지."

세환은 핸들을 꺾으며 서서히 차를 돌렸다.

"네?"

다솜의 당황한 목소리에 세환은 혀끝을 차며 빈정댔다.

"막상 가자고 하니 가기가 싫어졌나? 이제 지겨워…… 말만
으로 좋은 여자인 척하는 건 관둬줬음 좋겠군. 이왕이면 몸소
보여줘. 내가 믿을 수 있게 말이야."

도대체 자신이 무슨 말을 해대는지 종잡을 수가 없는 세환이
었다.

'젠장, 믿을 수 있게라니?'

다솜을 믿고 안 믿고는 중요한 문제가 아니었다. 단 한 번도
중요한 문제였던 적이 없다. 이 여사보다도 더 맑은 얼굴로 더
깨끗한 척, 더 좋은 사람인 척하는 다솜에게서 슬슬 짜증이 났
을 뿐이다. 가자고 하니 못 갈 이유가 없었다. 까짓, 끝까지 마
지막 그 순간까지 해달라는 걸 전부 해주면 되는 일이다.

세환은 거칠게 차를 돌렸다. 고속도로를 타고 서울 시내를
빠져나가 경기도의 국도로 접어들었다. 선산 근처에 도착했을

때는 이미 너무 어두워져 한 치 앞도 분간하기 힘들 지경이었지만 그는 익숙한 듯이 차를 으슥한 시골길로 몰아넣었다. 한참을 간 후에야 멀리 불빛들이 하나둘씩 보였다. 점점 불빛들이 가까워지자 집들이 눈에 들어왔다.

"다 왔어. 내려."

다솜은 빨리 하지 않으면 또 세환이 뭐라고 한마디 툭 하고 던질 것 같아 안전벨트를 부랴부랴 풀었다. 여기가 어디라는 말도 없이 세환이 먼저 앞장을 섰다. 가로등이 있기는 했지만 그래도 발밑이 잘 보이지 않아 다솜은 조심조심 최대한 조심스럽게 한 발씩 앞으로 내디뎠다. 그때 앞서 가던 세환이 갑자기 확 돌아보며 차갑게 한마디 내뱉었다.

"빨리 와. 굼벵이도 당신보다는 빠를 거야."

다솜은 얼굴이 확 달아올랐다.

"죄, 죄송합니다."

또 죄송하다는 말에 세환은 고개를 절레절레 흔들었다. 일일이 뭐라고 한마디씩 하는 것도 이젠 귀찮았다.

도착하기 전 미리 전화를 해놓은 덕분에 관리인이 집 앞에 나와 있었다. 세환은 관리인으로부터 열쇠를 건네받고는 뒤따라 오는 다솜을 내버려 둔 채 문을 열고 안으로 먼저 들어갔다.

다솜이 집 안으로 들어왔을 때 세환은 이미 거실에 없었다. 그녀는 두리번거리며 핸드백을 소파에 내려놓았다. 소파 맞은편 벽에 사진들이 걸려 있었다. 한 번 더 주변을 살핀 후 벽으로 다가갔다. 어린 남자 아이를 안고 있는 젊은 여자가 사진 속에 있었다. 처음 보는 얼굴에 다솜이 더 자세히 보려고 액자를 집으려고 자신도 모르게 액자에 손을 갖다 댔다.

"당장 거기서 손 떼!"

갑작스런 세환의 날카로운 목소리에 다솜은 깜짝 놀라 한 발 물러섰다. 어느새 웃옷을 벗은 세환이 얼음이라도 얼릴 기색으로 날카롭게 노려보고 있었다.

"죄, 죄송해요."

세환은 이번에는 아예 질려 버릴 지경이었다. 또 같은 말이다. 늘 똑같다.

'……뭐가 죄송한지 알고 있기는 한 건가, 이 여자!'

성큼성큼 다솜에게 다가갔다. 그녀가 놀라 뒷걸음치는 게 눈에 들어왔다. 그는 손을 뻗어 액자를 잡고는 벽에서 떼어냈다. 그리고는 잔뜩 가라앉은 목소리로 중얼거렸다.

"당신 같은 여자가 함부로 만질 사진이 아니야."

웅얼거리는 다솜의 목소리가 들리는 것 같았다. 세환은 날카롭게 말을 이어갔다.

"당신…… 죄송하다는 말이라면 그만둬. 할 줄 아는 말이 고맙다 아니면 죄송하다뿐인가? 그런 말은 이제 지겨우니깐 또 그 말을 하려거든 아예 입 열 생각도 하지 마."

독설, 독설. 계속 이어지는 독설. 점점 다솜의 얼굴이 새하얗게 질려가고 있었다.

세환은 다솜의 꾹 다물어진 입술을 한참 후에야 만족스럽다는 듯이 쳐다보았다. 그는 여전히 손에 액자를 든 채로 맞은편 방 안으로 들어갔다. 거실에 남은 다솜이 어쩔 바를 몰라 하든 말든 자신이 신경 쓸 일이 아니었다. 그저 멍하니 액자만 쳐다보았다.

"엄마……."

어린 남자 아이는 세환 자신이었다. 사진 속의 자신이 몇 살이었는지 이젠 기억도 없었다. 자신을 안고 있는 친어머니에 대해 기억하는 건 몇 가지 없었다. 늘 소독약 냄새가 났다는 것, 늘 곧 바스러질 것만 같은 옅은 미소를 띠고 있었다는 것 정도였다. 어머니는 늘 아버지와 함께 회사에가 있든지, 아니면 병원에 있었다. 그리고 그가 기억하는 한도 내에서는 병원에 입원해 있었던 시간이 대부분이었다. 함께했던, 떠올릴 수 있는 추억이라는 건 몇 개 없었다. 그의 추억은 친어머니가 아닌 이 여사가 대부분을 차지하고 있었다.

세환은 씁쓸한 미소를 지으며 침대에 걸터앉았다. 천천히 액자를 쓰다듬었다. 사진 속의 어머니는 금방이라도 그 속에서 나와 자신을 안아준 것처럼 보였다. 이 사진은 아버지가 찍은 거였다. 어머니는 사진기 너머에 있는 아버지를 향해 웃고 있는 것이다. 어린 아들의 얼굴에 자신의 얼굴을 비비며 환하게 웃고 있었다.

멀지 않은 아버지의 산소 옆에는 어머니의 산소가 있다. 그러나 그는 아버지가 돌아가신 후 단 한 번도 찾아오지 않았다. 두 분의 산소 옆에 이 여사의 자리가 있었기 때문이다. 보지 않으려고 해도 찾아오면 그 자리를 봐야만 했다. 그게 죽을 만큼 싫었다. 이 여사가 죽어서까지 아버지의 옆 자리를 차지하고 자신을 비웃고 있을 것만 같아 싫었다.

저 문 밖에 있는 여자에게 말려들고 말았다. 내일 아침 일찍 서울로 돌아가리라 마음먹었다. 다솜에게 산소를 보여줄 이유가 없다. 그녀는 그 곳에 가 인사를 할 자격이 없다. 세환은 결심을 굳힌 듯 액자를 테이블 위에 놓았다. 물끄러미 다시 한 번 쳐다보고는 침대 위로 무너지듯이 몸을 뉘었다.

다음날 아침 이른 시각, 밤새 잠을 설친 세환은 침대에서 일어나 조용히 거실로 나왔다. 크게 기지개를 켜다가 소파에 기대 자고 있는 다솜을 보고는 기가 막혀 혀끝을 찼다. 다솜이 아무것도 덮은 것 없이 다리를 감싼 채 쪼그리고 앉아 있었다. 눈을 감고 있는 걸로 보아 잠이 든 듯 보였다. 하고많은 방을 두고 소파에서 자고 있다니, 도대체 다솜의 바보스러운 짓은 어디까지일까……. 가늠할 수가 없었다.

몇 분 동안 그렇게 문 앞에 서서 다솜을 쳐다보기만 했다. 햇살이 거실로 밀려들어 와 다솜의 얼굴을 비췄다. 꽤 피곤했는지 이맛살을 찌푸리면서도 눈을 뜨질 않았다.

"하……."

아무래도 깨우기 전에는 일어날 것 같지 않아 보였다. 그가 다솜에게로 발걸음을 옮기려는 순간 현관문을 조심스럽게 두드리는 소리가 들렸다. 찾아온 사람은 선산의 관리인이었다.

"사모님께 이걸 보내 드린다는 것이 그만 아직까지 갖고 있었지 뭡니까, 도련님."

그가 꽤 묵직한 큰 상자 하나를 세환에게 내밀었다.

"뭡니까?"

"가묘에 썼던 임시 비석입니다. 이건 그냥 처분하기가 뭣해서 보내드리려고 했는데 계속 늦어졌습니다."

관리인이 죄송하다는 말을 연발했다.

세환은 순간 그의 말을 이해할 수가 없어서 이맛살을 찌푸렸다. 처분을 한다는 말은 더욱이 이해할 수가 없었다. 가묘에 쓰는 임시 비석은 묘지 임자가 들어올 때까지 그냥 그 자리에 두기 마련이었다. 앞으로의 주인이 누구인지를 표시하는 표식이었다. 그런데 그걸 지금 처분한다는, 이 여사가 죽기라도 했단 말일까! 다시 생각해 봐도 관리인의 말을 이해할 수기 없었다. 그때,

"이제 가묘가 없어졌으니 이걸 처분해야 하는데, 그렇다고 제가 버리자니 좀……."

관리인이 말끝을 흐리며 세환에게 고개 숙여 인사를 한 후

이내 멀어졌다.

세환은 손에 든 상자를 바닥에 내려놓으며 그 자리에 주저앉았다. 그의 말대로라면 이 여사가 아버지의 옆 자리를 포기한 것이었다.

"……믿을 수가 없어."

눈에 핏발이 섰다. 자신의 두 눈으로 직접 확인하지 않고는 도저히 믿을 수가 없는 일이었다. 앉은 자리에서 벌떡 일어난 세환은 그 길로 다시 방 안으로 들어가 차 열쇠를 찾아 밖으로 나왔다.

부랴부랴 차를 세워둔 곳까지 달려갔다. 다급하게 시동을 걸며 휴대폰으로 어디론가 전화를 걸었다. 하 변호사라면…… 그라면 알고 있을 거다. 아버지 때부터 가족사를 돌봐주던 그라면 모든 것을 다 알고 있을 터였다.

세환은 한 손에 든 휴대폰 속에서 들려오는 신호음에 온 정신을 집중했다.

세환이 정신없이 나간 몇 십 분 후, 눈꺼풀에 와 닿는 간질간질한 햇살을 못 이겨 다솜은 눈을 떴다. 이미 해가 뜬 지 한참이 지난 것 같았다. 화들짝 놀라 몸을 일으켰다.

어제 세환이 아무런 말 없이 방으로 들어가 버린 뒤 어디서 자야 할지 몰라서 망설이다 소파에 슬그머니 발을 올리고 편하게 기댄 사실을 떠올렸다. 잠깐 눈을 감고 있으면 피로가 달아

날 거라고 생각했는데 그 길로 자버렸나 보다.

큰일이다 싶어 사장, 아니, 세환은 어디에 있는지 찾으려고 했다. 그의 모습을 찾으려 두리번거렸지만 거실에는 혼자였다. 그가 들어간 방문도 굳게 닫혀 있었다. 아무래도 나올 때까지 기다려야 할 것 같았다. 다솜은 조용히 다리를 바닥에 내려놓으며 기지개를 켰다. '애고고' 소리가 입 밖으로 흘러나왔다.

멀뚱멀뚱, 한참을 그렇게 소파에 가만히 앉아 방문만을 바라보았다. 벌써 몇 번이나 옷매무새를 가다듬었지만 문은 열릴 생각을 하지 않았다. 기다리다 지쳐 결국 소파에서 일어났다. 거실을 두어 번 가로지르며 왔다 갔다 했다. 방 안에서는 여전히 인기척이 없었다.

'그냥 열어볼까?'

문으로 다가가 살며시 손잡이를 돌렸다. 안을 살짝 들여다보았더니…… 침대에는 자고 난 흔적만 있지 사람은 보이지 않았다. 다솜은 불안해지기 시작했다. 방문을 닫고 집 안을 한 바퀴 돌았다. 역시나 아무도 없었다. 어딘지도 모르는 곳에 혼자였다. 세환의 차를 타고 이곳에 왔다는 사실을 떠올렸다. 그가 멀리 가지 않고 근처에 있다면 차가 있을 거다. 차가 있는시 확인하러 부랴부랴 집 밖으로 나가려고 현관문의 손잡이를 잡으려는 순간 갑자기 문이 벌컥 열렸다.

세환이었다.

얼굴이 하얗게 질려 버린 세환이 문 밖에 서 있었다. 그는 다솜이 보이지 않는 듯 멍한 눈동자를 한 채 흐느적거리며 그녀의 옆을 지나쳐 안으로 들어갔다. 그 길로 발걸음을 멈추지 않고 바로 방으로 향했다. 방문을 닫는 것도 잊은 채, 다솜이 그의 눈보다 더 멍한 눈으로 쳐다보고 있다는 것도 모른 채 침대에 털썩 주저앉더니 머리를 숙였다.

다솜이 정신을 차리고 고개를 돌렸을 때, 그녀의 눈에 세환이 머리를 감싸쥐고 있는 모습이 들어왔다. 무슨 일이 있었는지 몰라도 그의 어깨가 떨리고 있었다. 조금씩 들썩이던 어깨가 점점 더 격렬하게 움직이더니 주체할 수 없을 정도로 심하게 흔들렸다.

다솜은 천천히 그에게 다가갔다. 여전히 세환은 그녀가 곁으로 다가오는 걸 모르는 듯했다. 떨리는 손으로 그의 어깨에 손을 가져갔다. 그가 고개를 들었다. 그러나 눈동자 속에 그녀는 없었다. 아주 먼 곳을, 아니다, 현재의 어떤 곳이 아닌 아주 먼 어딘가를 헤매고 있는 눈동자만이 있었다. 그의 눈가에 눈물이 흘러내렸다. 금방은 멈추지 않을 듯이 그렇게 계속해서 흐르고 있었다.

견딜 수가 없다. 다솜은 견딜 수가 없었다. 눈앞에서 누군가 이렇게 떨며 힘들어하는 걸 보는 건 실로 오랜만이었다. 공장이 망했을 때 아버지가 그러했고, 돌아가시기 직전 가쁜 숨을 몰아쉬며 어머니가 그러했다. 부모님이 모두 자신의 곁을 떠난 후 어린 동생들의 눈동자가 지금의 세환과 같았다. 갈 곳을 몰라 헤매고 있었다. 어쩌면 자신의 눈동자도 그러했을 거다. 동생들에게 그런 모습을 보이지 않으려고 무던히도 애썼던 때가 있었다.

팔이 제멋대로 움직이더니 세환의 머리를 감싸 안았다. 다솜은 그를 꼭 껴안아 자신의 품에 가뒀다.

그의 입에서 절규 같은, 참고 있었던 울음이 터져 나왔다. 그의 입에서 흘러나오는 울음소리가 커질수록 다솜은 그를 더욱 더 세게 꼭 껴안았다. 그의 거친 움직임에 함께 침대로 쓰러지듯이 누웠지만 개의치 않았다. 지금 그를 놓아버리면 안 될 것 같았다. 손을 놓고 멀리 가버린 이들은 부모님으로 끝이길 바랬다. 점점 세환이 더 깊숙이 파고들어 왔다.

어느덧 그의 손이 블라우스 안으로 들어와 맨 살에 닿았지만 다솜은 그를 안은 팔을 풀 생각을 하지 않았다. 따스함을 전하기 위해, 꼭 그의 엄마라도 되는 것처럼 그렇게…… 가만히 있었다.

체인지 파트너

부드럽고 편안했다. 얼마 만에 느끼는 느낌일까······.

아무 생각 없이 편안하게 잠이 든 게 얼마 만인지 몰랐다. 세환은 눈을 뜨기가 싫었다. 가슴을 파고들어 오는 이 따스함을 떨치고 싶지 않았다. 몇 시일까? 눈꺼풀에 와 닿는 햇살이 아주 눈부시진 않았다. 해가 중천에서 서쪽으로 기운 느낌이 들었다. 슬며시 눈을 뜨려고 하니, 눈꺼풀이 뻑뻑했다. 낯선 천장이 눈에 들어왔다. 순간 자신이 어디에 누워 있는지 알 수가 없었다.

자리에서 벌떡 일어나자, 잘 덮여 있던 이불이 흘러내리면서 속옷 하나 없이 벗고 있는 자신의 맨 살이 먼저 눈에 들어왔다.

어떻게 된 일일까? 잠을 잘 잔 것과는 달리 갑자기 머리가 지끈 지끈 아팠다. 그렇게 생각에 잠겨 있기를 몇 초…… 더욱더 기가 막히는 일이 벌어졌다. 옆에 누워 있던 이가 이불을 끌어당기며 자리에서 일어나는 것이었다.

세환의 눈이 다솜의 눈과 마주쳤다.

'도대체, 어떻게 된 일인 거야?'

묻고 싶은 말이 목구멍 안에서만 맴돌았다. 세환은 머리 속이 하얗게 비는 것만 같았다. 기억에 없다, 아니, 기억에 없었으면 좋겠다. 몸은 자신의 감정과는 달리 솔직했다. 그녀를 안은 게 분명했다. 제발, 아무것도 기억나지 않았으면 좋겠다. 자신의 의지대로 한 게 아니라 우기고 싶었다. 누군가 자신을 조종했다고 그렇게 말하고 싶었다. 그러나 현실은 현실이지, 꿈이 아니다.

다솜이 살며시 몸을 움직이더니 바닥에 떨어진 옷들을 주워 올렸다. 최대한 조심스럽게 시트 안에서 옷을 입으려고 노력이라도 하는지 큰 움직임이 느껴지지 않았지만 세환에게는 작은 떨림까지도 크게 느껴졌다. 그는 다솜의 움직임을 온몸으로 느끼며 어떻게 된 일일까 정리하려고 노력했다.

아침에 관리인을 만났다. 그리고 하 변호사에게 전화를 한 다음 산소를 다녀왔다. 모든 것이 명료하게 머리 속에 떠올랐다. 돌아와 침대에 앉아 울었다. 다솜이 있다는 사실조차 잊어버리고 울었다. 지난 15년간 품어왔던, 자신을 지탱해 준다 믿었던 이 여사를 향한 증오가 한낱 아무것도 아니라는 사실을 알았을 때는 정말 기가 막혔다. 자신이 도대체 누굴 무슨 이유로 미워했는지 공허하기만 했다. 하 변호사가 웃으며 늘어놓은 이야기가 꼭 무슨 꿈인 듯 여겨졌다.

「자네 몰랐나? 가묘를 없애기로 했다네. 생각보다 늦게 알았군. 새삼스러울 거 없지 않나? 자네 어머니가 그 자리는 당신의 자리가 아니라고 결국에는 사양하셨다네. 회장님이 그리 유언하셨는데도 불구하고 그건 안 될 일이라고 하셨지. 그리고 며칠 후에 발표가 있을 거라 곧 알게 될 테니 하는 말인데…….」

이어지는 말은 더 황당한 것이었다. 이 여사가 자신이 갖고 있는 40%의 지분 중 20%를 회사에 환원한다는 내용이었다. 그리고 유언장이 수정되었다고 했다. 필히 화장을 하라고 명시했다고 한다. 그 이유는 하 변호사도 모른다 했다.

머리 속에 울려대는 하 변호사의 말들과 밀려드는 공허함에 정신을 못 차리고 있을 때 누군가 자신을 포근하게 안아주었다. 부드럽고 따뜻한 손길. 오래전…… 어머니처럼 달콤한 향기가 나는 몸이 어머니처럼 다정하게 자신을 꼭 껴안아주었다. 그녀는 거부하지 않았다. 가슴으로 향했던 손길도, 깊숙한 곳으로 향했던 마지막 떨림도 거부하지 않았다.

'이게 아니다. 이건 아니야.'

이미 벌어진 일을 가지고 후회해 봤자 소용은 없겠지만, 시계 바늘을 되돌리고 싶었다. 머리카락이라도 쥐어뜯고 싶은 심정으로 세환은 한숨을 길게 내쉬었다. 그때 갑자기 옆구리가 허전하다 느껴졌다. 옷을 다 챙겨 입었는지 다솜이 침대에서 살며시 내려갔다.

"지금 출발하지 않으면 너무 늦을 것 같아요. 저는…… 거실에 있을게요. 옷, 아! 이런, 갈아입을 옷이 없어서 어떡하죠?"

세환은 고개를 들어 다솜을 물끄러미 쳐다보았다. 이 상황에 저런 말을, 도대체 다솜의 머리 속에 뭐가 들어 있는지 알고 싶었다. 그녀에게 이런 일은 아무렇지 않은 일로 받아들여지는 걸까? 흔한 일인가, 대꾸를 해야 하는데 기가 차서 말이 나오지 않았다. 자신은 이 일을 어떻게 해야 좋을지 깊은 생각에 잠겨 있는데 다솜은 오히려 태연한 낯빛이었다. 그제야 그녀가 룸살롱에 나갔다는 사실을 기억 속에서 끄집어냈다.

"상관없어. 나가 있어."

평상시보다 더 목소리에 날이 섰다. 세환은 다솜이 고개를 한 번 끄덕인 후 방 밖으로 나가는 걸 가만히 지켜보았다. 다솜의 길음걸이 평상시보다 더 더뎌 보였다. 붉긴한 기운이 온 몸을 감쌌다. 뭔지 모를 불안한 기분 때문에 마음 한구석이 불편했다.

세환은 계속 고개를 가로저었다. 지금은 다솜이 문제가 아니다. 서울로 가서 하 변호사의 말을 이 여사, 아니, 새어머니에게 직접 확인해 봐야만 한다. 15년이다. 자그마치 강산이 한 번 변하고도 반은 더 변했을 세월이다. 세영의 죽음 앞에서 자신을 지탱하게 해준, 또 그 뒤로도 자신을 지켜준 건 새어머니에 대한 미움이었다. 얼마나 미워하고, 증오했는지 모른다. 사랑했기에, 마음속 깊이 사랑했기에 미워할 수밖에 없었다. 그 세월이 한낱 부질없는 허송세월이 되고 말았다. 자신이 무엇 때문에 거짓 결혼을 해야 했는데, 무엇 때문에 여기까지 오게 되었는데 그 목적이 신기루처럼 사라지고 있었다. 아니, 처음부터 존재하는 것이 아니었다.

세환은 옷을 찾아 입으려고 신경질적으로 침대 시트를 확 걷으며 내려갔다. 순간 그의 눈이 눈동자가 튀어나와 떨어질 것 같이 커졌다. 침대 중앙에 희미하게 남아 있는 붉은색 혈흔…… 눈을 감았다 떴다 여러 번 반복했지만 붉은색은 사라지지 않았다. 자신의 몸에 어디 긁힌 자국이나 상처는 없었다. 저붉은 건 누구 거란 말인가? 다솜의 그것? 세환은 멍하니 그 자리에 굳어버렸다. 갑작스레 깨달은 사실에 다리가 후들거렸다.

"이런 말도 안 되는……!"

몇 분 후, 세환은 정신을 차리고는 마음을 다잡았다. 우선 순위부터 해결하자. 아무렇지 않은 얼굴로 밖으로 나와 기다리는 다솜과 함께 별장 밖을 나왔다. 그 길로 바로 서울로 올라왔다. 오는 내내 차 안에 침묵만이 감돌았다.

솔직히 세환은 다솜이 신경 쓰였다. 다솜은 아무런 말을 하지 않았지만 가끔 자리가 불편한 듯 엉덩이를 뒤척이면 자신도 모르게 움찔거렸다. 나쁜 짓을 하다 들킨 십대처럼 그렇게 매 순간마다 놀랐다. 그러나 그건 한순간이었다. 다음 순간 그는 마음을 다잡았다. 까짓거 위로금을 던져 주면 그만인 일이다. 그렇게 쉽게 생각하면 그만이었지만 집에 가까워질수록 다솜 이 아무런 말을 하지 않는 게 마음에 걸렸다.

집 앞에 도착하자 세환이 내리기도 전에 다솜이 당연하다는 듯이 차에서 내려 세환의 문을 열어주었다. 너무나도 태연한 그녀의 행동에 되려 세환은 화가 치밀었다.

"이봐, 진다솜 씨!"

다솜을 불러 세웠다.

"네?"

무슨 일인지 모르겠다는 듯 다솜이 고개를 들고 쳐다보았다.

"당신, 아무렇지 않은 거야?"

다솜이 뭘 묻는지 모르겠다는 표정으로 계속 쳐다보자 세환 은 역시나 노골적으로 물어야 하는 건가 생각에 잠겼다가 이내 고개를 가로저으며 한 발짝 앞으로 움직였다.

"이니, 됐어. 집에 들어가서 이야기하지. 밖에서 할 이야기는 못 될 것 같군."

다솜은 세환이 말하는 이야기가 뭔지 궁금했지만 묻지 않았 다. 지금은 몸이 불편해서 아무 생각도 나지 않았다. 허리 아래 로 드문드문 느껴지는 통증 때문에 걷기가 불편했다. 생각해 보니 일어나서 제대로 씻지도 못했다. 씻고 편안하게 누워 있고 싶었다. 그의 말에 그저 찡그리지 않고 담담한 얼굴로 고개만 끄덕였다.

두 사람이 집 안으로 들어가자 이 여사가 거실에서 신문을 보다 환하게 웃으며 반겼다.

"전화라도 미리 하지 그랬어. 둘이 같이 들어오니 보기 좋구나. 아줌마가 오늘 저녁은 맛있는 걸 준비한다 했는데…… 아, 저녁 먹을 수 있겠니?"

그녀가 세환의 눈치를 살폈다. 세환이 가볍게 고개를 끄덕이자 이 여사의 얼굴이 한층 밝아졌다. 그녀가 부엌으로 들어간 후 세환은 다솜을 이층 방으로 끌고 올라갔다.

"일단 저녁 먹고 나는 이 여사 아, 아니, 어머니와 할 이야기가 있어. 그 이야기 끝낸 후에 당신과 이야기를 해야 할 것 같군."

'네'라고 짧게 대꾸하며 다솜은 이번에도 고개를 끄덕였다. 욕실로 향하는 세환의 뒷모습을 보며 살며시 웃었다. 그가 이 여사를 어머니라 불렀다. 단둘이 있을 때, 다른 사람들이 없을 때 그런 호칭을 쓰는 건 처음이다. 이 모자 관계에 뭔가 문제가 있었던 것만은 확실한데 그 문제가 지금 해결될 조짐이 보였다.

세환이 씻고 나오려면 시간이 걸릴 것이다. 다솜은 침대에 걸터앉았다. 욕실 안에서 들리는 물소리 탓일까, 낮에 별장에서 있었던 일들이 괜히 떠올랐다. 갑자기 얼굴이 화끈화끈 달아올랐다.

떨고 있는 세환을 봤을 때 자신도 모르게 그를 껴안기는 했지만 그가 남자로 다가왔을 때는 솔직히 무서웠다. 그러나 그 이후부터는 어떻게 생각을 할 겨를이 없었다. 거부할 수도 있었으나 뭔가 다솜의 마음을 잡고 있었다. 세환 이전에도 자신을 유혹한 사람은 있었다. 돈이나 계약 같은 것 때문은 아니었다. 그저 그의 떨림을 멈추게 하고 싶은 한 가지 소망 때문이었다. 무엇 때문에 아파하는지 알 수는 없었지만 그 아픔을 말끔히 씻어주고 싶었다. 그뿐이었다. 그래서 그에게 안겼다.

부들부들 떨고 있는 자신의 몸을 가만히 쓰다듬는 그의 손은 따스했다. 늘 자신을 잡거나, 아니면 끌고 다닐 때나 내밀었던 그 손이 그 순간만큼은 부드럽게 자신의 온몸을 쓸고 내려갔다. 어깨 위에서, 가슴 위에서, 그리고 허벅지 위를 배회하던 그의 손은 솜털 같았다. 그리고 입맞춤…… 처음 하는 입맞춤, 말을 하기 위해서만 존재한다 생각했던 입술이 뜨거워질 대로 뜨거워진 세환의 입술을 자연스럽게 받아주었다. 입술을 촉촉하게 적시던 그의 따스힘이 이 시이로 들어오려고 했을 때 눈을 질끈 감았다. 머리끝에서 발끝까지 처음 경험하는 아픔이 훑고 지나갔다. 왼쪽 가슴 아래에 자리한 작은 심장이 제멋대로 '쿵쾅쿵쾅' 천둥 소리를 만들어냈다. 점점 속도가 빨라졌다. 눈을 뜰 수가 없었다. 그가 이끄는 대로 몸을 움직였다. 감전이 된 것처럼 온몸이 움찔거렸지만 싫지 않았다.

　마지막, 끊어질 듯이 아팠던 순간을 떠올리며 다솜의 얼굴은 더욱더 붉어졌다. 그는 기억하지 못할지도 모른다. 그의 눈은 그런 걸 기억할 만큼의 여력도 없어 보였다. 아픔에 그의 어깨를 꽉 움켜쥐었을 때 세환이 쉰 목소리로 조용히 속삭였다.

　「미안…….」

　그에게서 처음 들어보는 다정한 말, '미안'하다는 한마디였지만 눈물이 왈칵 쏟아질 것만 같았다. 여전히 따스함에 굶주리고 있었다. 여전히 다정한 말 한마디에 굶주리고 있었다. 그 순간에 자신이 가지면 안 되는 걸 가지게 된다고 해도 돌이킬 수 없다고 생각했다. 그가 갑자기 멈추고 달아날까 봐, 그가 자신을 밀어낼까 봐 대답 대신 그의 등을 꽉 감싸 안았던 그녀였다. 처음이라는 건 중요한 게 아니었다. 그 처음이 그래서 다행이어서 오히려 기뻤다.

　다솜은 자리에서 일어나 세환이 갈아입을 옷을 챙겼다. 침대위에 옷가지들을 가지런히 놓고는 손으로 쓰다듬었다. 코끝이시큰거렸다. 물끄러미 그렇게 바라보다 자신의 공간으로 허락된 손님용 방으로 향했다.

그렇게 저녁 시간으로 향해가고 있을 때, 세환만큼은 아닐지라도 대상 신문사 앞에서 머리를 싸매고 있는 남자가 있었다. 나름대로 갖춰 입은 티가 역력한 허름한 양복에 아무렇게나 매어진 넥타이로 미뤄 짐작해 보건대 그가 많이 지쳐 있는 것만은 확실하다.

"젠장…… 이게 그렇게 쓰레기 같은 정보였어?"

석이다. 그는 손에 쥔 서류 봉투를 신경질적으로 흔들어댔다. 세환에게 어떻게든 자신의 자존심을 보여주고 싶었다. 벌레를 보는 듯이 깔아보던 세환의 얼굴에 보기 좋게 한 방 먹이고 싶었다. 어제부터 이 서류를 들고 얼마나 많은 신문사를 쫓아다녔는지 모른다. 그러나 돌아오는 대답은 하나 같았다. 'No' 다.

「요즘 같은 때에 누가 재벌집 마나님의 신상에 관심이 있겠습니까?」

「연예인 출신입니까?」

「아, 그런 정보가 있나요? 싱양 전지라고 하면 흥밋거리는 되긴 하는데, 약을 한 경험이 있습니까?」

약이라고 하면 마약을 말하는 거다. 요즘은 연예인의 스캔들도 크게 다뤄지지 않는다 한다. 검찰에서 관심 가질 정도로 큰 사건이라야 눈을 돌린다 한다. 예를 들어 약을 했다든지, 그것도 아니라면 포르노 비디오 테이프 하나라도 있어야 신문에 띄워줄 만하다는 거다.

"하…… 정말 세상살이 지저분하군."

석은 몇몇의 신문 기자들이 자신에게 던진 말을 곧이곧대로 믿고 있었다. 자신의 서류 봉투에 든 다솜의 인적사항은 아무런 흥밋거리가 되지 못한다는 사실을 그대로 받아들여야만 했다.

열을 받아 불타오르던 오기도 한풀 꺾였다. 발바닥에 땀이 나도록 돌아다니면서 처음 요구했던 1억은 이제 천만 원으로 떨어졌다가 이제는 아예 몇 백만 원이 되고 말았다. 이럴 줄 알았다면 세환에게 적은 액수라도 요구하고 그것만으로 만족했어야 했는데, 다리품도 나오지 않는 일이다.

입에 물고 있던 담배를 신경질적으로 바닥에 확 던졌다. 타다 만 담배가 바닥에 어지럽게 붉은 피를 토하고 있었다. 꼭 자신의 모습 같아서 기분이 더 나빠졌다. 손에 든 서류가 원흉이다. 전부 다 이것 때문이다. 멀지 않은 곳에 쓰레기통이 보였다.

석은 서류 봉투를 있는 힘껏 구겼다. 돌돌 말았다. 그런 후, 투구 폼을 잡았다. 포물선을 그리며 서류 봉투가 쓰레기통 한 중앙에 정확하게 들어갔다. 속이 다 후련했다.

"바이, 바이!"

손을 흔들며 신문사 건물 앞을 빠져나왔다. 석의 모습이 한 손가락 크기만큼 될 정도로 멀어졌을 때 휴지통을 뒤지는 이가 있었다. 그의 목에는 카메라와 기자임을 알리는 신분증이 걸려 있었다. 휴지통 안에서 석이 버린 서류 봉투를 찾아내서 거칠 게 입구를 뜯어 안을 들여다본 그는 만족스럽다는 얼굴로 휘파람을 불었다. '용돈벌이는 되겠는데'라고 중얼거리더니 석이 사라진 곳을 향해 나직이 외쳤다, '땡큐'라고.

❀ ❀ ❀

저녁 식사 후 세환과 이 여사가 함께 안방으로 들어가자 다솜은 이층 서재로 올라왔다. 아직 잠을 잘 수는 없기에 서재에서 책이라도 읽을 참이었다. 책들이 빽빽이 꽂혀 있는 책장 한가운데서 앨범 하나를 찾아냈다. 가족 앨범인지 세환의 가족들 사진만 있었다. 한참을 그렇게 보다가 거의 뒷장에 다다랐을 때 별장에서 봤던 여자의 사진이 나왔다. 한복을 곱게 입고 찍은 독사진에서부터 고인이 된 회장님과 세환으로 보이는 어린 남자 아이가 같이 찍혀 있는 사진까지 꽤 여러 장이 있었다.

"그의 어머니였구나……."

세환의 반응이 이해가 되는 다솜이었다. 그렇지만 그렇다고 해도 너무 날카로운 반응이었다. 혹시나 이 여사와 관련이 있는 일일까 궁금해졌다. 요 근래 들어 세환이 더 차갑게 군다는 생각이 들었다. 예전에 두 사람은 어땠는지 궁금해졌다.

다솜은 앨범 앞쪽을 다시 뒤적거렸다. 세환의 초등학교 입학식, 초등학교 졸업식 사진에는 이 여사의 팔을 꼭 잡고 웃고 있는 남자 아이가 있었다. 그러나 그 이후 세환의 지금 모습이 나타나기 시작하면서부터 그의 얼굴은 차갑기 그지없었다.

"무슨 일이 있었던 걸까?"

궁금했지만 이내 고개를 가로젓는 다솜이었다. 물어볼 수도 없는 일에 호기심은 금물이다. 스스로를 다치게 할 뿐이었다.

한참을 그렇게 앨범을 뒤적이던 다솜은 졸음이 쏟아져 더 이상 눈을 뜨고 있기가 힘들었다. 꽤 피곤한 하루였다. 벽에 걸린 시계가 12시를 넘겨 버린 지 오래인데 세환은 올라오지 않았다. 앨범의 마지막 장을 넘기며 다솜은 의자에 기대 스르르 눈을 감았다.

얼마 후 이 여사와 이야기를 끝낸 세환이 침통한 표정으로 서재 문을 열었을 때 이미 다솜은 깊은 잠에 빠져든 후였다. 그는 물끄러미 그녀를 쳐다보다 방으로 건너가 이불 하나를 꺼내 들고 돌아왔다. 조심스럽게 이불을 덮어주며 한참을 그 자리에 서 있었다.

방금 전에 있었던 이 여사와의 일을 떠올리는 그였다. 함께 방으로 들어가자마자 그는 다짜고짜 물었다.

「가묘 어떻게 된 일입니까?」

그의 물음에 이 여사가 쓸쓸하게 웃기만 했다. 그는 답답해서 견딜 수가 없었다. 자신도 모르게 언성이 높아졌다.

「당신은 분명 날 원망하고 있었습니다. 그리고 앞으로도 계속 원망해야만 합니다.」

그제야 이 여사가 입을 열었다, 조용하고 차분한 목소리로 말했다.

「애야, 내가 그리한다고 하면 나를 용서할 수 있겠니?」

용서라는 단어는 적합하지 않았다. 이 여사가 세환에게 지은 죄 같은 건 없었다. 뭘 용서할 수 있냐고 묻는 건지 세환은 알 수가 없었다.

「원망했단다. 그 아이를 구하지 못한 걸, 그 아이 대신 내가 죽었어야 했는데…… 그러질 못했지. 문득 문득 그때 그 자리에 네가 없었더라면 그 아이를 구할 수 있었을 거라고 그리 생각하곤 했었지.」

순간 세환은 자신도 모르게 목이 메어왔다. 이 여사도 자신과 같았다. 그도 수도 없이 그런 생각을 했었다. 그날, 사고가 났던 바로 그날, 세영을 감싸 안고 붙잡았어야 했다고 골백 번도 넘게 생각했다. 그렇게 하지 못한 자신을 원망했고 세영이 아닌 자신을 감싸 안은 이 여사를 원망했던 그였다.

「그 사고는…… 그건 어머니 탓이 아… 닙니다…….」

눈에서 왈칵 눈물이 쏟아져 내렸다. 세환은 계속 서 있을 수가 없어 그 자리에 주저앉고 말았다. 세영이 죽었을 때도, 아버지가 돌아가셨을 때도 흘리지 않았던 눈물이 그의 눈에서 쉴 새 없이 쏟아져 내리고 있었다. 그때 이 여사가 그에게 다가와 그를 감싸 안고 조용히 말했다.

「애야, 그 사고는…… 그건 너의 탓도 아니란다.」

이 여사가 세환의 등을 다독였다. 부드럽게 쓸었다. 그 따뜻한 손길, 15년간 모질게도 그 손길을 외면했던 세환이었다. 등줄기를 따라 느껴지는 손길에 세환은 눈물을 멈출 수가 없었다. '어머니'라고 하염없이 중얼거릴 수밖에 없었다.

"……어머니."

그때 다솜이 의자 위에서 뒤척거렸다. 세환은 순간 화들짝 놀라 입을 꾹 다물었다. 다시 한 번 다솜이 의자 위에서 불편한 듯 뒤척였다. 이불이 스르르 바닥에 떨어졌다. 뽀얀 얼굴, 붉은 입술, 동그란 이마, 아직도 빠지지 않은 통통한 젖살…… 다솜의 얼굴을 물끄러미 쳐다보며 세환은 그녀가 너무 천진난만해보인다 생각했다. 건드리면 안 될 것만 같은 너무나도 순진해 뵈는 얼굴이었다. 바닥에 떨어진 이불을 집어 들어 다시 덮어주었다.

"참 작기도 하지."

커다란 의자와 이불이 그녀의 몸을 완전히 감싼 것처럼 보였다. 잠시 다솜이 측은하다 느꼈다. 이 모든 연극의 결론은 이제 나버렸다. 다솜의 존재는 그에게 필요하지 않았다. 이렇게 된 거 오늘밤이라도 편안하게 재우고 싶다는 생각이 고개를 들었다. 결국 그는 다솜을 안아 올렸다.

순간 다솜이 그의 품 안으로 파고들었다. 잘 자고 있던 아기가 엄마 품에 안겼을 때 하는 옹알이처럼 다솜의 입술이 살짝 들썩였다. 그 모습에 세환은 그만 그 자리에 주저앉을 뻔했다. 만지고 싶다, 만지고 싶다, 저 입술을 만지고 싶다고 몸이 솔직하게 반응했다. 자신도 모르게 살며시 고개를 숙여 그녀의 이마에 입을 맞췄다. 그때 갑자기 다솜이 고개를 살짝 들었다. 세환은 깜짝 놀라 얼른 입술을 뗐나.

'……바보 같은 짓을!'

다시 조심스럽게 한 발 한 발 발을 떼기 시작했다. 서재에서 나와 방으로 건너간 후, 천천히 침대 위에 다솜을 내려놓았다. 그녀는 많이 피곤했는지 깨지 않고 새근새근 잘도 잤다. 다솜의 작은 숨소리가 적막한 방 안에 울려 퍼졌다. 너무도 편안한 얼굴로 잘 자고 있었다. 그런데 마냥 편안해 보이는 그 얼굴을 밟고 싶은 느낌이 들었다.

'왜지?'

흔들어 깨워서 앞에 있는 사람이 누군지 알게 해주고 싶었다. 세환은 묘하게 일고 있는 마음속의 충동을 잠재우려고 무던히도 애썼다.

"……진다솜."

이름을 부르는 그의 목소리는 가라앉을 대로 가라앉아 있었다.

"당신 속에 뭐가 들어 있는 거지? 어떻게 당신 같은 여자에게 그런 편안함이 있을 수 있지……?"

얼결에 안아버린, 아직은 자신의 여자라고 부를 수 있는 위치에 있는 다솜. 그리고 내일이면 그 위치마저 박탈당할 다솜의 속에 뭐가 있는지 궁금했다. 자꾸만 고개를 쳐드는 호기심 때문에 세환은 한숨마저 내쉬었다. 그리고는 고개를 가로저었다. 이쯤에서 그만둬야 한다. 이 결혼이 어떻게 시작되었는지 어머니, 이 여사가 알기 전에 끝내야만 한다.

지금 생각해 보니 너무나 어이가 없는 생각이었다. 미움이라는 건 그렇게 사람의 눈과 귀와 마음까지도 가려 버리는 어둠 같은 놈이다. 그 어둠이 걷히자 너무나도 확실하게 밝은 세상이 보였다. 늘 자신을 향해 두 팔을 벌리고 아낌없이 애정을 쏟아 붓고 있던 새어머니가 미움이라는 강 건너편에 서 있었다.
채 꽃도 제대로 피지 못하고 가버린 자신의 어린 딸을 구하지
못하고, 대신 죽지 못해 가슴까지 시꺼멓게 다 타버린 어머니
가 있었다. 살아남은 의붓아들이 죄책감에 시달릴까 애써 그
마음을 감춰야만 했다.

　너무 오랫동안 품고 있던 오해가 한꺼번에 풀려 버리면서 그
자리에는 허탈함만이 남아 있을 뿐이었다.

　세환은 방 밖으로 나와 앞으로의 일을 생각하며 긴 한숨을
내쉬었다.

☯ ☯ ☯ ☯

　다음날 이른 시각, 세환은 다솜을 깨우기 위해 방으로 건너
왔다. 밤새 잠을 자지 못했다. 다솜을 어떻게 할까 생각하다가
그만 밤을 새고 말았다. 결론은 역시 하나였다. 처음 계약한 대
로 자신이 그만 하자고 하면 될 일이다. 지금이 바로 그때다.

　그는 조용히 침대로 다가가 끝에 걸터앉았다. 깨울까 손을
뻗다 그만뒀다. 조용히 기다리기로 마음먹었다. 그가 앉으면서
침대가 조금 출렁였을 텐데 많이 피곤한 탓인지, 다솜은 미동
도 하지 않은 채 조용히 자고 있었다.

　한마디로 참 잘 잔다. 이른 시간이었다. 겨우 아침 5시밖에
되지 않았다. 잘 자는 게 정상이다. 아무것도 하지 않고 다솜의

얼굴만 보고 있자니 하품이 나왔다.

'나중에 다시 올까?'

그러나 그 생각은 이내 접었다. 자신이 건너가서 나중에 올 이유가 없었다. 이 공간은 엄연히 자신의 공간인데, 다솜에게 밀려나는 것 같아서 슬며시 화가 났다. 깨우자, 자신이 아닌 다솜을 몰아내야 하는 게 정상이다. 그러나 또 손은 그녀의 어깨로 가기도 전에 돌아왔다. 정말 편안하게 자는 얼굴이다. 차마 깨울 수가 없었다.

"부럽군."

세환은 자신도 모르게 다솜을 바라보며 중얼거렸다. 도대체 어떻게 하면 저런 얼굴로 잘 수 있는 건지 궁금했다. 그녀가 가진 거라고는 밑으로 줄줄이 달린 동생 넷뿐인데 어떻게 저토록 편안한 얼굴일 수 있을까? 다시금 다솜에 대한 호기심이 마음속 깊은 곳에서 스멀스멀 올라왔다.

세환의 뺨이 실룩였다. 스스로가 마음에 들지 않았다. 이 여자 따위에게 호기심을 갖다니, 용납할 수 없다. 슬그머니 그의 얼굴 위로 차가운 미소가 번졌다. 그는 침대에서 벌떡 일어나더니 한 발 앞으로 나와 큰 소리를 냈다.

"이봐! 일어나!"

다솜이 꼼짝도 하지 않자 세환은 허리를 굽히며 그녀의 어깨를 잡아 거칠게 흔들었다.

"이봐! 사람 말이 말 같지 않아? 일어나래도!"

그제야 다솜이 천천히 눈을 떴다. 그녀의 입에서 짧은 탄식 소리가 흘러나왔다.

"아!"

세환은 다솜이 눈 뜬 걸 보고도 계속 어깨를 흔들었다. 힘을 얼마나 줬는지 다솜이 인상을 찡그리며 주춤주춤 몸을 일으켰다.

"왜, 왜 여기에……?"

다솜은 자신이 방으로 옮겨진 걸 전혀 기억하지 못하고 있었다. 그런 그녀의 멍한 표정에 세환은 이맛살을 찌푸리며 대꾸했다.

"쳇, 업어가도 모르겠군. 서재에서 이쪽으로 옮겨진 걸 기억 못하는 거야? 그렇게 둔해서 어디에 써먹겠어?"

다솜이 완전히 몸을 일으킨 후 침대에서 내려오려고 하자 세환은 다급히 말했다. 원래 목적은 어느새 잊어버리고 입이 제 멋대로 말을 뱉어내고 있었다.

"그냥 있어. 일어나서 나가라고 깨운 건 아니니깐."

"그, 그럼 왜……."

다솜이 또 말을 더듬었다. 세환은 미음에 들지 않아 혀끝을 조용히 찼다.

"이야기를 하자구. 어제 분명히 할 이야기가 있다고 기다리라고 했을 텐데."

잠들어 버린 걸 가지고 다솜을 책망할 생각은 없었다. 그러나 이미 그녀는 그렇게 느끼고 있는 듯 얼굴이 발갛게 달아올라 어쩔 줄 몰라 하고 있었다. 세환은 귀밑까지 달아오른 다솜의 얼굴을 보면서 다시 한 번 혀를 찼다. 일일이 설명을 해줘야 알아듣는 귀찮은 여자다.

"당신이 잔 것에 대해 뭐라고 하려고 깨운 게 아니니깐 그 얼굴 좀 어떻게 해봐."

도대체 자신이 왜 이런 것까지 설명을 해줘야 하는 건지, 세환은 슬슬 신경질이 나기 시작했지만 참기로 했다. 화를 낼 수는 없다. 완벽을 기하자, 좋은 남편으로 주변에 기억되게 하자. 오늘까지만, 그래, 오늘까지만 참자. 다솜의 낯빛이 평상시로 돌아오자 세환은 다시 입을 열었다.

"계약을 할 때, 아, 기억나나? 이 계약은 내가 그만이라고 하면 끝이 난다는 사실 알고 있지?"

다솜이 조용히 고개를 끄덕였다.

"그래, 다행이군. 이제 끝을 내고 싶어. 그 이야기를 하고 싶었어."

할 말을 다 마친 세환은 다솜이 어떤 말이라도 하길 기다렸다. 싫다, 좋다, 어느 쪽의 말이라도 있을 거라고 생각했다. 그게 아니라면 위자료 이야기라도 꺼낼 것이다. 그러나 다솜의 입에서 흘러나온 말을 듣고는 그는 갑자기 힘이 쫙 빠지는 듯했다.

"네, 알겠어요."

딱 한 마디뿐이었다. 기대했던 말은 아니다. 다솜이 그 말 한 마디만을 한 후 침대에서 내려오려고 했다. 세환은 다급히 그녀의 팔을 잡았다.

"그, 그것뿐, 뿐이야?"

그는 더듬고 있는 자신의 목소리가 마음에 들지 않는지 크게 헛기침을 한 번 한 후 다시 물었다.

"정말 그것뿐이야?"

팔을 잡힌 다솜이 또 한 번 고개만 끄덕였다. 세환은 허탈했다. 티를 내지 않으려고 무던히도 애를 쓰며 그녀의 팔을 놓았다. 다솜의 눈동자가 자신을 향해 묻고 있는 것 같았다. '왜?' 라고. 어째서 그녀는 꿈틀거리지도 않을까? 그녀의 눈동자 속을 들여다보고 있자니 세환은 화가 치밀어 올랐다.

'도대체 이 여자의 머리 속 구조는 보통 사람의 것과 다른 건가? 그렇지 않고서야 어떻게 이렇게 쉽게……?'

세환은 다솜이 방문 여는 걸 보며 갑자기 중얼거렸다.

"위자료는 충분히 챙겨줄 테니까 걱정하지 않아도 돼. 동생들 집도 그대로 써도 좋아. 어차피 당신 앞으로 해놓은 집이니까."

다솜이 조용히 한마디 한 후 방을 나갔다.

세환은 멍하니 닫힌 방문을 보며 애꿎은 침대에 주먹질을 하며 화풀이를 해댔다. 짧고 정갈한 말이다. 그녀가 '고맙습니다' 라고 말한 것이다. 너무나도 싱거운 결말이었다.

보통 이런 경우, 멀리서 찾을 필요도 없이 드라마만 봐도 이런 경우에 여자 쪽에서 당연히 요구하는 것이 많다. 당장 돈부터 액수를 들먹이면서 그 액수가 아니면 이 사실을 밖에다가 폭로하겠다고 길길이 뛰는 것이 세환이 생각했던 시나리오다. 어디 그뿐인가, 돈뿐 아니다. 향후 처우에 대해서도 무슨 말이 있어야 한다. 그런데 다솜은 전혀 생각지도 못했던 말을 했다. 그저 고맙다니…….

자신도 모르게 세환은 점점 다솜이라는 여자에 대해서 궁금해졌다. 한 번도, 단 한 번도 자신의 앞에서 저런 태도를 보인여자는 없다. 그러나 그 호기심은 이전과 마찬가지로 금세 물거품처럼 사라졌다. 스스로에게 채찍을 가했다. 지금 그녀에게관심을 가져서 어쩌자는 거냐, 첫 단추를 이미 잘못 맞춘 상대다. 이런 관계는 오래 끌면 꼭 탈이 나기 마련이다.

크게 고개를 가로저으며 세환은 옷장으로 다가가 활짝 열었다. 옷장 깊숙한 곳, 작은 상자를 꺼냈다. 그 안에 든 서류 하나를 꺼내서는 물끄러미 쳐다보았다.

이혼 서류.

간단했다. 서류를 작성하고 서로 합의를 했다는 증거로 도장을 찍고 그런 다음에 제출한 후 판사의 판결을 기다리기만 하면된다. 세환은 서류의 빈칸에 자신이 적어야 할 부분들을 적은후 다솜에게 전해주기 위해 방을 나왔다.

세 시간 후, 세환과 다솜 두 사람은 집을 나섰다. 법원의 문이 열리자마자 가서 서류를 제출하기 위해서다. 어차피 해야 할 거라면 일찍 해치우는 게 좋다고 여긴 세환의 독촉 때문이었다.

   "집 밖을 나가면 정말로 끝이야. 더 이상 당신의 말을 듣지 않을 거야. 자, 마지막이야. 하고 싶은 말 정말 없나? 원하는 건 없나? 들어줄 테니 말해 봐."

   차에 타기 전 세환은 다솜에게 최후통첩을 하듯 물었다.

   "생각해 본 적 없는걸요."

   다솜은 나름대로 솔직한 대답을 했다. 언젠가 끝이 날 계약이라 생각한 적은 많지만 그렇게 될 경우에 뭘 요구한다던가 하는 건 생각해 본 적이 없다. 새벽에 세환이 건너와 그만두자고 했을 때, 이제 제자리로 돌아간다는 사실만 머리 속에 들어왔다. 송충이는 솔잎을 먹고 살아야 한다. 이제 그만 스스로에게 가장 걸맞은 자리로 돌아갈 때다. 그러나 그렇다고 해도 서글픈 마음이 없지는 않았다. 처음으로 따스하다 느낀 남자의 곁에서 조금 더 오래 머물고 싶다는 욕심이 없진 않았다. 그래, 이제 정말로 끝이다. 이제 상양 전자로 다시 들어갈 순 없을 테고 돌아가면 일자리부터 구해야겠다 마음먹은 그녀였다.

   "하, 그렇군. 그럼 좋아, 한 번의 기회를 더 주지. 법원까지 가는 동안 잘 생각해 보라고."

   세환은 먼저 차에 올라탄 후 다솜이 타는 걸 기다렸다가 시동을 걸었다. 가로막고 있던 문이 자동으로 열리자 차고에서 나가기 위해 핸들을 꼭 잡았다. 어둑어둑한 차고 안으로 햇빛이 새어 들어왔다. 슬슬 속도를 내며 밖으로 차가 빠져나가는데 갑자기 누군가가 앞을 가로막았다. 세환은 깜짝 놀라 브레이크를 확 밟으며 욕설 한마디를 뱉어냈다.

"뭐야!"

세환이 차에서 내리자 기다렸다는 듯이 갑자기 사람들이 우르르 몰려나왔다. 곧 여기저기서 카메라 셔터를 누르는 소리가 들려왔다. 차 안에 있던 다솜이 무슨 일인가 싶어 슬그머니 차에서 내리자 이번에는 그쪽으로 카메라 플래시가 터졌다.

"사모님, 이쪽 한 번만 봐주시죠!"

무리 중 한 사람이 다솜을 향해 정면을 보라고까지 요구했다.

세환은 너무나 갑작스런 일에 다솜에게로 부랴부랴 다가가 그녀의 손을 덥석 잡아 집 안으로 끌었다. 다시 집으로 들어오자마자 그는 관리인에게 연락을 해서 따지기 시작했다. 한참이 지나서야 속이 풀린 듯 그는 중얼거리기 시작했다.

"어떻게 된 거지? 도대체, 이게 무슨 일이지?"

얼마나 그렇게 중얼거렸을까, 그가 입을 꼭 다물더니 다솜을 물끄러미 쳐다보았다. 다솜도 지금 이 상황이 이해가 되지 않는지 적잖이 놀란 듯 바들바들 떨고 있었다. 뭔가 기억해 내기라도 했다는 듯이 세환의 입에서 탄식 한마디가 흘러나왔다.

"아!"

세환은 다솜의 손목을 잡더니 이층으로 올라갔다. 그리고는 방에 집어넣으며 말했다.

"여기서 꼼짝하지 말고 있어. 전화, 아, 그래, 휴대 전화도 받지 마. 필요하다면 동생들한테 오는 것도 받지 마. 알았어?"

이제껏 본 세환의 얼굴 중 가장 험상궂었다. 다솜은 그의 얼굴에 더욱더 놀라 다급히 고개만 끄덕였다.

도대체 이게 무슨 일일까?

관리인이 집 앞에 모여 있던 기자들을 다 쫓아낸 후에야 세환은 회사로 출근할 수 있었다. 관리인 말로는 어제 늦은 밤만 해도 아무도 없었다 한다. 오늘 새벽에 주변을 돌 때만 해도 없었다 한다. 도대체 어디 숨어 있다 그렇게 우르르 몰려들었는지 모르겠다고 했다.

회사 로비에 발을 내딛는 순간부터 세환은 기분이 몹시 나빠졌다. 그를 본 모든 사람들의 눈길이 쉽사리 걷어지질 않았다. 한마디로 우리 속의 원숭이가 된 기분이다. 거기다가 비서까지 평상시보다 더 방실방실 웃으면서 인사말을 건넸다. 결혼 후 처음 있는 일이다.

세환은 사무실 소파에 너부러져 이를 부득부득 갈았다. 그의 손에는 집을 나서기 전 관리인이 기자에게 받았다는 스포츠 신문이 들려 있었다.

『세기의 로맨스! 이 시대에도 로맨티시스트가 존재할 수 있다!』

유치한 헤드라인.

『신데렐라는 누구?』

여자인 듯 보이는 검은 실루엣에 물음표가 커다랗게 찍혀 있었다. 정말 유치하기 짝이 없는 기사다. 생각했던 것과는 달리 기사는 우호적이었다. 계약 결혼에 대한 건 눈 씻고 봐도 찾을 수가 없었다. 다만 다솜이 현대판 신데렐라로, 자신이 백마 탄 왕자로 그려져 있었다.

다솜에 대한 소개도 나와 있었다. 나름대로 최대한 보호를 한 흔적이 보였다. 룸살롱 건도 있었고 그녀의 가족사에 대한 이야기도 나왔다. 그런 면이 더욱더 그녀를 신데렐라로 보이게 만들고 있었다. 곁들여 꼴에 인터뷰도 있었다.

몇 명의 인터뷰를 읽어 내려가던 세환은 갑자기 자리에서 벌떡 일어났다.

『김XX(45, 자영업). 27번 아가씨죠. 룸살롱이라는 곳이 술 마시고 여자들 접대를 받고 단순히 그렇게 생각했는데 그녀는 특별했습니다. 사업을 하다 보면 이런저런 힘든 일이 많기 마련입니다.

자포자기한 적도 있습니다. 그런데 그녀는 그런 이야기를 모두 따뜻하게 받아주는 사람이었습니다. 힘들 때 그곳을 찾으면 위안을 받을 곳이 있다는 게 또 하나의 행복이 되고 말았습니다. 그만둔다고 했을 때, 농담 삼아 이제 누구에게 속내를 털어놓냐고 했었습니다. 결혼을 했다는 건 이번에 처음 알았습니다. 분명 하늘에서 복을 내린 걸 겁니다. 좋은 사람에게 갔다고 하니 정말 다행이지 뭡니까?』

입에서 거품이 날 것만 같았다. 다솜은 그야말로 완벽한 신데렐라다. 뒤이은 기사의 내용은 이러했다.

세환, 자신이 위험에 처한 신데렐라를 구한 왕자로 그려져 있었다. 룸살롱에서 일을 하고 동생들 뒤치다꺼리를 하던 불쌍한 재투성이 공주 다솜을 구해준 왕자, 하늘에서 내린 튼튼한 동아줄 바로 그것이 세환이라고 소개하고 있었다. 이건 분명 석이 의도한 기사가 아니다. 뭔가 일이 묘하게 돌아가고 있었다. 그때 전화벨이 울렸다.

"네…… 그렇군. 그래. 더 이상 조사할 필요 없겠군."

새로 서래를 하게 된 홍신소였다. 수화기를 내려놓으며 세환은 큰 소리로 웃기 시작했다. 석이 판 기사가 아니라 한다, 처음 기사를 제공한 사람은 파파라치로 메이저 급 신문사 앞에서 기삿거리가 없나 두리번거리다가 쓰레기통 안에서 다솜의 인적사항이 든 서류 봉투를 주웠다고 했다.

석의 뭐 씹은 얼굴을 떠올리며 세환은 아예 배를 움켜쥐고 웃었다. 소파에 누운 채로 전화를 받았다는 사실도 잊은 채 그렇게 웃다 바닥에 떨어질 뻔했다. 정신을 차리고 보니 배가 아니라 소파 팔걸이를 움켜쥐고 있었다. 자세를 바로잡고 신문을 테이블 위에 올려놓았다. 한참 동안 신문을 노려보았다.

마냥 웃어넘길 일이 아니다. 수습을 해야 하는데, 앞이 보이지 않았다. 이혼을 해야 하는데 점점 이혼으로 가는 길은 멀게만 느껴졌다.

게다가 이 여사는 다솜의 편이다. 그걸 모르는 세환이 아니었다. 그러나 자신이 있었다. 다솜을 밀어내고 이번에야말로 이 여사의 마음에 쏙 드는 좋은 여자를 아내로 맞이할 자신이 있었다. 다솜은 아직 터지지는 않았지만 언제 터질지 모르는 시한폭탄 같은 존재였다. 세상에 비밀이란 없는 법이다.

벌떡 일어나 세환은 사장실을 서성이기 시작했다. 이 일을 어떻게 수습해야 할까, 팽팽 머리가 돌아가야 할 때 이럴 때 꼭 머리는 장식품이 된다. 방법을 생각해 내려고 온 정신을 집중했다. 분명 방법이 있을 거다. 방법이 없을 리가 없다. 그러다 문득 한 가지 묘안이 머리 속을 스치고 지나갔다.

연애와 결혼은 좀 다르겠지만 보통 연애를 할 때 찰 수 없는 상황이라면 차이면 된다. 자신이 다솜을 놓을 수 없는 상황이라면 놓아달라 그렇게 말하게 만들면 된다. 그 방법이 있었다. 생각난 김에 실행에 옮기기로 마음먹었다. 늦출 필요가 없다.

하루라도 빨리 이 상황을 해결해야만 한다. 그게 자신이 두 다리 뻗고 잘 수 있는 지름길이었다.

'바람'이라는 건 한번 써먹어봤다. 그런데 꿈쩍도 하지 않는 다솜이었다. 가장 효과적이면서도 빠른 방법이 필요했다.

"도대체 어떤 방법이…… 아!"

그때 불현듯 머리 속에 화란이 떠올랐다.

"남자? 사랑할 수 있는 남자?"

세환의 눈이 반짝였다. 남자를 붙이면 된다. 그리고 그 남자를 사랑하게 만들면 된다. 아무리 다솜이 무던하고 맹하다 해도 그녀도 심장이 뛰고 있는 한 사람의 여자다. 다른 남자를 사랑하게 되면 자신과 지내는 게 분명 괴로울 거다. 화란도 그랬다. 다른 남자가 눈에 들어오자 가차없이 자신을 쳐냈다. 사랑은 무너지는 건 정말 한순간이었다.

첫사랑이라고 부를 수 있는 대학 후배인 화란. 세상의 어떤 여자보다도 순수하다고 믿었던 그녀도 그렇게 쉽게 등을 돌리고 다른 놈을 쫓아가 버렸다. 그 당시에는 엄청난 충격이었지만 지나고 보니 둘이 만나서 뭘 하고 다녔는지 기억도 나지 않았다. 그저 열병이었다. 다솜노 그녀와 별반 다르지 않을 것이다. 사랑하는 남자가 생기면 헤어지자 말할 것이다, 그 아이처럼.

세환은 입술을 실룩거렸다. 목구멍에서 흘러나오는 허탈한 웃음소리를 내버려 뒀다. 이제 적당한 남자를 고를 일만 남았다. 자신의 자존심이 크게 다치지 않는 범위 내에서 다솜에게 접근하기 쉬운 남자를 골라야 한다. 자연스러운 게 제일 좋은 법이다.

문득 아현에게 들었던 이야기가 떠올랐다. 지나가던 말로 아현이 피트니스 센터의 수영 강사가 썩 괜찮은 남자라고 했다. 몸매도 잘 빠졌고, 매너 좋고, 말도 잘한다고 했다. 거기다가 매인 곳 없는 총각이니 금상첨화다. 큰 액수의 돈은 충분한 미끼가 될 것이다. 연락을 해서 만나게 되면 아예 큰 액수를 부르리라 마음을 먹었다.

전화기로 손을 가져가며 세환은 이미 모든 일이 다 잘 풀리기라도 한 것처럼 비실비실 웃었다. 상대는 바뀌었지만 게임은 여전히 진행 중이다. 마지막 승자는 자신이 될 것이다.

아침에 그 난리가 있고 나서 다솜은 아예 휴대폰의 배터리를 뽑아버렸다. 세환이 당부한 말도 있었지만 어떻게 전화번호를 알았는지 정말 휴대폰이 불이 날 정도로 울어댔다. 정신을 쏙 빼놓고도 남을 일이다. 결국 생각해 낸 방법이 배터리를 뽑는 일이었다. 그때 똑똑하고 문 두드리는 소리가 들리고 아줌마가 들어왔다.

"큰사모님이 피트니스 센터에 가자고 찾고 계세요."

"아, 네."

다솜은 곧 아줌마를 뒤따라 아래층으로 내려왔다. 이 여사가 거실 소파에 앉아 신문을 보고 있었다. 평소에 받아보지 않는 연예 신문에서부터 스포츠 신문까지 테이블 위에 나란히 놓여져 있었다.

"소란스럽기는 했지만 그다지 나쁜 일은 아닌 것 같구나. 당분간 주변이 소란스러울 것 같으니 조심해라. 이상한 사람들이 접근하는 일이 있을지도 모르니 말이다. 아차차, 이럴 게 아니라 너에게 사람이라도 하나 붙여놓든지 해야 할 것 같구나. 자, 이제 가자꾸나."

다솜은 아직 신문 기사를 보지 못했다. 테이블에 놓인 신문들에 슬쩍 눈길을 주다 이내 고개를 돌렸다. 이 여사가 나쁜 일이 아니라고 하면 아닌 거다. 그보다 이 여사의 배려가 눈물나도록 고마웠다. 정말로 자신의 시어머니라면 얼마나 좋을까? 그러나 그건 욕심이 분명했다. 세환과 헤어지면 이 모든 관계는 끝이 날 것이다. 그렇지만 그래도 바라고 싶었다. 그와 헤어진 후에도, 이 여사와 아줌마, 그리고 관리인 아저씨까지 지금처럼은 아니라 할지라도 좋은 관계로 남을 수 있다면 얼마나 좋을까, 바라고 또 바라고 싶었다.

핸드백을 챙겨 들고 이 여사의 뒤를 따라 집 밖으로 나왔다. 돌계단 몇 개를 밟아 내려가다가 갑자기 동생들이 떠올랐다. 아침에 봤던 그 사람들이 동생들에게도 찾아갔을 것만 같았다. 관리인을 피해서 우르르 몰려들 정도라면 동생들 아파트도 조용할 리는 없을 거다. 다리가 후들거렸다. 어떻게 키운 동생들인데…… 집안은 안 좋아도 좋은 것만 보여주려고 무던히 애쓰면서 키운 동생들이었다. 지금까지 공들인 탑이 한순간에 무너질지도 모른다는 생각에 미치자 다솜은 얼굴이 새하얗게 질리고 말았다.

앞서 가던 이 여사가 돌아보았다.

"왜 그러니?"

다솜이 아무런 대답을 하지 않고 있자 이 여사가 한 번 더 재촉하듯이 물었다.

"어디 아픈 데라도 있니?"

"아, 아니요. 저, 저기…… 도, 동생들한테 가, 가봐야 할 것 같아요."

얼굴을 제대로 바라보지 못하고 다솜이 더듬더듬 말을 끝내자 이 여사의 낯빛이 확 변했다.

"이런, 그 생각을 못 했구나. 애들이 얼마나 놀랐을까? 최 기사, 그쪽으로 가주게."

이 여사는 차에 탄 후 옆 자리에 앉은 다솜의 손을 꼭 잡았다. 별일은 없을 거다. 아무리 거머리 같은 기자들이라도 후환은 두려운 법이다. 그래도 한참 자랄 때 민감한 애들이 얼마나 놀랐을까, 이 여사는 한숨이 나오려고 했지만 애써 참았다. 자신만이라도 중심에 잘 서 있어야 다솜이 덜 불안해할 것 같았다. 파르르 떨고 있는 다솜의 손을 잡고 있는 손에 힘을 주었다.

"별일없을 게다. 여차하면 데리고 오자꾸나. 당분간은 이곳에서 같이 지내는 것이 좋을 것 같구나."

순간 다솜은 코끝이 시큰거렸다. 이 여사의 마음 씀씀이 너무나 고마웠다. 눈앞이 서서히 흐려지려고 했다. 아는지 모르는지 이 여사가 또 다른 손을 겹쳐 왔다. 그 손이 너무나도 따스해서 눈물마저도 말려 버릴 것 같았다.

◑ ◑ ◑ ◑ ◑

이른 오후, 피트니스 센터 근처의 커피숍에는 잔뜩 기대감에 들뜬 세환이 한 남자와 마주 앉아 있었다. 그의 이름은 이하빈, 다솜이 다니는 피트니스 센터의 수영 강사였다.

아미 한차례 설명을 끝낸 세환은 하빈의 대답을 기다리고 있었다. 물론, 다솜을 아주 이상한 여자로 만드는 거짓말 몇 가지를 곁들였다. 그래야 연극의 효과는 높아질 테니깐 말이다. 사실대로 말한다면 미친놈 취급받을 게 뻔했다.

"그렇게 해서 저에게 돌아오는 혜택이 뭡니까?"

하빈이 물었다. 세환은 슬그머니 웃었다. 물어주길 기다렸다는 듯이 대꾸했다.

"뻔하지 않겠소."

너무나 뻔하고 담담한 대답에 하빈의 이마가 좁아졌다.

"돈? 하…… 그것뿐입니까?"

당돌한 하빈의 말에 세환은 어이가 없었다. 돈이면 된 거지, 뭘 더 바란단 말인가. 한 대 쥐어박고 싶었지만 모른 척 되물었다.

"뭘 더 원합니까?"

"당신 부인."

세환은 커피 잔으로 입을 가져가다 하빈의 말에 어이가 없어져 그만 커피 잔을 떨어뜨릴 뻔했다. 태연한 목소리, 한 치의 떨림도 없이 '부인'을 원한다 한다. 무슨 뜻일까?

"그러니깐 당신 말은 부인과는 깨끗하게 정리하고 싶다는 것 아닙니까? 그러니까 내 말은 당신 부인과 내가 정말로 연애를 한다면 상관하지 말라는 겁니다. 그게 당신이 원하는 것 아닙니까?"

그의 말이 틀리지는 않았다. 세환, 자신이 뭘 원하는지 정확히 알고 있었다. 그러나 왜 그 말이 자신의 온 신경을 긁어놓는지 알 수가 없었다. 다솜과 진짜 연애를 해보겠다고 하다니…… 무슨 속셈인지 알 수가 없었다. 도대체 그 여자의 어디가 좋다는 건지 알 수가 없었다. '왜?', 목구멍까지 올라오는 물음을 꿀꺽 삼켜야만 했다.

하빈이 계속 말을 이어갔다.

"돈은 기본이고 당신 부인을 원합니다. 당신은 부인과 헤어질 수 있어 좋고 나는 원하는 걸 얻을 수 있어 좋은 거래가 될 것 같군요."

세환은 고개를 끄덕이며 생각을 정리하려고 노력했다.

더할 나위 없다, 그렇다. 진짜 연애를 하든 말든 상관할 문제가 아니다. 자신으로서는 앞에 앉아 있는 남자가 다솜을 데리고 간다면 기뻐해야 한다. 그런데 왜 하나도 기쁘지 않는 걸까? 더러운 기분이다. 꼭 자신의 것을 뺏기는 것만 같았다. 아니, 그런 생각이 들어 더 기분이 더러워졌다. 얼른 끝을 내야만 한다. 다솜을 곁에 두고 있기 때문에, 서류상으로는 아직 자신의 소유이기 때문에 이런 기분이 드는 걸 거다. 이런 이해할 수 없는 기분 속에서 한시라도 빨리 벗어나야만 한다. 이 상태로는 살아가고 싶지 않았다.

"좋습니다. 이로써 거래는 성립되었습니다. 일단 착수금으로 당신 계좌에 넉넉할 만큼의 돈을 넣겠습니다. 그리고 나머지 금액은 일이 끝나고 나면 직접 건네드리죠. 그리고 일의 경과는 중간 중간에 내게 직접 보고해야 한다는 것 잊지 마십시오."

최대한 차분하게 말을 마쳤다. 그의 말을 들으며 하빈이 웃었다.

아현의 말대로 하빈은 잘생긴 외모에 젊기까지 했다. 남자인 자신이 봐도 웃는 모습이 매력적이었다. 적당히 긴 얼굴에 기분 좋게 올라가는 입꼬리, 거의 완벽했다. 나이가 28살이고, 27살인 다솜과 비슷한 또래였다.

'둘 사이에 벌써 무슨 일이 있는 건가?'

자신이 알지 못하는, 다솜이 말하지 않은 뭔가가 두 사람이 사이에 있기라도 했다는 건가. 그게 아니라면, 어떻게 당신의 부인을 원한다고 저토록 당돌하게 말할 수 있을까? 자신이 발견하지 못한 다솜의 매력을 며칠에 한 번씩 잠깐밖에 보지 못하는 하빈이 발견이라도 했다는 듯이 앞에서 실실 웃고 있었다. 꼬리에 꼬리를 물고 생각이 늘어만 갔다.

그러나 이내 하빈의 목소리가 세환을 현실로 끌고 나왔다.

"분명히 약속한 겁니다. 어떤 결과가 나와도 상관하지 말아주십시오. 그럼 이만⋯⋯."

하빈이 커피숍 밖으로 나가는 뒷모습을 물끄러미 쳐다보던 세환은 얼굴을 찡그렸다. 한 대 얻어맞은 사람처럼 배가 아팠다. 다솜의 얼굴을 떠올리며 입술을 꽉 깨물었다.

도대체 그 여자, 다솜이 어떻게 하고 돌아다녔길래 젊고 매력적인 하빈이 그녀에게 관심을 가지는 걸까? 하빈이 근무하는 크리스털 호텔 내 피트니스 센터는 다니는 여자들의 대부분이 좋은 집안의 영양들이었다. 게다가 늘씬하고 잘 빠진 모델들도 숱하게 드나드는 곳이 바로 그곳 아닌가. 다솜이 그에게 대놓고 꼬리라도 친 게 아니고서야 하빈이 어떻게 저런 태도를 보일 수 있을까? 하빈은 이미 모든 걸 해결했다는 듯이, 다솜을 이미 품 안에 안았다는 듯이 굴고 있었다.

세환은 천천히 자리에서 일어났다. 일단 회사로 돌아가기로 마음먹었다. 회사로 돌아가서 약속대로 하빈의 계좌에 돈을 넣어준 후 회사 홍보실 직원들을 불러다가 한바탕 화풀이라도 해야 할 것 같다. 그리고 그 다음으로 집에 가면 다솜의 속을 긁어버리자. 자신에게 그토록 무덤덤한 여자가 밖에 나가서는 다른 남자에게 관심을 보인다는 것이, 도저히 용서가 될 것 같지 않았다.

왜 모두가 자신이 모르는 다솜을 알고 있는지, 다솜의 남편은 신문기사에 나왔던 40대의 자영업자도 아니고, 방금 헤어진 하빈도 아닌 바로 세환 자신이었다. 그런데도 자신이 모르는 다솜이 존재하고 있었다.

커피숍을 나가면서 세환은 다시 한 번 이를 부드득 갈았다.

몸 따로 마음 따로, 눈가가 찢어지다

◐

며칠 뒤 늦은 저녁, 세환은 자신의 침대에 앉아 문 쪽을 바라보고 있었다. 문 앞에 한동안 보지 않았던 이부자리가 깔려 있었다. 일이 점점 더 묘하게 돌아가고 있었다.

며칠 전, 그러니깐 정확히 하빈을 만난 날, 집에 돌아와 보니 다솜의 동생들 넷이 모두 집에 있었다. 이 여사가 데리고 온 거라 했다. 한바탕 다솜을 쥐어 흔들려고 했는데 아이들이 자신을 보며 형부니, 매형이니 하면서 반기는 통에 그냥 넘어가는 수밖에 없었다. 결국 그날 다솜을 생각했던 대로 긁을 수가 없었다. 그뿐만 아니라, 그날부터 지금까지 다솜과 한공간에 있게 되었다. 서재나 다른 방으로 가서 자라고 할 수도 없는 노릇인 게, 그 둘이 평소 사는 생활공간인 이층에 아이들이 묵고 있었던 것이다.

완전히 고문인 게, 세환 자신도 남자인 이상 몸은 다솜이 누운 것만 봐도 반응을 보이고 있었다. 의지와는 상관없이 다솜이 누워 있는 것만 봐도 싱숭생숭해지는 것이었다. 자신도 혈기왕성한 남자인데, 전혀 의식하지 않고 행동하는 다솜의 행동을 보면 환장할 노릇이었다.

그에 반해 다솜은 참 무덤덤했다. 늦지 않은 시간까지는 동생들의 공부를 봐준다며 다른 방에 있다가 잠이 들 만한 시간이면 건너와서 따로 펴놓은 이부자리에 드러누워 자는 것이었다.

세환도 처음 하루 이틀은 견딜 만했다. 신경 쓰지 않으려고 무던히 애를 썼다. 그러나 그 하루가 이틀이 되고 삼 일이 되고 나흘이 넘어가자 이제는 한계점에 다다랐다. 제발, 누가 다솜을 눈앞에서 치워줬음 좋겠다. 도대체 하빈이라는 인간은 뭘하고 있는 걸까? 돈만 먹고 튄 건 아닐까 슬며시 의심스럽기까지 했다.

빌고 또 빌었다. 어서 하빈이 다솜을 어떻게든 이 공간에서 끌고 나가길 빌었다. 그날 이후로 다솜이 피트니스 센터를 두 번이나 갔다 왔는데 별 이야기가 없었다. 어머니도, 다솜에게도 별다른 분위기를 느낄 수가 없었다. 거기다 다솜이 이혼에 대해서 더 이상 물어오지 않았다. 하긴 자신도 다솜에게 묻지 않았다. 현재 이혼 이야기는 완전히 멈춘 상태다.

'딸깍', 문 여는 소리가 나나 싶더니 다솜이 방 안으로 들어왔다.

세환은 다솜을 물끄러미 바라보다 이불을 뒤집어쓰고 침대에 드러누웠다. 조심스럽게 중얼거리는 목소리가 들려왔다.

"오늘도 신세 좀 지겠습니다. 불편하더라도 며칠만 더 참아주세요."

불이 꺼졌다. 그리고는 이불을 걷는 소리가 들리더니 이내 조용해졌다.

세환은 이불 안에서 눈을 말똥말똥 뜨고 있었다. 마른침을 삼켰다. 역시 고문이다. 한 번 안아본 여자를 몇 미터 되지도 않는 곳에 두고 이렇게 홀로 자야 한다는 건 정말이지 견딜 수 없는 일이다. 다솜은 오늘도 아무렇지 않은 듯 보였다. 어떻게 저럴 수 있을까? 하긴 자신을 안은 사실은 둘째 치고 이혼하자고 하는데도 소란 한 번 안 피우고 그대로 받아들인 여자가 다솜이었다.

그래, 그렇다면?

한 번 더 안는다고 해서 특별히 더 나쁜 놈이 되는 것도 아니다. 갑자기 오기가 생겼다. 혼자 생각하고 혼자 결론 내는 일에 슬슬 짜증이 났다.

그는 다솜에게 가기 위해 벌떡 일어났다. 그러나 이내 침대 위에 철퍼덕 다시 누웠다.

'미친놈!'

한껏 스스로에게 욕설을 퍼부었다. 이유가 없다. 그땐 상황이 자신을 받쳐 줬다고 해도 지금은 이유가 없었다. 스스로를 납득시킬 수 있는 이유가 존재하지 않았다.

잠이 올 것 같지 않아 뒤척이는 세환의 귀에 다솜의 새근거리는 숨소리가 너무나도 편안하게 들려왔다. 그 숨소리 때문에 도저히 잠이 올 것 같지 않았다. 뜨거워질 대로 뜨거워진 몸은 동물적 본능에 충실하라고 아우성을 치고 있었지만, 차마 손을 뻗을 수가 없었다. 세환은 이 밤도 꽤나 길 것만 같아 한숨이 저절로 나왔다.

예상한 대로 결국 밤을 꼴딱 새고 말았다. 누워 있는 도중에 몇 번이나 일어나 시간을 확인했는지 모른다. 세환은 적당한 시간이 되자마자 아침 식사도 거른 채 일 핑계를 대고 집을 나와 회사로 출근했다. 덕분에 오전 시간은 사무실 문까지 걸어 잠그고 소파에 누워 잤다. 비서가 두어 번 문을 두드리는 것 같았지만 무시해 버렸다. 자기가 아는 한 자신이 꼭 필요한 일은 당분간 없었다. 준비하던 프로젝트가 이사들에 의해서 멈춰 버린 지금 급한 일은 없다.

점심도 믹는 둥 마는 둥 다시 사무실로 돌아와 정신을 차리고 서류들을 좀 볼까 하는데 아현이 찾아왔다. 그녀의 생기발랄한 모습은 여전했다. 사무실에 들어오자마자 아현이 커피를 찾아대며 한마디 했다.

"네 덕분에 나 요즘 신나거든, 아주 많이. 우리 회사 직원들

말야. 너란 놈에 대해 궁금해서 대학 시절 이야기를 줄줄이 해줬지, 덕분에 아주 재미있어."

세환은 슬그머니 인상을 썼다.

"야, 인상 좀 펴라. 그 기사 쪼가리 본 여자들은 죄다 네 팬이 되었으니 얼마나 기분 좋은 일이냐?"

그때 비서가 커피를 들고 들어와 테이블 위에 놓았다. 아현이 고맙다며 살짝 웃더니 이내 비서에게 물었다.

"좋겠어요, 사장님이 로맨티시스트라?"

비서가 갑작스런 물음에 어쩔 바를 몰라 하며 세환의 눈치를 살피더니 작은 목소리로 짧게 '네' 라고 대꾸하더니 사무실을 나갔다. 세환은 의자에서 일어나 소파로 자리를 옮겼다.

"그렇게 신나냐?"

말이 떨어지기가 무섭게 아현이 고개를 세차게 끄덕이며 대답했다.

"응!"

세환은 잔뜩 얼굴을 구기며 소파에 등을 기댔다. 신나지 않는 사람은 자신뿐이다.

아현이 커피 한 모금을 마시더니 심각한 얼굴로 천천히 입을 뗐다.

"근데 김세환, 네가 나한테 말한 것과는 사뭇 다른 여자던데? 잘못 알고 있었던 것 아냐?"

아현은 두 사람이 어떤 관계로 얽혀 있는지 뻔히 알면서 세환을 떠보려고 했다. 무슨 대답이 나올까, 이번에는 세환이 또 어떤 거짓말을 할지 사뭇 궁금했다. 그가 어디까지 버틸지 알고 싶었다. 이제 슬슬 사실을 말해 준다면 자신의 현재 진행되고 있는 게임을 끝낼 수도 있다. 화가 나서 시작해 버린 게임이었지만 세환이 불행해지는 건 원하는 일이 아니었다.

"데리고 살아봤냐? 데리고 사는 사람 입장은 아무도 모르는 거다. 모두가 그 여자한테 속고 있는 거야."

생각과는 달리 세환이 끝까지 버텼다. 아현은 세환이 눈치채지 못하게 슬그머니 웃다가 정색을 하며 되물었다.

"그래? 그럼 다 이야기하면 되잖아. 뭘 망설여?"

아현은 미꾸라지처럼 빠져나가려고 하는 세환이 얄밉기 시작했다.

"어머니가 아시게 되면 충격이 클 텐데 그럴 수는 없지."

이번에는 이 여사 핑계다. 아현은 웃음이 터져 나오려는 걸 애써 참았다. 여전히 다솜을 만나러 피트니스 센터에 가고 있다. 이왕 끊은 회원권이 아깝기도 했다. 그곳에 갈 때마다 그녀는 보고 느꼈다. 이 여사가 있을 있는 때는 모른 척하고 다른 시설을 이용했는데 밀리서 본 그들의 모습은 너무나도 다정했다. 이 여사가 다솜을 참 예뻐하고 있었다. 세환이 다솜에 대해 한 말들이 사실일지라도 이 여사는 별로 타격을 입을 것 같지 않았다. 아마 되려 세환을 야단칠 것만 같았다. 남편이 얼마나 허술하면 부인이 그러겠냐고 말이다. 오히려 이 결혼이 계약에 의해서 만들어진 걸 알게 되면 상심이 클 거다. 이 여사가 어떤 표정을 지을지는 궁금했지만 자신이 터뜨릴 문제는 아니었다. 잠시 호기심을 접기로 했다.

"근데 김세환, 우리 계속 연인인 척해야 하는 거 아니냐? 좀 더 자극이 필요하지 않아?"

다시 한 번 세환을 넌지시 떠보았다.

"관두자. 그건 별로 효과가 없을 것 같다. 그리고……."

세환이 툴툴거리면서 말끝을 흐렸다.

"그리고 뭐?"

"아니다. 더 이상 네 도움을 받지 않아도 해결이 날 것 같다. 그 일은 잊어버려라."

세환은 솔직히 아현에게 다솜과 어떻게 그렇게 다정할 수 있는지 묻고 싶었다. 그날 다 봤다고 어떻게 된 일인지 묻고 싶었지만 묻지 않았다. 지금 아현의 말을 듣고 보니 그 또한 계획의 일부로 느껴졌다. 의심했던 게 오히려 미안했다. 소중한 친구에게 더 이상 신세를 질 수는 없었다. 이제 아현이 그렇게 해주지 않아도 일은 저절로 풀릴 것이다. 하빈을 떠올리며 아현에게 물었다.

"지난번에 네가 말한 피트니스 센터의 수영 강사는 어때?"

"그 수영 강사? 그게 왜 궁금해? 아는 사람이야?"

아현이 어리둥절하다는 얼굴로 쳐다보았다.

"아니, 그런 건 아니고…… 네가 관심있는 듯 보여서 두 사람 사이에 무슨 일이라도 있나 해서 물어보는 게지. 친구의 기쁨은 곧 나의 기쁨 아니겠어?"

세환은 서둘러 둘러대며 아현의 의심스러워하는 눈빛을 피했다.

"그래? 근데 어쩌니? 그런 어린애한테는 관심이 없으니 말이야. 아무래도 나 정말 혼자 살 팔자인가 봐. 남들이 다 멋지다는 남자를 봐도 동하질 않으니 말이야. 아차, 맞다. 그래도 꽤 친절해서 인상에 남기는 했어. 어머님하고 다솜 씨에게 유난히 잘하더군. 몸에 배인 습관일려나. 아무튼 바람둥이로 보이기도 하고……. 피트니스 센터에서 여자들을 상대하는 총각 강사라면 불 보듯이 뻔하잖아."

세환의 귀에는 다솜에게 잘해준다는 말만 유난히 크게 들렸다. 아현이 일부러 그 말을 큰 소리로 말한 것도 아닌데 그의 귀에는 그렇게 들렸다. 그 말만이 머리 속을 둥둥 떠다녔다. 듣고 싶은 말은 늘 그렇게 뇌리에 박히는 법이다. 그런데 왜 은근히 화가 나려고 하는지 알 수가 없었다.

아현이 자리에서 일어났다.

"그만 가봐야겠다. 또 들르마. 아차, 알고 있지? 다음 주에 매장 오픈한다."

아현은 고개를 끄덕이는 세환을 보며 방긋 웃었다. 사무실을 나오면서 세환의 말을 곱씹었다. 애인 역을 해줄 사람이 이제는 필요없다고 했다. 자신에게 해서는 안 될 거짓말까지 하면서 부탁을 할 때는 분명히 목적이 있었을 것이고 계약 결혼도 어떤 목적을 위해서 했을 텐데, 이제 세환은 필요없다고 말했다. 왠지 찜찜한 기분이 들었다.

'저 녀석, 분명 다른 일을 꾸미고 있는 걸 거야. 다른 방법을 찾았다는 건가…… 서둘러야겠군.'

그녀는 이렇게 된 이상 세환의 사정을 봐주지 않기로 마음먹었다. 일이 싱겁게 끝나기 전에 서둘러야만 했다. 그렇게 세환이 원하는 대로 끝나 버리면 재미가 없을 거다, 분명히. 최소한 자신은 재미가 없다 느낄 게 뻔했다. 다솜을 변화시키겠다는 계획에 박차를 가해야 한다. 세환이 계속해서 거짓말을 하는 이상 꼭 해내고야 말겠다고 다짐했다. 김세환이 진다솜 앞에 무릎을 꿇게 만들어야 기분이 좀 풀릴 것 같았다. 십년지기 친구라는 이름을 걸고 해내고야 말겠다. 끝까지 모른 척하는 세환이 얄미워서라도 해내고 만다고 결심하는 아현이었다.

오늘 다솜이 사무실에 올 예정이다. 일단 그 촌스러운 머리카락부터 어떻게든 바꿔놓고 난 다음에 그녀를 끌고 쇼핑이라도 다녀야겠다 마음먹었다. 왜 꼭 펑퍼짐한 옷을 입고 다니면서 몸매를 가리는 걸까, 조금만 갈고닦으면 옥석이 될 수 있는 몸매인데 말이다.

엘리베이터로 향하며 아현은 자신도 모르게 깔깔거리며 웃었다.

그날 오후, 세환은 집에 들어온 직후부터 내내 다솜의 머리카락만 뚫어져라 쳐다보고 있었다. 늘 단정하게 묶은 긴 머리카락이었는데, 단발로 싹둑 자른 뒤에 부드럽게 웨이브를 넣었다. 늘 보던 모습이 아니어서인지 왠지 신경에 거슬렸다. 게다가 드러난 하얀 목덜미가 긴 머리를 묶었을 때와는 달리 유혹적으로 보이기까지 했다.

저녁 식사 후 다솜이 침대 시트를 갈러 방으로 들어오자 세환은 참았던 말을 뱉어냈다.

"당신, 머리가 왜 그 모양이야?"

다솜이 그를 쳐다보았다.

"네? 이상해요?"

예쁘면 예뻤지 이상한 건 아니었다. 그러나 왠지 모르게 괘씸하다는 생각이 들었다. 그 긴 머리카락을 자신에게 일언반구도 없이 싹둑 잘랐다는 사실에 슬며시 화가 났다. 저 목덜미를 이제 아무나 다 볼 게 아닌가!

"누가 이상하다 했어? 갑자기 머리카락 모양새가 바뀌니……."

세환이 말을 채 끝내기도 전에 다솜이 방긋 웃으며 말했다.

"다행이네요. 다른 사람들은 다 예쁘다고 해서 그렇구나 했는데 이상하다 하실까 걱정했어요."

"누구?"

세환은 자신도 모르게 묻지 말아야 할 말을 그만 입 밖으로 뱉어냈다. 입이 방정이다.

"네?"

너무나도 작은 목소리에 다솜이 채 알아듣지 못한 듯 되물었다.

세환은 물끄러미 그녀의 얼굴을 쳐다보다 입만 벙긋거리며 '누구'냐고 말했다.

"어머니랑 아줌마랑……."

거기까지 조용히 듣기만 했다.

"그리고 선생님이랑."

"선생님?"

이놈의 입이 또 방정이다. 그냥 듣기만 하면 될 것을 꼭 이렇게 확인하듯이 물어대고 있었다. 입을 꿰매 버리던가 해야지, 이러다가 경을 칠 일이 생길 것만 같았다.

"아! 피트니스 센터의 수영 강사 선생님, 하빈 씨요."

'하빈 씨', 그 한마디에 세환의 미간이 좁아졌다. 둘 사이에 별다른 기운이 느껴지지 않았는데 '씨' 자까지 붙여가면서 부를 사이가 되어 있었다.

그놈이 분명 예쁘다 했단 말이지.

분명 일이 자신이 바라는 대로 제대로 돌아가고 있다는 증거였다. 다솜과 결혼을 한 이후로 자신이 의도한 대로 진행되는 최초의 일인데…… 이상하게 세환은 기분이 마냥 좋지만은 않았다. 한편으로는 게임의 상대를 잘 선택한 것에 대해서 흐뭇했지만 한편으로는 여전히 이가 갈렸다.

다솜이 침대 시트를 다 갈은 후 그에게 조심스럽게 고개를 숙이더니 방을 나갔다.

세환은 그녀의 뒤만 멍하니 바라보다 더 이상 아무런 말을 하지 않았다. 입을 열었다가는 이 주책맞은 입이 무슨 소리를 뱉어낼지 알 수가 없었다. 정신을 차리자 외치면서, 지금 너 뭐하고 있는 거냐 자신을 타이르면서 세상에 있는 모든 신을 불러모으고 있었다.

'하나님, 부처님, 알라신이시여……!'

하늘에 계신 신이 자신에게 원하는 게 뭔지 궁금했다. 사람 미치는 거 한순간이다. 이러다가 정말 돌아버릴지도 모른다. 왜 갑자기 저 여자가 눈에 들어오는 건지 알 수가 없었다. 거친 말들이 이 사이로 빠져나와 입술을 비집고 나오려고 했다.

그때 밖에서 노크 소리가 들렸다. 다혜와 다인이었다.

"저기, 형부……."

머뭇머뭇 다혜가 말을 이어갔다.

"친구들을 만나러 가야 하는데, 좀 멀어서……."

태워달라고 부탁하러 온 것임을 세환은 알아챘다. 최 기사나 다른 사람에게 부탁해도 될 일이지 꼭 세환에게 부탁할 필요는 없었다. 거절을 할까 했는데 그의 고개는 의지와는 반대로 끄덕이고 있었다.

"그래? 태워다줄까?"

다인이 탄성을 내질렀다.

"와, 정말요? 정말 태워다주실 거예요?"

여자 아이들 둘이 방 안으로 뛰어들어 와 세환의 팔짱을 끼며 깡충깡충 뛰었다.

"언니가 아저씨한테 말해 준다고 했는데, 형부한테 말하길 잘했어요. 사실은 친구들한테 형부 보여주기로 했는데 자랑을 무척 했거든요."

다혜가 시종일관 종알종알댔다. 다인이 옆에서 동의하듯 고개를 끄덕였다.

세환은 팔에 매달리는 묵직한 아이들의 무게가 싫지 않았다.

아이들과 세환이 나간 후 다솜은 물끄러미 거실에 앉아 있었다.

머리카락을 한 번 쓱 만졌다. 이렇게 짧게 자른 건 처음이라 자꾸만 손이 갔다. 어색했다. 파마를 한 것도 아주 오랜만이다. 어디 파마만 했나, 머리를 한 후에는 아현이 이끄는 대로 마사지까지 받았다. 내일은 한 번 더 모델을 해달라고 아현이 부탁했다.

꺼져 있는 텔레비전에 비친 자신의 모습이 역시나 어색했지만 다솜은 그래도 예쁘다는 말을 들어서 기분이 좋았다. 거기다 세환도 이상하다 하지 않았다. 다행이었다. 다른 사람들이 예쁘다고 해준 것도 기분이 좋은 일이었지만 세환이 이상하다 할까 봐 내심 걱정이 되던 터였다. 확실하게 그로부터 예쁘다는 말을 듣지는 못했지만 그걸로 충분하다. 이상하다 하지 않는 것만으로도 만족스러웠다.

마사지를 했는데 좀 좋아진 걸까, 뺨을 어루만지고 있는데 전화벨이 요란하게 울렸다. 부엌 정리를 하던 아줌마가 황급히 나오는 소리가 들렸다. 손을 들어 아줌마에게 자신이 받겠다는 신호를 보낸 후 전화를 받았다.

"여보세······."

건너편에서 남자의 목소리가 흘러나왔다.

—안녕하십니까, 다솜 씨? 저 이하빈입니다.

"네, 네. 아····· 선생님이셨군요. 어쩐 일이세요? 네? 그래요? 그렇군요. 제가 찾으러 갈게요. 네. 네, 거기 알아요. 알겠습니다. 그럼 지금 바로 나가죠."

하빈이다. 그가 이 여사의 진주 목걸이를 보관 중이라고 한다. 피트니스 센터를 다녀온 후 이 여사는 피곤하다고 일찍 잠이 들어버렸다. 깨울 수는 없고 자신이 가서 가져올 수밖에 없었다. 아줌마에게 잠시 외출하겠다고 이 여사를 깨우지 말라고 한 후 집을 나왔다. 약속 장소는 집 근처였다. 굳이 차를 타고 갈 필요도 없는 가까운 곳이었다. 바깥 공기가 목덜미에 닿아서 서늘했지만 기분은 상쾌했다.

얼마 걷지 않아 약속 장소에 도착했다. 문을 열고 들어가는데 멀지 않은 자리에 하빈의 모습이 보였다.

하빈은 다솜을 발견하자마자 자리에서 벌떡 일어나 인사말을 건넸다.

"어서 오세요."

"죄송해요. 빨리 나온다는 게 그만…… 오래 기다리셨죠?"

그가 고개를 저으며 활짝 웃었다. 살짝 보조개가 졌다.

"아, 아닙니다. 앉으세요. 어떤 걸 좋아하세요? 커피? 아니면 다른 차?"

다솜이 건너편에 앉으면서 머뭇거리며 하빈의 얼굴만 빤히 쳐다보았다.

"아! 이런. 이거."

그제야 하빈은 다솜의 앞에 작은 비닐백을 내밀었다. 속이 훤히 보이는 비닐백 안에 진주 목걸이가 들어 있었다.

"고맙습니다. 이렇게 직접 챙겨주셔서 정말 고마워요."

다솜이 살짝 웃었다.

하빈은 속으로 브이 자를 그렸다. 그녀를 기다리는 동안 그는 이런저런 생각에 잠겨 있었다. 세환은 다솜을 세상에서 아주 지저분한 몹쓸 여자로 말했다. 그러나 그는 다솜을 그렇게 보지 않고 있었다. 그렇게 따지자면, 자신도 결코 좋은 남자라고는 할 수 없었다. 많은 여자를 만났고 지금도 눈에 띄는 여자를 보면 습관적으로 집적거린다.

처음 다솜을 봤을 때 그냥 귀여운 여자구나 했다. 어쩌다 한 번쯤은 강의를 빠뜨릴 수밖에 없는 급한 일이 생기면 다른 고객이었다면 그냥 쉬었을 터였다. 그러나 다솜만은 자신도 모르게 다르게 대하고 있었다. 단 한 번도 강의를 빠뜨린 적이 없다. 그런 일은 애초에 만들지 않으려고 노력했다. 한 번, 두 번 그녀를 만나면서 조금씩 조금씩 더 큰 관심을 가지게 되었다.

웃는 얼굴이 예쁜 여자, 자신은 모르겠지만 사람의 옆에서 걸어갈 때는 늘 상대방의 걸어가는 앞에 놓여진 장애물을 먼저 치워주는 여자. 피트니스 센터의 어린 회원들이 넘어지거나 하면 가장 먼저 뛰어가서 안아 일으켜 주고 울면 재미있는 이야기를 건네는 여자. 다솜은 주변을 늘 환하게 만드는 마술을 부리는 것만 같았다.

순수하게 차라도 한 잔, 즉 다시 말해 작업을 한번 걸어볼까 했는데 이 여사가 죽어도 딸이 아니라 며느리라 했다. 하빈은 그 말을 그냥 모른 척했지만 은근히 신경이 쓰여서 함부로 다솜에게 작업을 들어가질 못했다. 그러던 차에 남편이라는 작자가 자신의 부인을 꼬셔 내달라고 돈까지 주면서 부탁을 했다. '꿩 먹고 알 먹고'가 이런 경우에 쏙 들어맞는 말일 것이다. 거기다가 적당한 시기에 이 여사가 진주 목걸이까지 피트니스 센터에 두고 가다니, 이건 정말 하늘이 자신을 도와주는 것처럼 느끼기에 충분했다. 물론 진주 목걸이 보관을 권유한 후에 돌아갈 때 그 사실을 일부러 알리지 않은 자신의 재치도 한몫했다.

하빈은 얼굴에 묻어나려고 하는 웃음을 애써 감추며 입을 열었다.

"여사님께서 나중에 없어진 걸 아시면 많이 찾으실 것 같아서 말입니다. 아, 이 집 커피 맛이 좋군요. 커피 싫어하세요?"

다솜은 그의 말에 자꾸만 대답을 하지 못하고 머뭇거렸다. 받을 걸 받았으니 얼른 집에 들어가 봐야 했다. 그런데 일부러 이렇게 찾아온 사람에게 바로 일어나 돌아가겠다는 말을 할 수가 없었다. 어떡해야 하나, 앉은 자리가 불편했다.

"불편하세요? 역시 안은 답답하죠. 그럼 우리 나갈까요? 이렇게 나왔는데 그냥 들어가기는 좀 그렇지 않습니까? 요 앞에 공원이 있는데 공원이라도 거닐까요?"

마지못해 고개를 끄덕였다. 비록 계약 관계라도 해도 지금은 한 사람의 부인이었다. 집 근처인데 남편이 아닌 남자와 다니다가 눈에 띄기라도 하면 좋지 않을 게 분명하다. 그러나 선생님이면 괜찮지 않을까? 한 번 더 고개를 끄덕였다. 이 여사의 목걸이도 찾아준 고마운 분이니깐 아주 잠깐 동안은 괜찮을 거다. 아주 잠깐 동안이라면⋯⋯.

"자, 그럼 일어날까요? 다솜 씨는 어떤 취미를 갖고 있나요? 수영하는 거 말고 말입니다."

하빈은 자리에서 일어나며 다솜도 자신에게 관심이 있는 거라고 확신했다.

그녀가 순순히 고개를 끄덕였다. 서로 아는 사이라고 해도 어두운 밤에 단둘이 공원을 산책하는 일은 데이트가 아니지 않겠는가. 생각했던 것보다 일이 더 쉽게 풀릴 것 같아서 휘파람이라도 불고 싶었다.

다솜과 하빈이 공원으로 향하고 있는 시각, 세환은 아이들과 함께 약속 장소에서 아이들의 친구들을 기다리고 있었다. 기다리는 게 지루해질 때쯤 아이들에게 음료수를 시켜주었다.

"좀 늦네?"

다인과 다혜가 고개를 끄덕이며 미안한 얼굴을 했다.

"아, 괜찮아. 오늘은 일이 없으니깐. 그리고 이렇게 외출하는 것도 좋네."

거짓말이 아니다. 생각해 보니 근래 이렇게 여유를 부린 적이 없었다. 잠도 제대로 못 자고 있었고 외출은 더더군다나 일 관계 외에는 하지 않고 있었다. 패스트푸드점 창밖으로 지나가는 사람들의 모습이 아주 편안해 보였다. 다들 저렇게 사는구나, 머리를 싸매고 사는 사람은 자신뿐인 것처럼 느껴졌다.

"형부는 이런 곳 싫죠?"

다인이 심각한 눈을 하며 물었다. 왜 그런 생각을 한 걸까? 세환은 슬며시 이마가 좁아지려고 했다.

"그러니깐, 언니가 그랬어요. 형부는 우리랑은 다른 사람이어서 우리가 가는 곳은 싫어할 거고, 그래서 되도록 형부 귀찮아할 일은 하지 말라고 그랬거든요."

세환은 '하'라고 입 밖으로 뱉어낼 뻔했다. 다른 사람이라, 그 말이 곱게 들리지 않았다. 편하지 않다는 걸까? 그렇게 자신이 경계의 대상이라는 말이다. 생각해 보니 다솜은 한 번도 자신에게 의사 표시를 한 적이 없다. 처음 계약을 할 때, 돈을 당장 줄 수 있냐고 물었던 것을 제외하고는 늘 자신이 끄는 대로만 따라왔다. 그 여자가 무슨 생각을 하고 있는지 슬며시 궁금했다.

"언니가 다른 말은 없었고?"

음료수를 시원스레 마시던 다혜가 다인이 대신 대꾸했다.

"다른 말이요? 있었나? 아, 늘 바쁘다고만 했는데. 그리고 어린애들을 싫어한다고…… 정말 귀찮게 하면 안 된다고만 했는걸요. 근데 형부, 정말 애들 싫어하세요?"

어느새 아이를 싫어하는 사람이 되어 있었다. 세환은 고개를 저으며 강하게 부정했다.

"아니, 싫어하지 않아."

"이상하다, 큰오빠가 언니한테 물은 적이 있었거든요. 아직 소식 없냐고 물었는데……."

아이 소식을 말하는 걸 거다. 이번에는 다혜가 끼어들었다.

"맞다. 그때 언니가 그랬어요. 형부가 애를 싫어해서 지금은 계획이 없다고, 그래서 다들 그런가 보다 하면서 형부 대할 때는 조심해야지, 라고 했어요."

세환은 한 방 얻어맞은 듯한 기분이 들었다. 아이를 가질 계획이 없다? 생각해 본 적이 없는 건 사실이다. 이 결혼 생활을 길게 끌 생각이 없었기 때문에 거기까지 생각할 필요조차도 없었다. 그런데 아이들에게 그렇게 말했다는 건 다솜도 이 결혼을 유지할 생각이 없다는 걸로 들렸다.

'왜, 어째서? 유지하고 싶지 않다는 거지?'

자신 정도면 훌륭한 남편감이었다. 그런데 그녀는 어째서 결혼을 유지할 생각이 없는 걸까? 자신만으로는 부족한 거라는 결론에 도달했다. 목구멍 아래에서 간질간질 욕설 한마디가 올라오려고 했지만 애써 참았다. 간간이 그녀에게 가졌던 호기심조차도 낭비였던 셈이다. 감정적인 낭비, 감정적인 찌꺼기였다. 떡 줄 사람은 생각도 하지 않는데 자신 혼자 이리 뛰고 저리 뛰고 있었다. 화가 났다. 화가 나서 견딜 수가 없었다.

"아, 저기 온다. 얘들아, 여기야!"

마침 기다리고 있던 친구들이 가게로 들어오고 있었다.

세환은 창밖을 바라보며 '젠장'이라고 조용히 중얼거렸다.

◐ ◑

다음날 세환이 출근을 하려고 서두르는데 다솜이 아침 준비를 하다 말고 올라와서 곁에서 머뭇거렸다.

넥타이의 매무새를 가다듬고 있던 세환은 옆에 가만히 서서 말을 할까 말까 망설이는 다솜이 못내 신경 쓰였다. 몇 초간 조용히 기다렸다. 그러나 역시 기다리는 데는 한계가 있다. 자신도 모르게 툭 한마디 던졌다.

"뭐야? 말해."

다솜이 움찔거렸다.

"저기, 오늘 저녁에 일찍 오세요?"

한 번도 물은 적이 없는 거였다. 세환은 넥타이의 매듭을 신경질적으로 만지며 되물었다.

"왜?"

"친구랑 약속이 있는데 늦을 것 같아서요."

부인이라는 건 이런 걸까, 자신이 외출하는 것 때문에 남편이 불편할까 봐 일찍 들어오는지 늦게 들어오는지 살피는 것. 정상적인 부부 생활에서는 당연히 오갈 수 있는 대화였지만 세환은 입술을 비틀며 비꼬듯이 대꾸했다.

"내가 당신 남편이었나? 그런 것까지 일일이 물어볼 필요는 없어. 당신이 없다고 해서 불편하진 않을 테니깐."

한껏 넥타이의 매듭을 잡고 있는 손에 힘을 주며 세환은 다솜의 말을 기다렸다. 이번에는 뭐라고 할까, 이번에도 이 여자는 무덤덤하게 받아들이기만 할까. 자신도 모르게 다솜의 한마디 한 마디에 신경을 쓰고 마는 세환이었다.

"아, 죄송해요. 제가 알아서 해야 할 문제였는데 괜히 신경 쓰이게 해드렸네요."

화가 났다.

지렁이도 밟으면 꿈틀댄다. 쥐도 궁지에 몰리면 고양이를 문다. 거울 속에 보이는 자신의 뒤에 서 있는 여자는 도대체 꿈틀댈 기미도, 자신을 물 기미도 보이지 않고 있다. 그녀에게 자신의 존재는 이를 드러내며 물고 뜯고 할 정도의 애정도 없는 사람이란 뜻일 게다. 세환은 넥타이를 도로 풀면서 바닥에 팽개치며 말했다.

"마음에 들지 않는군. 다른 걸 가져와."

그녀가 화내는 걸 보고 싶다. 무관심이 더 무서운 법이다. 그녀가 자신에게 쓴 소리 한마디라도 하는 걸 듣고 싶다. 그 정도의 관심, 그 정도의 애정이라도 받고 싶었다. 미친 짓이라는 걸 안다. 왜 그런 생각을 갖게 되었는지, 왜 이런 오기가 생겼는지 알 수 없었지만 그래야만 기분이 풀릴 것 같았다.

다솜이 장에서 넥타이를 새로 하나 들고 오자 세환은 받아들면서 쓱 살피는 척하더니 또 바닥에 내팽겨치며 말했다.

"이것도 마음에 안 들어, 다른 거!"

한 번 더 다솜이 조용히 넥타이를 갖고 왔다. 세환은 또 내팽개쳤다.

그러기를 다섯 번. 다솜이 여섯 번째도 조용히 새 넥타이를 내밀었다. 이번에는 내팽개치지 않고 넥타이를 손에 든 채 그녀를 물끄러미 쳐다보았다. 하소연이라도 해야 할까, 자신을 좀 봐달라고 해야 하는 걸까.

"아, 다른 걸 가져다 드릴까요?"

진다솜, 도대체 무슨 생각으로 자신이 하라는 대로 하는 걸까. 자신에게 뭘 요구하지도 않고 그녀는 공기처럼 그렇게 가만히 집 안의 같은 공간에 살아 있다. 다솜의 목소리에는 기분 나쁘다는 느낌이 전혀 묻어나지 않았다. 허탈했다. 통하는 게 없다.

세환은 조용히 고개를 흔들며 곱게 넥타이를 맸다.

"아니, 마음에 들어. 다음번부터는 한 번에 마음에 드는 걸 가져다 줬음 좋겠어."

냉랭하게 차갑게 식어버린 가시 돋친 목소리, 미동도 하지 않는 다솜의 태도도 마음에 들지 않았고 자신의 목소리도 마음에 들지 않았다. 세환은 천천히 지갑에서 수표 몇 장을 꺼내 다솜에게 내밀었다.

"친구랑 만나서 맛있는 거라도 사 먹어."

다솜이 선뜻 받질 못하고 있었다. 억지로 그녀의 손에 수표를 쥐어주며 세환은 무뚝뚝함을 가장했다.

"고맙다는 말이라면 하지 마. 사장 부인인데 당연히 돈은 당신이 내야 내 체면이 서니까 주는 거야."

손과 자신을 번갈아 멍하게 쳐다보는 다솜을 보며 세환은 또한 번 고개를 가로저으며 말을 이었다.

"계속 여기 이러고 서 있을 건가? 난 배가 고프군."

그리고는 방을 나왔다.

세환이 방을 나간 후, 다솜은 여전히 거울 앞에 서서 손에 들린 수표를 물끄러미 쳐다보았다. 자신의 위치는 여기까지다. 자신은 그에게 있어 한낱 고용인일 뿐이다. 넥타이가 필요하면 불러다가 넥타이를 골라달라 하고, 나갈 때 위신을 세워주기 위한 도구로 돈을 써야 하는 사람일 뿐이다. 여자도 아닌 사람일 뿐이다. 그에게 여자로 봐달라고 하는 건 역시 무리인 듯했다. 더욱이 그에게 애정을 가져 달라고 하는 건 있을 수도 없는 일이었다.

'그를 사랑하는 거니?'

다솜은 수표를 곱게 경대 위에 놓으며 고개를 저었다.

사랑하는 건 아니다. 사랑은 이것과는 다를 거다. 한 번도 해본 적이 없지만 사랑은 이와는 다를 것 같았다. 책에서 본 적이 있다. 그의 손길이 닿으면 두근거리고, 그를 생각하면 마냥 행복해지고, 옆에 있다는 사실만으로도 모든 걸 감내할 수 있는 거라고 했다. 그러나 그럴 자신이 다솜에게는 없었다. 돌봐야 할 동생들도 있고 앞으로 감당하면서 살아가야 할 자신의 삶이 있었다. 그 모든 걸 나 몰라라 하면서까지 그의 곁에 있을 수는 없었다. 사랑이 이런 거라면 버려야 했다.

그가 아현을 바라보고 있다고 생각할 때가 차라리 나았다. 지금은 그것도 아니라는 걸 알고 있다. 자신의 확신이 점점 옅어지고 있다는 걸 예전부터 느끼고 있었다. 아현의 말대로 그건 정말 사정이 있었을 뿐이라는 걸 믿게 되었다. 그의 곁에 정말 아무도 없다는 사실을 점점 믿으면서 자신이 흔들리고 있다는 길 깨달았다. 탐낼 수 없는 걸 탐내고만 있다는 걸 알았다.

처음 시작했을 때 이 여사에게 약속했다. 그가 원한다면 그만둘 거라고 했다. 지금 그는 그만두길 원하고 있다. 지금은 때가 아니라 기다리고 있는 중일 뿐이다. 더 이상 그에게 뭘 바랄 수는 없다. 자신의 심장이 가끔, 아주 가끔 그를 보면 두근거린 다 해도 그만둬야 한다. 후회하지 않는 유일한 길이었다.

이건 사랑이 아니라 연민일 뿐이었고, 잠시 가까이 했던 남 자에 대한 정일 뿐이라고 되뇌었다. 눈앞이 자꾸만 뿌옇게 흐 려지려고 해서 다솜은 고개를 숙일 수밖에 없었다.

회사에 출근하고 점심 시간이 다가오는데도 세환은 마음이 편하지 않았다.

오늘 아침, 다솜에게 지나치게 대했다는 생각이 들었다. 평 소와 다를 바 없이 대한 것 같은데도 자꾸만 신경이 쓰였다. 다 솜의 얼굴이 자꾸 떠올랐다. 방을 나설 때 꼭 울 것만 같은 얼굴 을 하고 있었다. 그녀의 얼굴을 한 번 더 보고 출근했어야 했던 걸까. 식탁에 앉자마자 몇 숟갈 뜨지도 않고 일어나서 나와 버 렸다. 다솜의 얼굴을 보지 않고 나왔다. 이 여사가 마저 먹고 가 라고 했지만 바쁘다고 일찍 가봐야 한다고 나와 버린 그였다. 생각지도 않게 다솜을 피한 꼴이 되었다.

떨쳐 내려고 해도 자꾸만 다솜의 얼굴이 떠올라서 서류를 제 대로 볼 수가 없었다. 그녀를 보러 집에 들러야만 할 것 같았다. 핑계가 필요했다. 낮에 집에 들어간 적이 없었다. 분명 불쑥 들 어가면 이상하게 여길 게다. 어떤 핑계가 있을까, 세환은 만년 필 뚜껑을 열었다 닫았다 하면서 생각에 잠겼다.

그러고 보니 오늘 다솜의 동생들이 아파트로 돌아간다. 생각했던 것보다 소란은 금방 잠잠해졌다. 소문이라는 건 늘 그렇듯 며칠 지나고 나면 조용해진다. 이제 집 앞을 기웃거리는 낯선 이들도 없고, 사람을 시켜 알아본 바로는 다솜의 동생들이 머물던 아파트 앞에도 낯선 그림자가 없다 했다. 그래서 오늘 동생들이 돌아가기로 했다. 일단 세환의 집에서 동생들이 다니는 학교까지 꽤 먼지라, 아침마다 통학이 힘들었던 것이다.

다솜은 저녁에 약속이 있다고 했으니 동생들의 짐은 아마도 약속 전에 옮기지 않을까 싶었다. 그녀는 동생들의 짐들을 팽개치고 약속에 나갈 사람은 아니었다.

아무래도 집에 가봐야겠다. 다솜의 얼굴을 한 번 봐야 이 기분에서 해방될 것 같았다. 아무리 생각해도 아침의 행동은 지나친 면이 있었다. 세환은 전화기로 손을 가져갔다.

"네. 접니다. 오늘 애들 짐 언제 나가죠? 아, 그렇군요. 알겠습니다."

점심 먹은 후 짐을 옮기기 시작한다고 아줌마가 친절하게 대답해 주었다. 다솜이 전화를 받았으면 목소리로 뭔가 느껴졌을 텐데 아줌마가 전화를 받아서 조금은 서운했다. 그래, 가자. 세환은 가장 손쉽고 확실한 방법을 선택했다.

사무실 밖을 나서는 세환의 얼굴에 미소가 걸렸다. 아는지 모르는지 휘파람까지 불어댔다.

회사 건물을 나와 그 길로 그는 집으로 향했다. 집까지 얼마

남지 않은 골목에 차를 막 진입시키려고 할 때 옆으로 스포츠카 한 대가 빠른 속도로 지나갔다. 수신호인 헤드라이트의 깜박거림도 없이 휙 갑자기 끼어들어 먼저 달려가는 차의 꽁무니를 보며 혀끝을 찼다. 운전을 저따위로 하다니, 운전하는 이를 보지 않아도 성격을 알 수 있을 것만 같다.

툴툴거리며 집 앞이 바라보이는 곳까지 왔을 때 세워져 있는 스포츠카가 눈에 들어왔다. 그 옆에는 이삿짐을 옮기는 큰 트럭이 서 있었다. 트럭은 이해가 가는데 스포츠카가 왜 저 앞에 서 있는지 이해가 가지 않았다. 세환은 차를 세우려다가 갑자기 누군가를 발견하고는 집 앞을 지나쳤다.

하빈과 다솜이었다. 다솜은 이해가 가는데 하빈의 존재는 도대체 이해할 수가 없었다. 몇 미터 앞에 차를 세운 후 백미러로 집 앞을 살폈다. 하빈에게 다솜이 연신 고개를 숙이고 있었다. 그리고 고개를 들었을 때 그녀의 얼굴에 함박웃음이 걸려 있었다.

욱신, 가슴이 아팠다. 그녀의 웃는 얼굴에 가슴이 아팠다. 저렇게 잘 웃는 여자였던가, 다솜의 웃는 얼굴을 본 게 몇 번이었더라, 손으로 꼽았지만 한 손도 채 꼽지 못하는 세환이었다.

완전히 속은 기분이 들었다.

잠시 후 두 사람이 집 안으로 사라지자 세환은 몸에서 열이 나는 것만 같았다. 애꿎은 핸들을 잡은 손에 힘을 줬다. 핸들을 확 뜯어낼 기세였다.

다시 두 사람이 집 앞에 나왔을 때 다솜이 스포츠카에 올라 타는 게 보였다. 하빈이 운전석에 탔다. 저 재수없는 스포츠카 는 하빈의 것인가 보다. 트럭이 먼저 출발하자 스포츠카가 뒤 를 따랐다. 세환은 부랴부랴 차에 시동을 걸고 뒤를 쫓아가기 위해 핸들을 꺾었다.

앞서 가던 트럭과 스포츠카가 멈춘 곳은 다솜의 동생들이 살 고 있는 아파트 단지 앞이었다. 두 대의 차가 쓱 단지 안으로 들 어간 후 세환은 어떻게 할까 고민했다. 따라 들어갈 것인가, 아 니면 그냥 돌아갈까. 그것도 아니면 여기서 기다릴까.

이삿짐 센터 사람들이 짐을 다 옮기고 나면 빈집에 다솜과 하빈 두 사람뿐이다. 아무도 없는 집에서 무슨 일이 벌어질지 상상이 갔다. 하빈은 호언장담을 했고 다솜은 그를 보고 웃고 있다. 정수리 위에서 김이 모락모락 났다. 그 생각에 미치자 세 환은 자신도 모르게 아파트 단지 안으로 차를 몰고 들어갔다.

트럭이 멈춰 있었고 이삿짐 센터 직원들이 짐을 옮기는 중이 었다. 하빈과 다솜의 모습은 보이지 않았다. 도대체 두 사람은 어디로 간 걸까? 차 안에서 아파트 위를 올려다보았다. 조바심 이 생겨서 도저히 차 안에 있을 수가 없었다. 일단 차에서 내렸 다. 그런 후 조심스럽게 모른 척 아파트 건물로 다가가 계단을 오르기 시작했다. 엘리베이터를 이용했다가는 다솜이나 하빈 과 마주칠지도 몰랐다. 계단을 몇 개씩 성큼성큼 뛰어올라 갔 다. 마지막 계단을 밟고 올라서자 숨이 턱까지 차 올랐다. 비상구 문을 열고 밖으로 얼굴을 내밀었다. 아무도 없었다. 한 발 밖으로 나오려고 하는데 다솜의 목소리가 들렸다. 이삿짐 직원들까지 모두 나오는지 발자국 소리가 제법 많았다. 다급히 비상구 안쪽으로 몸을 숨겼다.

"수고하셨어요. 선생님, 안 오셔도 되는데 정말 고마워요."

꽤나 다정하고 사근사근한 다솜의 목소리, 그리고 뒤이은 하빈의 목소리, 살살 녹는 버터 같은 느끼한 목소리에 웃음기마저 묻어 있었다.

"아, 아닙니다. 몰랐다면 몰라도 어차피 쉬는 날이니깐 덕분에 아파트 구경 잘했습니다. 이 정도 규모면 저와 제 동생 놈하고 둘이 살기에 좋을 것 같네요. 어느 정도 되어야 할까 궁금했던 차에 저야말로 고맙습니다."

썩을 놈, 하빈의 목소리가 곱게 안 들렸다. 정말 뺀질뺀질, 말 하나는 잘하는 놈이다. 다솜이 부담스러워할까 봐 아주 능수능란하게 핑계를 대고 있었다. 엘리베이터 멈추는 소리가 났다. 두 사람이 엘리베이터 안으로 사라지기 전 하빈이 내뱉은 말에 세환은 그만 몸이 얼어버렸다.

"오늘 저녁은 뭘 드시고 싶으세요? 오늘은 제가 사겠습니다."

몇 초 후, 엘리베이터가 내려갔을 것 같다는 느낌에 세환은 비상구에서 밖으로 나왔다. 이번에도 또 몸에서 열이 난다. 거울을 보지 않아도 붉으락푸르락되어 있을 거라는 걸 안다.

다솜은 오늘 친구를 만나러 간다고 했다. 늦게 들어올지도 모른다고 자신에게 늦냐고 물었다. 하빈이 어딜 봐서 친구란 말인가? 외간 남자와 약속을 해놓고 뻔뻔스럽게 친구라고 했다. 온몸에 열이 오르다 못해 몸이 '펑' 소리와 함께 터져 버릴 것만 같았다.

주먹으로 벽을 한 대 쳤다. 돌아오는 건 다솜의 변명도 아니고, 시원한 느낌도 아니고 그저 벽에 부딪친 아픔뿐이었다. 세환은 아픔에, 그리고 열이 올라 엘리베이터를 타러 온 사람들이 쳐다보는 줄도 모르고 괴성을 질러댔다.

"으아……!"

수건 던지기 일보 직전

●

회사로 돌아온 세환은 여전히 얼얼한 손을 부여잡고 안정을 되찾으려고 노력했다. 흥분할 필요가 없는 일이다. 그러나 책상 위에 수북이 쌓인 서류들이 죄다 남의 일처럼 보였다. 다솜의 일 말고도 신경 써야 할 일이 주변에 널려 있지만 그는 나 몰라라 던져 놓고 있었다.

다솜과 하빈, 잘된 일이다. 자신이 바라던 대로 되어가는 중이다. 암, 잘된 일이다. 애써 자신을 타일렀다. 도대체 불만이 뭐냐고 스스로에게 물었다. 시간은 자꾸만 흘러가는데 도무지 안정이 되지 않았다.

다솜이 하빈을 향해 환하게 웃던 얼굴이 자꾸만 머리 속에 어른거렸다. 아침에 보았던 다솜의 얼굴을 머리 속에서 털어내려고 체면이고 뭐고 다 집어던지고 갔다 온 건데 되려 역효과다. 이번에는 웃는 얼굴이다. 예뻤다. 그 이상의 다른 말로 표현이 되지 않는다. 정말 예뻤다. 하빈이 아니라 웃는 얼굴을 보여주는 상대가 자신이었다면 좋겠다.

"하─! 김세환 드디어 미쳐 가는구나."

세환은 눈에 제일 먼저 띈 결재 서류를 들더니 벽에 휙 던져버렸다. 기분이 풀리지 않는다. 하나 더, 그리고 또 하나 더. 서류들이 둔탁한 소리를 내며 바닥에 떨어졌지만 여전히 기분은 엉망이었다.

노크 소리가 나더니 이내 비서가 걱정스러운 얼굴을 들이밀었다.

"아무것도 아닙니다. 나가서 일 보세요."

세환은 애써 별일이 아닌 척 비서에게 웃어 보이려고 노력했다. 그러나 자꾸만 입술이 일그러진다는 걸 스스로도 느끼고 있었다. 비서가 나간 후 그는 느릿한 움직임으로 서류를 주워 올렸다.

의자 등받이에 몸을 기대며 입술을 꽉 깨물었다. 아무래도 하빈에게 전화를 해봐야 할 것 같다. 저녁에 어떤 계획이 있는지 들어야만 한다. 이 기분으로는 도저히 아무 일도 할 수가 없다. 중간 보고를 받을 수 있는 입장이니 전화를 거는 건 이상한 일이 아니다. 벽에 걸린 시계를 물끄러미 쳐다보았다. 남들이 퇴근할 시간이 다가오고 있었다. 잠시 망설이다 그는 결국 전화기에 손을 가져갔다. 몇 번의 신호음이 더 간 후에야 상대가 전화를 받았다.

"김세환입니다."

이름만 말했을 뿐인데 상대는 폭포수처럼 이야기를 쏟아냈다.

—아! 연락을 하려고 했는데, 먼저 하셨군요. 역시 다급하신가 봅니다.

짧은 웃음소리가 흘러나왔다.

—걱정하지 않아도 됩니다. 오늘이 지나면 원하시는 대로 일이 풀릴 거니깐 말이죠. 저도 원하는 걸 오늘은 얻을 수 있을 것 같군요.

세환은 또 속이 불편했다. 알 수 없는 뭔가가 또 가슴 밑바닥에서 치고 올라오는 것만 같았다. 부글거리는 속과는 달리 입은 조용히 말을 내뱉었다.

"그렇습니까? 알겠습니다. 그럼 돈을 준비하겠습니다."

묻고 싶은 건 물어보지도 못한 채 통화가 끝났다. 하빈이 한 말을 곱씹고 또 곱씹었다. 호텔이라도 갈 작정인 듯 보였다. 둘이 벌써 그렇고 그런 관계란 말처럼 들렸다. 목구멍 아래에서 터져 나오는 비명 소리를 억지로 삼켰다. 밖에 있는 비서가 깜짝 놀라 또 뛰어올 게 뻔했다.

애꿎은 책상만 발로 찼다. 도저히 이대로는 안 된다. 자신이

왜 이러고 있는지조차 아직 모르는데 이대로 끝이 나게 해서는
안 된다. 무슨 수를 써야만 한다. 어떻게든 다솜을 붙잡아야만
한다.

세환은 다급하게 다솜에게 전화를 걸었다.

―고객께서 휴대폰 전원을 꺼두고…….

원하지 않는 듣기 싫은 말만 반대쪽에서 흘러나왔다. 집으로
걸자, 아직은 출발하지 않았을 거다.

―네? 작은사모님은 나가고 안 계세요.

아줌마가 전해준 말은 세환의 기분을 더욱더 참담하게 만들
었다.

집에도 없고, 휴대 전화는 꺼진 상태. 그렇다고 하빈에게 전
화를 걸어 만나지 말라고 할 수도 없는 노릇이다. 자존심이 상
했다. 줏대도 없는 놈으로 보일 게 뻔하다. 떼어내 달라고 그 난
리를 쳐놓고 이제 와서 좀 늦춰달라 할 수는 없는 일이었다.

이 일을 어떡하면 좋을까, 결국 무덤을 판 건 스스로였다. 심
장이, 왼쪽 가슴에 박혀 있는 심장이 오그라드는 느낌이 들었다.
제 속도를 내며 뛰어야 하는데 점점 서서히 가라앉는 느낌이다.

세환은 머리카락을 쥐어뜯으며 의자에 털썩 주저앉았다.

다솜과의 약속 장소에서 하빈은 초조하게 손목시계를 보면
서 자신의 옷매무새를 가다듬고 있었다. 외모에 자신은 있었
다. 여자에게 호감을 살 수 있는 말솜씨도 있다. 낮에 다솜의 집

을 옮기는 걸 도와준 후에 집에 돌아와 얼마나 공을 들였는지 모른다.

어제저녁 공원에서 다솜과의 짧은 데이트는 즐거웠다. 많은 이야기를 했다. 사실 다솜이 줄줄이 이야기를 한 건 아니다. 이미 세환을 통해서 다솜에 대한 정보를 어느 정도 꿰고 있었기에 슬쩍 떠보았다. 동생들을 데리고 어떻게 살아왔는지, 힘들지는 않았는지 그런 기본적인 탐색이었다. 그리고 자신도 부모님 없이 남동생 하나만 데리고 산다고 동병상련의 느낌도 은근슬쩍 풍겨주었다. 그래서인지 다솜의 눈에 쳐져 있던 경계의 빛이 사라졌다.

그는 다솜이 더욱더 마음에 들었다. 열심히 살아온 여자였다. 좀 둔한 면이 없지 않아 있었지만 그건 차차 고쳐 나가면 된다. 어떨 때는 여자가 좀 둔한 게 편할 때도 있다.

하빈은 다시 한 번 손목시계를 쳐다보았다. 이제 몇 분 후면 다솜이 나타난다. 어떤 말을 먼저 꺼내야 할까? 좀 더 애절하게 나가는 건 어떨까? 그게 아니라면 차라리 강하게 밀어붙일까. 그녀의 힘들었던 세월을 감싸 안아준다면 자신에게 기대올 것만 같았다.

어떤 것이 적당할까 궁리하는 사이 레스토랑 문이 열리는 소리가 났다. 들어오는 사람은 다솜이었다. 반갑게 인사를 하려고 일어나는 순간 하빈은 그 자리에 얼어붙어 버렸다. 그녀의 뒤로 여자 한 명이 더 들어오고 있었다. 다솜이 하빈을 가리키며 그 여자에게 다정하게 몇 마디 하는 것이 보였다.

두 여자가 테이블로 다가왔다. 다솜이 먼저 하빈에게 인사말을 건넨 후 따라온 여자를 소개했다.

"먼저 와 계셨네요. 늦지 않게 온다고 서둘렀는데 죄송해요. 여긴 이하빈 씨, 그리고 이쪽은 김진아. 제 예전 직장 동료이자 친구예요."

진아가 다소곳하게 하빈을 향해 웃었다.

하빈은 일순 뭘 잘못 씹기라도 한 사람처럼 입술이 실룩거렸지만 애써 아닌 척 웃으려고 노력했다. 다솜과의 데이트라고만 생각했던 자리다. 그런데 웬 불청객일까? 일이 전혀 엉뚱한 방향으로 전개되고 있는 것만 같아 불길한 예감이 들었다.

"안녕하세요? 만나서 반갑습니다."

일단 인사는 해야 했다. 진아의 손을 조심스럽게 잡은 후 자리에 앉으라고 권했다. 모두가 자리를 잡자 웨이터가 주문을 하러 다가왔다.

"전 커피 주세요."

하빈은 식사를 시키라고 권했지만 다솜이 주저하며 대꾸했다.

"아니요. 전 커피만 마시고 갈게요. 아무래도 제가 있으면 불편할 것 같아요. 저보다는 이 친구가 더 재미있을 거예요. 아줌마보다는 아가씨가 선생님 상대로 더 나을 것 같거든요."

다솜이 수줍은 듯이 말을 했다. 혹시나 하빈이 기분 나쁘게 여기면 어떡하나 조심스러운 얼굴이었다.

그 순간, 하빈은 이 자리가 무얼 의미하는지 알았다. 이건 소개팅이었다. 다솜이 시키지도 않은 짓을 했다. 애써 태연한 척 듣기만 하자 다솜이 더욱더 조심스러운 목소리로 물어왔다.

"괜찮으시죠? 물어보지도 않고 이렇게 자리를 만들었지만, 두 사람이 너무 잘 어울릴 것 같아서 그만……."

딴에는 생각해 준 일이라는 거다.

"괜찮습니다. 친구야 많이 생기면 좋죠."

화를 낼 수가 없었다. 잘된 일일지도 모른다. 진아를 통해서 다솜에 대한 걸 좀 더 깨낼 수도 있을 것 같으니 아주 나쁜 일은 아니다. 남편 같지 않은 남편이 아는 것보다 가까운 친구인 듯 보이는 진아가 훨씬 더 많은 걸 알고 있을 거다. 하빈은 그 와중에도 약삭 빠른 계산을 했다.

서로에 대한 상세한 소개가 끝날 무렵 주문한 음식들이 나왔다. 하빈은 최대한 진아를 배려하며 분위기를 띄우려고 노력했다. 다솜에 대한 걸 많이 알아내기 위해서는 지금은 진아에게 신경을 집중해야만 했다. 간간이 듣기 좋은 말도 해주었다. 그들이 앉은 테이블에는 웃음이 끊이질 않았다.

얼마 후, 이야기가 무르익어 갈 무렵 커피 잔이 비자 다솜이 자리에서 일어났다. 하빈도 덩달아 일어나며, 진아를 향해 살짝 웃으며 말했다.

"요 앞까지 모셔다 드리고 오겠습니다. 잠시 실례하겠습니다."

진아가 고개를 끄덕이자 하빈은 다솜의 뒤를 따라 나왔다.

밖에 지나가는 택시가 많지 않았다. 드문드문 한두 대 있을까 말까, 다시 들어가 콜택시라도 불러달라 할까 하다가 관뒀다. 다솜의 옆에 슬쩍 가깝게 섰다.

"동생들은 나왔습니까?"

"……네? 아, 네. 덕분에 이사를 잘했어요."

하빈은 좀 더 다솜의 옆에 바짝 붙어 서고 싶었지만, 아는지 모르는지 다솜은 그가 살짝 붙어 설 때마다 옆으로 비켰다. 묘한 풍경이다. 남자가 반 발 다가서면 여자는 한 발 물러나는 풍경이다. 어느새 하빈의 발이 까닥이며 바닥을 치고 있었다. 원하는 대로 일이 풀리지 않을 때 나오는 그의 버릇이다. 뭐라고 한마디 해야 할 것 같은데, 알고 있는 달콤한 말들은 모두 머리 속에서 지워진 듯 떠오르는 말이 없었다.

그때 택시 한 대가 그들 앞으로 다가왔다. 하빈은 허탈한 몸짓으로 다솜을 위해 택시 뒷문을 열어주었다.

다솜이 막 택시 안으로 들어가려는 찰나에 어디선가 카메라 플래시가 터졌다. 뭘까, 하빈과 다솜이 돌아보는 사이 또 한 번의 카메라 플래시가 터지나 싶더니 누군가 반대 편 길가로 빠르게 멀어지는 게 보였다.

"뭐, 뭐죠?"

다솜이 더듬거리며 물었다.

"글쎄요. 아무것도 아니겠죠. 누군가 장난을 친 걸 겁니다."

하빈은 그녀를 안심시키면서도 스스로도 무슨 일인지 궁금해했다. 그러다 세환이 시킨 일이 아닐까 하는 생각이 들었다. 아마도 증거가 필요해서 세환이 시킨 일일 거다. 나오기 전에 받은 전화를 생각해 보면 그가 꽤 다급한 것처럼 느껴졌으니까 이런 짓도 할 수 있겠다고 생각이 들었다. 잘된 일이다. 거래를 원하는 쪽이 이토록 생각이 확고하다면 조바심을 낼 필요가 없다. 자신으로서는 별 손해가 없는 짓이다. 다솜이 궁지에 몰리면 그걸 감싸 안아주는 역을 충실히 하기만 해도 저절로 자신이 원하는 대로 굴러갈 것이 뻔하다.

다솜이 택시에 안전하게 탄 걸 확인한 후 하빈은 문을 닫아주며 회심의 미소를 지었다.

하루 종일 일을 제대로 할 수가 없던 세환은 주변의 사람들에게 툴툴거리기만 하다가 퇴근 시간이 되자마자 집으로 돌아왔다. 집으로 오는 길이 참으로 멀었다. 1초가 1분 같고, 1분이 1시간같이 느껴졌다.

집에 도착하자 예상한 대로 현관문을 열어준 사람은 아줌마였다. 아주 조금 기대를 했었다. 다솜이 문을 열어주기를 그렇게 기대한 그였다. 자신에게 지독하게 무덤덤한 그 여자, 진다솜이 집에 있길 은근히 기대했다. 자신에게 하는 것처럼 하빈에게도 그렇게 대하길 기대했다. 그렇게 쉽게 하빈에게 넘어간다 생각만 해도 자존심이 상하고 치가 떨렸다.

"일찍 오셨네요."

고개를 푹 숙이고 집 안으로 들어서던 세환은 낯익은 목소리에 깜짝 놀랐다. 다솜의 목소리다. 설마, 집에 있을 리가 없다. 이건 필시 환청이다. 그러나 고개를 들었을 때 다솜이 앞에 서 있었다. 다솜의 얼굴을 확인하자마자 그녀의 손목을 잡고 이층으로 끌고 올라갔다.

"어떻게 된 거야?"

다솜이 멍한 눈으로 그를 바라보고 되물었다.

"네?"

"어떻게 이 시간에 집에 있는 거야?"

더 정확히 하빈과 같이 있지 않고 어떻게 집에 와 있는 건지 묻고 싶어 세환은 입이 근질근질했다. 인내심이 바닥이 날 정도로 악착같이 그렇게 물어서는 안 된다고 자신을 타이르고 또 타일렀다. 그런 걸 물어볼 수는 없었다.

"아침에, 그러니까 늦게 온다고 하지 않았나? 친구를 만나러 간다고 한 것 같은데……."

세환은 다솜의 손을 놓아주며 짐짓 모른 척 물었다.

"친구를 만나러 나갔다가 일찍 왔어요. 소개해 줄 사람이 있어서 소개만 해주고 왔어요."

"누구?"

입을 꿰매던가 해야겠다.

"선생님이요. 아, 그러니깐 수영 강사 하빈 씨요. 그 친구한테 남자 친구가 없어서요."

말똥말똥 자신을 쳐다보며 아무 일도 아니라는 듯이 대꾸하는 다솜을 보면서 세환은 웃지 않으려고 애를 썼다.

'소개? 남자친구?'

입 밖으로 자꾸만 웃음소리가 흘러나왔다. 크게 웃지 않으려고 급기야 손으로 입을 틀어막기까지 했지만 별 소용이 없었다. 그의 시원스런 웃음소리가 방 안에 울려 퍼졌다.

다솜이 의아한 듯 쳐다보았지만 세환은 아랑곳하지 않고 침대에 가 앉더니 아예 배를 움켜쥐고 웃어댔다. 하빈이라는 놈에게 끌리기는커녕 그놈에게 여자 친구를 소개했다고 한다.

'코미디야, 코미디라고……!'

이보다 웃긴 일이 또 있을 수가 있을까, 어찌 아니 웃겠는가!

눈에서 눈물이 질금질금 나왔다. 세환은 다솜에게 나가보라고 손짓을 했다. 다솜이 방에서 나간 후에도 그는 한참 동안 침대 위를 데굴데굴 구르면서 계속 웃어댔다. 자신만 다솜에게 당하고 사는 게 아니다, 하빈이라는 놈도 별수없는 거다. 이렇게 속이 시원할 수가 없었다. 그렇게 쉽게 다솜이 그에게 넘어갈 리가 없다. 정말 다행이었다.

다행이다.

"다행? 뭐가, 왜?"

스스로의 생각과 말에 놀라 세환은 웃음을 멈췄다. 숨까지 멈출 것만 같았다. 자신이 무슨 생각을 하고 있는지 깨닫자 온몸에 소름이 딱딱 돋았다. 다행이라니, 뭐가 다행이라는 걸까?

다솜이 맹추 같은 여자라서 다행이다? 아니다, 그건 아니었다. 그렇다면, 무엇 때문에 이렇게 가슴을 쓸어 내릴 정도로 다행이라고 여기는 걸까!

세환은 천천히 닫힌 방문을 바라보았다. 그러다, 생각하기도 싫은 결과에 도달하자 침대 위에 돌이 되고 말았다.

이후, 어색하디어색한 시간이 흘러만 갔다. 저녁 식사를 위해 식탁에 나란히 마주 보고 앉아 있었지만 그는 다솜에게 눈길을 주지 않았다. 그녀의 얼굴을 볼 수가 없었다. 주춤대며 밥알을 세고 있자니 어머니, 이 여사가 몇 번이나 아프냐고 물었다. 입맛이 없을 뿐이라고 대답했다.

거실에 모두가 앉아 텔레비전을 봐도 눈에 들어오지 않았다. 먼저 이층으로 올라와 책을 펼쳤지만 책 속의 글씨들이 자신에게 덤비는 것 같아 이내 덮어버렸다. 침대에 누워도 잠이 오지 않았다. 결국 밤새 그렇게 뒤척이기만 했다.

다음날 아침, 눈을 뜨자마자 방문 앞을 확인했다. 역시 아무도 없었다. 이부자리도 깨끗하게 개어 있었다. 동생들이 갔으니 이제 다솜이 다시 손님 방에 가서 자겠다고 했다. 여느 날과 같은 하루가 시작되고 있는데, 변한 건 아무것도 없는데 세환에게는 어제저녁의 연장처럼 마음이 심란했다. 도대체 해결점이 보이지 않았다. 아니라고 애써 부정했다. 절대 그런 건 아니라고 말이다. 다솜에게 그런 감정이 생긴다는 건 말도 되지 않는다.

묵묵히 아침을 먹고 다솜의 배웅을 받으며 출근을 했다. 서

류 가방을 건네주며 다솜이 슬쩍 웃었지만 세환에게는 그것만
으로는 부족했다. 활짝 웃는 모습을 보여주지 않는 여자다. 이
상하게 자신을 향해서, 온전히 자신만을 향해서 웃는 모습을
보지 못한 것 같아서 기분이 상했다. 부족하다. 그것만으로도
도저히 성이 차지 않았다.

사무실 책상 위에는 어제 퇴근 전에 보다 만 서류들이 잔뜩
쌓여 있었다. 머리 속을 떠도는 생각들을 지우기 위해서라도
서류에 애써 눈길을 줬지만 쉽지 않았다. 그때 전화가 왔다.

—나다, 뭐 하니?

아현이었다. 세환의 입에서 퉁퉁 부은 목소리가 흘러나왔다.

"글쎄, 뭐 하는 걸까? 나도 모르겠다."

—대답이 뭐 그러냐? 아차! 너 오늘 스포츠 신문 봤냐? 안 봤
으면 한번 봐라. 아주 재미난 기사가 실렸거든.

아현이 그 말만 하고 전화를 끊었다. 보겠다는 대답을 들으
려고 한 전화가 아닌 것 같았다. 무조건 보라는 명령 같았다. 갑
자기 스포츠 신문이라니, 그냥 지나칠까 했지만 궁금증에 비서
를 시켜 가져오라고 했다.

얼마 지나지 않아 비서가 손에 각종 스포츠 신문과 연예 신
문을 들고 들어왔다. 세환은 시큰둥하게 신문을 하나씩 뒤져
보기 시작했다. 눈에 띄는 기사가 없었다. 아현이 도대체 뭘 보
라고 한 건지 알 수가 없었다. 슬슬 짜증이 날 때쯤 스포츠 신문
1면 기사에 눈이 멈췄다. 눈알이 튀어나올 것만 같았다.

『바람난 신데렐라! 상대는 누구?』

기사는 다솜이라고 딱 부러지게 칭하지는 않았지만 관심 갖는 이가 볼 경우에는 알아보기에는 충분했다. 대문짝만하게 찍힌 사진에도 다솜의 얼굴은 나오지 않고 이마 윗부분만 나와 있었다. 세환의 눈길을 끈 건 다솜이 아니었다. 꼭 다솜이 찍히는 걸 거부라도 하듯이 하빈의 등이 커다랗게 찍혀 있었다. 물론 그 위에 빼놓지 않고 물음표도 달려 있었다. 백마 탄 왕자가 따로 없었다. 하빈이 어설픈 정의의 기사 노릇을 하고 있었다.

세환은 머리 위에 김이 날 것만 같았다. 신문을 쥔 손이 부들부들 떨었다. 어느새 신문이 팍팍 찢겨 책상 위를 어지럽히고 있었다. 다급하게 옆으로 밀쳐 둔 다른 신문들을 뒤지기 시작했다. 혹시나 다른 곳에도 났을까 싶어 꼼꼼히 한 장 한 장 살폈다. 다행히 없었다.

분명 어제 찍은 걸 거다. 다솜이 하빈과 친구를 만나고 돌아오는 길에 찍힌 사진일 거다. 아무것도 아닌 일이다. 그런데 왜 이렇게 화가 치미는지 알 수가 없다. 하빈이 아니라 자신이 그 자리에 있어야 했다는 생각까지 들기 시작했다. 이 상태로 두면 위험하다. 겨우 잠재워진 가십인데 이렇게 터지면 줄줄이 파리들이 꼬이기 마련이다. 세환은 홍보실로 급히 전화를 넣어 자신과 다솜에 관한 어떠한 억측도 나오지 못하도록 단단히 일렀다.

얼마 후 정신을 차리고 보니 자신의 모습이 가관이었다. 넥타이는 풀어헤쳐져 있었고 책상 위에는 신문 조각들이 수북이 쌓여 있었다.

"……젠장!"

우습게도 욕설 한마디를 뱉으면서도 기분이 나쁘지 않았다. 되려 안심이 되었다.

어젯밤처럼 또 다행이다 생각했다.

❦ ❦

다음날, 다솜은 호텔 카페 창가에 앉아 있었다. 오늘은 정말로 하빈이 식사 대접을 하겠다고 했다. 진아를 소개해 줘서 고맙다며 꼭 대접을 하고 싶다고 해서 거절을 할 수가 없었다. 진아도 하빈이 마음에 드는 듯 잔뜩 들뜬 목소리로 꼭 나오라고 했다.

"일찍 오셨습니다."

언제 왔는지 하빈이 곁으로 다가와 서 있었다. 다솜이 자리에서 일어나려고 하자 그가 말렸다.

"일어나실 필요 없습니다, 그냥 앉아 계세요. 진아 씨는 조금 늦을 거라고 연락이 왔습니다. 괜찮겠죠?"

이렇게 묻고 있었지만 하빈은 진아가 늦을 거라는 전화가 너무나도 반가웠다. 다솜과 조금이라도 단둘이 있는 시간을 만들고 싶은 그였다.

"……아, 네."

다솜은 하빈에게 천천히 대꾸하며 창밖을 바라보았다. 그러다, 순간 얼굴이 새하얗게 질려 버렸다. 밖에 세환의 모습이 보였다. 주변에 다른 사람들의 모습도 보이는 게 점심 약속이라도 있는 듯했다. 왜 하필 여기서? 진아가 있다면 모르겠지만 하빈과 단둘이 이런 곳에 앉아 있는 모습을 보이고 싶지 않았다. 지금 자리를 옮길 수도 없다. 어떡하면 좋을지 몰라 다솜은 애꿎은 테이블 보만 만지작거렸다.

"불편하십니까?"

다솜이 아니라고 고개를 젓기는 했지만 여전히 손은 불안한 감정을 감추지 못하고 있었다.

방금 전까지 온화하던 다솜의 얼굴이 딱딱하게 굳는 것 같아 하빈은 슬며시 걱정이 되었다. 그녀의 시선을 따라 창밖을 보다 그는 깜짝 놀랐다. 그러나 이내 평정을 되찾았다. 아무래도 밖에 나갔다 와야 할 것 같았다. 여기서 세 사람이 마주치면 그다지 좋은 모양새는 아닐 것 같았다. 과일이 익기도 전에 맛을 보는 건 바보 같은 짓임에 분명하다. 다솜의 감정 상태가 어느 정도 정리가 되고 난 다음에 세 사람이 마주쳐도 마주칠 일이었다. 이쪽은 약속을 변경할 수 없으니 상대방에게 요구할 수밖에 없는 일이었다. 슬쩍 보니, 세환이 안으로 들어오려고 계단 쪽으로 이동하는 게 보였다.

하빈은 다급하게 자리에서 일어났다.

"진아 씨가 오는지 잠시 나갔다 오겠습니다."

하빈이 밖으로 나가는 걸 보면서 다솜은 한숨을 내쉬었다. 그가 돌아올 때는 진아와 함께일 거다. 그렇다면 세환과 여기서 마주쳐도 상관없을 것 같았다. 정말 다행이었다.

밖으로 나온 하빈은 문 앞에서 세환이 계단 위로 올라오는 걸 빤히 바라보고 있었다. 그를 발견한 세환의 얼굴이 다솜보다 더 딱딱하게 굳는 것 같았다.

"잠시 이야기 좀 할 수 있겠습니까, 김세환 씨?"

주변의 사람들이 세환을 보며 누구냐고 물었다. 세환은 아무것도 아니라며 먼저 자리를 잡고 있으라고 권한 후 하빈을 따라 도로 밖으로 나갔다.

"무슨 일이지?"

모퉁이쯤에서 발걸음을 멈추고 세환이 하빈에게 물었다.

"지금 저 안에서 당신 부인과 작업 중입니다. 이 이상 접근하는 건 위험하지 않겠습니까? 아직은 때가 아닌 것 같습니다."

세환의 눈에 불꽃이 튀었다. 다솜이 저 안에 있다. 둘이 함께 있다는 소리다. 오늘 아침 집을 나올 때 들은 말이 없었다. 이젠 비밀까지 만들고 있다. 가슴 한구석이 또 욱신거렸다.

"그래서?"

"그래서라뇨? 원하는 걸 얻으시려면 참는 법도 익히셔야 하지 않겠습니까?"

뺀질뺀질 정말 말은 잘한다. 웃긴 놈, 하빈에게 저런 말을 들을 이유가 없다.

"아니, 돌아갈 생각은 없어. 요즘 세상에 친구 정도는 만날 수 있는 거 아니겠나? 그 정도 이해심없는 남편으로 비춰지고 싶지는 않군."

어이가 없어하는 하빈을 두고 세환은 카페로 들어왔다. 기다리던 사람들을 찾아 예약된 룸으로 가기 전에 다솜이 앉아 있는 곳을 슬쩍 바라보았다. 고개를 돌리고 있었다. 보기 싫다는 의사였다. 다솜에게 다가갈까 생각하다가 이내 관뒀다. 카운터에 다솜의 테이블에 와인 한 병을 주문시켜 준 후 자신을 기다리는 손님들에게로 돌아갔다.

그 이후 일주일은 참 빨리도 지나갔다. 지난번 S 스포츠 신문에 났던 기사는 해프닝으로 끝나 버렸다. 홍보실에서 필요하다면 인터뷰를 할 수도 있다고 적당히 흘렸기 때문이다.

다솜은 여전히 이 여사와 함께 피트니스 센터를 다니고 있었고 가끔 친구를 만나러 간다고 외출을 하곤 했다. 그때마다 세환은 혹시나 그 상대가 하빈일까 싶어 온 신경을 곤두세웠지만 별일이 없이 지나가서 안도의 한숨을 내쉬었다.

여전히 그는 자신이 그런 것에 대해서 인정하고 싶지도 않았고 그런 티를 다솜에게 내고 싶지도 않았다. 익숙하지 않은 것에 대한 호기심일 뿐이다. 처음 생각했던 대로 그런 감정이 아니다. 그냥 시간이 조금 더 흐르고 나면 결론이 나겠지, 라고 기다리고 있을 뿐이었다.

오늘은 아현이 매장을 오픈하는 날이다.

뭐라도 사들고 가야 하는 입장인지라 어떻게 할까 고민을 했다. 난초는 너무 흔했다. 사업이 잘되라고 뭔가 기원할 수 있는 특별한 게 필요했다. 아현은 그를 고민에 빠뜨릴 정도로 소중한 친구임에 분명했다. 뭐가 좋을까, 사무실 의자에 기대앉아 계속 머리를 굴렸지만 마땅한 것이 떠오르지 않았다.

'화분은 기본이라 어차피 준비해야 하고 딴 건 없나? 옷가게니까 차라리 옷을 사주는 게 차라리 낫지 않을까?

세환은 갑자기 슬며시 얼굴 근육들이 편안하게 풀리는 것만 같았다. 이 여사의 옷도 사고, 그리고 다솜의 옷도 사주고 싶었다. 그 옷을 받아 들고 다솜이 한 번이라도 환하게 웃어준다면 좋겠다는 생각이 들었다.

비서에게 향이 좋은 화분 몇 개를 준비하라고 한 후, 세환은 자리에서 일어났다. 슬슬 갈 시간이다. 어떤 옷을 사줄까, 출발도 하기 전에 옷을 고르는 기분에 휩싸였다. 어떤 옷이 다솜에게 어울릴까. 자신도 모르게 낮은 휘파람을 불고 있었다.

그가 회사를 나와 아현의 사무실 앞에 도착했을 때 이미 오픈 행사가 한창이었다. 몇몇의 친한 사람들과 고객이 될 만한 사람들만 초대한 오픈 행사였다. 세환이 준비시킨 화분들은 미리 도착했는지 매장으로 들어서기도 전에 유리문을 통해 안쪽에 놓여진 게 보였다.

"축하한다."

"왔구나. 화분 고맙다, 친구."

아현이 활짝 웃으며 그를 반겼다. 세환은 매장을 한 바퀴 쓱 돌아보며 중얼거렸다.

"화분만으로는 내 우정을 표현하기 힘들지. 옷도 몇 벌 샀으면 좋겠는데……."

아현이 대뜸 물었다.

"누구 거?"

세환은 갑작스런 질문에 당황이 되었지만 조심스럽게 대꾸했다.

"어머니 거. 하나만 달랑 사기 그러니깐 그 사람 것도 사고."

아현이 갑자기 낮은 소리로 '큭!' 하고 웃었지만 세환은 미처 눈치 채지 못했다.

그녀가 세환에게 자리에 앉을 것을 권했다. 매장의 다른 직원들이 모여 있는 사람들에게 패션쇼가 시작됨을 알리자 모두가 자리에 앉았다. 곧 매장 내의 밝았던 조명이 적당하게 조정이 되었다. 어디선가 음악이 흘러나오나 싶더니 모델들이 한 명씩 안쪽 탈의실에서 나오기 시작했다.

세환은 조용히 구경하면서 어떤 옷이 좋을까 생각에 잠겼다.

몇 십 분 후 피날레인 듯한데 아현이 앞으로 나와 사람들에게 몇 마디 말을 했다.

"지금 나올 분은 전문 모델은 아닙니다. 제 친구이며, 매장을 여는 데 많은 도움을 준 분입니다. 모두 박수로 환영해 주세요."

아현의 친구라면 아는 사람일 가능성이 크다. 누굴까, 세환은 눈을 크게 뜨고 앞을 뚫어져라 쳐다보았다. 그러다 갑자기 숨이 막힌 사람처럼 '헉' 소리를 내뱉었다.

무대에 선 사람은 다른 누구도 아닌 다솜이었다. 연 베이지 정장에 그럴싸하게 넥타이까지 맨 다솜이 눈앞에 서 있었다. 머리카락은 더 곱슬곱슬하게 말아 잘 넘겼고 원색의 작은 리본들로 촘촘하게 장식되어 있었다. 어느 영화에서 본 여주인공의 모습과 흡사했다.

세환은 눈을 연신 깜박거렸다. 자신이 아는 다솜과는 사뭇 다른 모습이었다. 지금 눈앞에 서 있는 여자는 전혀 다른 사람 같아 보였다. 부끄러워 발그레해진 뺨이 아니었다면 다른 사람이라고 우겼을 것이다. 당당하면서도 차분한, 남성적인 느낌이 살짝 묻어나면서도 너무나도 여성스러워 사랑스러운 모습이었다. 자신도 모르게 벌떡 자리에서 일어날 뻔했다. 애써 의자를 부여잡으며 끝날 때까지 기다리자 마음먹는 세환이었다.

다른 모델들이 나오고 아현이 다시 모델들 곁으로 가더니 다솜의 손을 꼭 잡으며 고마움을 표시했다. 직원들이 매장의 조명을 다시 밝게 조정했고 사람들이 일어나 박수를 아끼지 않았다. 어안이 벙벙해져 있던 세환도 자리에서 일어났다.

다른 이들과 마찬가지로 박수를 치며 다솜에게 다가가려는데, 갑자기 어디서 나타났는지 하빈이 커다란 꽃다발을 들고 나타났다. 세환보다 한 발 앞서 다솜에게 다가가 꽃다발을 건넸다.

세환은 그만 더 이상 앞으로 다가가지 못하고 그 자리에 멈춰 섰다. 하빈이 천천히 돌더니 보란 듯이 웃자 머리 속이 하얗게 비는 것 같았다. 자신은 다솜이 무대에 서는 줄도 모르고 왔는데 어떻게 하빈은 알고 있었을까, 저놈에게만은 말을 한다는 소리다. 자신에게는 말 못하는 것도 저놈에게는 한다는 소리다. 꽃다발을 받아 든 다솜에게로 시선을 옮겼다. 어린아이처럼 좋아하는 모습이었다.

또 가슴이 아파오기 시작했다. 갑자기 누군가 가슴을 세게 친 것처럼 쑤셔댔다. 자신의 것인데, 자신의 것이 분명한데 지금 뻔히 두 눈 뜨고 강탈을 당하는 기분이었다. 뺏길 수 없다. 어떤 이유에서든 뺏기고 싶지 않다.

그때 다솜이 뒤늦게 그를 발견한 듯 다가왔다.

"오셨어요? 말씀드렸어야 했는데 죄송해요."

또다. 이 여자 또 시작이다. 세환은 자신도 모르게 비꼬는 말들이 툭 앞으로 튀어나올 것만 같아서 입을 꾹 다물고 있었다.

"화 많이 나셨어요?"

되려 입을 다물고 있는 게 화근일까, 다솜이 어쩔 줄을 몰라 하고 있었다. 세환은 천천히 입을 열었다.

"예, 예쁘군."

다솜이 환하게 웃었다.

처음이다. 다른 일 때문에 웃는 게 아니라 오로지 자신을 향해서만 웃는 건 처음이다. 사막에서 오아시스를 만난 기분이다. 세환은 다솜의 웃는 얼굴을 보면서 슬며시 손을 올려 다솜의 머리카락을 만졌다. 움찔, 다솜이 순간 몸을 움츠리며 한 발 뒤로 물러섰다.

"아…… 옷을 갈아입으러 가야겠어요."

다솜이 빠른 걸음으로 탈의실 쪽으로 사라졌다.

세환은 멍하니 탈의실만을 바라보았다. 아현이 자신을 보며 의미심장하게 웃는 것도 모른 채, 하빈이 노려보는 것도 모른 채 그렇게 멍하니 서 있기만 했다.

몇 시간 후.

집으로 돌아오는 차 안은 참으로 어색한 기운으로 가득했다.

초대 손님들이 다 간 후에도 아현이 붙잡는 바람에 꽤 오랫동안 매장에서 이야기를 나눴다. 거기다가 하빈까지 남아서 대화에 끼어들었다. 덕분에 세환은 원하지도 않았지만 시종일관 하빈의 일거수일투족에 관심을 가지며 지켜볼 수밖에 없었고, 아현은 뭐가 그리 즐거운지 시종일관 싱글벙글하고 있었다.

"피곤하지 않아?"

세환은 조수석에서 가만히 차창 밖을 보고 있는 다솜에게 물었다.

"아, 아니요. 너무 늦었죠?"

다솜이 조심스럽게 고개를 흔들면서 되물었다. 세환은 고개를 끄덕이며 조용히 대꾸했다.

"조금."

다솜이 아무런 말을 하지 않았다. 다시 침묵만이 차 안에 감돌았다. 몇 분 후 세환은 어색한 기운을 떨쳐 내려고 애써 입을 열었다.

"주말에 어디라도 갈까?"

"네?"

꽤 놀란 눈치다. 뭘 물어봤는지 몰라서 되묻는 눈치는 아니었다.

"아, 그러니깐, 그러니깐……."

참 난감했다. 세환, 자신이 생각해도 엉뚱한 짓이다. 그러나 결국 입은 제멋대로 이번에도 일을 저질렀다.

"그러니깐 말이야. 이번 주말에 어디 야외라도 가는 건 어때? 생각해 보니깐 지난번 선산에 다녀온 것 말고는 같이 어딜 간 적이 없는 것 같아서……."

선산이 있는 별장에 갔던 날 있었던 일이 새삼 생각나서 세환은 말끝을 흐렸다. 다솜이 그 일에 대해서 어떻게 생각하고 있을지 궁금했지만 물을 수가 없었다. '아무것도 아니다' 라는 듣기 싫은 대답이 돌아올까 겁이 났다. 거절을 당할 것 같은 불길한 생각에 이번에는 아이들을 끌어들였다. 동생들 일이라면 발 벗고 나서지 않을까 생각했다.

"그렇지! 동생들도 함께 가면 좋을 것 같군."

여전히 다솜이 아무런 대답을 하지 않았다.

세환은 룸미러로 힐금 그녀의 얼굴을 살폈다. 조금은 상기된 얼굴, 뜻밖이라는 얼굴이다. 하긴 다솜만 뜻밖이라고 느끼는 건 아니었다. 자신에게도 이건 뜻밖의 일이었다. 조용히 혀끝을 찼다. 아무래도 좋은 시도가 아닌 듯 보였다.

집 앞에 거의 다 와서야 다솜이 입을 열었다.

"말씀만이라도 고마워요. 근데 이번 주말에는 선약이 있어요. 친구와 선생님이랑 같이 미술관에 가기로 했거든요. 아직 두 사람이 저 없이는 불편하다 해서……."

세환은 그저 조용히 고개만 끄덕였다.

또 그놈이다. 자신과의 나들이보다, 그리고 동생들까지 같이 가자고 했는데 거절하지 못할 거라고 생각했는데, 한낱 그놈과의 약속 때문에 가지 않겠다고 한다. 아무리 선약이라고 해도 꼭 필요한 자리도 아닌 것 같은데 말이다. 맹한 데다가 오지랖까지 넓은 이 여자의 어디가 자꾸만 눈에 밟히는 걸까, 이렇게 자신의 가슴에 파고들어 온단 말인가. 이건 정말 상상도 하기 힘든 일이었다. 원하지도 않은 일이었다.

집 안으로 들어가는 다솜의 뒷모습을 바라보며 세환은 고개를 숙여 버렸다. 이건 마법이다. 거부할 수 없는 마법, 사…….

"……사랑?"

순간 바닥이 자신에게 덤비듯이 일어나는 것만 같았다. 사랑? 이게 자신을 찾아온, 서른이라는 나이에 찾아온 사랑이란 걸까? 사랑은 운명이라고 사람들이 흔히 말한다. 이게 정말 자신에게 찾아온 운명일까?

세환은 고개를 들어 현관 앞에 서 있는 다솜을 바라보았다.

두근두근.

가슴이 주체할 수 없이 뛰었다. 저 여자를 사랑한다.

세환은 지난 일주일간 그토록 자신을 괴롭혔던 감정의 정체를 이제야 확실히 알 수가 있었다. 그 정체를 인정했다. 그리고 그것과는 별개로 이를 부드득 갈았다. 죽어도 이번 주말에 그놈과 다솜이 함께 있게 하고 싶지 않았다. 무슨 수를 써서라도 그렇게 하고야 말겠다. 다솜의, 아니, 그놈의 다리를 분질러서라도 그렇게 만들 거다.

세환의 입꼬리가 한쪽만 슬며시 올라갔다. 일을 해줄 사람이 필요하다. 아니, 해줄 사람은 있다. 석, 그 녀석을 잊지 않고 있다.

지난번 석의 자존심을 긁은 일은 분명 실패한 작전이었다. 결과적으로 실패한 게 되려 자신에게는 잘된 일이었다. 펑펑 돈을 쓰던 녀석이 지금쯤 쪼들리는 생활을 하고 있을 게 뻔했다. 그때 놈이 말했다, 1억이라고. 한 장을 달라고 했다. 1장, 1억. 까짓거 준다, 줄 수 있다. 이젠 줘야 할 이유가 충분했다.

다솜을 사랑하고 있었다.

경기 종료, 새로운 시합을 제안하다!

❂

다음날 다솜은 아현이 점심을 같이 하자고 해서 그녀의 매
장을 방문했다. 개업 첫날에, 그리고 이른 시간인데도 불구하
고 손님들이 꽤 많았다. 어제 행사에 왔었던 손님들도 있었다.
다솜을 발견하고는 먼저 인사를 건네기도 하면서 어제 너무 예
뻤다며 칭찬을 아끼지 않았다. 다솜은 쑥스러워 고개를 제대로
들지 못하고 그저 배시시 웃기만 했다.

옷을 고르는 손님들의 주변을 돌며 안내를 하던 아현이 한참
이 지나서야 테이블로 와서 맞은편에 앉았다.

"비워도 돼?"

다솜은 조심스럽게 아현에게 물었다.

"그럼, 이 정도는 나 없이도 잘 굴러간다고. 이래 봬도 나 능력있어. 내가 능력있으니까 직원들도 쓸 만하지. 안 그래? 아, 거기…… 이쪽 정리 좀 해."

늘 그렇듯 아현은 오늘도 활기 차 보였다. 늘 활짝 웃는 얼굴이다. 강인해 보인다. 어디서 그런 열정이 나오는지 몰라도 일을 할 때의 아현은 완전히 다른 사람 같아 보였다.

다솜은 부러운 눈빛으로 아현의 얼굴을 빤히 쳐다보았다.

"왜 그렇게 봐?"

"아, 그냥, 부러워서. 아현 씨는 늘 반짝이잖아."

갑자기 아현이 다솜의 손을 덥석 잡았다.

"바보. 뭐가 부러워? 내가 가지지 못한 걸 가졌잖아. 어, 아니라는 표정이네. 진짜야. 첫 번째 아담한 키에 볼륨있는 몸매, 누가 봐도 다정해 보이는 미소. 그리고 두 번째 세환이 놈을 가졌잖아."

첫 번째는 그렇게 볼 수도 있는 일이었지만 다솜은 두 번째 것에는 동의할 수가 없었다. 자신이 가진 적도 없었고 가져서도 안 되는 것이었다.

카페에서 하빈을 만났던 날, 세환은 와인까지 테이블에 보내주었다. 그 정도일 뿐이다. 자신은 세환에게 그 정도의 사람일 뿐이다. 어제는 또 어떠했는가, 주말에 놀러가자는 말은 정말 기다리던 말이었다. 눈물이 나도록 고마운 말이었다. 그러나 단둘이 아니었다. 동생들과 함께 가자고 했다. 그는 자신이 아닌 동생들에게 관심을 가지고 있었다. 외동아들인 그로서는 자신이 가진 가족에 더 관심이 많은 것뿐이었다. 자신이 아니라는 사실에 너무나도 비참한 기분이 들었다.

"아, 맞다. 세환이 놈 이야기가 나왔으니깐 말인데, 내가 그 이야기했나?"

"뭐?"

"세환이 첫사랑."

처음 듣는 이야기다. 그도 그럴 것이 물어본 적도 없었고 관심도 가져 본 적이 없었다. 다솜은 은근히 궁금해져서 아현의 말을 가로막지 않았다.

"세환이 놈이 대학교 다닐 때 사귀었던 여자가 있었어. 이 년 후배였는데 화란이라고…… 음, 어떻게 말해야 할까? 다솜 씨랑 비슷했지, 아마. 키도 비슷하고, 몸매도 비슷하고, 그래도 다솜 씨가 훨 나아. 게다가 분위기는 많이 다른 것 같기도 하고. 난 다솜 씨 쪽 분위기가 더 좋거든. 아무튼 둘이 대단했어. 그때는 그랬지, 그게 아마 첫사랑이었을 거야. 남자들의 로망이지 뭐. 남자들 다 그렇잖아. 첫사랑은 쉽게 잊지 못한다고 노래를 부르지. 세환이 놈이야 벌써 잊어버린 것 같지만…… 아무튼 그 녀석은 보통의 남자와는 좀 다른 구석이 있어."

한참 아현이 신나라 이야기를 하고 있는데 손님 하나가 그녀를 불렀다. 허탈한 몸짓으로 '아, 이렇다니깐!' 이라고 한마디만 던지고는 그녀가 자리에서 일어나 손님들에게로 돌아갔다.

다솜은 뒷이야기가 궁금했다.

'그는 아직 그 여자를 사랑하고 있는 걸까……'

궁금한 게 아니었다. 그가 그렇다, 라고 믿고 싶은 그녀였다. 이 계약 결혼을 하게 된 그의 진심을 그렇게 치부하려고 노력했다. 화란이라는 여자를 사랑해서 다른 여자에게 관심을 가질 여유가 없다고 생각했다. 자신은 아무리 바래도 통하지 않을 것이다. 아현의 말대로 첫사랑은 남자들의 로망이니깐. 영원히 자신은 세환의 마음에 가 닿지 못할 것이다. 입 밖으로 긴 한숨이 새어 나왔다.

몇 분 후 아현이 다솜에게로 돌아왔다. 그러나 다솜은 아무 것도 물어볼 수는 없었다. 결국 그 이야기는 더 이상 듣지 못한 채 아현이 이끄는 대로 매장을 나올 수밖에 없었다.

퇴근을 하기 전 석에서 전화를 걸어 거래를 성립시킨 세환은 가벼운 마음으로 집으로 돌아왔다. 안면근이 자꾸만 제멋대로 풀리는 것만 같았다. 서류 가방을 받아 든 다솜이 자신의 얼굴을 이상하다는 듯이 빤히 쳐다보는 것도 모른 채 실실 웃고 있었다.

"저기……."

조용한 목소리에 세환은 그제야 그녀를 쳐다보았다.

"좋은 일 있으세요?"

세환은 조용히 고개만 끄덕였다. 더 이상 안면근이 풀리지 않게끔 무진장 애를 쓰며 고개만 끄덕였다.

좋은 일이 있고 말고, 다솜을 자신의 눈앞에서 사라지지 않게 할 수 있는 일이다. 그거야말로 지금의 자신에게 정말 좋은 일이다. 생각하고 있는 걸 있는 대로 말할 수는 없는 노릇이었다. 뒤따라 계단을 오르는 다솜의 발자국 소리를 들으며 계속 조용히 웃었다.

방으로 들어와 넥타이를 풀려고 경대 앞에 섰다. 그 순간 세환의 얼굴이 딱딱하게 굳었다. 경대 위에 놓인 사진 속의 모습이 낯이 익었다. 화란과 자신이 팔짱을 끼고 있는 사진이었다. 이런 사진이 남아 있었는지조차도 알 수 없는 그로서는 당황이 되었다. 거의 십 년 전에 찍은 사진이다. 앳된 자신의 모습도 낯설었지만 한껏 멋을 부린 화란의 모습은 더욱더 낯설었다.

'이게…… 왜 이 사진이 여기 나와 있는 거지?'

그 대답은 다솜이 대신했다.

"누가 그러대요. 사랑하는 사람은 자꾸 봐줘야 그 사랑하는 마음이 오래오래 간다고. 그래야 이뤄진다고 그러더군요."

다솜은 떨지 않으려고 노력했다. 사실 서재 앨범에서 이 사진을 발견했을 때, 좋은 마음일 수만은 없었다. 스스로에게 핑계로 쥐어준 상상이 실제로 존재한다는 걸 마주했으니 결코 마음이 편하지만은 않았다. 역시나 그런 거였다. 그는 첫사랑을 잊지 못하고 있었다. 한편으로는 화란이 부럽기도 했지만, 또 한편으로는 세환이 불쌍하기도 한 그녀였다. 그의 사랑이 이뤄진다면 자신도 행복할 것만 같았다.

"서재에 책 사이에 끼어져 있었어요. 화란 씨죠?"

세환은 기가 막혔다.

이 맹추 같은 여자, 세상에 둔해도 이렇게 둔할 수가! 자신이 지금 누굴 바라보고 있는지 정말 전혀 모르고 있는 얼굴이다. 머리 위로 김이 팍팍 나는 것 같았다. 사진을 집어 다솜에게로 돌아섰다. 칭찬 한마디라도 받을 줄 아는 것처럼 다솜의 얼굴은 상기되어 있었다.

사진을 가슴팍까지 들더니 천천히 찢기 시작했다. 다솜의 놀란 얼굴이 눈에 들어왔지만 그는 개의치 않고 사진을 몇 번이고 겹쳐 빡빡 찢어버렸다. 방바닥에 사진 조각들이 너부러졌다.

"누가, 누가 당신더러 이런 쓸데없는 짓을 하라고 했어?"

칼이라도 든 듯 날카롭게 선 목소리. 다솜이 좋은 의도로 사진을 올려놓았다는 걸 알면서도 세환은 자신의 감정을 감당하지 못한 채 그렇게 날카로운 목소리를 뱉어냈다. 자신의 마음을 알아주지 않는 다솜에 대한 분풀이를 목소리에 가득 담았다.

"한 번만 더 이런 짓을 해봐. 응? 다시 한 번만 더 해보라구!"

한 발 성큼 다솜을 향해 다가갔다. 다솜이 뒷걸음치자 또 한 발 성큼 다가가서 그녀의 어깨를 잡았다. 손에 자신도 모르게 힘이 들어갔는지 다솜이 얼굴을 찡그리고 있었다. 어느새 그녀의 눈동자가 겁에 질린 듯 눈물까지 글썽이고 있었다.

"죄송해요."

세환은 그녀를 벽으로 몰아붙였다. 다솜이 계속 죄송하다는 말을 해댔다. 듣고 싶지 않았다. 지금 당장 그녀의 입을 틀어막지 않고는 견딜 수가 없을 것 같았다. 마음을 거절당해 버린 분풀이를 해야 직성이 풀릴 것 같았다. 한 손은 어깨를 한 손은 벽에 붙은 다솜의 허리에 둘렀다. 다짜고짜 그녀의 입술에 입맞추기 시작했다.

다솜의 꽉 다문 입술 위에서 한없이 맴돌았다. 얼마나 이 입술에 이렇게 입맞추고 싶었는지 모른다. 부드러운 이 느낌을 얼마나 애태우면서 갖고 싶었는지 모른다. 서서히 다솜의 입술이 열렸다. 그녀의 심장이 두근거리는 소리가 들리는 것만 같았다.

바로 앞에 보이는 다솜의 감긴 눈에 시선을 뒀다. 속눈썹이 파르르 떨리고 있었다. 자신이 지금 무얼 하고 있는지 알기나 할까? 맥이 탁 풀렸다. 다솜을 잡은 팔을 풀었다. 나가라고 손짓만 했다. 한동안 벽에 붙어 떨고 있던 다솜이 방 밖으로 나가자 세환은 그 자리에 주저앉았다.

다솜에게 자신은 여전히 고용주일 뿐이다. 그것도 무서운 고용주, 거부할 수 없는 상대일 뿐이다. 자신을 보면서 그녀가 마냥 웃게 하고 싶었다. 겁에 질려 떨리는 눈동자가 아니라 한없이 맑고 깊은 눈동자이길 원했다. 그래도 한 가지 다행스러운 건, 그녀의 몸만은 자신을 원한다는 거다. 그녀의 심장 소리가 귓속으로 파고들어 와 여전히 머리 속에서 맴돌고 있었다. 두근거리던 미지의 세계를 탐험하는 것마냥 두근거리던 그녀의 심장 소리를 잊을 수가 없을 것 같았다.

발 아래 흩어진 사진 조각을 손으로 휘저으며 세환은 이젠 다솜을 놓아줄 수 없다고 생각했다. 그녀가 아무리 원해도 그녀를 놓아줄 수가 없다. 그랬다가는 자신이 죽을 것만 같았다.

❋ ❋

하루가 허무하게 지났다. 짧은 하루 동안, 아니, 긴 하루 동안 다솜이 세환을 슬슬 피했다.

세환은 그런 다솜을 볼 때마다 마음껏 피하라고 속으로 중얼거렸다. 어차피 발목에 묶인 족쇄를 풀 수 있는 능력이 다솜에게는 없으니깐 마음껏 피하라고 중얼거렸다.

─사장님, 2번 전화입니다.

"김세환입니다. 아, 너였군. 그래. 그렇군. 바로 입금시켜 주지. 아차차, 지난번처럼 내 뒤통수를 치려고 했다가는 이 바닥에서 살아남지 못할 줄 알아! 그래, 알고 있다니 다행이군."

석이다. 일 처리가 끝났다고 알려온 전화였다. 이제 주말에 다솜은 그놈과 어딜 갈 수가 없게 되었다. 세환은 의자에 몸을 기대며 기분 좋게 웃었다. 오랜만에 시원스럽게 웃었다.

오늘은 모른 척하고 있다가 내일쯤 다솜에게 주말에 야외로 나가자고 한 번 더 말해 봐야겠다. 이제 선약이라는 핑계는 존재하지 않았다. 아이들까지 끌어들일 필요도 없다. 그냥 무조건 가자고 하고 끌고 가리라 마음먹었다.

—사장님, 2번 전화입니다.

또 석일까, 징징거리려고 전화를 한 건가 싶어 세환의 얼굴에 미소가 사라졌다. 그렇게 말을 했는데도 못 알아듣는 녀석이다. 무뚝뚝한 목소리로 전화를 받았다.

"왜……."

상대방이 자신을 소개하는 목소리가 흘러나오자 세환은 입을 다물었다. 몇 년 만에 듣는 목소리, 화란이었다. 다시 들을 일이 없을 줄 알았던 목소리다.

"그래, 아현의 매장이군."

화란의 존재를 알 리가 없는 비서가 전화를 그냥 바꿔줄 리는 없었을 거다. 아마도 아현을 시켜 전화를 걸었으리라 짐작만 했다. 수화기 너머에서 화란이 계속 말을 했다. 완전히 들어왔다고 한다.

"그래? 왜 귀국한 거야?"

조심스럽게 울먹이는 화란의 목소리가 들려왔다. 이혼을 했다고 한다. 세환은 화란의 울먹임에 슬슬 짜증이 나기 시작했다. 왜 그런 이야기를 들고 와 자신에게 말하고 있는지 그녀가 이해되지 않았다. 예전 그때였다면, 아니, 화란이 떠나고 1, 2년 후에 이런 전화를 받았다면 당장 그녀를 보듬어주러 뛰어갔을 것이다. 그러나 지금은 상황이 달랐다. 왜 자신을 찾았는지 짜증이 날 뿐이었다.

—오빠…… 저, 저기…… 내일 시간 되세요?

세환은 거절을 할까 하다가 이야기나 들어보자 싶어 아현의 매장 근처에서 보기로 약속을 잡았다. 회사 근처로 오게 하고 싶지는 않았다. 그 정도까지 대우해 줄 필요가 없는 상대라고 여겼다. 어이가 없었다. 매몰차게 버리고 갈 때는 언제고 이제 다시 찾아오다니 기가 막힐 따름이었다. 다솜이라면 어땠을까, 그녀라면 화란처럼 저렇게 뻔뻔스럽지 않을 거다.

—사장님, 댁입니다.

참 전화가 많이도 온다. 1시간 새에 몇 통화째인가!

"무슨, 아, 당신이군."

이번에는 다솜이었다. 겁에 질린 목소리였다. 하빈이 얼굴을 알 수 없는 남자들한테 구타를 당해 병원에 실려갔다는 이야기를 하는 내내 그녀의 목소리가 떨고 있었다.

발 없는 말이 천리 간다고 했다. 소식 한 번 빨랐다.

수영장에서 하빈에게 배우는 수영 깅습생들이 저녁에 병문안을 간다고 했다. 다솜이 자신도 같이 가도 되냐고 물어왔다.

"음, 그런 일이 있었군. 아, 어느 병원이지? 그래? 잘되었군. 나도 저녁에 그 근처에서 약속이 있었는데 태워다줄 수 있을 것 같아. 그렇게 하지 말고 나도 같이 갈까? 우르르 가면 환자가 불편할 테니깐 그냥 나랑 단둘이 다녀오는 게 낫지 않을까 싶어서."

약속이 있다는 건 거짓말이다. 가서 한껏 하빈을 약 올리고 싶었다. 무엇보다 그와 한 계약을 마무리 지어야 했다. 그를 이용하고자 했던 시점에는 자신의 감정을 몰랐고 이제 자신의 감정을 알았으니 그를 무대 위에서 치워야만 했다.

세환은 다솜에게 집에서 보자고 말을 남긴 후 통화를 끝냈다.

이른 저녁 시간, 세환은 다솜을 태우고 하빈이 입원해 있는 병원으로 한달음에 달려갔다.

꽃이라도 사가야 하지 않겠냐고 자신이 먼저 다솜에게 챙기라고 말했다. 다솜의 품에 안긴 꽃바구니를 보며 피식 웃었다. 하빈을 무대 밖으로 보내는 꽃바구니다. 자신을 보면 그가 얼마나 기가 막혀할까, 그 넉살 좋은 얼굴이 일그러지는 걸 보고 싶었다.

병실 앞에서 다솜이 노크를 한 후 들어가자 세환은 일부러 천천히 뒤따라 들어갔다. 병상 위에 하빈이 다리 한 짝과 팔 한 짝을 깁스를 하고 누워 있었다. 게다가 얼굴도 얼마나 두들겨 맞았는지 전면에 붕대를 둘둘 감고 있어서 침대 머리맡에 이하빈이라는 이름이 적혀 있지 않다면 그인지도 못 알아볼 지경이었다. 그래도 아직은 살아 있는지 하빈의 눈동자가 다솜을 바라보고 있었다.

눈동자도 뽑아버리라고 할 걸 그랬나, 세환은 이를 부드득 갈았다. 하빈이 보란 듯이 다솜에게 다가가 그녀의 어깨에 손을 얹고는 고개를 숙이더니 다정하게 속삭였다.

"음료수라도 사 오는 게 어떻겠어?"

다솜이 휴게실에 다녀오겠다며 병실을 나간 후 세환은 병상에 걸터앉더니 하빈의 옆구리를 슬며시 손가락으로 찔렀다.

"많이 아프겠군요. 어쩌다 이런 일을 당했을까, 우리가 한 계약 기억하고 있습니까?"

하빈이 대답하기가 힘든지 몸을 슬쩍 옆으로 옮겼다.

세환은 환하게 웃으며 계속 말을 이어갔다.

"이런 몸이 되었으니 어떡합니까? 이 상태로는 공급자가 더 이상 믿고 계약을 이행하고 싶지 않을 것 같군요. 노력하고 수고하신 그 마음은 잘 알고 있지만 더 이상 애쓰실 수가 없게 되었으니, 할 수 없죠. 이 계약 없던 걸로 하겠습니다. 아, 그래도 애를 쓰셨으니 전액은 아니라도 서운하지 않게 계좌에 넣어드리겠습니다."

들어줄 수가 없다는 듯이, 강하게 거부라도 하겠다는 듯 하빈의 입에서 신음 소리가 몇 마디 튀어나왔다.

세환은 침상에서 일어나며 하빈에게 못을 박았다.

"아무래도 미움 살 일이 많으신가 봅니다. 상태를 보니 다음에는 병원 신세가 아니라 영안실 신세가 될 것 같군요. 아차, 그리고 제 마누라는 다음주부터는 다른 피트니스 센터로 옮길 겁니다."

마누라라는 말을 유난히 강조하며 계속 말을 이었다.

"제 마누라한테 그동안 친절히 대해주셔서 감사드립니다, 선생님."

하빈의 눈에서 불똥이 튀는 것 같았지만 세환은 계속 실실 웃기만 했다.

얼마 지나지 않아 다솜이 선물용 음료수를 들고 병실로 돌아왔다.

"아무래도 하빈 씨가 많이 힘드신 것 같은데 이만 가지. 그럼, 몸조리 잘하십시오."

세환은 이번에도 아예 다솜의 허리에 손을 얹었다. 뒤통수에 하빈의 눈동자가 꽂히는 걸 느꼈지만 개의치 않았다. 앞으로 내 물건에 손대지 마라, 다치는 걸로 끝나지 않을 것이다. 할 말은 다 했다. 그리고 하빈이 영악한 남자라는 걸 안다. 함부로 덤비지 않을 놈이다. 속이 다 후련했다.

이제 자신을 기다리는 건 진짜로 핑크 빛 신혼 생활이라는 생각이 들자 세환은 기분이 마냥 좋았다.

다솜을 집에 데려다 주고 거짓말을 한 대가로 세환은 늦은 밤까지 밖에서 시간을 보낸 후에야 집으로 돌아올 수 있었다. 조용히 방문을 열고 들어서는 그의 눈에 가장 먼저 띈 건 역시나 바닥에 잘 깔린 이부자리였다.

다솜이 누워 있다가 인기척에 놀랐는지 자리에서 일어났다.

"이런, 깜박 잠이 들고 말았네요, 죄송……."

죄송하다는 말은 정말 지겨웠다.

세환은 지난번처럼 다솜의 입을 틀어막고 싶었지만 참았다. 너무 조급해하지 말자고 다짐했다. 방금 다솜이 누워 있던 이부자리를 발로 걷어차기만 했다. 다솜이 그를 빤히 쳐다봤지만 아랑곳하지 않고 이불을 들더니 침대 위에 집어 던진 후 말했다.

"침대도 넉넉해."

무슨 말인지 못 알아들었는지 다솜이 눈만 깜박대고 있었다.

"안 건드릴 테니깐 침대에서 자."

그제야 무슨 말인지 알아들었는지 다솜이 짧은 탄식 소리를 뱉더니 주춤거리고 있었다. 망설이고 있었다. 세환의 눈에 그렇게 보였다.

"먼저 자. 나 신경 쓰지 않아도 돼."

세환이 말을 마치고 욕실로 들어가 버리자 다솜은 여전히 그 자리에 멍하게 서 있었다.

침대 위에서 같이 자자는 말을 어떻게 받아들여야 할까, 세환의 부모님의 묘지를 보러 갔던 날이 생각났다. 그리고 얼마 전 나눴던 입맞춤도 생각났다. 얼굴이 화끈거렸다. 의미를 부여할까 봐 두려웠다. 계약의 일부분이라고 애써 의미를 부여하지 않고 있던 중이었다. 화란의 사진을 꺼내놓은 날, 세환의 마음을 확실히 알았다. 그는 아직 잊지 못하고 있었다. 자신에게 화풀이라도 하듯이 입맞출 수밖에 없을 만큼 세환의 마음은 현재 진행이었다.

같이 자자고 한다. 건드리지 않겠다고 했다.

왜 이렇게 서운하게 느껴질까, 심장이 납작해져서 가슴 밑바닥으로 가라앉아 버릴 듯이 답답해졌다. 서운해서 견딜 수가 없었다. 그의 옆에서 자는 건 고문이다. 그의 향기를 맡으며 손만 뻗으면 닿는 곳에 그와 함께 있는 건 고문이다. 그러나 거부할 수도 없다.

다솜은 돌아서서 침대를 바라보았다. 그의 말대로 혼자 자기에는 꽤 넓은 침대였다. 뚝 떨어져 자면 둘이서 자기에도 넓어 보였다. 침대로 다가가 세환이 던져 놓은 이불 속으로 몸을 뉘었다. 그가 나오기 전에 얼른 잠이 들어버려야 한다. 그래야 심장이 다시 제자리로 돌아올 것만 같았다.

샤워기가 뿜어내는 물줄기 소리가 욕실에서 새어 나왔다. 타일을 치는 물소리가 자장가처럼 들려왔다.

◐ ◐ ◐

하루 종일 세환은 기분이 좋아 싱글벙글했다. 비록 뚝뚝 떨어져 자긴 했지만 새벽에 살며시 눈을 떴을 때 다솜이 침대 위에 가만히 누워 자고 있었다. 그리고 이사들이 미심쩍어하던 사업안도 오늘 통과를 했다. 새로운 인생과 새로운 일이 한꺼번에 자신에게 닥쳐왔지만 두 가지 모두 잘해낼 자신이 있었다.

점심 시간이 다가올 때쯤 화란과의 약속을 떠올리고는 회사를 나와 약속 장소로 향했다. 약속을 한 카페에는 화란이 먼저 와 있었다.

"오랜만이다."

세환을 보자마자 화란이 기다렸다는 듯이 눈물을 뚝뚝 흘렸다. 옛날의 그였다면 그 눈물에 당황했을 테지만 지금은 아니었다. 웃옷 안 주머니에서 손수건만을 꺼내 건넸다.

"닦아라."

세환, 자신이 생각해도 참 신기하리만큼 목소리가 차분했다.

화란이 놀란 토끼 눈이 되어 그를 한 번 쓱 쳐다보더니 더 큰 소리로 울기 시작했다. 맞은편에서 자신의 옆에 와서 안아달라는 듯이 그렇게 울어댔다. 카페 안의 사람들이 일제히 그들을 쳐다보았다.

세환은 못마땅했지만 사람들의 시선이 부담스러워 울음을 그치게 만들이야겠다 생각이 들었다. 별수없이 손수건을 집어들고는 화란의 옆 자리로 옮겨 앉았다. 기다렸다는 듯이 화란이 세환의 품에 파고들어 왔다.

정말 난처한 아이, 아니, 여자였다. 화란이 원래 이런 기회주의자였나 싶어 다시 보게 되었다. 울지 말라고 조용히 중얼거리며 애써 화란을 떼어놓으려고 노력했다. 그러면 그럴수록 더욱더 화란이 파고들어 왔다.

그때 커피숍 창밖으로 익숙한 얼굴 하나가 지나갔다. 다솜이었다. 화들짝 놀라 화란의 어깨를 잡고 다짜고짜 옆으로 확 밀쳤다. 깜짝 놀란 듯 화란의 울음소리가 멈췄다.

"오, 오빠!"

아랑곳없이 세환은 자리에서 벌떡 일어나 창밖을 살폈다. 분명 다솜이었다. 어디로 갔을까, 설마 지금 이걸 본 건 아니겠지, 아닐 거다. 봤다면 눈이라도 마주쳤을 텐데, 그냥 쓱 지나갔다. 그리고 다솜이 아닐 수도 있다. 상황이 상황이니만큼 비슷한 여자를 보고 착각할 수도 있다.

천천히 다시 자리에 앉아 세환은 낮은 한숨을 내쉬었다.

"오빠……?"

울먹이는 화란의 목소리에 세환은 고개를 들어 그녀를 바라보았다.

"다 울었어? 도대체 왜 만나자고 한 거니? 더 할 얘기라도 있는 거야?"

여전히 차가운 그의 말투에 화란은 기가 막힌 듯 입만 벌리고 있었다. 그도 그럴 것이 그녀가 생각하는 세환은 이런 모습이 아니었다. 자신이 손가락 하나만 까딱하면 뛰어올 거라고 생각했던 남자다. 화란은 입술을 비틀며 대꾸했다.

"많이 변했군요."

강산도 반은 더 변할 세월인데, 하물며 사람이라고 변하지 않을까?

"짧은 세월이 아니니깐."

세환은 말을 끝낸 후 다시 건너편으로 옮겨 앉았다. 화란이 핸드백에서 담배를 꺼내는 걸 지켜보며 혀끝을 조용히 찼다.

"나만 변한 게 아닌 것 같은데."

그의 말에 화란이 웃었다.

"오빠만 몰랐을 뿐이죠."

생각해 보니 화란에 대해서 아는 게 많지 않았다. 그녀가 어떻게 자라왔는지, 어떤 걸 꿈꾸는지 사실 그때는 알지 못했다. 자신이 만들어놓은 틀 속에 화란을 집어넣고 그 모습이라고 믿기만 했던 것 같았다.

세환은 담배 연기를 품어대는 화란의 입술을 보며 '그랬군'이라고 중얼거렸다.

"오빠, 이제는 알고 있어요?"

"뭘?"

화란이 언제 울었냐는 듯이 방글방글 웃고 있었다.

"오빠의 문제점. 내가 왜 떠날 수밖에 없었는지 이젠 알고 있는지 물어보는 거예요."

그런 게 있었나 싶었다. 언제나 화란에게 잘 대해줬으니 그녀가 떠날 만한 문제가 자신에게는 없었다.

"오빠는 늘 잘해주기만 했죠. 근데 여자에게 잘해주는 거라기보다는 자신에게 잘해주는 사람으로 보였어요. 날 사랑해서 나한테 잘해준다는 느낌보다는 뭐랄까, 오빠 자신을 사랑하기 때문에 자신만의 만족을 위해서 날 옆에 두고 가꾸고 보호한다는 생각이 들었죠. 한 송이 꽃 같다고 해야 하나…… 꽃은 피면 시들잖아요. 그렇게 피어 있다가 시들면 오빠 그냥 버릴 것 같았거든요. 난 시들어도 끝까지 벽에 걸어줄 사람이 필요했어요. 세월이 흘렀으니깐 오빠도 알고 있겠죠? 결혼도 했다고 들었는데…… 하, 이렇게 말을 하고 나니 그때 떠난 변명처럼 들리네요. 제가 괜한 말을 하는 건가요?"

화란이 뿜어대는 담배 연기가 얼굴 앞까지 왔다 위로 올라갔다.

그랬었나, 세환은 아무런 말이 없이 조용히 생각에 잠겼다.

세환은 화란과 헤어진 후 사무실로 돌아왔다. 아무래도 그때 본 사람이 다솜인 것 같다는 생각을 떨칠 수가 없었다. 퇴근 시간까지 기다리고 있을 수가 없었다. 비서에게 찾지 말라고 말을 던진 후 부랴부랴 집으로 향했다.

여느 날 같으면 현관 앞에서 기다리고 있어야 할 다솜이 보이지 않았다. 아줌마와 어머니인 이 여사가 대신 그를 맞이했다. 다른 일이라도 하고 있는 거겠지, 편안하게 생각하며 부엌 쪽을 쓱 바라보았지만 다솜은 거기에도 없었다.

외출을 했다면 이 여사나 아줌마 두 사람 중 한 사람이 귀띔이라도 해줄 텐데, 아무런 말이 없었다. 그럼 이층에 있는 걸까, 이른 시간이지만 졸기라도 하는 걸까 싶어서 이층 서재를 먼저 살폈지만 그곳에도 다솜은 없었다. 불안했다. 침실 문을 열었을 때 거기에도 다솜은 보이지 않았다. 어디에 간 걸까, 아무래도 아줌마에게 넌지시 물어봐야겠다 싶어 문을 닫으려는 순간 경대 위에 놓인 반지 하나가 눈에 들어왔다.

세환은 방 안으로 들어와 반지를 들었다. 결혼 반지였다. 호박으로 만들어진 잘 다듬어진 반지. 화려하진 않지만 수수하고 투박스럽지 않은 결혼 반지였다. 자신은 한 번도 결혼 반지를 낀 적이 없었지만 다솜은 한 번도 반지를 빼놓은 적이 없었다. 그 반지가 지금 주인이 없는 방에 덩그러니 홀로 놓여져 있었다. 불안한 기운이 온몸을 엄습해 왔다. 서류 가방을 침대 위에 팽개치고 서재로 뛰어가다시피 건너갔다. 서랍들을 죄다 열었다. 찾는 것이 없었다. 지난번 법원에 제출하려고 했던 이혼 서류가 사라지고 없었다.

없어진 이혼 서류와 자신의 손에 들린 결혼 반지. 불 보듯이 뻔하다. 점심때 본 여자는 다솜이 맞았다. 화란의 얼굴을 알고 있는 다솜, 또 혼자 생각하고 일을 저지른 게 분명했다.

방으로 돌아와 장을 열었다. 다솜의 옷가지들을 살펴보았다. 자신이나 어머니가 사준 옷들은 고스란히 남겨져 있었지만 다솜이 처음 들고 들어온 옷들은 보이지 않았다. 얼마 되지 않는 옷들이기에 눈에 띄지 않게 싸 들고 나갔을 가능성이 크다.

어디로 간 걸까, 먼저 떠오른 곳은 아이들의 아파트였다. 그래도 거긴 아닐 거다. 애들이 걱정할 짓은 하지 않을 여자다. 그렇지만 혹시 그래도 거기 가 있는 거라면 마음이라도 편할 것 같았다. 어떻게든 데리고 올 수 있을 테니 말이다.

세환은 다급하게 아이들의 집으로 전화를 걸었다. 긴 신호음이 몇 번이나 이어진 후에 다혜의 목소리가 흘러나왔다.

—형부, 잘 지내셨어요?

목소리가 밝았다. 그렇다면 아이들에게는 안 갔다는 거다. 세환은 안부 전화라며 대충 얼버무린 후 통화를 끝냈다.

"도대체 이 여자…… 어디로 간 거야? 하늘로 솟은 거야, 아님 땅으로 꺼진 거야! 도대체……!"

이혼 서류야 합의 하에 낸 게 아니니깐 내일이라도 찾으러 가면 된다. 그러나 다솜을 오늘 밤 안에 찾아내지 못하면 자신이 미쳐 버릴 것만 같았다. 아무리 머리를 굴려봐도 다솜이 갈 만한 곳이 생각나지 않았다. 집을 나왔다고 짐을 싸 들고 누구에게 기대러 갈 만한 뻔뻔함도 없는 여자였다. 자신이 아는 다솜은 그러했다.

침착하게 생각하자, 스스로에게 제발 침착하자고 몇 번이나 타일렀다. 진다솜이 갈 만한 곳, 아이들에게도 가지 않았고 예전에 조사한 걸로는 특별하게 집을 드나들 만큼 친한 친구도 없었다. 도저히 집히는 곳이 없었다. 그때 불현듯 머리 속을 스치고 지나가는 곳이 있었다.

"······룸살롱!"

그러나 쉽게 수긍할 수가 없었다.

"아니야, 설마 거길 갔을까?"

그러나 지금으로서는 그곳이 제일 유력했다. 그래도 일 년이나 몸담고 있었던 직장이다. 그쪽에 친한 사람이라면 지금의 다솜이 가서 몸을 의지한다고 해도 이상할 게 없었다. 가보지 않고는 알 수가 없었다.

세환은 손에 든 결혼 반지를 꼭 움켜쥐고는 부랴부랴 집을 나왔다. 이 여사가 거실에서 어딜 가냐고 물었지만 그의 귀에는 단 한 마디도 들리지 않았다. 정신없이 그렇게 집을 나왔다.

다솜이 일을 했다는 고급 룸살롱 앞에 도착하자 세환은 단일 초의 망설임도 없이 안으로 들어갔다.

덩치가 꽤 큰 검은 양복을 입은 이가 세환을 가로막았다.

"아직 영업 시작 전입니다. 예약 손님이십니까?"

세환의 눈에 불똥이 튀었다. 마누라 찾아왔는데 예약을 들먹이다니, 웃기는 일이다. 그를 밀치고 안으로 들어가려고 하는데 이번에는 또 다른 검은 양복의 남자가 다가와 쌍으로 막아섰다.

"이만 돌아가시죠."

웃기는 놈들! 그냥 돌아갈 순 없었다. 다솜이 있는지 없는지 확인이라도 하고 가야 할 것 아닌가!

세환은 고래고래 고함을 치지 시작했다.

"마담 나오라고 해! 이것들이 감히 내가 누군 줄 알고 가로막고 있어! 저리 비키지 못해!"

그러나 그건 대답없는 메아리일 뿐이었다. 남자들은 꿈쩍도 하지 않고 앞에 버티고 서 있었다.

세환은 약이 바짝바짝 올랐다. 급기야 다솜의 이름을 불러대기 시작했다.

"진다솜! 진다솜 나오라 해! 아, 아니지."

뭔가 기억이라도 났다는 듯 세환이 남자들을 뚫고 지나갈 듯이 한 발짝 앞으로 나오며 또 고함을 쳐댔다.

"27번 아가씨, 아니, 27번 아줌마 나오라 해! 내 마누라 나오라고 하라니깐! 이것들아, 당장!"

27번이라는 말에 남자들이 서로의 얼굴을 번갈아 보더니 세환을 빤히 쳐다보았다. 말이 통한 걸까. 세환은 그들을 향해 한 번 더 으르릉댔다.

"이제 알아들었나? 어서 나오라 해, 27번 아줌마! 진다솜!"

몇 번을 더 다솜의 이름을 부르며 고함을 쳐댄 후에야 남자들 너머에서 익숙한 얼굴 하나가 보였다. 다솜이었다. 세환은 남자들을 세차게 밀치고는 다솜에게 다가가 손목을 잡아끌었다. 다솜의 입에서 짧은 비명 소리가 나오자 남자들이 세환에게 다가왔다. 세환은 도끼눈으로 그들을 보며 말했다.

"아직은 엄연히 내 마누라야. 저리 비키시지."

의외로 순순히 남자들이 옆으로 비켜나자 세환은 다솜의 손목을 우악스럽게 잡고 끌다시피 밖으로 나왔다. 저녁 바람이 시원스레 불었다. 몸에 오른 열이 식는 느낌이 들자 그제야 숨을 돌릴 수가 있었다.

차가 주차된 곳으로 향하면서 세환은 고래고래 고함을 쳤다. 지나가는 사람들이 다 들으라는 듯이 그렇게 고함을 질러댔다.

"이봐! 이 맹추 같은 여자야! 누가 당신더러 룸살롱에 나가서 돈 벌어오라고 했어? 응? 누가 그랬냐고, 도대체! 누가 당신더러? 누가!"

손목이 잡혀 쓰러지듯이 뒤따라오는 다솜이 더 무겁게 느껴져 세환은 뒤를 돌아보았다. 다솜의 눈에 눈물이 글썽이고 있었다. 세환은 갑자기 말문이 막혔다.

"왜, 왜 우, 우는 거야?"

젠장, 닮을 걸 닮아라. 이럴 때 왜 말을 더듬고 있는 걸까? 세환은 스스로에게 반문하며 다솜의 대답을 기다렸다.

"손목이 아파요."

다솜의 말이 떨어지기가 무섭게 세환은 그녀를 놓아주었다.

"마, 많이 아파? 어디 봐."

얼마나 세게 잡고 있었는지 손목에 빨간 줄이 생겨 있었다. 그 빨간 줄이 세환의 가슴속을 후벼 팠다. 무안해서 화제를 다른 곳으로 돌렸다.

"저녁은 먹었어?"

다솜이 고개를 저었다.

"도대체 밥도 안 먹고 이 시간까지 뭐 한 거야? 거긴 밥도 안
줘?"

다솜이 조용히 고개만 떨구고 있었다.

"뭐 먹고 싶은 거 없어?"

분위기 좋은 곳에 데리고 가서 그녀의 마음을 얻을 기회를
만들어야겠다 마음먹었다. 그러나 그런 계획은 다솜의 대꾸에
여지없이 무너져 버렸다.

"우동."

세환은 어이가 없었지만 먹고 싶은 걸 사준다 했으니 약속은
지켜야 했다. 멀리 길 끝에 포장마차가 있었다. 다솜이 그곳을
눈길을 주고 있었다. 어쩔 수 없이 포장마차로 향했다.

"아줌마, 여기 우동 한 그릇이요."

얼마 지나지 않아 우동 한 그릇이 두 사람 사이에 놓였다.

세환은 다솜을 위해 나무젓가락을 갈라준 후 그녀가 우동을
다 먹을 때까지 차분히 기다렸다. 배가 많이 고팠는지 금세 먹
어치웠다. 하긴 늘 먹는 건 잘 먹는 여자였다. 다솜이 이번에는
국물을 마시려고 우동 그릇을 손에 잡자 더 이상은 기다릴 수
없었다. 세환의 마음은 이미 조급해질 대로 조급해진 상태였
다.

"사랑해."

다솜이 고개를 들어 그를 빤히 쳐다보았다. 적잖이 놀란 얼
굴이었다.

"네?"

이렇게 직설적으로 말할 계획은 아니었다. 좀 더 멋진 말을 찾으려고 했다. 좀 더 부드럽게, 놀라지 않게 그녀의 마음에 스며들 수 있는 말을 찾으려고 했다. 그러나 세환의 머리 속에 떠오르는 말은 오로지 하나밖에 없었다.

"귀가 먹었어? 사랑한다고. 나 김세환이 진다솜이라는 여자를……."

"저…… 사장님, 아니, 세환 씨, 사… 랑……."

다솜이 말을 더듬으며 계속 머뭇거렸다. 세환은 더 이상 기다리고 있을 수가 없었다. 어차피 거절일 거다. 상관없다. 거절당할 각오는 이미 하고 있었다. 그러나 직접 듣고 싶지는 않았다. 머리 속에 온통 '젠장'이라는 말로 가득 찼다.

"내게 기회를 줘. 삼 세 번도 바라지 않겠어. 딱 한 번만, 딱 일 년만."

미끼를 던지자, 최소한 기회라도 마련해야 하지 않을까? 당장 다솜을 곁에 두기라도 해야 노력이라도 해볼 수 있을 것 같았다. 세환은 다솜의 손을 덥석 잡더니 다급하게 말을 계속 이어갔다.

"원한다면 각서를 새로 써도 좋아. 난 일 년 동안 당신이 날 사랑할 수 있도록 최선을 다하겠어. 일 년 후에도 당신이 날 사랑하지 않는다면 깨끗이 포기하겠어. 단 한 번이야, 딱 한 번. 그리고 지금껏 계약으로 인해서 당신이 내게 갚아야 한다고 생각했던 모든 걸 청산해 줄 테니…… 제발, 딱 한 번의 기회를 내게 줘."

그녀가 원한다면 이 자리에서 무릎이라도 꿇을 수 있다고 생각했다. 여전히 다솜은 대답이 없었다. 세환은 손에 힘을 주었다. 더욱더 다솜의 손을 꼭 잡으며 그녀의 얼굴을 살폈다. 그녀가 손을 빼지 않고 있었다. 희망은 있었다.

진심이었다. 최선을 다하겠다고 말한 건 진심이었다. 자신이 있었다. 그리고 다솜이 시들고 꺾인다 해도 자신의 마음에 영원히 걸어두고 싶었다. 세환은 그녀의 눈동자 속에서 희망을 보았다. 구원을 보았다. 떨리고 있었지만 붉어진 볼과 자신의 눈길을 피하지 않는 눈동자 속에 희망이 있었다. 자신이 가야 할 길이 그곳에, 바로 다솜의 눈동자 속에 있었다.

EPilogue

"이 녀석들아, 일어나! 방학이라고 이렇게 늘 늦잠만 자면 어떡해? 자자, 다들 기상…… 어서 일어나!"

세환은 각 방을 돌며 이제 어엿한 대학생이 된 쌍둥이 혁진과 혁수, 그리고 고등학교에 막 입학한 다혜와 막내 다인을 깨웠다. 아이들이 '5분만 더', '10분 만 더'를 외치며 자꾸 이불 속으로 숨으려고만 했다. 세환은 급기야 이불을 걷어내며 아이들을 재촉했다.

"아앗! 형부, 뭐예요, 다 큰 처녀한테! 우씨!"

다혜가 재빨리 이불을 끌어당기며 툴툴거렸다.

"어…… 새삼스럽게, 유난 떤다. 일어나라, 얼른! 약수터 갈 시간이다."

2년 전, 세환은 다솜과 새 생활을 시작하면서, 경기도의 한적한 시골 동네로 이사를 하면서 좀 더 큰 집으로 옮겼다. 그때 다솜의 동생들까지도 모두 함께 살기로 결정을 한 것이다. 그리하여 대학생인 쌍둥이들은 학기 중에는 예전에 세환이 쓰던 오피스텔을 이용했고 방학 중에는 집으로 돌아왔다.

"지금 가요?"

다솜이 약수 통을 들고 집을 나서는 세환을 보며 물었다. 임신 8개월의 배불뚝이가 된 그녀는 허리에 손을 얹고 있었다.

"아니, 왜 일어났어?"

세환이 걱정스럽게 되물었다.

"당신이 얼마나 소란스럽게 구는지 안 일어날 수가 있어야 말이죠. 애들 방학 시작하면서부터 부지런해져서 좋기는 한데……."

"거 봐요, 매형. 누나도 불편하다 하잖아요."

연신 하품을 해대며 혁진이 투덜거렸다. 그러나 이미 세환은 현관 밖에 서 있었다. 아이들을 향해 어서 나오라며 재촉했다.

다솜의 말대로 아이들의 여름 방학이 시작되면서부터 그는 매일 아침 이렇게 모두를 끌고 약수터 가는 게 일이었다. 핑계야 그럴싸했다. 매일매일 일찍 일어나 부지런하게 움직여야 몸이 건강해진다는 거다. 그러나 알고 보면 아이들을 끌고 올라가 대장 노릇을 하는 것에 재미를 붙인 게 실질적인 이유였다.

약수터 앞에는 간단한 운동 기구들이 준비된 공터가 있었는데, 그곳에 아이들을 일렬로 세워놓고 일장 훈계를 하는 일이 마냥 즐거운 그였다.

다인과 다혜가 천천히 가자고 자꾸 멈추자 세환이 획 뒤돌아보며 큰 소리로 외쳤다.

"빨리 안 오면 이 달 용돈은 반액 세일이야!"

아이들의 얼굴이 일그러졌다.

"아, 정말 형부 그렇게 안 봤는데 무슨 소리만 하면 돈타령이야!"

"어허, 그래서 싫어?"

다들 고개를 흔들었다.

"그러니깐 어서 와. 이러다가 아침 식사에 늦겠다."

세환이 아이들을 재촉하며 약수터에 오를 시각, 다솜은 부엌에서 아침 준비를 시작했다.

임신 6개월로 넘어서면서 몸이 많이 무거워졌다. 그도 그럴 것이 쌍둥이였다. 점점 무거워서 거동이 불편했지만 아침만은 어떻게든 혼자서 준비를 하려고 노력했다.

이 여사가 도와주기도 했지만 이렇게 이른 아침부터 깨울 수는 없었다. 이사한 집 정원 한 귀퉁이에 작은 텃밭을 마련했다. 작년부터 완전히 회사 경영에서 물러난 이 여사는 그 텃밭에 상추니 고추니 그러한 것들을 기르는 재미에 빠져 있었다. 임신 후 점심과 저녁은 이 여사가 준비하는 날들이 많았기 때문에 아침만이라도 혼자 준비하겠다고 다솜은 마음먹고 있었다.

"이런, 애야, 깨우지 그랬니?"

아무 생각 없이 쌀을 씻고 있다 이 여사의 목소리에 화들짝 놀라 다솜이 뒤를 돌아보았다.

"일어나셨어요? 더 주무시지 그러셨어요?"

이 여사가 혀끝을 조용히 찼다.

"세환이 녀석이 저렇게 아침마다 소란을 피우는데 어떻게 잘 수가 있겠니? 아무래도 저 녀석 일부러 나 깨우려고 그러는 거 아닐까?"

다솜이 배시시 웃으며 대꾸했다.

"설마요."

이 여사가 옆에 와서 다솜이 잡고 있던 밥솥을 가져갔다. 다솜의 배를 쓱 한 번 쳐다보더니 앉아 있으라고 권했다. 다솜이 마지못해 뒤뚱거리며 식탁 앞에 앉자 이 여사가 말했다.

"오늘 오후에 아현이 온다고 하는구나. 너 입을 수 있는 옷 하나 예쁜 거 들고 오라고 했는데……."

이제 매장이 전국에 지점이 생겨 버려 명실공히 큰 회사의 사장님이 되어버린 아현은 한 달에 한두 번씩 놀러오곤 했다. 옛날 이야기를 하면서 다솜을 약 올리기도 하면서 은근히 그걸 즐겼다. 사실 다솜보다는 세환을 약 올리는 걸 더 좋아했다. 지나고 보니 싫은 이야기가 하나도 없었다. 다만, 아현이 계약에 대한 걸 알고 있었다는 사실에 다솜은 깜짝 놀랐다.

「그때 얼마나 내가 이를 갈았는데, 세환이 놈을 다솜 씨 앞에 무릎 꿇리고 말겠다고. 이렇게 두 사람 잘된 거에 나도 한몫한 거 알지?」

그때 다솜은 아현을 보면서 웃었다. 자신은 아현에게 말하지 않은 것들이 몇 가지 있었다. 두 사람을 두고 했던 생각들은 가슴속 깊은 곳에 묻었다. 생각해 보니 정말 웃음밖에 나오지 않았다.

이것저것 반찬들을 식탁 위에 올리며 이 여사가 중얼거렸다.

"아가, 너 몸 풀고 나면 해외라도 다녀올까?"

이 여사는 다솜에게 친정 엄마와도 같았다. 가끔 세환과 다툴 일이라도 생기면 늘 다솜의 편을 들어주었다. 그럴 때마다 이 여사가 세환을 두고 말하는 입버릇이 있었다.

「아직도 사춘기야, 저 녀석은 아직도 사춘기야.」

얼마 전에는 세환의 동생이자 이 여사의 딸인 세영을 마지막으로 보낸 곳에도 다녀왔다. 그때 이 여사가 오열하는 모습을 보면서 다솜은 가슴이 아파서 혼이 났다. 세환이 이 여사의 어깨를 감싸 안으며 같이 오열했다. 잘해야지, 얼굴도 한 번 본 적 없는 시누이 몫까지 이 여사에게 잘해야지 마음먹었다.

시간이 꽤 지났는지 현관 쪽이 소란스러웠다.

"이제 오나 보다."

다솜이 일어나려고 하자 이 여사가 계속 앉아 있으라고 하고
는 부엌 밖으로 나갔다. 곧 아이들이 부엌으로 들이닥치면서
다솜에게 미주알고주알 세환에 대해서 떠들기 시작했다.

"이놈들! 우리 마나님 피곤하게 그렇게 떠들면 되나!"

세환이 뒤따라 들어왔다. 그는 이내 다솜에게 다가와 뺨에
입술을 댔다. 따뜻함이 묻어나는, 사랑이 묻어나는 아침 인사
였다. 다솜은 또 배시시 웃기만 했다.

가족이라는 울타리. 그 울타리가 든든하게 자신을 지켜주고
있었다. 자신과 동생들, 그리고 세환과 이 여사를 지켜주고 있
었다.

내 마음에 품은 또 하나의 별똥별

　가끔 밤하늘을 보고 있다가 우연찮게 발견하는 별똥별 하나에 사람들은 소원을 빈다. '행복하게 해주세요', '아프지 않게 해주세요', '부자 되게 해주세요' 등등…… 그들의 소원이 별똥별 때문에 이뤄졌는지는 중요하지 않다. 별똥별을 보았고, 소원을 말했고, 그리고 그 소원을 이루기 위해 열심히 노력했다는 것만 그들에게 기억될 거다.

　「땡잡은 여자」는 내게 별똥별이다.

　내 소망을 담아 세상 밖으로 나온 글이다.

　화창한 봄날, 흐드러진 진달래꽃을 보며 '나도 로맨스를 쓸 수 있을까?'를 고민했다. 봄날을 지내며 꽃잎은 떨어져 파릇한 잎들만 남겼지만 내 고민은 여전히 현재 진행 중이었다. 당시 로맨스 장르에 발 한쪽을 담그고 있던 나였다. 지금도 마찬가지지만……. 해답을 찾아야만 했다. 내가 나에게 던진 질문에 해답을 찾지 않고는 도저히 견딜 수가 없었다. 아무것도 할 수가 없었다. 준비하고 있던 다른 원고는 자꾸만 뒤로 미뤄지기만 했다.

　항상 내가 로맨스라고 글을 올리면 사람들은 '그게 무슨 로맨스예요?'라고 내게 되려 물었다. 말 한마디는 날카로운 가시가 되어 내 가슴을 찔러댔다.

그 아픔이 너무 컸다.

정말 로맨스란 뭘까?

판타지라면 현 세상에 존재하지 않을 법한 작가의 머리 속에서 튀어나온 세계라고 나는 생각한다. 무협이라고 하면 칼을 휘두르는 무공자가 우선 떠오른다. 그렇지만 내 머리 속에 로맨스라고 하면 떠오르는 건, '러브스토리' 아니면 '로미오와 줄리엣'? 그 것도 아니라면 학창 시절에 너무나도 열심히 읽었던, 너무나도 즐겁게 읽었던 할리퀸일까? 도대체 로맨스라는 게 뭘까 궁금했다.

그렇게 스스로에게 해답을 찾으라고 아우성을 치며 시작한 글이 바로 「땡 잡은 여자」다.

'괴로움', '좌절' ⋯⋯

글을 인터넷 상에 연재하는 동안의 나를 떠올리면 생각나는 두 개의 단어이다. 오래도록 잊혀지지 않고 내게 상처처럼 떠오를 단어이다. 그땐 머리를 커다란 바위에라도 부딪혀 깨뜨려 버리고 싶었던 때였다. 마음먹은 대로 글은 절대 나오지 않았다.

막말로 모니터에 머리를 콱 박아버리고 싶다고 생각했다. 내가 쓰고 있으면서도 나조차도 불안해하는 주인공들. 정말 사람들은 이러한 상황을 이해해줄까? 이런 행동들이 정말 자연스러운 걸까? 내가 만들어놓고도 내 주인공들, 내 아이들을 수십 번 의심하고 또 의심했다.

이미 스토리는 A부터 Z까지 모두 나와 있는 상태였다. 그냥 앉아서 손가락을 열심히 놀리며 쓰기만 하면 되는 일이었다. 그러나, 그게 그리 쉽고 녹록하지만은 않았다.

결국 스스로 정해놓은 완결 날짜를 훌쩍 넘길 정도로 오랜 시간 끌다 마무리를 지었다.

완결 후 첫 느낌, 말 그대로 후련했다.

활동하고 있던 대형 커뮤니티에서 꽤 높은 조회수를 기록하기도 했다. 내 어깨를 짓누르고 있던 '나는 정말 로맨스를 쓸 능력은 없는 걸까?' 라는 짐이 조금은 가벼워졌다. 자신감이 붙었다. 나도 할 수 있다는 사실을 깨달았다. 물론, 여전히 안 되는 부분은 안 되는 거지만 말이다. 아무튼 어쩌면 '임미성표 로맨스' 를 쓸 수 있겠구나, 고개를 끄덕였다. 나라는 사람이 쓸 줄 아는 로맨스는 바로 이런 거라는 걸 알게 되었다.

　사람은 저마다 갖고 있는 게 다르다. 나는 내가 부러운 사람을 아무리 쫓아가도 가랑이만 찢어질 뿐 쉽게 되지 않는다는 걸 알았다. 내가 갖고 있는 걸 소중하게 여길 줄 알아야 한다는 사실을 절실히 깨달았다. 그게 아무것도 아니라고 생각했는데, 그 생각이 틀렸다는 걸 알았다. 스스로가 갖고 있는 걸 소중히 하지 못한다면 한발 앞으로 나가는 것조차 힘들다는 걸 말이다.

　아이가 태어나 마냥 누워 있다가 몸을 뒤집을 수 있게 된다. 그런 다음에 일어나 앉을 수가 있고, 그 다음에 설 수 있다. 그리고 걷는다. 뛴다. 누워 있는 것과 뛰는 건 분명 다르다. 그러나, 뛰기 위해서는 스스로 할 줄 알았던 최초의 것을 잊으면 안 된다. 누워 있을 수 있었던 힘이, 몸을 뒤집을 수 있었던 힘이 결국에는 뛰게 만든다. 아주 사소할지 모르나, 내가 이 글을 쓰면서 느낀 점이다.

　연재를 끝내고 전자책 제의가 들어왔다. 계약까지 긴 시간을 소요하지는 않았지만 그 짧은 시간 동안도 나는 많은 생각을 했다.

　'내가 과연 저 원고를 다시 볼 수 있을까?'

마음을 굳게 먹었다.

할 수 있을 거라고 생각했다. 아니, 해내야만 했다. 그래야 나 스스로 한 걸음 앞으로 나아갔음을 인정할 수가 있었다.

결과물은 스스로에게 나름의 만족을 쥐어주었다. 연재 때 참 힘들게 했던 글이 모양을 갖춰가면서 내게 소중한 글이 되었다. 편집을 담당했던 분과 많이도 투닥거렸다. 작가와 편집자의 관계는 늘 경쟁하는 관계이기에 어쩔 수가 없는 일이었다지만 뒤돌아 생각해 보면 내 부족함이 참 컸다. 그리고 고마운 일이었다. 서로의 연을 끝까지 이어갈 수 있도록 내 손을 끝까지 잡고 놓지 않아 주었던 '로맨티카(북토피아)'의 담당자님께 이 자리를 빌어 감사의 마음을 전한다.

그렇게 「땡잡은 여자」가 전자책이라는 또 다른 형태로 세상에 나왔고, 그것이 발판이 되어 이렇게 한 권의 종이책으로 내 앞에 있게 되었다. 모두가 생소하고 새로운 경험이었다. 이 글이 내게 해준 그 일련의 경험들은 즐거웠다. 그 경험을 할 수 있도록 자리를 마련해 준 모든 분들께 감사드린다.

2003년 봄 어느 날 갑자기, 내 가슴으로 떨어진 '별똥별'은 우주의 먼지로 사라지지 않았다. 오래도록 로맨스든 혹은 아니든, 어떤 이름의 또 다른 글을 쓰고 있든, 오래도록 내 마음속에 꺼지지 않는 한줄기 빛이 되어줄 것이다. 「땡잡은 여자」는 오래도록 내게 기억될 것이다.

　끝으로, 이 글을 쓰는 동안 무수히 흔들렸던 나를 잡아주었던 두 분께 고마운 마음을 전한다. 우연찮은 기회에 친분을 쌓게 되어 끊임없이 노력하라, 안주하지 말라고 밀어주고 끌어주는 내게 너무나도 소중한 분들이다. 그리고 한지붕 아래 함께 살고 있는 남편이라는 이름의 동반자에게도 더불어 사랑을 전하며 이 글을 영원히 내 가슴 한곳에 남겨두려고 한다.

임미성